김미정 판타지 장편 소설

잃어버린 세계
The Lost World

3

잃어버린 세계 3
김미정 판타지 장편 소설

초판 1쇄 찍은 날 § 2002년 2월 15일
초판 1쇄 펴낸 날 § 2002년 2월 25일

지은이 § 김미정
펴낸이 § 서경석

편집장 § 문혜영
편집책임 § 권민정
편집 § 장상수 · 박영주 · 김희정
마케팅 § 정필 · 강양원 · 김규진

펴낸곳 § 도서출판 청어람
등록번호 § 제1081-1-89호
등록일자 § 1999. 5. 31
어람번호 § 제1-0210호

주소 § 경기도 부천시 원미구 심곡1동 350-1 남성B/D 3F (우) 420-011
전화 § 032-656-4452   팩스 § 032-656-4453
http://www.chungeoram.com
e-mail § eoram99@chollian.net

ⓒ 김미정, 2001

값 7,500원

ISBN 89-5505-232-4 (SET)
ISBN 89-5505-235-9 04810

※ 파본은 본사나 구입하신 서점에서 교환하여 드립니다.
※ 저자와 협의하여 인지를 붙이지 않습니다.

김미정 판타지 장편 소설

잃어버린 세계
The Lost World

3. 세 번째 문장

도서출판 청어람

목차

Part 7 **꿈의 파편** _7
Part 8 **물의 도시 루인** _59
Part 9 **Mad Doctor 매드 닥터** _191
Part 10 **대현자의 시** _223
외전外傳 **아주 오래전의 기억** _285

용어 해설 _312

Part 7
꿈의 파편

꿈의 파편

하늘에서는 너무나도 가느다란 빗줄기가 흩어지듯 내렸다.

너무 약해서 작은 미풍에도 사그라져 버릴 것만 같은데 그들은 열심히도 대지 위로 내려와 자신을 필요로 하는 것을 찾아 그렇게 흩어져 제 사명을 다했다. 놀랍게도 물방울 하나하나의 색은 은빛이었다. 물방울이지만 차갑다는 생각은 들지 않았다. 소매에 묻어나는 은빛의 찬연한 물방울 덕분에 정신이 들었다.

현홍은 어느새 넓은 들판에 홀로 서 있었다.

눈을 내려 아래를 보니 발가락을 간지럽게 하는 것은 다름 아닌 작은 초록빛 잎사귀들.

은빛의 물방울이 식물에 떨어져 풀잎을 타고 흘러내린다. 기분 좋은 차가움에 절로 입가에 미소가 머금어졌다. 빗방울은 대지와 자연을 촉촉하게 적셔주고 있는 데 반해 하얀색의 구름 사이로는 태양이 보였다.

여우비, 그것이 생각났다. 고개를 들어 하늘을 보았다. 그리고 천천히 눈을 감는다. 그렇게 가만히 입술을 적시는 빗방울과 하얀 뺨에 내리비치는 태양을 느낀다.

한 번도 본 적이 없는 낯선 환경이지만 불안감은 들지 않았다. 오히려 어디선가 본 듯한 풍경이 고개를 갸웃거리게 만들었다. 귓가를 스쳐 지나가는 암적색 머리카락을 쓸어 넘기고 고개를 돌려보았다. 커다란 은빛의 호수가 그 자신이 뿜어낸 물안개에 휩싸여져 고즈넉한 분위기를 연출해 냈다. 분명히 본 것 같은 기분이 들지만 기억은 나지 않는 장면들. 어디선가 작은 웃음소리가 울려 퍼졌다.

이곳은 사방이 탁 트인 곳임에도 그 웃음소리의 메아리는 멀리 퍼져 마치 이곳 자체가 웃는 듯한 느낌을 자아냈다. 목소리는 분명 어른의 목소리. 하지만 남성인지 여성인지 구별할 수 없는 묘한 음색이었다. 그렇지만 그것보다 더 중요한 것은 진심으로 즐거워하는 것처럼 들렸다, 그 목소리가.

작은 바람이 대지를 훑고 하늘로 스쳐 올라오자 그것을 견디지 못한 풀 잎사귀들이 나부꼈다. 한 손을 들어 미간을 찌푸리며 눈을 돌렸을 때 현홍의 눈에 보인 것은 또 다른 사람.

아마도―아마도 사람일 것이다. 형태는 그러했으니까. 하지만 그 몸에서 흘러나오는 그 무언가는 사람이라고 하기에는 너무나도 과분한 그런 것이었다. 초록색 풀잎들이 장막이나 된 듯 그를 가리우고 있었다. 그는 한아름 양팔에 안고 있는 꽃들이 마치 소중한 보물이나 된 양 코를 가져다 대고 향기를 맡았다.

그의 하얀 옷소매가 바람에 날렸다. 붉은색으로 기묘한 무늬가 그려져 있는 코스튬플레이 옷과도 같은 복식服飾. 고대 중국과 한국, 일본의 전통 의상을 대충 섞어서 만든 것처럼 보였다. 솜씨 좋은 제단사가 만든 듯 꽤나 고급스러워 보이는 옷을 걸치고 있었지만 그것보다 더 그를 돋보이게 하는 것은 그의 붉은 입술에 걸쳐져 있는 미소였다.

"…누구?"

작게 입을 열어 중얼거리듯 말해 보지만 들리지 않는 것처럼, 아니면 현홍의 자체가 이 공간에 없는 것처럼 그는 개의치 않았다. 춤을 추듯 한 걸음 내딛고 다시 빙글 몸을 돌린다.

차랑—

그의 발목에 걸린 금색과 은색의 발찌들이 서로 몸을 부딪치며 차갑게도 울어댔다. 그리고 긴 고리를 팔락거리며 하얀 옷소매 사이로 묻힌 방울들도. 그 모습이 하나의 춤처럼 짧고 간결하며 아름다웠다. 찰랑이는 검은 머리카락이 탐스러워 보였다. 한 줌 움켜쥔 채 그 머리카락의 향기를 맡아보고 싶은 욕구를 불러일으키게 할 정도.

대지를 뒤덮고 있는 풀잎들도 그를 막지 않는지 그가 발을 내디뎌도 휘어지지 않았다. 가만히 길을 비켜주듯 옆으로 몸을 비틀었고 그는 한 걸음 내디딘 후 재빠르게 다시 한 걸음 뒤로 물러났다. 스텝을 밟으면서 천천히 걸음을 움직였고 그는 웃었다. 자신을 휘감고 도는 바람에게 그 몸을 맡긴 채 웃었다. 너무나도 천진난만하게. 한 치의 스스럼도, 다른 감정도 없다. 그저 즐거움뿐…….

그렇게 웃던 그가 미소를 멈추고 고개를 들었다. 현홍은 움찔하며 한 걸음 뒤로 물러났다. 그의 시선은 분명 자신에게로 향해져 있는 것이기는 하지만 그 눈동자의 초점은 마치 허공을 바라보는 것 같았다. 정면의 얼굴을 보니 더 더욱 아름다웠다.

어찌 더 표현할 수 있을까? 남자의 그런 강인한 아름다움도 아니고 여성의 그 농염한 아름다움도 아니다. 두 가지의 미를 적절히 혼합하여 짜놓은 듯한 미안美顔. 하얀 얼굴은 투명한 백옥과도 같았고 무엇이든지 빨아들이는 그 눈동자는 새까만 밤하늘을 연상케 했다. 선해 보이는 눈매. 작게 눈꼬리가 내려가 보는 이로 하여금 착한 인상이다 라는 평을 받을 수 있을 정도의 얼굴이었다. 거기다가 미모까지 더했으니 금상첨화일 터.

하지만 어디선가 본 적이 있다, 분명. 검은 머리카락, 새하얀 얼굴, 그리고 까만 눈동자. 그것은 분명히 그 예전의… 그 예전의 기억 속에 있는 모습.

"나… 나야?"

그럴 리 없다. 저렇게 아름다운 사람이 자신일 리 없지 않은가? 그렇게 생각했다. 하지만 현홍은 눈을 커다랗게 뜨고 자신의 검은 눈동자에 비치는 그를 바라보았다. 은빛의 빗방울이 어깨를 스쳐 지나치면서 작은 조각이 되어 허공을 수놓았다. 은을 녹여서 만든 것처럼 허공은 일순 은빛이 되었다. 어떤 불꽃놀이보다 아름답고 생동감이 있는 장면. 그렇지만 지금은 모든 신경이 먼발치에 서 있는 그에게로 가 있었다.

잠을 잘 때 입는 아이보리 색의 면직 잠옷이 바람에 흔들렸다.

그리고「그」의 실크 내지는 벨벳 재질의 새하얗고 길다란 소매도 바람에 흔들렸다. 분명 발로 대지의 차가우면서도 따스한 기운을 느끼며 딛고 서 있지만 감각은 없었다. 그저 이 공간에 자신의 혼자만이 서 있는 느낌. 이것은 분명히 꿈이다. 그럴 것이다.

그리고 눈앞에 보이는 저것은 망상妄想.

말 그대로 눈을 떠서 자신의 세계로 돌아가면 허망하게도 사라져 버릴 그런 것. 그러니 여념할 필요가 없건만 왜 이다지도 시선을 뗄 수가 없는 것일까? 아름답기 때문만은 분명 아니다. 한데 왜 이리도 저곳에 서 있는 그가 자신과 같이 여겨지는 것일까. 그의 입꼬리가 살짝 들어 올려졌다. 붉은 입술이 작은 호선을 그리며 휘어졌다. 작지만 예쁘게 도톰한 입술이 입을 맞추고 싶어질 정도로 아기자기한 느낌을 주었다. 그는 생긋 웃고는 고개를 돌렸다. 그리고 그는 팔에 안아 들고 있던 수많은 꽃들을 허공에 뿌렸다. 붉은색과 노란색, 파란색… 색색의 꽃들이 잎사귀와 꽃잎들이 뜯겨져 나가며 하늘을 가득 메웠다.

빗방울이 작은 소리를 내며 꽃들에 부딪쳤고 다시 흩어져 갔다. 꽃잎들은 바람에 흔들려 멀리 날아가면서도 그 긴 여운을 잊지 못하도록 향기를 남기고 뺨을 스치고 지나갔다. 그는 웃었다, 다시. 그렇게 허공의 은빛 공기를 가득 메우는 웃음소리를 내뱉은 그는 두 팔을 벌려 허공을 안을 듯이 펼쳤다.

헌홍은 거세어져 오는 바람에 한 손을 들어 눈기에 기져디 댄 채 눈살을 찌푸렸다. 그리고 그때였을까. 작은 목소리가 들렸다. 웃음기가 가득한, 그렇지만 분명히 웃는 것은 아닌… 오히려 너무 슬퍼 목을 꽉 꽉 매우는 물기에 버거워하는 그런 목소리. 작고 가늘지만 분명하게 들을 수 있었다.

"…「돌아와」, 언제든지. 네 자리는 여기야."

"뭐……?"

그리고는 눈을 떴다. 멀뚱히 눈을 떠보니 보이는 것은 나무로 만든 갈색 재질의 천장이었다. 푹신한 베개가 너무 편해서 그대로 누워 있고 싶은 기분이 들었지만 눈을 돌려 창가를 보니 이미 해가 뜨고도 많은 시간이 지난 듯해 보였다. 손끝에 닿는 이불의 느낌이 따스하여 기분을 좋게 만들었다. 옅은 갈색과 섞인 아이보리 색이 커튼 사이로 작은 햇살과 함께 바람이 흘러 들어왔다.

"깼구나."

익숙한 목소리에 다시 고개를 돌려보았다. 익숙하기는 했지만 잔뜩 쉰 목소리였다.

초췌한 얼굴에 길게 흘러내리는 코발트 블루의 머리카락, 니드였다. 그는 마치 며칠 잠도 못 잔 사람처럼 부스스한 얼굴에 입술마저 마구 갈라져 있었다.

현기증이 느껴지는 것인지 현홍은 한쪽 이마를 손으로 짚으며 몸을 일으켰다. 그렇지만 잠시 팔로 침대를 짚은 잠깐의 순간 동안 그는 곧 허리를 굽히며 앞으로 허물어졌다.

왼쪽 어깨가 너무나도 아파왔다. 마치 쇠로 된 야구 방망이로 후려치는 느낌. 니드는 황급히 현홍을 조심스럽게 부축하여 침대에 눕혔다. 작은 신음 소리를 흘리며 베개에 머리를 기댄 현홍이 숨을 몰아쉬었다. 이제야 기억이 나는 것 같다. 늑대를 죽이려는 그 사내의 칼이 자신의 어깨를 뚫었었다. 엄청난 고통과 싸늘해지는 몸을 감당하지 못하고 정신을 잃은 것까지는 기억이 났다. 현홍은 아랫입술을 깨물며 니드를 올려다보았다. 니드는 억지스레 웃으면서 입을 열었다.

"사흘이나 지났어. 네가 정신을 잃고 쓰러진 지."

"…사흘?"

겨우 통증이 진정되는 기색이 보이자 현홍은 눈을 동그랗게 뜨며 되물었다. 사흘이나 지났다니 믿어지지 않았다. 그동안 자신이 잠을 잔 것 중에 이틀이라는 시간 동안 잠을 잔 기록이 있다손 치지만 사흘 동안의 기억이 없다니. 자신의 일생 중에 사흘이라는 시간을 침대에서, 그것도 잠만을 자면서 보냈다고 생각하니 허망하기 그지없었다.

한 조각 남은 달콤한 생크림 딸기 케이크를 남에게 빼앗겨도 이보다는 덜 허망할 듯싶었다. 현홍은 식은땀이 맺혀 있는 이마를 소매로 닦아내면서 천장을 올려다보았다. 그렇다면 이곳은 아마도 엔트Ent의 집일 것이다. 현홍이 다시 고개를 살짝 돌리면서 니드에게 물었다.

"그럼 어떻게 된 거야? 그때는……."

니드는 쓰게 웃었다. 그리고 천천히 입을 열었다.

"그냥… 운 좋게도 셀로브Shelob가 슈린을 데리고 밖으로 와서는 복면의 사내들과 암살자들과 만났지. 진현도 그 후에 나왔고. 슈린은 무사하고… 그리고 진현은 굉장히 화가 많이 났었어."

"음, 진현이가 왜?"

니드는 잠시 말을 멈춘 채 현홍의 얼굴을 내려다보았다. 화를 내는 것이 당연하지 않은가? 지금도 사흘 전의 일만 생각하면 오싹하다 못해 추울 지경이다.

"현홍아!"

니드는 얼굴을 감싸고 비명을 질렀다. 하지만 그 비명과 주위의 소란에도 전혀 개의치 않는 듯 사내의 검은 정확하게 현홍의 목을 향해 날아들었다. 이미 정신을 잃은 현홍은 아무런 움직임도 보이지 않았고 그 창백한 얼굴과 파리하게 질린 입술은 마치 죽은 사람의 그것과 같았다. 에이레이는 자신의 앞에 있는 암살자의 허리를 걷어차 물러나게 만들고는 곧장 현홍 쪽으로 달려갔지만 거리가 너무 멀었다. 에오로는 입술을 악물고 눈을 감았다. 싸움을 하는 도중 눈을 감으면 안 된다는 상식은 잘 알고 있지만 절대로 볼 수 없을 것만 같았다. 주위가 일순 조용해져 버렸다. 눈을 꼭 감은 에오로의 귓가에 낮은 목소리가 들렸다.

"누구냐!"

살이 터지고 뼈가 갈라지는 소리가 아닌 다른 소리가 들리자 에오로는 의아함에 눈을 번쩍 떴다. 그의 눈에 보인 것은 허공에서 멈춘 검과 당황한 표정의 사내였다. 그는 마치 보이지 않는 누군가가 검을 잡고 있는 것처럼 검을 쥔 손을 부들부들 떨면서 주위를 둘러보았다. 눈살을 찌푸리고 자세히 사내의 검을 쳐다보니 투명한 무언가가 보였다. 마치 거미의 실처럼 빛에 비치지 않으면 잘 보이지 않을 것 같은 그런 가늘지만 튼튼한 실.

에오로는 눈을 크게 뜨고 당연하게도 실이 뻗어 있는 방향으로 눈을 돌렸다. 투명한 실은 길게 이어져 상당히 먼 동굴의 입구까지 이어져 있었다. 그리고 천천히 그 방향에서 그림자 하나가 나타났다. 하나일까? 하지만 모양이 이상했다.

그때 니드가 황급히 고개를 돌렸고 엔트 역시 화들짝 놀라면서 동굴 안쪽을 유심히 지켜보았다. 그리고 곧 그는 안색이 하얗게 질려 버렸다.

그 안에서 걸어나온 것은 아직까지도 정신을 차리지 못하고 축 늘어져 버린 슈린을 거의 업듯이 하며 부축하고 있는 셀로브였다. 인간이 아닌 것 같을 정도로 창백하고 무표정한 얼굴이 이제 희미하게 서산의 위로 떠오르고 있는 달빛을 받아 더 더욱 하얗게 보였다. 엔트는 두 손을 들어 입을 가렸다.

"셀로브!"

분명 목소리를 다해 한껏 외친 것이 분명한 것이었지만 그것은 가려진 손으로 인해 낮게 짓눌려 있었다. 그 목소리가 들렸던 반경 안의 사람들 역시 얼굴이 파리하게 질리거나 하얗게 질리는 등 각양각색의 색깔 변화를 표현하는 기묘한 재주를 선보였다. 어찌 모를 수 있을까, 셀로브라는 것이 어떠한 것을 지칭하는 말인지. 사내들 중에는 검을 떨어뜨리고 부들부들 떨고 있는 자들도 존재했다.

하지만 예전 에이레이와 동료였던 암살 집단의 남자들은 별 표정의 변화가 없었다. 복면에 가려져 있어서 잘 볼 수 없었지만 그저 눈에 이채가 스쳐 지나가는 정도였다. 셀로브는 고개를 휘휘 저어서 주위를 둘러보곤 입가에 미소를 띠었다. 마치 개미들이 서로들을 잡아먹으려 싸움질하는 모습을 보는 커다란 거미와도 같은 눈동자였다. 그는 피식거리며 웃고는 차갑게 말을 내뱉었다.

"웃기는군. 이 무슨 지잘한 벌레들 싸움이지? 설탕 한 줌 두고 싸우는 개미 새끼들 같군. 감히 여기가 어디라고 그 더러운 발을 내딛고 서 있는 거냐, 버러지 같은 것들!"

셀로브는 낮게 외치며 고개를 세차게 돌려 사내들을 노려보았다. 그러자 그들은 마치 거미줄에 걸린 작은 나방처럼 꼼짝달싹하지도 못한 채 바닥에 털썩 주저앉고 말았다. 포식자를 눈앞에 둔 그들은 거미줄에 걸린 나방처럼 몸을 떨면서 셀로브의 시선에서 눈을 떼지 못했다. 엔트 역시 새하얗게 질린 얼굴을 한 채 니드 쪽으로 뒷걸음질칠 뿐이었다.

에오로는 뭐가 뭔지 모르겠다는 표정으로 고개를 좌우로 흔들었다. 그를 바라보고 있던 암살자들 중 한 명이 소리없이 발을 움직이고 있었지만 에오로는 그 모습을 보지 못했다. 하지만 그가 칼을 들어 올려 에오로를 치려 한 것보다 빠르게 그의 검이 다시 허공에서 멈추었다.

"으윽!"

남자가 흘린 짧은 신음 소리 덕분에 에오로는 황급히 몸을 뒤로 빼낼 수가 있었다. 그는 이를 악물며 검을 들어 올리려 했다. 그렇지만 에오로의 검 역시 허공에서 실에 묶인 채 멈추어 섰다. 다른 사내들의 검도 마찬가지였다. 정확히 말하면 쇠에 해당하면서 남에게 타격을 줄 수 있는 물체들에게만 셀로브의 실이 묶여져 움직이지 못하고 있는 것이었다.

나무들이 자라나지 않은 빈터에 서 있는 사람들의 사이사이로 빛에만 비치는 투명한 실들이 오밀조밀하게 얽혀져 있었다. 은은한 달빛에 비치는 그것들은 종종 빛에 의해 눈에 보였다가 안 보였다가를 반복하였다. 분명 아름답기는 했지만 이곳 전체가 마치 셀로브의 먹잇감이 된 것만 같았기에 오싹한 기분이 드는 것은 어쩔 수 없는 것이었다.

에오로가 고개를 돌려 셀로브를 돌아보았다. 셀로브는 슈린을 부축하지 않은 손을 들어 올렸다. 그러자 그의 손가락 끝에서 미세하게 달빛에 비치던 하얀 실 가닥들도 들어 올려졌다. 그 실에 묶여져 있던 검들은 무서운 힘으로 주인들의 손을 벗어나 허공으로 올라갔다. 에오로는 이를 갈았지만 별말은 하지 않았다. 잠정적으로 휴전과도 같은 상황이 되었으니까.

실에 묶여져 있는 검들은 달빛을 받아 묘하게 반짝였고 멀리서 보면 그 장면은 마치 검들만이 허공에 둥실 떠다니고 있는 것과 같은 모습이었다. 컬렉션 같은 느낌이 들기는 하지만 분명한 것은 으스스하다는 것이다. 암살자들은 짧게 욕지거리를 내뱉으며 발목으로 손을 가져갔다. 그렇지만 그 움직임을 막은 것은 낮게 말하는 셀로브의 목소리였다.

"거기서 더 움직이면 다음에 허공에 떠다니게 되는 것은 너희 놈들의 모가지가 될 거다. 무기에서 손을 떼라."

하지만 남자들은 개의치 않는 듯 손을 재빨리 움직여 발목에 묶인 대거를 뽑아 들었고 셀로브는 작은 송곳니를 드러내었다. 웃는 것은 아니었다. 하지만 멀리서 고고한 달빛을 받으며 이를 드러내는 그 모습은 마치 웃는 것처럼 보였다. 셀로브는 다시 손을 들었고 그 손에서는 실 가닥들이 뿜어져 나갔다. 마치 낚싯대 몇 개를 한꺼번에 휘어 던지는 것과 흡사했다. 빠르기도 빨랐으며 눈에 잘 보이지 않았기에 피할 수 없을 것만 같았는데 사내들은 재빨리 몸을 굴려 잘만 피해 나갔다. 니드는 눈살을 찌푸렸고 에이레이 역시 실을 피해 에오로의 곁으로 다가갔다. 셀로브의 얼굴이 더 더욱 차갑게 굳어져 갔다.

"빌어먹을 인간들! 내 너희 몸을 갉아먹고 말 테다!"

작으면서도 단호하게 말한 셀로브는 검지손가락을 펴서 자신의 머리카락 몇 올을 붙잡았다.

검은 명주실과도 같은 가느다란 머리카락이 그의 손가락 사이에 끼워지자 급속도로 꼿꼿하게 굳어져 갔다. 마치 커다란 검은 바늘처럼 보이는 그것을 보며 암살자들의 안색이 대번에 바뀌었다. 그들은 재빨리 어둠으로 둘러싸인 숲으로 피할 생각인지 뒷걸음질치며 날렵하게 몸을 움직였지만 그것보다 셀로브의 손 움직임이 더 빨랐다. 그의 손이 허공에서 몇 번 움직이더니 그는 손가락 사이에 끼운 그 머리카락이 변한 검은 바늘들을 암살자들에게 날렸다.

"가라!"

그의 외침이 끝나기도 전에 그것들은 자신의 의지라도 가진 양 허공을 수놓으며 달빛에 반짝이는 하나의 화살처럼 재빠르면서도 우아하게 셀로브가 쳐놓은 거미줄들을 피해 궤적을 그리며 날아갔다. 반짝이는 검은 빛이 날아가는 것처럼 보였다.

"으아악!"

처음 일행들을 공격했던 신전의 부하 사내들은 황급히 머리를 손으로 감싸며 바닥에 엎드렸고 에오로도 자신의 곁으로 날아드는 그것에 기겁을 하며 허리를 숙였다. 그렇지만 그 검은 바늘들은 주인의 명령대로 정확하게 암살자들만을 향해 날아갔으며 피할 도리가 없다고 여긴 암살자들은 대거를 들고 그것들을 쳐내었다. 운이 좋거나 실력이 괜찮은 자는 정확하게 그것을 허공에서 쳐냈지만 다른 이들은 하나같이 손목이나 어깨, 다리 등에 두세 개씩의 바늘들을 맞으며 짧은 비명을 질렀다.

"크으윽!"

"으악!"

그것들이 비록 가늘다고 하지만 화살과 마찬가지 효과를 낼 정도의 위력은 있었던 모양이다. 현홍의 어깨에 칼을 박았던 사내는 미간을 찌푸리더니 검을 쥐지 않은 다른 손으로 복면을 잡아당겼다. 검은 복면이 사라지자 매서운 눈매의 얼굴이 드러났다. 그는 아랫입술을 꽉 깨물었다. 그리고 다리에 피를 흘리고 쓰러지는 사내의 곁으로 가서 바늘들을 뽑아내고 복면으로 쓰던 천 조각을 묶었다. 그의 얼굴을 본 에이레이가 눈을 크게 뜨면서 당황한 목소리로 외쳤다.

"레이크! 당신이 어째서!"

그러나 레이크라고 불린 그는 에이레이의 말을 싹 무시하면서 셀로브에게로 고개를 돌렸다.

"셀로브, 셀로브라고 했던가! 당신이 인간들의 일에 끼어들 것은 없다고 보는데!"

셀로브는 눈을 동그랗게 떴다. 그것은 아마도 이런 인간은 처음 보겠다는 식의 표정임에 분명했고 그와 비슷한 표정들을 다른 인간들도 흉내 내었다. 분명히 셀로브가 진현 정도의 사람 같지 않은 사람에게는 우스운 몬스터라고 해도 보통의 인간들은 근접도 하지 못할 레벨의 몬스터임에는 분명했다. 힘으로 따져도 오거Ogre보다 더 세고 재생 능력도 어느 정도 가지고 있으며 무엇보다 더 그 속도 때문에 처리하기 힘든 몬스터가 바로 셀로브이다.

한데 지금 레이크라고 하는 남자가 외친 것은 그 사실을 완전히 묵살하는 것과도 같은 말이었다. 셀로브는 입가에 잔혹한 미소를 담은 채로 싸늘하게 말했다.

"웃기는 인간이로군. 오랜만에 인간들을 잔뜩 보니까 개중에는 미친 녀석들도 간간이 섞여 있다는 사실을 증명하고 싶은 건가? 감히 나보고 나서지 말라고?"

"그렇다."

레이크는 짧게 고개를 끄덕이며 자리에서 일어섰다.

그는 정확히 몇십 미터는 넘는 제법 먼 거리에서 셀로브와 시선을 주고받았다. 일순 지금 이 공간에는 정적과 달빛밖에 남아 있지 않게 된 것만 같았다. 다른 남자들은 물론이고 늑대들조차도 모두 입을 다문 채 이 공간에 흘러넘치고 있는 침묵 속으로 잠겨드는 듯했다. 니드는 입술을 악물며 현홍 쪽으로 고개를 돌렸다. 그의 옷깃을 적시고 있는 피를 보면서 속으로 짧게 낭패라고 중얼거렸다.

이대로 두었다가는 출혈 과다로 죽어버릴 것이다. 그리고 어쨌거나 초여름이지만 산중의 숲엔 싸늘한 추위가 있고 출혈로 몸 안의 체온도 빼앗겨 가는 상황에서 외부의 추위를 견딜 수 있을 리 만무했다. 이미 현홍의 곁으로는 언제 다가갔는지도 모르게 키엘이 와 있었다. 그렇지만 키엘은 펑펑 울면서 자신의 뺨을 현홍의 얼굴에 비빌 뿐 아무런 행동도 취할 수가 없어 보였다.

결국 이를 악문 니드는 정적을 깨고 앞으로 뛰쳐나갔다.

가만히 있다가 살릴 수 있는 사람을 죽일 수는 없는 것이었다. 분명히 두렵고 떨렸지만 지금은 그 두려움보다 살릴 수 있는 생명 하나를 살리는 것이 더 중요했다. 셀로브는 고개를 힐끔 돌리면서 니드를 바라보았지만 별다른 제지는 하지 않았다. 어쨌거나 무기를 가지고 있지도 않았으며 움직임이 느려 보였다는 것이 싸움의 대상에서 제외되는 인간이었기 때문이다. 황급하게 달려간—그의 기준에서는 그런 것이겠지만 분명 다른 사람들이 보기에는 느렸다—니드는 바닥에 누워서 정신을 잃고 쓰러져 있는 현홍의 곁에 무릎을 꿇고 앉았다.

현홍의 어깨에서 흘러나온 피들은 어느새 질퍽하게 굳어져 가고 있었다. 그렇지만 니드의 긴 옷자락을 물들이기에는 충분했다. 그는 두 손에 묻은 피를 보며 얼굴이 다시금 새파랗게 질려 버렸다. 어느새 뒷걸음질친 에오로와 에이레이가 그와 현홍을 수호하듯 주위에 서 있었다. 사나운 눈길을 주고받은 남자들은 한 걸음 앞으로 발을 내디뎠지만 곧 셀로브의 고함 소리에 막혀 버렸다.

"목이 날아가고 싶은 놈만 움직여라! 이곳에서 싸움을 하는 짓거리는 용납 못한다!"

사내들은 싸움에 지고 꼬리를 만 개처럼 고개를 움찔하며 다시 뒤로 물러섰다. 에오로는 이마에 흐르는 식은땀을 닦을 생각도 하지 않은 채로 고개를 약간 돌려 니드의 등을 보면서 작게 말했다.
"현홍의… 현홍의 상태는 어때요?"
니드는 이를 악물고 현홍을 안아 들면서 작게 대답했다.
"어서 치료하지 않으면 위험해. 상처는 그리 깊지 않지만 출혈이 심해. 뼈도 많이 긁혔고 부러지거나 금이 간 것 같아. 제기랄, 찔러도 제대로 찔렀군. 심장 동맥을 건드린 것 같지는 않은데."
"아, 알았어요. 잠시만……."
에이레이는 고개를 끄덕였고 매서운 눈길로 사방을 쏘아보았다. 에오로는 황급히 한쪽 무릎을 굽히고 앉은 채로 두 손을 현홍의 상처에 가져갔다. 아직도 따뜻한 피가 두 손에 묻어나자 에오로는 입술을 깨물며 숨을 가다듬었다. 정신이 혼란스러워 집중이 잘되지 않았다. 몇 번 숨을 몰아쉰 그는 차분히게 마음을 가라앉히고 전음을 읊었다.
"전능한 대지의 모태이신 어머니의 이름으로 그대의 몸에 자신을 누인 자가 고통받고 있으니, 그대의 이름으로 그대의 힘으로 그대의 자비심으로 이자의 몸을 치유하시길……. 힐링healing."
사내들은 못마땅해하는 눈치로 셀로브는 노려보았지만 어찌할 도리가 없는지 애꿎은 이만 빠득빠득 갈면서 그 장면을 바라볼 뿐이었다. 에오로의 두 손에 서린 희미한 광채와 함께 예전 에이레이를 치료했던 때와 마찬가지로 대지에서 하얀 기운이 피어 올랐다. 그것은 현홍의 몸을 훑고 지나갔으며 에오로의 이마에서는 땀방울이 맺혀 흘렀다. 에이레이를 치료할 때와는 달리 지금 그는 온 힘을 다하고 있었다. 니드의 말대로 예상외로 상처가 깊어서 쉽게 치료가 되지 않았다. 휘어진 칼날이 빠지면서 벌렸던 상처를 다시 찢어놓은 것이 화근이었을까.

잠시 동안의 시간이 지나고 다시 대지에서 흘러나오던 빛이 사그라지면서 에오로는 뒤로 벌렁 주저앉았다. 더 이상의 출혈은 없었다. 그렇지만 여전히 현홍의 안색은 창백했고 니드는 현홍의 팔을 꽉 붙들면서 에오로를 바라보았다.

"헉, 헉… 이것으로 응급 처치는 했지만 우선, 후우. 출혈이 심해서 체온도 많이 빼앗겼고 고친다고 해서 완전히 고쳐지는 것도 아니에요. 어쨌거나 마법적인 치료는 급한 불만을 끄는 것. 후, 후우… 작은 상처는 완전히 낫게 할 순 있지만 말이지요. 의사한테 보이거나 쉬게 해야 해요."

"젠장."

짧게 욕지기를 내뱉은 니드는 사나운 눈길로 방금 전 현홍을 찔렀던 레이크라는 사내를 노려보았다. 그 역시 셀로브와의 눈싸움을 멈추고 현홍 쪽으로 고개를 돌리고 있었다. 멀어서 확실하게는 알 수 없었지만 무표정함만이 감돌고 있는 딱딱한 얼굴이었다. 에이레이는 뭔가 할 말이 있어 보이는 표정이었지만 차마 하지 못하는 듯했다. 그녀는 눈을 잠시 감았다가 뜨면서 여전히 시선을 고정시킨 채 레이크를 바라보았다. 아마도 동료였으니 예전 생각이 나서일 수도 있을 것이다. 하지만 그녀의 눈은 그와는 사뭇 다른 분위기를 내고 있었다. 어딘지 모르게 두려워하는 기색도 엿보였기에 니드는 고개를 갸웃거렸다.

지금으로써는 어찌 될지 모르는 판국이었다. 셀로브의 출현으로 싸움이 진정될 기미를 보이곤 있다지만 그렇다고 끝을 보일 수도 없는 것이다. 누군가가 중재에 들어가지 않으면 지금 상황으로 더 불안감만 가중되어 누군가가 목숨을 걸고 다시 싸움을 일으킬지도 모르는 일인 것이다.

구석에 몰린 쥐도 고양이를 무는 것처럼 한순간의 발악이라도 할 수 있다. 니드는 안타까운 마음으로 고개를 돌려 다른 사람들의 안색을 살폈다. 그의 생각처럼 처음 일행을 공격했던 사내들의 얼굴은 파랗게 질려 있었고 이를 깨물며 안절부절못하는 이도 있었다. 명령을 이행해야 하는 부담, 그리고 눈앞의 적들에 대한 공포와 불안이 복합되어 점점 안 좋은 상황으로 가는 듯했다. 셀로브는 아무런 말도 없었다. 그도 지금 상황을 어떻게 처리해야 할지 고민이 되는 모양이었다.

그리고 그 순간의 상황을 타파해 준 것은 그동안 보이지 않았던 사람이었다.

셀로브의 등 뒤로 희미하게 검은 그림자가 다시 하나 나타났다. 고개를 돌리지 않았지만 셀로브는 그 그림자가 누구의 것인지 잘 아는 듯 입을 삭게 열었다.

"뒤늦게 나타나는군. 주인공이라고 칭하고 싶은 건가?"

퉁명스러운 목소리로 말하는 그를 보며 진현은 아무 말도 하지 않았다. 그의 눈동자는 어느새 그 본연의 색인 어두운 갈색으로 돌아와 있었다. 그의 움직임에 따라 검은 셔츠와 금빛의 머리카락이 함께 살랑거렸다. 달빛이 희미하게 비치는 동굴의 바깥쪽까지 걸어나온 그의 모습은 평상시와 다를 바가 없었다. 왼쪽 귓볼에 걸린 백금의 링과 푸른 사파이어가 작게 반짝였다.

차분하게 가라앉은 모습. 분명 그의 모습은 평상시와 같아 보였다.

하지만 그의 눈동자는 미세하게 떨리고 있었다. 마치 보아서는 안될 것을 본 것과 같은 표정이었다. 동굴 밖으로 모습을 드러낼 때까지 지켜보고 있는 것은 다른 아닌 쓰러진 채 일어설 줄 모르는 현홍이었다. 니드는 꼭 껴안고 있는 현홍을 잠시 내려다본 뒤에 안타까운 시선으로 진현에게로 고개를 들었다.

새하얀 달빛에 비쳐서일까?

진현의 안색이 점점 하얗게 질려가는 것처럼 보였다. 지금 그의 눈앞에는 피를 흘리며 정신을 잃은 현홍이 있었다. 지금 살아 있는 그 모든 것들보다 더 소중한… 자신의 가장 소중한 사람.

돌연 진현이 한 손을 들어 자신의 얼굴을 확 끌어안듯 감싸며 고개를 숙였다. 너무 갑작스레 그런 행동을 해서인지 니드는 화들짝 놀라며 물었다.

"진현?"

그렇지만 진현은 한참 동안 그 상태로 그렇게 고개를 숙인 채였다. 그의 검은 셔츠 자락에 와 닿아 부딪치는 차가운 달빛이 산산이 조각나 사그라졌다. 하얀 달빛을 받으며 서 있는 진현의 모습이 아름다워 보였으나 분명 지금은 그것 말고도 다른 느낌을 들게 하는 모습이었다. 진현은 미동조차 하지 않았다. 가끔 그의 곁으로 부는 바람조차 소스라치게 놀라며 급히 몸을 틀어 진현의 곁을 벗어나 버렸다. 미풍에 그의 황금빛 머리카락이 잠시 출렁거렸다. 달의 파편을 모아 짜놓은 금색의 실.

무서웠다.

언젠가는 이런 일이 있을 것이라는 것이 그에게는 가장 큰 두려움이었다. 이곳에 오면 분명히 현홍이 다칠 것이라는 것을 알고 있었기에 내키지 않았다. 지금의 세계와는 다른 물질과 문명의 현실 세계에서 살면서 예전의 기억도, 보통 사람 이상의 힘도 없는 현홍이 다치지 않고 마음에 상처를 받지 않고 살아가는 것은 불가능에 가까운 일.

그의 몸에서 작은 빛덩어리들이 일렁거렸다. 작은 반딧불과도 같은 모양으로 하나둘 그의 몸 주변에 나타나는 빛무리들을 보고 일순간 주변에 있던 사람들은 눈을 크게 뜨고 한두어 걸음 뒤로 물러날 수밖에 없었다. 금빛 머리카락들이 환한 빛을 받아 눈부시도록 차갑고도 맑게 빛나며 허공에 넘실거렸다.

에오로는 두 눈을 동그랗게 뜨고는 주위를 둘러보았다. 잠시 동안 멍한 표정으로 레이크라는 사내를 바라보고 있던 에이레이 역시 그때서야 정신을 차렸는지 황급히 빛덩어리들을 경계하며 한 발자국 뒤로 물러섰다. 손가락 한 마디 크기의 빛에서부터 주먹만한 크기까지 각양의 크기로 주위에 넓게 퍼져 가는 빛덩어리들 때문에 주변이 대낮과 같이 환해졌지만 좋지는 않았다. 하얗게 밝아져 옴에 따라 사람들의 마음속의 불안감도 더 더욱 가중이 되었기 때문이다.

니드는 뭐라고 소리를 치려 했지만 말을 하디라도 지금 현제로써 진현이 제대로 들을 수 있을까 하는 생각에 입을 닫고 말았다. 진현의 주위에서부터 하나둘 마치 작은 꼬마 전구가 차례대로 켜지듯이 나타난 빛덩어리들이 숲 주변을 환하게 물들일 즈음 진현이 고개를 들었다.

살며시 그의 턱이 위로 치켜져 올라가며 얼굴을 감싸던 손을 내리기는 했지만 진현은 조용히 두 눈을 감고 있을 뿐이었다. 주변의 모든 살아 있는 생명체들은 숨을 멈췄다. 그리고 그를 응시했다.

셀로브는 현재 조금 전과는 판이하게 다른 힘을 구사하고 있는 그를 보면서 할 말을 잃어버렸다. 분명 동굴 안에서 셀로브는 진현이 가진 힘은 「어둠」이라 생각했다.

한데 지금 진현의 주위에 요동 치는 빛의 물결들은 대체 무엇이란 말인가? 상식적으로 이해가 되지 않는 이 상황에서 셀로브는 두 눈을 크게 뜨고 진현을 지켜볼 따름이었다. 지금 현재 이곳에 존재하는 것은 「빛」이 전부였다. 붉은 입술이 나직이 움직였다. 작은 목소리는 큰 뜻을 담고 모두의 귓가로 흘러 들어간다.

"…어버려."

"예?"

자신도 모르게 니드가 반문하며 당황하는 기색을 얼굴에 띠었다. 에이레이는 제대로 듣지 못했는지 눈가를 찌푸렸다. 그렇지만 진현의 가장 가까이, 그의 얼굴을 정확하게 들여다볼 수 있는 위치의 셀로브는 안색이 파리하게 질려 버렸다.

"이, 이것 봐! 너……."

눈을 동그랗게 뜬 에오로는 아무 말도 하지 않고 여전히 땅에 주저앉은 채로 진현을 멀리서나마 올려다볼 뿐이었다. 그리고 진현의 눈이 조용히 열렸다.

그의 눈은 붉은색. 영원히 뜨여져서는 안 될 봉인된 눈이 뜨여져 버렸다.

"상처 입히는 것은·용서 못해… 그러니 다 죽어버려!"

상처 입은 야수는 그 무엇보다 두려운 것. 그것이 몸의 상처가 아닌 마음의 상처라면… 남은 것은 절망뿐. 영원한 절망, 다시는 살아나지 못하는 죽음이라는 이름의.

"니드?"

움찔.

가만히 창가를 통해 방 안으로 스며드는 햇살을 바라보던 니드는 자신을 부르는 목소리에 어깨를 꿈틀거리며 정신을 차렸다. 어느새 그는 그날의 일을 생각하면서 식은땀을 흘리고 있었던 것이다. 현홍이 이상하다는 듯, 또는 걱정스럽다는 듯이 자신을 바라보고 있음을 느꼈다. 이마에 맺힌 식은땀 한 방울이 얼굴 선을 타고 흘러내렸다.

그날의 일은 더 이상 생각하고 싶지 않다. 그럼에도 불구하고 눈을 감으면 그날의 일이 눈앞에 떠올라 머리 속을 어지럽혔다. 그 후의 진현은 상상조차 하기 싫었다. 그런 진현이라면 두 번 다시 보고 싶지 않았다. 살아 있는 것이 다행이라는 생각이 들 정도였다. 진현은 그렇게 자신이 한 말처럼 하나둘씩 살아 있는 생명체들을 죽여갔다. 그리고는 웃었다. 그의 입가에는 누가 보기에도 잔인하고 오만해 보이는 미소가, 그의 손에는 자신에 의해서 사그라지는 목숨들의 대가가 묻어났다.

그와 함께 요동 치는 환한 빛의 덩어리들은 아름답고도 신묘神妙해 보였지만 그것은 보는 이로 하여금 공포를 느끼게 할 정도의 아름다움이었다. 아름다운 것이 꼭 사람을 즐겁게만 만드는 것은 아니다. 진현과 그의 빛은 그런 아름다움이 아니다. 너무나도 아름다워서 눈을 뗄 수가 없지만 그것은 조금만 더 홀려 들어가면 두 번 다시 나올 수 없는 미궁의 아름다움.

독뱀의 모양이 더 아름다운 것처럼 화려함 속에 감춰진 것은 죽음이라는 이름의「독」이었다.

니드는 파리하게 질린 얼굴을 애써 감추어 보이며 고개를 저었다. 이제 와서 더 이상 생각해 보았자 얻어지는 것은 없다. 그 당시의 시간은 지났고 현재 자신은 살아 있다. 그것으로 충분한 것이다. 현홍은 입을 오물거리며 니드의 안색을 살펴보았다.
"괜찮은 거야? 나 말고 네가 더 쉬어야 할 것 같아."
"후, 미안. 조금 피곤해서 그래."
그렇게 말하며 조금씩 미소 짓는 니드를 보며 현홍은 다시 밝게 웃어 보일 수 있었다. 하지만 정작 지금 현재 가장 궁금한 것은 다른 이들의 상태였다. 니드의 얼굴을 보아 자신이 정신을 잃은 후의 일이 궁금해졌다. 그리고 다른 사람들은 무사할까라는 생각에 현홍은 당장 일행들이 보고 싶어졌다. 결국 그는 온갖 아양과 애교를 떨어 니드와 함께 일행들이 있는 밖으로 나가게 되었다. 니드는 한숨을 푹푹 내쉬며 현홍의 어깨에 숄을 걸쳐 주었고 현홍은 빙긋이 웃으며 고개를 끄덕였다. 다친 어깨 부근이 약간씩 쑤셔왔지만 다행히도 걸을 수 없을 정도는 아니어서 니드의 부축을 받으며 간신히 움직일 수 있었다.

조용히 방문을 열고 나갈 즈음 현홍은 문득 고개를 돌려 자신이 누워 있던 침대 가를 살펴보았다. 방금 전 분명히 자면서 꿈을 꾸었던 것 같은데 그것이 무엇인지 생각이 나질 않았다. 분명 무언가 중요한 것 같은데 꿈에서 깨고 나면 아무것도 생각나지 않을 때의 허망함. 바로 이런 것일까? 한두 번 겪은 적은 있지만 지금은 조금 묘하게 화가 날 정도였다. 왜 기억하지 못하는 것일까 하고. 니드가 멀뚱히 자신을 쳐다보는 것을 느낀 현홍이 살짝 웃어주었다. 니드가 가만히 미간을 찌푸리며 물었다.

"뭐 잊은 것이라도?"

「잊은 것」이라도. 니드의 그 말이 묘하게 지금의 상황에 어울렸다. 그렇지만 현홍은 빙긋 웃으며 고개를 저었다.

"아냐, 아냐. 그냥 한번 쳐다본 거야."

니드는 고개를 갸웃거렸지만 더 이상 묻지 않고 조심스럽게 한 팔로 현홍의 어깨를 잡은 채로 방문을 닫았다.

달칵.

나무 어긋나는 작은 소리와 함께 방문은 굳게 닫혔다. 더 이상 빛은 보이지 않았다. 현홍은 아쉬운 눈길로 다시 한 번 방문을 쳐다본 뒤에 고개를 돌렸다. 오랜만에 걸어서인지, 아니면 갑작스레 몸을 일으켜서 인지 다리에 힘이 잘 들어가지 않아서 현홍은 몇 번이고 비틀거렸다. 다행히도 니드가 잘 부축해 주고 있었으므로 넘어지지는 않았다. 약간은 가파르다고 표현할 수 있을 정도의 좁은 나무 계단을 따라 들어가니 눈에 익은 풍경이 보였다.

시간으로 따지면 며칠이나 지났다고 하지만 지금의 현홍에게 있어서는 조금 전에 본 풍경이나 다름없는 곳. 엔트의 거실이었다. 길다란 식탁도, 편하게 벽에 기대어 앉을 수 있는 긴 소파 역시 그대로였다. 뭔가 묘한 느낌. 현홍은 한 빌자국 앞으로 걸어나갔다. 사람만한 크기의 창문으로는 환한 햇살과 함께 바람마저 살랑거리며 들어왔다. 초여름의 냄새를 물씬 맡을 수 있는 작은 나무 잎사귀가 바람을 타고 흘러 들어오자 현홍은 자신도 모르게 입가에 미소를 떠올렸다.

시원한 바람이 뺨을 스치고 그의 암적색 머리카락을 나부끼게 만들었다. 이제야 정말로 며칠 동안 침대에만 누워 있었다는 것이 실감이 났다. 아니면 이리도 바람과 햇살과 모든 것이 낯익지만 어색하게 느껴지지는 않을 테니까 말이다.

현홍의 어깨를 붙들고 있던 니드는 살며시 손을 펼치며 그를 놓아주었다. 현홍은 약간 메마른 자신의 입술을 한번 쓰다듬은 뒤 활짝 열려진 문 쪽으로 걸어갔다. 다리에 힘이 들어가지는 않았지만 충분히 가능할 것이다. 지금 현홍은 눈가에 비치는 햇살이 자신을 부르고 있다는 것을 느끼고 있었다. 오랜만에 봐서 반갑다고 하는 것처럼 느껴졌다. 따스하고 평온하지만 강렬한 햇살 때문에 살풋 눈가를 찌푸려졌다.

"슈린, 허리를 더 숙여야지. 그리고 어깨에 힘이 너무 들어갔어. 조금 더 빼고!"

귀에 익숙한 목소리. 앙칼지게 들리지만 상당히 예쁘장한 목소리이다.

형체가 희미하게만 보이던 것이 어느새 눈이 햇살에 익숙해지자 점점 그 형태가 뚜렷해져 갔다. 가장 먼저 보인 것은 타이트한 검은 상의를 입고 슈린을 지도하고 있는 에이레이의 모습이었다. 땀으로 젖어서 찰랑이는 진한 초록빛 머리카락이 바람에 흔들려 댔다. 거의 벗었다고 할 정도로 심플한 상의에 움직임이 편해 보이는 검은 바지를 입고 그녀는 무언가를 열심히 슈린에게 가르치고 있었다. 드러난 어깨와 팔에는 붕대를 감고 있었다. 자세히 보니 뺨과 그 외의 부분에도 작은 상처들이 많이 보였다. 아마도 전의 싸움에서 다쳤던 상처가 아직 다 낫지 않은 모양이다.

그리고 그 옆에는 슈린이 일행 중 가장 멀쩡해 보이는 얼굴로 에이레이의 지도를 받고 있었다. 얼굴은 다소 상기되어 있는 듯해 보이지만 상처도 거의 없었고 모습도 활기 찼다. 그런 그들의 모습을 가만히 앉아서 구경하고 있는 키엘이 있었다. 다친 구석은 없어 보였지만 약간은 축 늘어진 모습이었다.

"현홍! 일어났네!"

가장 먼저 현홍을 반긴 목소리의 주인공은 에오로였다. 그는 하얀 셔츠 자락에 땀을 잔뜩 묻힌 채 한 손에 검을 들고 현홍에게로 뛰어왔다. 에오로 역시 팔꿈치까지 걷어붙인 셔츠 사이로 보이는 손목과 얼굴에는 상처로 가득했다. 땀을 슥 닦아내면서 에오로는 반갑게 현홍의 어깨를 두드렸다.

"아아, 정말로 오랜만에 본다! 그렇게 자고도 안 지겨웠어?"

싱글싱글 웃는 모습이 여전해 보였다. 현홍은 비록 에오로가 두드리고 있는 쪽의 어깨가 다친 어깨이고 그에 따라 본능적으로 주먹이 나가려는 것을 애써 참으면서 고개를 끄덕였다. 하지만 눈치없는 에오로는 계속해서 현홍의 다친 어깨를 주물럭거리거나 두드려 댔고 현홍의 안색은 창백해져 버렸다. 결국 참지 못하게 된 현홍이 주먹을 휘두르며 고함을 빽 하니 질렀다.

"아프단 말야! 거긴 다친 어깨라고!"

"알고 있었다 뭐!"

"에오로오오!"

에오로는 뒤로 폴짝 뛰면서 혀를 빼꼼하게 내밀었고 현홍을 그를 향해 돌진하려 결국 자신이 지금 현재로써는 이길 수 없다는 것을 깨달았다. 그때서야 슈린과 에이레이도 하던 일을 멈추고 현홍에게로 다가왔다. 키엘은 마치 눈물이라도 흘릴 것 같은 표정으로 달려와서 현홍의 품에 답삭 안겨들었다. 두 사람 모두 반가운 기색이 엿보이는 얼굴이었다. 자세히 보니 에이레이는 온통 상처투성이였다. 자잘한 상처여서 움직이는 데는 그리 큰 불편이 없어 보였지만 여성의 몸에 상처가 있는 것을 보고 현홍은 눈가를 찌푸렸다. 슈린은 반갑게 웃으며 고개를 숙였다.

"많이 걱정했습니다. 그때는 저 때문에 불편하게 해드려서 정말로 죄송……."

"됐어, 그때의 일은. 다치지는 않은 거지?"

"아, 저는 물론. 하지만 당신과 다른 일행들을 괜한 위험에 빠지게 한 것 같아서… 제가 주의력이 부족해서였습니다."

슈린은 그렇게 말하면서 더 깊이 고개를 숙여 보였다. 현홍은 고개를 저으며 손을 내저었고 기운차게 웃어주었다.

"괜찮아, 정말로. 이제는 상처도 말짱하니까 걱정하지 마."

그렇게 말한 현홍은 고개를 두리번거렸다. 정작 지금 자신이 가장 얼굴을 확인하고픈 사람이 눈에 들어오지 않았다. 보이는 것은 넓은 숲과 집 앞의 빈 공터뿐. 어디론가 잠시 나간 것일까? 하지만 걱정스러워졌다. 진현은… 어디에 있는 거지? 자신이 정신을 잃은 후에 무슨 일이 있었나 하는 걱정에 가슴이 덜컥하고 잠시 멈추는 느낌이었다. 혹시나 다쳐서 자신처럼 누워 있는 것이 아닐까? 그것도 아니면… 이런 불길한 생각을 한 것도 잠시, 그의 귓가에는 익숙하지만 지금 현재로써는 약간의 짜증이 섞인 목소리가 들려왔다. 그렇지만 지독하게 쉬어 있었다.

"뭐야, 이제야 깨어난 건가?"

반가운 마음에 자신도 모르게 활짝 웃으며 고개를 소리가 들린 방향으로 고개를 돌렸다. 그렇지만 곧 눈살을 찌푸리며 입을 다물고 말았다. 현홍의 두 눈에 비친 것은 분명 언제나 짜증만 부리고, 힘든 일만 시키고, 화만 내는… 그렇지만 고개를 돌리면 근처에 항상 있어준 사람이었다. 한데 지금 그의 모습은 너무나도 낯설어 보였다. 본래의 얼굴보다 더 창백해진 얼굴에 핏기조차 없어 보였다. 마치 죽은 사람이 돌아다니는 것 같은 이질감. 대낮만 아니라면 그렇게 말해도 믿을 것 같은데.

 차분하게 가라앉은 얼굴의 오른쪽 뺨에는 커다란 반창고가 떡하니 붙여져 있었다. 사나흘은 못 잔 것 같은 얼굴에다가 눈은 약간 충혈되어 있었다. 붉은 입술은 약간 파리한 빛. 연회색 셔츠의 틈 사이로 새하얀 붕대가 시선을 끌었다. 한 손에는 이 세계에 와서 자주 그랬듯이 운을 들고 있었으나 그것을 쥔 손에는 그리 힘이 있어 보이지 않았다. 정말로 피로에 지쳐 보이는 얼굴. 자신의 어머니가 돌아가셨을 때에도, 교통 사고를 당해서 사경을 헤맬 때에도 멀쩡한 모습을 보이던 진현이 저렇게 초췌해지다니. 현홍은 지금 자신의 두 눈에 보이는 사람이 진정 몇 년 동안이나 알고 지내던 그인가 하는 생각을 했다.

 멍하게 입을 벌리고 자신을 뚫어져라 쳐다보고 있는 현홍을 보며 진현은 짜증스레 자신의 금발 머리카락을 쓸어 넘겼다.

 "뭘 봐."

 그의 입가에서 나온 말은 평상시의 그와 다름없이 퉁명스럽고 남을 배려하는 마음은 손톱만큼도 없는, 자신이 사는 세계의 요새 말로 하자면 〈싸가지없는〉 인간의 말투였지만 분명히 뭔가가 달라 보였다. 평소보다 상당히 빈틈이 많아 보이는 그런 모습. 슬쩍 옆으로 돌아가서 뒤에서 뒤통수를 한 방 때린다고 해도 멍하니 있을 것 같아 보인다. 잔뜩 쉰 목소리는 나름대로 그의 얼굴에 잘 어울리게 들린다. 남자답다고 할까. 평소보다 훨씬 더 중저음의 낮은 음성으로 변해 있었다. 얼마 지나지 않아 다시 원래의 목소리로 돌아오겠지만 지금도 괜찮은걸?

 이런 쓸데없는 생각을 할 즈음, 진현은 어느새 현홍의 곁으로까지 다가가 있었다. 그리고 한쪽 어깨에서 슬며시 아래로 늘어지는 숄을 손끝으로 잡아끌어 올려주었다. 눈을 동그랗게 뜨고 자신을 올려다보는 현홍을 향해 진현이 다시 입을 열었다.
"이제 상처는 괜찮은 거냐? 사람 걱정하게 만드는 것은 여전해. 저쪽 세계에서나 여기서나."
"아, 이제 괜찮아!"
진현은 조용히 현홍의 머리를 쓰다듬어 주었다. 마치 집에서 기르는 강아지를 쓰다듬어 주는 듯한 손길이었지만 지금의 현홍에게는 그 행동이 너무 기분 좋게 느껴졌다. 손끝에서 느껴지는 온기는 그대로였다. 웃으며 진현의 팔에 대롱대롱 매달린 현홍이 기분 좋게 물었다.
"다들 많이 다친 것 같아. 크게 다친 사람은 없지?"
진현은 입꼬리를 살짝 들어 올려 보였다. 에이레이와 에오로는 쓰게 웃었지만 현홍은 그 미소를 보지 못했다. 다만 니드만이 잠시 몸을 움찔 떨며 진현을 말없이 바라볼 뿐이었다. 니드는 그때의 기억이 다시 떠올랐으나 얼른 고개를 휘저어 생각을 떨쳐 냈다.
"아, 현홍. 다행히도 깨어나셨군요."
"어! 엔트."
다정한 음색의 목소리가 들려 고개를 돌리니 나무 숲 저쪽에서 익숙한 그림자 하나가 모습을 드러냈다. 엔트는 처음 봤을 때와 마찬가지로 편안해 보이는 미소를 지으며 무언가를 들고 일행에게로 걸어오고 있었다. 그의 양팔에 들린 바구니에는 채소와 과일이 한가득 담겨져서 먹음직스러워 보였다. 작게 꼬르륵 하는 소리가 들렸고, 그제야 배고픔을 느낀 현홍은 입가에 고이는 침을 꿀꺽 삼키면서 다시 진현에게 매달렸다.
"으으, 배고파서 쓰러지겠어."
진현은 짧은 한숨을 내쉬더니 어쩔 수 없다는 듯 이마를 한 손으로 짚었다.

"네가 깨어나자마자 밥부터 찾지 않는 것이 더 신기했어. 아마도 내일 날씨는 조금 궂을지도……."

"야, 김진현!"

에이레이는 고개를 약간 옆으로 돌린 채 키득거리며 웃었고 엔트 역시 조용히 고개를 끄덕이며 등을 돌렸다.

"어서 가시지요. 곧 식사 준비를 하겠습니다."

"와아! 맛있는 것 많이 해주는 거지요?"

"물론이지요. 사흘씩이나 아무것도 못 드셨지 않습니까?"

"어서 가요!"

배가 고파서 쓰러지겠다는 말이 무색하게 현홍은 엔트의 한 손을 붙잡은 채로 집으로 달려 들어가 버렸다. 방금 전까지 몸을 가누지 못했던 환자가 맞는지 의심스러웠지만 그 정도로 배가 고프기는 했었나 보다. 저렇게 뛰다가 넘어질까 걱정을 하기도 전에 이미 그 둘의 모습은 사라졌다. 에이레이는 여전히 입가에 미소를 지은 채 슈린을 돌아보았다.

"잠시 휴식. 나중에 다시 수련을 할 테니 푹 쉬어두라고, 슈린."

"예, 알겠습니다, 에이레이."

슈린은 부드럽게 웃으며 허리를 숙여 인사했고 두 사람은 방금 전의 수련 이야기를 하며 걸음을 옮겼다. 싸우는 방식이 비슷해서인지, 아니면 말이 잘 통하는 타입인 것인지 그들은 상당히 친밀한 상태처럼 보였다. 에오로는 진현을 힐끔 보다가 진현이 고개를 살짝 끄덕이자 곧 활짝 웃으면서 폴짝 뛰어갔다. 그는 진현으로부터 검술 수업을 받고 있던 중이었다. 이제 남은 사람은 둘. 니드는 가만히 그 자리에 서서 정면만을 바라보고 있었다. 진현은 두 손을 바지 주머니에 꽂은 채로 삐딱하게 고개를 옆으로 돌렸다. 엔트의 집 안에서는 소란스러운 소리가 가느다랗게 새어 나왔으나 곧 바람에 의해 대기 중에 산산이 흩어졌다. 가느다란 바람 한 줄기가 두 사람의 빈 공간을 스쳐 지나갔을 때 먼저 입을 연 것은 진현이었다.

"…저 녀석이 저렇게 행동하는 것으로 보아 말씀하시지 않았나 보군요."

"……."

니드는 아무 말도 할 수 없었다.

어떻게 말할 수 있을까. 그 많던 사람 중에 목숨을 부지한 것은 몇 사람 되지 않는다고. 고작 해봐야 에이레이의 옛 동료이던 사내들 몇과 지금 이 자리에 있는 사람들뿐이라고. 다른 인간들은 모두 다 진현의 손에 죽임을 당하였다. 그것을 말한다면 현홍은 어떤 표정을 짓고 어떤 말을 할지 모르는 일이다. 어쩌면 그것이 다 자신의 탓이라고 돌릴지도 모르는 일. 그리 오랫동안 현홍을 봐온 것은 아니지만 짧은 기간 동안에도 알 수 있을 정도였다. 현홍은 나쁜 일이 일어나면 그 일을 항상 자신의 탓으로 돌린다. 누트 에아에서의 일 이후에 그렇게 말하는 것을 종종 들어왔다. 〈내가… 했었더라면〉 하고 중얼거리는 것을.

아랫입술을 질끈 깨문 니드가 쓰게 웃으며 말했다.

"당신이라도 그런 말을 할 수는 없었겠지요. 알아봤자 좋을 게 없지 않나요."

낮은 목소리로 중얼거리듯 말하는 그를 보며 진현은 고개를 숙였다. 확실히 니드의 말대로 좋을 것은 아무것도 없다. 그렇기에 오히려 다행이라고 할 수 있을 만큼 현홍의 행동을 보면서 속으로 한숨을 내뱉은 진현이었다.

"확실히 그렇지요. 다른 분들도 그것을 알았기에 아무런 말씀을 하지 않는 것 같군요. 슈린 군에게는……."

"에오로가 말하였다고 하더군요."

"그렇습니까……."

그렇게 대화를 나누고 있는 두 사람의 등 뒤로 작게 풀 스치는 소리가 들려왔다. 니드는 흠칫 놀라며 뒤를 돌아보았으나 진현은 미동조차 하지 않은 채 팔짱을 끼고 약간 고개를 숙이고 있을 뿐이었다. 그들의 등 뒤로는 검은 옷을 입은 사내 한 명이 퉁명스러운 표정으로 서 있었다. 창백한 얼굴이 마치 죽은 사람을 연상케 만들었다. 니드는 침을 한 번 삼키고 조심스럽게 고개를 숙여 인사했다.

"셀로브님이시군요."

"그것 하지 말라고 했잖아."

셀로브는 미간을 찌푸리며 니드를 노려보았다. 셀로브가 말한 〈그것〉이라는 것은 고개를 숙여 인사하는 것을 말한다. 그는 어떤 이유에서인지 그런 인사법을 굉장히 싫어했고 니드는 움찔거리며 고개를 끄덕였다. 진현은 살짝 고개를 옆으로 틀어 곁눈질로 셀로브를 바라보았다.

"왜 네가 아직까지 여기 있는 거지? 네 어머니에게로 가지 않았나?"

약간은 귀찮다는 식으로 말하는 그를 보면서 셀로브는 울컥 화가 치밀었으나 이를 악물고 대답했다.

"어머니와 떨어진 지 벌써 몇백 년은 지났다. 한데 어떻게 돌아가라는 말이지? 인간 세계는 많이 변했고 동굴에서 나오지 못한 내가 아는 것은 아무것도 없어. 어머니께서는 한곳에 오래 지내시지 않는 분이다. 나보고 어떻게 가란 말이냐?"
 "풀어줬으면 됐지, 그것도 내가 책임지라는 말을 하지는 않겠지?"
 그렇지 않아도 창백한 낯빛의 셀로브의 표정이 더욱더 굳어갔다. 두 사람, 아니, 한 사람과 하나의 마족 사이에서 어쩌지도 못하고 당황하고 있는 니드였다. 진현은 아무런 말 없이 입을 꾹 다문 채 셀로브를 응시했고 셀로브 역시 굳은 표정으로 진현을 바라보았다. 묘한 분위기였지만 곧 그것은 깨어져 나갔다.
 "후."
 작은 한숨 소리가 진현의 붉은 입술 사이로 희미하게 새어져 나왔다. 뭔가 근심이 있는 듯, 그것도 아니면 자조自助하는 듯 그렇게 그는 고개를 내저었다. 부정의 의미라고 보기에는 진현의 표정이 무겁지 않았다. 셀로브는 고개를 갸웃거렸고 그것은 니드 역시 마찬가지였다. 어리둥절해 있는 두 사람을 잠시 바라본 진현은 고개를 들어 나직이 중얼거렸다.
 "대체가 여기 오자마자 내게 악운이 끼인 것인지 되는 일도 없군. 길을 지나가다가 돌멩이에 걸려 넘어지고 뒹굴어서 일어나 보니 가지고 있던 돈주머니가 없어지는 것도 이보다는 더 낫겠어. 그것도 아니면 그 옛 동화에 나오는 오누이처럼 빵 조각 대신에 금화를 떨어뜨려도 지금보다는 나을 거야. 어쨌거나 그것은 자신을 위해서 하는 일이었으니. 어찌 된 것이 이제는 보모, 아니… 보부保父 역할까지 하란 말이야? 젠장맞을."
 의미를 파악하기 모호한 말을 한참 동안이나 중얼거린 진현은 어깨를 한 번 으쓱거린 후에 발길을 돌렸다. 귀가 좋지 않은 사람이라면 들리지도 않을 정도로 작은 목소리가 이어졌다.

"별수없지. 택배 회사 직원도 아니고 그런 일을 할 겨를도 없지만 돌아가기 직전에는 배달해 주어야겠지. 어쨌거나 네 어머니에게는 예전에 빚이 하나 있으니 그것을 갚을 겸해서."

택배 회사가 무엇인지 묻고 싶은 니드였지만 가만히 진현의 말이나 듣기로 했다. 살짝 옆모습을 보니 쓴 미소를 머금고 있는 입술이 보였다. 기분이 좋지도, 그렇다고 나쁘지도 않은 듯 스스로에게 웃어 보이는 그런 미소. 분명히 약간은 쓴 기운이 묻어나지만 보는 이로 하여금 안심하게 만드는 그런 미소였다. 셀로브는 그 미소가 보이지 않는 것인지 미간을 찌푸린 채 진현의 말을 유심히 듣고 있는 모습이었다. 진현은 천천히 앞으로 걸어나갔다. 그리고 조용히 입을 달싹였다.

"〈애 보기〉는 싫어하지만 별수없지. 말썽만 피우지 않는다면야."

'아, 물론이지' 라고 고개를 살짝 끄덕이며 대답하는 셀로브를 향해 니드가 이상한 눈초리를 보내었다. 생각보다 둔한 것인가라고 작게 중얼거린 그는 한숨을 한 번 크게 내쉰 후 진현을 따라 집 쪽으로 걸어갔다. 그리고 잠깐의 시간이 지난 후, 생각한 대로 이제야 알았다는 듯한 절규에 가득 찬 외침이 숲 속의 고요를 깨뜨렸다.

"누가 애란 말야! 야, 이 빌어먹을 인간아! 너, 거기 안 서!"

'너 같으면 서겠냐' 라는 말을 중얼거리는 진현을 보며 니드는 앞날이 걱정된다는 표정을 지어 보였다.

진현은 한 손에 들린 컵을 조심스럽게 창가에 올려놓았다. 무수히 많은 별빛들 사이로 하나의 빛이 고고하게 그에게로 쏟아져 내렸다. 맑고 투명하다면 그 어느 것에도 비할 수 없는 아름다움을 가진 달은 거대한 숲을 조용히 어루만지며 세상 모든 것들에게 묘한 선물을 주었다. 그것은 어둠 속의 빛이 더 아름답다는 선물. 깨달은 자는 많지만 그렇다고 하여 달라질 것도 없는 사실.

여름의 문턱에서 이제는 숲 속의 기운이 그리 차갑지만은 않았다. 넓은 거실에서 홀로 사색을 즐기는 것도 나름대로 즐거운 취미라고 생각하며 그는 다시 컵을 들었다. 씁쓸한 차의 기운이 입가를 타고 흘러 들어오자 조금은 살 것 같다는 작은 한숨이 스며져 나왔다.

그러나 뭐가 문제인 것일까? 낮에 잠시 들었던 엔트의 말이 귓가를 맴돌았다.

"현홍과 당신이 이 세계의 사람이 아니라고 들었습니다. 믿기 힘든 일이지만 전혀 있을 수 없는 일은 아니지요. 시간과 시간의 사이에서는 틈이 생길 수도 있고 그 틈으로 수많은 일들이 일어날 수 있으니까요. 그렇지만 당신이 원하는 바를 이루는 것에 대해서는 당신과 제 생각이 다른 것 같군요. 시간이라는 것은 절대적입니다. 무엇도 바꿀 수 없고 무엇도 간섭할 수 없는 절대적인 것이 바로 「시간」이라는 것입니다. 이 세계는 진현, 당신과 현홍이 살던 세계의 미래이지요. 이 세계가 거짓일 리는 없습니다. 그렇게 되면 이 세계에 살고 있는 모든 것이 거짓이 되는 것. 그러니 당신들의 세계가 잊혀지고 사라지는 것도 현실이 될 것입니다. 정해진 운명은 바꿀 수 없습니다. 시간은 절대적이니까요."

"당신이 말한 것처럼 정말로 운명은 절대적인지도 모르겠습니다, 엔트."

작게 속삭이는 음성으로 중얼거린 진현은 곧 고개를 저었다. 비록 그것이 진리라고 해도 여기에서 포기하고 무너질 수는 없는 노릇이다.

생명의 나무인 세피로트의 진실은 과연 무엇일까? 무엇 때문에 그대로 멸망을 시켜도 좋을 인간들을 아직까지 살려두고 또한 현홍과 자신 같은 이들을 이곳으로 보내었는지도, 신이 무엇을 생각하는지도 알 수 없었다.

자신이 알 수 있는 일은 아직까지는 아무것도 없다. 하지만 때로는 두려워졌다. 지금 이 같은 행동도 생각도 모든 것이 다 정해진 것일지도 모른다는 생각에, 운명이라는 손에서 놀아나는 꼭두각시처럼 자신의 힘으로는 아무것도 할 수 없는 것이 아닌가 하는 생각에.

"일찍 자두기로 한 것은 네가 아니었던가? 아침에 해가 뜨면 곧 출발한다고 했지 않나."

진현은 자신에게 하는 말에 귀를 기울이며 고개를 돌려보았다. 그의 시선이 멈춘 곳에는 딱딱해 보이는 얼굴의 셀로브가 있었다. 그는 거실과 2층을 잇는 계단에 걸터앉아서 진현을 바라보고 있었다. 창백한 표정에다가 검은 옷, 주변은 달빛과 별빛 이외에 다른 빛이라고는 찾아볼 수 없는 곳이었기에 계단에 앉아 있는 그의 모습이 흉흉해 보이기까지 했다. 그러나 진현은 빙긋 웃으면서 오른손에 들린 컵을 들어 올려 보였다.

"밤바람을 맞으면서 차를 마시는 것도 꽤나 유쾌한 일이라서 말이지. 한잔할 텐가?"

"인간들의 음식에는 별 관심 없어."

차갑게 응수하는 셀로브의 말에 진현은 쓰게 웃으면서 남아 있는 차를 입속에 털어 넣었다. 진현의 새하얀 얼굴에 내리비치는 달빛은 그의 얼굴에 입맞춤하고는 곧 사라져 버렸다. 셀로브는 천천히 허리를 펴고 일어나서는 진현 쪽으로 다가왔다. 발자국 소리조차 들리지 않았다. 그렇게 그가 자신에게로 다가오는 동안에도 진현은 먼 하늘에 떠 있는 달에게만 시선을 보내주고 있었다. 그리고 조금의 시간이 지난 후, 셀로브의 차디찬 얼음장과 같은 숨결이 그의 얼굴과 목에도 느껴질 만한 거리가 되었을 때 진현은 조심스럽게 입을 열었다.
"마족들은 이렇게 사방이 고요하고 어둠으로 둘러싸인 밤을 어떻게 생각하지?"
셀로브는 진현의 옆얼굴을 힐끔 쳐다보면서 고개를 가로저었다.
"인간들이 인간 나름대로의 생각을 가지고 있듯이 마족 역시 그렇지. 각자 다르지 않을까?"
"그렇다면 너는 어떻게 생각하나?"
진현은 살며시 고개를 돌리고는 셀로브를 응시한 채로 살며시 웃으면서 물었다. 셀로브는 진현의 눈을 그대로 쳐다보면서 조용히 대답해 주었다.
"안온安穩하다고 생각한다."
그의 대답에 진현은 부드럽게 웃으면서 고개를 끄덕였다.
"그래. 분명히 다른 마족들 중에서도 그렇게 생각하는 이들이 많을 것이다. 분명히 그럴 것이야. 그렇다면 이 질문을 천사와 같은 신족에게 던졌다면 어떠한 대답이 돌아올까?"
"…반대의 대답이 돌아오지 않을까?"
"열의 아홉은 그렇겠지."
진현은 고개를 끄덕이며 다시 깊은 어둠과 빛이 단 한 곳에 조화가 되어 있는 밤하늘을 올려다보았다. 빛과 어둠의 조화. 조화라는 말이 왜 그리도 무겁고 어렵게만 느껴지는 것인지. 아니, 왜 다른 이들은 그것을 그렇게 힘들다고만 여기는 것인지 진현은 잘 이해하지 못했다.

그렇지만 그 역시도 처음 단 하나의 빛이었고 단 하나의 어둠이었을 때는 그렇게 생각했다. 〈빛과 어둠의 조화라는 것은 있을 수 없는 일〉이라고 말이다.

하지만 지금에 와서야 알 수 있었다. 인간이라는 존재가 된 후에서야 그 말이 너무나도 쉬운 것이라는 것을 알게 되었다. 조화라는 것은 다른 상대방을 이해한다는 것에 불과한 일이다. 그렇지만 빛의 신족과 어둠의 마족처럼 하나의 속성이 짙은 이들에게는 무리가 되는 일인 듯하다. 인간이기에 가능한 것이 아닐까. 빛에도 어둠에도 속하지 않으며 반대로 빛에도 속하며 어둠에도 속하는 존재이기에. 시리도록 맑은 달은 말없이 자신을 바라보는 존재에게 해답과도 같은 빛을 내려주었다. 자신을 감싸는 거대한 어둠과 함께.

그것이 마치 자신의 두 손에 쥐어주는 작은 해답지라도 된 양 진현은 작게 미소 지으며 입을 열었다.

"나라는 존재가 너에게 있어서는 의문이겠군."

셀로브는 한껏 음울해 보이는 눈동자로 밤의 기운이 가득한 숲을 응시할 뿐 대답은 들려오지 않았다. 진현은 쓰게 웃으며 등을 돌려 창가에 기대어 서서 나직이 말했다. 조심스럽게 고개를 숙인 채 마치 고해성사를 하는 사람처럼 진지하기 이를 데 없었다.

"사실 아주 있을 수 없는 일도 아냐. 그렇다고 해서 우연찮은 일도 아니고. 내가 이런 말을 하는 것도 상당히 우스운 일이기도 하지만 말이야. 자신이 살던 저번 생을 기억한다는 것, 환생이라는 것… 모두에게 주어진 의무도 아니고 나만 누리는 특권도 아니다. 물론 소수에 지나지 않지만."

"……."

"이런 내가 특별해 보이나?"

"아니라고 한다면 거짓말이겠지. 특히 네 전생의 「한 부분」이 거슬려."

"피식."

진현은 작게 실소를 내뱉으며 셀로브를 쳐다보았다. 아니라고 한다면 정말로 거짓말일 것이다. 거슬리는 정도가 아니라 셀로브로서는 상당히 신경을 쓰고 있던 터였다. 자신의 전생 이야기를 듣고 난 후 그의 태도가 확실하게 달라졌다는 것을 진현은 알고 있었다. 믿어지지는 않겠지만 동굴에서 그런 힘을 보여주었으니 믿지 않을 수도 없는 일이다. 셀로브는 상당히 고민스러운 얼굴 그대로였다. 보통의 인간처럼 완벽하게 자신의 감정을 얼굴에 드러내 보이는 것은 아니었지만 그래도 평소와는 다른 무언가가 있었다.

진현의 전생을 생각하자면 지금 자신의 행동은 거의 불충 내지는 반역에 가까운 것이라고도 할 수 있으니 고민스러운 것도 당연할 터. 하지만 그 다음의 생을 생각하면 진현은 자신의 적이라고도 할 수 있는 존재다. 이런저런 복잡한 상황들에 머리가 터져 나갈 것 같은 두통에 시달리는 셀로브를 보면서 진현은 조용히 웃어주었다.

"동굴에서 말했었지. 그때의 나는 잠깐이라고. 잠깐 동안의 나라 생각하라고 말이야."

"너……."

셀로브는 입을 조금 벌린 채 무어라 말을 하려 했지만 그에 앞서 들려온 것은 지금 이곳에 깔린 어둠만큼이나 부드럽고 따뜻한 어감의 목소리였다.

"나는 인간이다. 전생이 어쨌든 간에 지금 현재는… 인간일 뿐이야.

이 정도면 네 고민에 해답이 되지 않을까 싶은데."

"…너라는 녀석은 도통 이해하기 힘든 것투성이로군."

깊게 한숨을 내뱉으며 고개를 젓는 셀로브였다. 마족인 그로서는 죽기 직전까지 이해하기 힘들지도 모른다. 인간이라는 것은 그런 존재이니까. 어중간함의 극치. 빛도 아니고 어둠도 아니다. 선도 아니고 악도 아니며 그 어느 것에도 속하지 않지만 두 가지 모두에게서 영향을 받을 수 있는 존재. 그렇지만 셀로브는 진현의 한마디로 더 이상 고민할 필요는 없어졌는지 말을 돌려 다른 화제를 꺼내기로 했다. 인간에 비하자면 긴 수명을 가지고 있지만 마족 중에서는 아직 젊은 축에 드는 그에게 전생이니 어쩌니 하는 문제는 어려운 문제 중 하나였다. 그러나 지금 자신이 꺼낼 화제는 그보다 더 어려운 문제일 것이다. 하지만 어쩔 수 없이 언젠가는 물어야 할 질문이다.

팔짱을 낀 채 시선을 진현에게로 고정시킨 셀로브가 무겁게 입을 열었다.

"네가 인간이라고 치고… 다른 것을 묻고 싶은데."

어느새 거실 탁자까지 걸어간 진현은 주전자에 담긴 차를 자신의 손에 들린 빈 컵에 채우면서 고개를 들었다. 그는 고개를 갸웃거리면서 셀로브를 보면서 말했다.

"무엇인지는 몰라도 내가 대답해 줄 문제라면."

"네가 말했던 그 생명의 나무인가 뭔가 하는 존재 말이야……."

진현의 어깨가 잠시 움찔한 것은 눈의 착각은 아닌 모양이다. 셀로브의 조심스러운 말이 들린 직후 그는 컵을 탁자 위에 내려놓은 채 지그시 셀로브를 바라보았기 때문이다. 그의 눈빛은 조금 전과 다를 바가 없었지만 약간의 날카로움과 함께 의미심장함을 담고 있었다. 그렇기에 셀로브는 자신이 말실수를 하는 것이 아닌가 하고 다시 한 번 속으로 생각을 하였다. 진현은 약간은 뻐딱한 자세로 고개를 돌린 채 셀로브를 바라보았다.

"세피로트… 말인가?"

그의 낮은 음성에는 많은 의미가 있었다. 딱딱하게도 들리는 그의 목소리에 셀로브는 고개를 끄덕였다.

"그 세피로트라는 존재는 내가 알고 있기로 모든 것의 어머니 혼돈의 첫 번째 산물이라고 들었다. 세계의 기둥이자 만물의 어머니라고. 그리고 그녀와 함께 만물을 생성한 또 다른 존재가 있지."

"…그래."

"세피로트가 세계를 떠받치는 기둥이라면 또 다른 존재는 세계를 굽어보는 존재. 세계의 천장이자 만물의 아버지. 시간이라는 샘물을 지키는 자, 타임 키퍼Time Kip―카오스 스톤Chaos Stone."

"그래.「그」가 또 하나의 존재이지."

진현은 차분히 고개를 끄덕이며 대답했고 셀로브는 잠시 동안 입을 다물었다. 사실 이 두 가지의 존재는 입에 담기조차 두렵고 어려운 존재들이었다. 모든 것이며 또한 아무것도 아닌 혼돈에게서 첫 번째로 태어난 두 가지 존재. 생명의 나무 세피로트와 시간의 샘물 카오스 스톤.

어머니와 아버지로 대변될 정도인 두 존재이기에 생명을 가지고 세계에서 살아가는 모든 존재들에게는 부모와 마찬가지인 이들이었다. 실체가 존재하는지는 아무도 모르지만 흔히들 사람들에게서 신이라고 불리는 존재들 또한 이 두 존재 사이에서 태어난 것이었다. 그렇기에 신 그 이상이며 모든 것들을 초월한 존재인 것이다. 셀로브는 마른침을 한 번 삼킨 후에서야 겨우 다시 입을 열 수 있었다. 자신과 같은 젊은 마족이 함부로 입에 올려서는 안 될 존재라고 생각한 것일까? 그의 표정은 딱딱하게 굳어 있었다.

"한 가지만 묻도록 하지. 이번 일에, 네가 관여한 이 일에 그 두 존재가 개입되어 있는 것이냐?"

물음이 어려웠던 것처럼 대답 역시 쉽게 들려오지 않았다. 진현은 눈을 동그랗게 뜨고 셀로브를 바라보았으나 셀로브는 진현을 차마 바라보지 못했다. 그의 대답이 어떠한 것인지는 잘 모르겠으나 그리 좋은 대답이 들려올 것 같지는 않았기 때문이다. 그리고 조금의 시간이 지난 뒤 진현의 차분한 음성이 고요함을 가르고 셀로브의 귓가에 울렸다.

"네가 생각하는 대로다."

"제기랄."

셀로브의 입가에는 작은 욕지거리가 맴돌았다. 그러나 그의 목소리는 결코 크지 않았고 표정에서만 난처해하는 감정이 잘 드러날 뿐이었다. 진현은 그런 그를 보면서 작게 쓴 미소를 보일 뿐 더 이상은 아무 말도 하지 않았다. 무슨 말이 필요할까. 이미 그 두 존재가 이 일에 개입되어져 있다는 것은 잘 알고 있었다. 그렇지 않으면 자신과 현홍이 이곳에 올 필요조차 없었을 것이다. 왜냐하면 시간을 초월하거나 거슬러 가는 것은 시간 이상의 힘을 가진 이의 허락이 없으면 안 되기 때문이다.

개입만 되어 있다면 얼마나 좋을까.

진현은 그렇게 생각하며 조용히 눈을 감고 생각에 빠졌다. 그래, 개입만 되어 있다면… 그저 살며시 손을 끌어당긴 것만이라면 좋을 것 같다. 그리고 이 두 존재의 『정의』가 같은 일이라면 좋을 것이거늘. 그렇게 생각하며 고개를 저었다. 아직은 확정을 지을 단계도, 짐작을 할 단계도 아니었다. 그렇기에 그는 쉽사리 이 일에 대해 갈피를 못 잡고 있는 것이기도 했다. 짧고도 깊은 한숨밖에 나오지 않는 이 상황에서 자신이 할 일은 없었다.

우선은 시간을 지켜보는 일뿐, 그것뿐이었다. 셀로브는 자신의 이마를 한 손으로 짚은 채 창밖으로 고개를 돌려 버리고 말았다. 이렇게 되면 자신이 할 일은 없어지게 되니까. 자신이 한심스러워지는 순간이었다. 그런 커다란 두 존재들 사이에서 자신이 무엇을 하겠는가? 그런 생각만이 머리 속을 맴돌았다. 그런 셀로브를 보면서 진현은 힘없이 웃었다. 셀로브가 무슨 생각을 하는지 잘 알고 있었기에. 자신도 그와 같은 생각을 하고 있기에 그의 마음이 잘 이해가 되었다.

천천히 걸음을 옮겨 셀로브의 곁으로 다가간 진현은 그렇게 가만히 한참을 서 있었다. 차가운 달빛을 받으며 창가에 서 있는 두 존재 사이에서 대화는 오가지 않았다. 그러나 그들은 침묵만으로도 충분하다는 것을 잘 알고 있는 것 같았다.

"앞으로의 일을 미리 걱정하는 것은 바보 같은 일이겠지."

먼저 입을 연 것은 진현이었다.

"앞으로의 일을 미리 걱정하지 않는 것도 바보 같은 일이야."

"흐음, 그렇게 되겠군."

담담하게 자신의 말을 이어서 말하는 셀로브를 보며 진현은 피식 하고 작게 웃었다. 결론은 적당히 하는 걱정은 이득이라는 말. 두 사람은 그렇게 한참이나 어둡지만 또한 밝고 아름다운 밤하늘을 보면서 얘기를 나누었다. 그들의 목소리는 결코 크지 않았고 숲은 두 사람의 이야기에 귀를 기울이거나 하는 무례를 범하지 않았다. 어쩌면 두 번 다시 다른 이들에게는 하지 못할 이야기일 수도 있기에… 그저 스쳐 지나가는 바람과 같이 아무런 의미 없이 하는 이야기일 수도 있기에.

　태양이 서서히 고개를 들어 올려 대지를 밝힐 시간이 되었을 무렵 일행들은 천천히 수도로 떠날 차비를 했다. 사람들이 사는 도시의 아침이라면 꽤나 시끄러울 법도 한데 이곳은 수풀의 우석거림과 산새들의 지저귐 말고는 아무런 소리도 들리지 않았다. 그렇기에 고요한 새벽의 기운을 더욱 잘 느낄 수 있는 것 같았다.
　현홍은 이제 겨우 깨어났는데 곧장 출발한다는 사실에 상당히 불만이 쌓인 상태였지만 자신 때문에 발이 묶여 있었기에 겉으로 표현을 하지는 않았다. 엔트는 섭섭한 표정으로 물의 도시 루인에 도착할 때까지의 식량을 전부 챙겨주었다. 사실 거리상으로는 하루 정도의 거리라고 하니 식량의 부피는 그리 크지 않았다. 일행이 이곳에 발이 묶이게 되는 일의 처음을 제시한 것은 엔트, 그였으니 미안한 마음이 잔뜩 들어 있는 표정이었다. 말들은 달리고 싶어서 안달이 나 있는 듯 한참을 진정하지 못하고 안절부절못해했다.
　진현은 나무를 통하여 비치는 햇살에 눈이 부신 듯 눈가에 손바닥을 갖다 붙인 채 멀리서 떠오르는 태양을 바라보았다.
　"수도로 통하는 관문과 마찬가지인 루인까지는 하루나 이틀 정도가 걸릴 거리라고 하니 여행의 속도에 대해서는 그리 걱정이 되지 않지만 저희들을 추격하는 무리는 어떨지 모르겠습니다. 웬만하면 빠른 시간 내에 도착하고 싶군요."
　에이레이는 자신의 혁대에 꽂힌 단검을 만지작거리며 말했다.

"도시에 가면 신전에서 보낸 그 녀석들도 함부로 덤비지 못할 거야. 자칫 잘못하면 자신들의 배후가 들킬 염려도 있을 테니까. 하지만 내 동료였던 이들은 달라. 그들은 몸을 숨기고 사람의 눈을 피하는 데 천부적이야. 사람이 많은 곳에서도 기회가 된다면 공격을 해오거든. 공격 후에 도망갈 능력이 충분히 되니까. 난 그게 걱정이 될 뿐이야. 거기다가……."

그녀는 잠시 말을 멈추고 숨을 골랐다. 안장을 살피던 현홍이 허리를 펴면서 고개를 갸웃거렸다. 그러나 에이레이의 말은 약간 길다 싶은 시간 동안 나오지 않았다. 왜 저러나 싶을 무렵 작은 한숨과 함께 에이레이는 입을 열었다.

"…그 레이크라는 사내는 보통의 암살자들과는 본질 자체가 다른 사람이야. 같은 동료들 사이에서도 상당히 능력을 인정받고 있는, 소위 말하는 엘리트라고 하는 사람이지."

"하긴, 대단해 보이기는 했어."

고개를 끄덕이면서 말하는 현홍을 보며 진현은 미간을 찌푸렸다. 레이크라는 사내의 얼굴이 어렴풋이 기억이 났다. 자신의 공격을 능력껏 피한 데다가 자신의 수하들도 죽은 이 하나 없이 데리고 도망을 쳤던 인물이다. 그를 인정한다는 것은 진현 자신이 대단하다고 말하는 것과 비슷한 결과인 것이다. 그렇지만 진현은 몸속 깊이 뼛속까지 각인되어진 〈자신감〉이라는 단어에 일체의 의문도 던지지 않는 인물이었다. 그는 결국 레이크는 자신의 공격을 잘 피한 그럭저럭 잘난 인물, 잘난 인물을 구석에 몰아붙일 정도로 공격한 자신은 더욱 잘난 인물이라는 결론을 암묵적으로 내렸다.

하지만 그 레이크라는 사내만 생각하면 불끈 화가 앞섰다. 현홍을 다치게 한 장본인이었으니 당연한 일이었다. 나중에 만나면 반드시 죽인다라는 중얼거림을 속으로 한 그는 헤세드의 안장에 올라타면서 일행들을 돌아보았다. 에오로는 아직 준비가 덜 끝난 것인지 늦잠을 잔 영향 때문인지 아직도 부스스한 상태에서 깨어나지 못한 것처럼 보였다. 결국에 슈린에게 귀가 잡힌 채 비명을 지른 뒤에야 고개를 저으며 짐을 챙겨 들었다. 멍하니 그런 일행들을 보고만 있는 셀로브를 향해 진현이 말했다.

"피해만 주고 일행에 들어왔으면 짐이나 옮겨. 힘은 제일 남아도는 주제에 가만히 있는 것은 무슨 심보냐?"

"뭐야?"

셀로브는 사나운 눈길로 진현을 노려보았다. 물론 진현 역시 그에 상응하는 눈길로 셀로브를 바라보았고 일행들은 마치 용과 호랑이가 싸우는 환상을 보기에 이르렀다. 보다 못한 현홍이 이마에 흐르는 식은땀을 닦아내며 입을 열었다.

"그만 좀 싸워라. 어제부터 내내 두 사람이서 말만 했다 하면 싸우네. 진현이 너도 그렇게 핀잔 주지 마. 셀로브는 아직 인간 사회를 이해하지 못한다고."

"쯧, 쯧, 너는 사람 감싸주는 버릇 좀 고쳐. 애는 돌려서 말하면 모른다고. 이렇게 교육시키는 것이 맞는 거야."

"너, 또 나보고 애라고 했지!"

혀를 차며 고개를 젓는 진현을 향해 셀로브는 달려들듯 이를 드러냈다. 진현은 어제부터 계속 셀로브를 〈아이〉라고 부르고 있었던 것이다. 인간에 비교하면 대가 바뀌는 세월을 살아온 셀로브로서는 화가 나기도 하면서 황당한 상황이었다. 비록 전생을 기억하고 있다고는 하지만 지금 진현의 몸은 인간이었고, 그런 인간에게 아이라는 둥 어린애 같다는 둥의 말을 들으니 화가 나는 것은 당연한 일이었다.

"마족 나이로는 한참이나 어린 주제에 뭘."

유들거리는 말투로 어깨를 으쓱거리는 진현을 보며 셀로브는 이를 빠득빠득 갈았다. 니드는 쓰게 웃은 후 고개를 저으며 할 수 없다는 표정을 지었다. 엔트는 식량이 든 주머니를 여러 말에 나누어 단 뒤에 손을 털었다.

"다 되었습니다. 한데 정말로 괜찮으신 건가요, 현홍?"

카오루의 머리를 쓰다듬으며 현홍은 살풋 웃어주었다.

"괜찮아요. 잠을 너무 많이 자서 아직도 머리가 어지러운 것 말고는 말예요. 저도 너무 누워 있어서 온몸이 쑤시는걸요. 그리고 여행도 더 이상 지체하면 안 좋아질 거예요."

"예."

엔트는 여전히 못 미더운 표정이었지만 현홍은 괜찮다는 표정으로 고개를 저었다. 자신의 손에 끼워진 장갑 끈을 조이며 에오로가 팔을 휘둘렀다.

"자, 자. 이제 슬슬 가보자고! 여기서 대체 며칠을 있은 거야? 너무 오래 있어서 시간 감각도 둔해진 것 같아."

"정확히 닷새째 아침이지. 허무하게 시간을 낭비했어. 출발하도록 하죠."

차분한 목소리로 그렇게 말한 슈린이 자신의 말 치트로스에의 등에 올랐다. 키엘은 현홍과 함께 카오루에 탔지만 한 가지 문제가 여기서 발생했다. 셀로브가 어느 말에 누구와 타느냐 하는 문제였다. 그 누구도 자신과 타자는 말을 함부로 하지는 못했다. 그도 그럴 것이 말들이 셀로브가 근처에만 가도 진저리를 쳤기 때문이었다. 단 한 마리의 말만을 제외하고. 그것은 말할 것도 없이 진현의 말 헤세드였다. 마족이면서 원래의 형상이 거미인 셀로브를 좋아하면 그것이 이상하겠지만 헤세드는 그저 가만히 쳐다보고만 있을 뿐 아무런 행동도 취하지 않았다.

그 대신 진현이 오만상을 찌푸리며 아래쪽에서 자신을 내키지 않는 표정으로 바라보는 셀로브를 노려볼 뿐. 일행들은 슬며시 자신을 돌아보는 진현의 시선을 피해 이리저리 먼 산만을 바라보았다. 자신들도 셀로브와 함께 타기는 껄끄러웠으니까. 물론 셀로브 역시 자신보다 하등하다고 생각하는 인간과 함께 자신보다 느린 말이라는 생물에 타는 것이 죽기보다 더 싫었지만 어쩌겠는가.

팔자려니 생각하는 수밖에.

진현과 셀로브, 두 존재는 아무런 말도 없이 한참을 그렇게 서로를 노려본 채로 서 있었다. 지금 현재 봉착되어진 문제는 그렇게 노려본다고 해도 사라질 것은 분명 아니었지만 그렇게라도 하지 않으면 억울한 모양이다. 한참을 서로 그 상태로 버티다가 슈린의 짧고도 간결한 〈출발 안 할 건지요?〉라는 물음에 셀로브는 이를 악물고 진현의 뒤에 오르게 되었다. 남자 두 명이 자신의 등에 타 있건만 헤세드는 전혀 무겁다거나 해 보이지 않았다. 오히려 헤세드의 덩치 때문에 남자 두 명이 타서야 겨우 어울려 보일 정도였다. 정말로 살아서 할 짓이 아니라는 표정으로 셀로브는 눈을 꼭 감은 채 진현의 허리를 아슬아슬하게 잡았다.

물론 그때 진현의 표정도 장난이 아니기는 마찬가지였다.

다른 일행들은 차마 웃을 수는 없고 그렇다고 웃지 않기에는 익살스러운 그 광경에 입을 가린 채로 먼 하늘만 열심히 노려볼 수밖에 없었다. 현홍은 눈에 맺힌 눈물을 검지손가락으로 슥 하고 닦은 후에 겨우 입을 열었다.

"쿡, 쿡! 어, 어쨌거나 이제 슬슬 출발을 하자고. 킥!"

"너… 아주 즐거워 보이는구나."

살벌한 시선으로 노려보는 진현의 시선을 못 본 척 무시한 현홍은 한 팔을 휘두르며 일행들에게 소리쳤다.

"자, 해는 기다려 주지 않아! 어서 출발하자!"

"…무시하는 거냐?"

반은 화난 얼굴로 반은 당황한 기색의 진현은 고삐를 쥔 주먹을 부들거리며 떨었다. 하지만 돌아오는 것은 작은 웃음소리뿐. 아리따운 미녀도 아니고 한바탕 싸웠던… 그것도 마족을 뒤에 태우고 달린다는 것이 어찌 기분이 좋은 일이겠는가? 하지만 그것은 일행들에게 유쾌한 마음을 심어주기에 충분한 여흥이었고 그렇기에 진현은 크게 화낼 수가 없었다. 엔트는 슬슬 출발을 하려는 일행들의 뒤에 서서 한참을 그들을 바라만 보고 있었다. 그리고 현홍이 고삐를 틀어쥔 손을 당기며 말을 몰아가기 직전 조용히 입을 열었다.

"당신들이 원하는 것을 얻으시길 바랍니다. 대지와 숲의 여신인 사베스의 축복이 가득하기를."

살며시 고개를 숙이며 인사를 하는 엔트를 보며 현홍 역시 작게 웃어주었다.

"언제가 될지는 모르겠지만 나중에… 나중에라도 다시 한 번 만날 날이 있다면! 그때에는……!"

이상하게도 현홍의 목소리에는 촉촉한 물기가 배어져 나왔다. 니드는 그것이 어떠한 의미인지 알 것도 같다는 얼굴이었다. 만남이 있으니 헤어짐도 있는 것. 당연한 진리이다. 하지만 언제나 그렇듯이 진리라는 것이 인간이라는 존재에게 달가울 수만은 없기에. 현홍은 마치 눈물이라도 흘릴 것 같은 얼굴이 되어버렸다. 그렇지만 엔트는 그를 보아온 후로 언제나 그랬듯 자상한 미소를 띠며 말없이 그 자리에 서 있을 뿐. 수천 년을 살아온 고목古木처럼 그 자리에서 모든 것을 지켜보았다.

아무런 말도 필요없고 어떤 행동도 필요치 않는 것처럼 자애로운 미소만이 전부였다. 그리고 그의 등 뒤로 보이는 숲의 나무들과 풀, 꽃들이 모두 엔트와 하나가 된 것처럼 보였다. 초록의 물결들이 넘실거리는 가운데 일행들은 말머리를 돌렸다. 현홍은 마지막의 마지막까지 엔트와 그의 소중한 자식들인 숲에서 눈을 떼지 못했다. 엔트는 두 손을 가지런히 모은 채로 그렇게 자신의 곁으로 스쳐 간 수많은 인간들의 여행을 또 힌 번 지켜보아야만 했다.

수천 년의 추억 중의 하나로 기억될 작은 일에 불과하지만 지금과 같이 자신에게도 많은 것을 남기고 간 사람들은 없었다. 숲 사이로 난 길을 마지막으로 저 먼 모퉁이에서 일행들의 말들이 피워 올리는 먼 지구름들이 다 사라져 갈 때까지 엔트는 나무처럼 그 자리에 서 있었다.

"마지막 말이 뭐였어?"

리젠트의 고삐를 바짝 잡아당긴 후 천천히 속도를 높인 에오로가 조심스럽게 말했다. 자신의 옆까지 다가온 에오로를 보면서 현홍은 쓰게 웃었다. 결국에는 할 수가 없었다. 기약할 수 없는 약속은 하는 것이 아니라고 배웠기에. 니드는 고개를 돌려 힐끔 현홍의 옆얼굴을 바라볼 뿐 아무런 말도 하지 않았다.

한참을 그렇게 달린 그들이 숲을 빠져나왔을 때 일행들을 처음으로 맞이하여 주는 것은 시리도록 `푸른 하늘이었다. 하얀 구름들만이 점점이 하늘을 메우고 있었을 뿐. 검푸른 밤의 기운은 온데간데없이 일찍이 찾아오는 여름의 아침이었다. 약간은 무겁게 느껴지는 바람이 자신의 곁을 스쳐 갈 즈음 현홍의 입가가 조심스럽게 움직였다.

그의 표정으로는 많은 의미가 담긴 말이 나올 것 같았지만 의외로 나온 말은 간결했다.

"그냥, 그냥 잘 있으라고. 다시 만날 수 있는 날까지 말이야."

Part 8
물의 도시 루인

물의 도시 루인 1

"으하암, 그러니까 저 멀리로 보이는 도시가 물의 도시라고 불리는 루인이라고?"

말 위에서 꾸벅거리며 졸고 있던 에오로가 눈을 비비면서 말했다. 평소라면 그런 그의 행동을 나무랄 슈린 역시 피곤한 마음은 같은 것이었기에 이번에는 그냥 넘어가기로 했나 보다. 하루 종일 달려와서 말도 지쳤고 사람은 잠에 겨워 쓰러지기 일보 직전의 상태까지 와버렸다. 거리상 하루라는 것은 하루 종일 말로 달릴 때의 하루였던 것 같다. 연신 하품을 해대기는 현홍 역시 마찬가지. 그는 자신의 뒤에 앉아 있는 키엘이 간신히 잡아주어 말에서 떨어질 뻔한 위기를 몇 번씩이나 모면했다.

그와 같이 잠 많은 이가 하루 동안이나 잠을 못 잤다는 것만으로도 경이에 가까운 일이었다. 그나마 말짱한 사람은 진현과 셀로브와 에이레이뿐. 무술 수련으로 몸과 마음이 단련이 되어진 슈린 역시 아직은 부족한 모양이다. 그의 얼굴에는 〈수면 부족〉이라는 문구가 뚜렷하게 떠올라 있었다. 앵앵거리는 말투로 잠시만 눈 좀 붙이고 가자는 현홍의 말을 싹 무시한 진현이 조용히 입을 열었다.

"이제 한 시간 정도만 더 걸으면 될 것을 뭐 하러 시간 낭비를 하냐. 조금만 참아."

그러나 그 역시 목소리에는 피곤한 기색이 역력했다. 셀로브는 느물거리는 말투로 투덜거렸다.

"인간이라는 것은 나약하기 그지없는 데다가 인내심도 없군. 겨우 하루 동안 잠을 못 잤다고 이 정도라니."

"…시끄러우니까 입 좀 닥치고 있어라. 떨궈놓고 가기 전에."

진현은 싸늘하면서도 성격이 그대로 드러나는 말투로 셀로브의 말을 받아쳤고 셀로브는 조용히 입을 다물었다. 잠이 모자라는 상황에서 신경이 날카로워지는 것은 당연한 일이었기에 진현은 미간을 좁힌 채 무심하게 말을 몰아갔다. 그러나 심한 속도는 절대로 내지 않았다. 그저 사람이 약간 빠르게 뛰는 정도로 말에게는 무리가 없을 속도였다. 말들도 휴식을 취하지 못해서 피곤한 기색이었으니까.

엔트의 숲에서 벗어난 지 하루가 조금 넘게 지났다. 길은 순탄했으며 그들의 예상대로 암살자들도, 신전에서 그들을 쫓아오는 무리들의 습격도 없었다.

아마도 길 곳곳에 행인들로 보이는 사람들이 많았기 때문일 것이다. 한 시간 정도라고 해봤자 그리 먼 거리도 아니었고 하여 일행들은 순식간에 루인의 외성벽을 볼 정도의 거리까지 와 있었다. 외성벽의 크기는 지금까지 지나왔던 도시들과는 비교조차 하지 못할 정도의 크기와 높이였다. 수십 미터는 될 법한 성벽에 일행들은 입을 쩍 하니 벌릴 수밖에 없었다.
 수도의 위성 도시이자 수도로 통하는 관문이라고 불리는 물의 도시 루인.
 그 명칭 그대로 루인으로 가는 길에는 커다란 강이 함께 흐르고 있었다. 푸른 강물을 따라서 길게 도시로 들어가는 대로가 나 있었고 그곳을 오가는 사람들의 발걸음은 빠르게 움직였다. 그들 중에는 말에 타고 있는 일행들을 힐끔거리며 보는 사람들도 있었지만 그리 신경은 쓰지 않는 투였다. 그도 그럴 것이 대로를 지나가는 마차도 여럿 있었고 말 등에 잔뜩 짐을 실은 상인들도 많아서 그런 것 같아 보였다.
 한국으로 치자면 낙동강 하구 정도 넓이의 강은 도시의 외곽 성벽을 마치 방어라도 하듯이 감싸고 있었고, 6차선 도로 넓이의 거대한 아치형 다리가 이색적으로 보였다. 다리 중간중간에는 일정한 간격으로 가로등과 같은 긴 쇠막대가 세워져 있었다. 하지만 대낮이라서 그러지 빛은 없었다. 니드는 그것을 보면서 중얼거리는 듯한 말투로 말했다.
 "세트레세인에 있는 라이트 가이드Light Guide와 비슷한 역할을 하는 것 같군요. 저는 루인에는 와본 적이 없어서 신기하게만 보이네요."
 이 나라 사람인 니드가 이 정도이니 다른 인물들은 오죽 하겠는가.
 현홍은 자신이 사는 세계에서 필수 공공 물품이라고 할 수 있는 가로등을 보니 신기해 죽겠다는 눈빛이었고 진현 역시 이런 시대에 가로등과 비슷한 역할을 하는 물건을 보니 호기심이 동하는 것 같았다. 셀로브는 인간들의 마법 활용이 여기까지 와 있냐고 묻는 듯한 눈빛이었다. 그러나 에오로와 슈린은 자신이 사는 도시에서 그보다 더 좋은 마법 물품들을 많이 봐왔기에 그리 놀라는 눈치가 아니었다. 슈린이 조용히 설명을 해주었다.

"저희 세트레세인에서 시민들의 집에 설치를 해주는 광구光球와 같군요. 이 나라에는 타국보다 마법사라는 존재가 많으니 당연하겠지요. 특히 이 도시는 수도로 통하는 관문. 이 정도 설비는 국민의 세금이 아니어도 충분할 것입니다. 여러 가지 마법이 있겠지만 저것은 아마 어둠의 기운이 느껴지면 자동적으로 빛을 발하는 라이트 서클Light Circle인 것 같습니다."

"그 마법은 낮에는 꺼지고 밤에만?"

"예, 밤에만 불빛이 나게 하는 마법이지요. 간단한 마법적 운용의 차이입니다만… 마법을 배우지 않는 일반인에게 설명을 하려니 힘이 들 것 같군요. 그냥 기초적인 마법 중의 하나이니 놀라실 필요는 없습니다."

현홍은 그러냐는 듯 고개를 끄덕였다. 나중에 밤이 되면 구경을 해봐야겠다고 생각을 하면서 말이다. 어쨌거나 낮이라서 그저 덩그러니 쇠막대만 있었고 다른 곳에서 오는 사람들도 그것을 그리 유심히 보지는 않았다.

거대한 성벽이 그렇듯 아치 형의 다리는 지금의 기술력으로 만들 수 있을까 할 정도의 수준이었다. 거대한 암석을 잘라 크기를 맞추어 짜 놓은 듯해 보였지만 무척이나 견고했고 안전을 고려한 난간 등도 모두 설치가 되어 있었으며 말과 마차가 지나다니는 중앙의 길 양편에 인도도 따로 마련이 돼 있는 모양이었다.

진현은 한 손을 들어 자신의 턱을 매만지면서 중얼거렸다.

"대단하군. 이 정도의 기술력이 있다니. 비록 이 세계가 내가 살던 시대의 미래라고는 하지만 모든 것이 재滓 속에서 다시 태어났으니 오히려 기술력으로써는 뒤로 퇴보했으리라 생각했는데. 그렇기에 진화가 덜 되어졌다고 할 수 있는 각종 동물들과 식물들도 있고. 이곳은 마치 혼돈처럼 시간의 교차가 이루어진 것 같아."

"뭐라고 중얼거려?"

그의 옆으로 말을 몰아 다가온 현홍이 고개를 갸웃거리며 말을 걸었다. 하지만 진현은 손을 내저으면서 고개만 가로저을 뿐 더 이상 아무 말도 하지 않았다. 에이레이는 다리를 보며 감탄하고 있다가 외성벽의 위용에 가려지기는 했지만 엄청나게 큰 성문을 보고 다시 한 번 놀라워했다. 확실히 수도에 다가가면 갈수록 도시의 겉모습이나 사람들의 모습이 달라지는 것 같기는 했다. 도시의 시민들 역시 약간은 더 화려하고 생기가 넘쳐 보이는 얼굴이었다. 우선은 사람 역시 많기도 하고.

"이렇게 도시에는 사람이 많은데 이 나라의 도시들은 많이 떨어져 있는 것이 안타까운 실정이로군."

그녀의 말에 니드가 작게 한숨을 내뱉었다.

"맞습니다, 에이레이. 국왕 전하 역시 그 문제를 가장 크게 걱정한다는 소문을 예전에 들은 적이 있지요. 국토가 넓으면 도시나 영지들도 넓게 분포가 되어 있어야 할 텐데 그렇지 못하니 도시들을 돌아다니며 물건을 파는 상인들은 상당히 많은 위험을 안고 장사를 할 수밖에 없는 실정입니다. 상단商團이라는 큰 상인들의 조직도 있습니다만 그곳에 가입하여 장사를 하려면 소득세 같은 것도 내야 하기 때문에 작게 장사를 하는 이들은 더욱 불편합니다. 이러지도 저러지도 못한다고 할 수 있지요."

"흐음, 어떻게 해결을 할 수 있는 방법 같은 것은 없는 거야?"

현홍의 물음에 니드는 고개를 가로저었다.

"글쎄, 분명히 여러 가지 방편은 많이 나왔겠지만 뾰족한 방법은 없는 모양이야. 그러니 아직까지 이 모양이겠지."

씁쓸한 듯한 말투로 말하는 그를 보면서 현홍도 덩달아 우울한 표정이 되었다. 그 사실은 지금까지 여행을 하면서 느낀 것이었다. 여행자들은 많고도 많다. 자동차나 기차, 비행기와 같은 여행 수단이 없는 이 세계에서 도시라는 존재는 여행자들에게는 굉장히 소중하다. 특히 많은 시간을 필요로 하는 여행에 중간에서 물자를 보급받거나 쉬어갈 수 있는 도시가 없다면 고생길이나 다름없는 것이다. 특히 싸울 수 없는 평범한 사람들에게는 산적이나 몬스터들 때문에 더 더욱 위험하다.

그러던 와중 그들은 성문의 입구를 지나치게 되었고 일행들의 눈을 끈 것은 도열해 있는 경비대원들이었다. 지아루에서 보았던 완전 근무태만의 경비대원들과는 확연하게 다른 어딘지 모르게 엄숙하고 근엄해 보이는 모습을 한 이들이었다. 도시로 들어오는 사람들은 중앙으로 지나갈 수 있게 하고 양쪽으로 몇 명씩 서 있었다. 머리가 세 개 달린 백금용의 모양이 새겨진 잘 손질된 흉갑胸鉀을 걸치고 은회색의 망토에다가 값비싸 보이는 롱 소드Long Sword까지 가지고 있는 그들의 모습은 정말로 한 도시를 지키는 경비대원처럼 보이게 했다. 그들의 옆에 서 있는 몇 마리의 말들 역시 전투용으로 보이는 마구를 걸치고 있었다. 한 녀석은 가슴에 적당한 크기의 마탁馬鐸까지 달고 있는 것으로 보아 꽤 직위가 있는 사람의 말인 듯 보였다.

성문 안으로 가장 먼저 보이는 것은 엄청나게 커다란 분수였다. 성문의 바로 안쪽 광장의 중앙에는 분수대가 있었고 그것을 기점으로 하여 작은 수로가 여러 갈래로 나뉘어져 있었다. 가늘지만 분명히 물이 흐르고 있었고 정신을 놓고 걷는다면 발이 빠져 버릴지도 모르는 넓이였다.
 물의 도시라는 칭호에 알맞게 도시 안 곳곳에는 분수대와 수로가 가득했다. 줄줄이 연결되어진 건물들의 앞으로도 긴 수로가 있었고 사람들은 그 수로의 물을 퍼다가 화분의 식물들에게 주기도 했고 지친 말들은 고개를 숙여 물을 마셨다. 도시 자체가 물의 축복을 받은 곳처럼 보였다. 사람들은 활기 찼고 도시는 자유로운 분위기와 함께 평화로웠다.
 꽤 많은 인원인 일행들이었지만 경비대원들이 붙잡아 세우거나 하지는 않았다. 다만 조금은 독특하다는 눈치로 힐끔거리며 쳐다보았을 뿐이었다. 에오로는 도시 이곳저곳을 쳐다보는 일에 정신이 빠져 있었다. 그리고 그것은 다른 일행들 역시 마찬가지였다. 이 도시에서는 비록 하룻밤을 묵고 갈 예정이었지만 다시 한 번 찾아오고 싶을 정도였다. 아기자기한 느낌의 도시. 마치 스위스의 작은 시골 마을을 연상케 하는 느낌의 경쾌하고 발랄한 이미지였다. 건물들도 2층이나 3층 이상의 집들이 많았다.
 사람들은 뭐가 그리 즐거운지 연시 웃으며 거리를 지나다녔고 꽃을 한아름 안아 든 처녀들도 많았다. 그러고 보니 상당히 식물과 꽃이 많은 도시였다. 꽃 화분을 비롯하여 분수대를 빙 두르는 화단들도 있었고 거리에는 꽃을 바구니에 담아 파는 이들도 눈에 띄었다.
 "물이 있는 곳에는 식물들도 번성하겠지. 물의 도시가 아니라 마치 꽃의 도시와 같은 이미지로군."
 작게 속삭이듯 말하는 진현의 말에 일행들 모두가 고개를 끄덕였다. 에오로가 빙긋 웃으며 말했다.
 "생각했던 것보다 더 예쁜 도시네요. 소문으로 들었지만 웬만해서는 칭호가 붙지 않는 것이 이 나라의 도시인데. 확실히 칭호가 붙을 만하네요."

"칭호?"

현홍이 고개를 갸웃거리면서 되묻자 대답을 해준 것은 니드였다.

"이 나라의 도시 앞에는 종종 칭호가 붙곤 하지. 세트레세인은 보통 '마법의 도시'라고 불리고 루인은 '물의 도시'라고 하는 것이 칭호야. 하지만 이런 칭호는 그리 쉽게 붙여지는 것은 아니거든. 전에 있었던 지아루가 그랬고 그 외의 다른 도시들도 보통은 붙지 않아. 아주 특별한 도시이거나 상징될 만한 것이 있을 때만 붙어. 이렇게 칭호가 붙여진 도시는 타 도시보다 주민 수도 많고 번성해 있는 경우가 많아."

"헤에, 특이하네. 그런 것도 있었구나."

"뭐, 그냥 상징적인 것일 뿐이야. 하지만 칭호라는 것이 조금 특별하기는 하지. 도시의 규모나 번영에도 도움이 될 때도 있고. 아니, 그 반대이겠군. 사람들이 그 도시를 번영하게 만들었을 때 도시에 칭호가 내려지는 것 같아."

그렇게 말하며 니드는 살며시 웃어 보였다. 도시를 구경하는 맛에 일행들은 피곤한 것도 잊은 모양이었다. 에이레이는 연신 고개를 좌우로 돌려가면서 건물들과 꽃들에게 시선을 주었다. 여전히 무뚝뚝한 얼굴의 셀로브였지만 그 역시 수백 년 간이나 지하의 동굴에 갇혀 있었기에 신기한 것 일색인 인간의 도시가 재미있어 보이는 듯했다. 어느 정도 사람에 익숙해진 키엘은 별 관심 없이 현홍의 등에 뺨을 기댄 채 조심스럽게 잠을 청했다.

가장 호기심이 많아 보이는 것은 다름 아닌 현홍. 그는 당장이라도 말에서 뛰어내려 도시 내를 구경하고 싶다는 눈치였다. 그것은 진현의 매서운 눈초리에 의해 무산되어지고 말았지만.

"으음, 잠을 조금 잔 후에 내일 하루 구경하는 건?"

"…원래 세계로 일찍 돌아가고 싶다고 말을 한 사람이 누군지 궁금하군."

시선을 맞추지도 않은 채 말하는 진현을 보면서 현홍은 고개를 푹 숙였다. 그렇지만 이왕 이렇게 살던 곳이 아닌 이 세계에 오게 된 것, 구경이나 잘하고 돌아가면 오죽 좋을까. 물론 무사히 귀환할 수 있어야 한다는 조건이 붙지만 말이다. 하지만 아무리 생각해도 원래의 세계로 돌아가는 것이 그렇게 쉽게 가능할까 하는 생각이 들었다. 이곳으로 오게 된 경위도 왜 이곳으로 오게 되었는지도 자신은 잘 모르는데. 진현에게 물어보려고 해도 돌아오는 대답은 〈나도 몰라〉 내지는 〈알아서 좋을 것 없어〉 등과 같은 싸가지 전무全無한 대답뿐.

어쨌거나 지금은 진지하게 물어봐도 대답을 해줄 것 같지 않기에 넘어가기로 했다. 슈린은 치트로스에의 고삐를 느슨하게 잡은 후 일행들을 돌아보면서 차분한 어조로 말했다.

"우선은 여관에서 여독을 푸는 것이 좋을 듯합니다. 그 후의 일정은 차후에 잡는 것이 어떨까요?"

그의 말에 고개를 끄덕인 진현이 입을 열었다.

"슈린 군의 말에 동감합니다. 우선은 휴식부터 취하는 것이 좋겠군요."

"아하암! 최우선은 역시 잠인 것 같네요."

입에 파리가 한 마리 들어가도 모를 정도로 힘있게 하품을 해대는 에오로였지만 다들 그의 말에 동감하는 눈치였다. 수도로 통하는 관문 역할의 도시라서 그런지 상점가와 시장, 그리고 여관 등이 밀집하여 있는 거리를 찾는 것은 그리 어려운 일이 아니었다. 일행들은 루인의 시민들에게 물어 제법 구색이 괜찮은 여관을 찾기로 하고 여관들이 꽤 많이 들어서 있는 거리에 다다랐다. 언제나 그랬듯 그런 일에는 제법 얼굴이 되는 사람이 물어야 성실한 답변이 돌아오는 법.

그래서 얼굴도 수준급이요, 언행도 수준급인―물론 사람에 따라서 달라지는 언행이기는 하지만―진현이 말에서 내려 지나가는 시민에게 묻기로 했다. 진현은 잠시 주위를 둘러보다가 일행들의 곁을 지나가는 사람 좋게 생긴 중년 사내 한 명을 붙잡고는 말했다.

"아, 실례합니다만, 시설 괜찮고 이 도시의 풍미를 제대로 느껴볼 수 있는 여관을 소개해 주시겠습니까?"

부드럽게 웃으면서 말하는 진현을 보며 중년의 사내는 고개를 끄덕이며 손을 들었다.

"그런 것이라면 당연히 가르쳐 줘야겠지. 저기 저쪽 여관가의 끄트머리 중 오른편 건물인 〈소프트 선 라이트〉라는 여관이 괜찮을 걸세."

"감사합니다."

목례를 하고 돌아선 진현은 사내가 가르쳐 준 여관을 향해 걸어갔다. 이왕 말에서 내렸으니 걸어갈 요량인지 헤세드에 오르지 않고 걸어가는 그를 보면서 다른 일행들도 하나둘씩 말에서 내려 걷기로 했다. 현홍은 한 손에는 고삐를 잡고 다른 한 손에는 키엘의 손을 잡은 채로 걸어갔다.

"〈소프트 선 라이트〉라? 부드러운 햇살이라니 여관 이름치고는 특이하다. 듣기 좋은데?"

에이레이는 잔뜩 결려오는 어깨를 한 손으로 주무르기 시작했다. 그녀는 고삐를 잡고 있지는 않았다. 그럼에도 에이레이의 말 아인은 용케도 다른 방향으로 빠지지 않고 그녀의 뒤를 잘 따라와 주었다. 제대로 훈련을 받은 말이라는 것을 입증시키기라도 하는 듯한 행동이었다. 대로보다는 약간 좁았지만 그래도 사람이 북적거리는 여관가라서 그런지 거리는 넓은 편이었고 일행들을 제외한 다른 여행객들도 눈에 많이 띄었다. 종종 건물의 앞에서 여행객들을 불러 세우는 호객꾼들도 보였다. 유리창으로 비치는 가게 안에는 대낮부터 술을 마시는 사내들과 식사를 하는 사람들로 분주한 곳이 많았다.

지금 시간은 대충 정오가 못 된 시각. 이제 조금 후면 점심 식사를 하는 사람들로 식당과 겸업을 하는 여관들은 사람들이 많아질 것이다. 일행들은 발걸음을 조금 서두르며 자신들이 찾는 여관을 향해 걸어갔다. 여관가의 길은 생각보다 조금 많이 길었다. 그래서 사내가 일러준 끄트머리의 여관에 당도할 때까지 약간의 시간이 더 걸렸다. 그 사내가 일러준 곳은 외관으로 보기에도 상당히 깔끔해 보이는 곳이었다. 가운데 정문을 두고 있는 커다란 청가에는 꽃 화분들이 길게 늘어서 있었고 뒤편으로 돌아서 갈 수 있는 후문도 보였다.

전체적으로 하얗고 예쁜 인형의 집 같은 여관이었기에 일행들의 고개가 약간 갸우뚱거렸다. '정말로 여관이 맞는 것일까?' 하는 의문에. 하지만 현관에는 분명히 필기체로 가게 이름이 적혀져 있어서 일행들은 화분들이 놓여진 창문으로 안을 기웃거렸다. 지나가는 시민들이 약간은 수상쩍은 눈초리로 일행들을 바라보면서 길을 지나갔다.

"예쁘네?"

에오로가 깔끔하면서도 간결하게 자신들이 묵을 여관에 대한 감상을 말할 즈음 여관의 정문이 열렸다. 문 바로 앞에 서 있던 에오로가 한 발자국 뒤로 물러섰고 문을 열고 나온 사람은 갑자기 보이는 많은 그림자에 흠칫하며 몸을 떨었다. 문을 열고 나온 사람은 10대 중반쯤으로 보이는 어린 소녀였다. 소녀는 짙은 녹색의 원피스에 프릴이 달린 앞치마를 허리에 두르고 있었고 그 모습은 이 여관에서 일하는 사람이라는 것을 알아차리게 만들기에 충분했다.

그녀는 잠시 동안 말없이 일행들을 쳐다보았고 일행들도 말없이 소녀를 쳐다보았다. 아마도 갑작스레 많은 수의 인원이 여관 앞에 있자 조금 놀란 것 같아 보였다. 그리고 곧 소녀는 방긋 웃으며 자신의 본분을 알아차렸다.

"아, 여행자 분들? 아니면 모험가 분들이신가요?"

"여행자입니다. 여기가 〈소프트 선 라이트〉 맞나요?"

미소에는 미소로. 현홍은 누가 보아도 혹할 미소를 실실 흘리며 소녀에게 물었다. 소녀는 고개를 끄덕이며 대답했다.

"간판에 적혀진 대로이지요. 아, 말들이 많군요. 저를 따라오세요."

소녀는 마치 고양이가 걸어가는 듯이 살살거리는 움직임으로 후문 쪽으로 걸어갔고 일행들도 말을 끌고 그녀를 따라나섰다. 후문의 안쪽으로는 제법 넓은 마당과 화단이 있었고 조금 더 안쪽으로 나무로 지어진 마구간이 보였다. 일행들은 소녀가 시키는 대로 말들을 마구간에 넣어두고 다시 건물의 안으로 들어섰다. 여관 안쪽은 더욱 깔끔했다. 소녀의 취향이랄까? 곳곳에 놓여진 작은 화분들과 꽃병들이 시선을 이끌었다.

에이레이는 피식거리는 웃음을 지으며 작게 말했다.

"여관인지, 아니면 일반 가정 집인지 잘 구분이 안 되는걸?"

"굉장히 아담하고… 이 도시의 처음 분위기와 잘 맞는데. 예쁘다."

현홍의 말을 들은 것인지 소녀는 양 볼에 홍조를 떠올리며 작게 목례를 했다. 곧 일행들을 카운터 쪽으로 데려간 그녀는 선반에서 작은 장부 비슷한 것을 꺼내 들었다.

"일행들이 대인원이니 방은 어떻게 나누어드릴까요? 여성 분은 따로 개인실이겠고……."

"아무렇게나 해도 상관없습니다."

"그렇다면 큰 방으로 해드릴게요. 그것이 가격 면으로 해도 저렴하니까요. 큰 방으로 두 개에 개인실 하나. 점심 식사는 지금 하시겠어요?"

"나중에 저녁이나 먹어야 할 것 같네요. 지금은 수면 부족인지라."

쓰게 웃으며 머리를 긁적이는 에오로에게 소녀는 살풋 웃어주었다. 그리고 열쇠 세 개를 내밀었다.

"방은 2층이에요. 저녁 식사는 6시 이후에 하고요. 총 합해서 3디르 40디아르입니다."

"지아루보다 싸네?"

현홍은 눈을 동그랗게 뜨며 반문했다. 시설은 이 도시가 더 괜찮은데 가격 면에서는 확실히 쌌다. 고개를 갸우뚱거리는 그를 향해 진현이 짧게 말해 주었다.

"수도로 가면 갈수록 시설은 향상되고 값은 싸질 거야. 원래 상품들은 중심인 수도에서 멀면 멀수록 값이 비싸지거든. 그러니 이곳의 생필품도 가격이 쌀걸?"

"바로 그렇지요."

니드가 고개를 끄덕이면서 웃어 보였다. 소녀는 들고 있던 펜을 입가에 가져가면서 조용히 키득거렸다.

"수도로 가는 여행은 처음이신가 봐요? 수도는 여기보다 더 물가가 싸답니다."

"아, 그렇구나."

여관비는 진현이 지불했다. 슈린과 에오로는 여전히 미안한 표정이었다. 그들의 여행 경비는 진현 못지 않은 짠돌이—남을 위해서는 안 쓰지만 자신을 위해서는 쓴다—스승을 둔 덕분에 적은 양이었는데 그마저도 암살자들과의 싸움에서 잃어버려 무일푼이었던 것이다. 진현은 개의치 말라고 말했고 그들은 소녀의 안내로 방에 들어가게 되었다. 그리고 곧 숨소리만을 남기고 곤한 잠에 빠져 버리고 말았다.

* * *

「…그들의 여정은 여전한 것 같군.」

놀랍도록 차분하게 가라앉은 목소리. 흰 무형의 공간에서 들리는 말치고는 상당한 울림을 간직한 듯한 목소리가 귓전을 때렸다. 그런 아무것도 없는 공간에서 하요트는 그저 막연하게 들리는 목소리에 귀를 기울인 채 한쪽 무릎을 꿇고 앉아 있었다. 감히 고개를 들어 쳐다볼 수도 없는 존재가 자신의 앞에 있기에 그는 그렇게 가만히 고개를 떨구고만 있었다.

하지만 그런 그의 마음을 아는지 모르는지 온통 빛과 성스러움으로 가득한 이 공간을 지배하는 이는 천천히 하요트의 근처로 걸어왔다.

걸어왔다?

정말로 그렇게 생각이 되는지 모르겠다. 그 존재는 인간과 같이 보였지만 그것은 아마도 허상일 것이다. 모든 것을 초월하고 모든 것을 알고 모든 것의 운명을 읽는 자였으니까. 외형은 그리 중요치 않았다.

하요트의 붉은 기운이 공간을 메웠지만 그보다 더 커다란 빛의 기운이 그의 양 어깨를 짓누르는 듯했다. 비록 자신의 상관이기는 하나 이 위압감과 긴장감은 언제나 지워지지 않았다. 그것은 그의 옆에서 나란히 무릎을 꿇고 앉아 있는 침묵의 권위를 맡은 천사 샤테이엘도 마찬가지였다. 아니, 오히려 더하면 더했지 못하지는 않았을 것이다.

샤테이엘은 자신보다 더 존귀한 두 존재와 함께 이 장소에 있는 것만으로도 숨이 막히는지 연신 헛기침을 해대었다. 비록 그것이 무례라고는 하나 그렇지 않으면 숨조차 쉬기 힘든 상황이었기 때문이리라.

그들이 있는 곳은 무형無形의 공간. 모든 것이 존재하면서도 존재하지 않는 곳. 오로지 빛이 가득한 이곳의 주인은 잠시 동안 말을 하지 않았다. 사락거리는 옷자락 스치는 소리가 들리기는 했다. 하지만 그것이 진정 옷이라고 불리는 물질이었는지도 모르는 것이었다. 샤테이엘은 고개조차 들지 못하고 뺨으로 흐르는 식은땀을 닦을 생각조차 하지 못했다. 그리고 간신히라고 불릴 정도로 무겁게 입을 열었다.

"존귀하시고 또한 존귀하신 분이시여, 저같이 미천한 자는 존귀하신 당신의 뜻을 모르겠나이다. 한량없이 넓고도 자애로운 마음으로 제게 일말의 자비로움을 베푸시옵소서."

존재하는 자로서 자신보다 위대하다고 느끼는 자에게 존중을 나타내는 것은 당연한 것이었다. 그것도 하물며 자신의 눈앞에 있는 창조주와도 같은 자에게는 더 더욱. 그러나 샤테이엘의 긴장된 물음에 돌아오는 것은 공기의 파동이었다. 약간의 웃음기를 띤 작은 떨림.

하얀 공간에 존재하는 외형을 가진 이들은 셋.

그러나 하나의 존재에게서는 오로지 빛만이 넘쳐흐를 뿐 그림자도 무엇도 없었다. 너무나도 눈이 부셨기에 외형을 살펴보는 것조차도 허락되지 않는 자. 빛과 고아함, 고귀함과 성스러움만이 가득한 자. 그가 무엇인지 그가 어찌 생겼는지 알고 싶어하는 사람은 수천만이고 수억만이리라. 그러나 절대로 해답을 가르쳐 주지 않는 자였다.

새하얀 얼굴이 빛이 비추어져 투명한 유리처럼 비쳤다. 입가에 걸린 것은 분명 미소이리라. 분명히 외형으로는 사람의 외형을 갖추었지만 그 속에 든 것은 사람이라면 가질 수 없는 성스러움과 빛의 물결들. 하얀 달빛과도 같은 빛이 그의 주변에 넓게 퍼졌고 그의 중심에서는 태양과도 같은 눈부신 빛이 맑게 흘러넘쳤다. 마치 빛 그 자체인 것처럼.

그리고 한참을 자신의 앞에 있는 자신의 아이들을 바라보던 그 존재의 목소리가 다시금 들렸다. 입을 벌리거나 하지는 않았다. 그런 행동을 하지 않음으로도 말할 수 있고 뜻을 전달할 수 있으며 뭐든 할 수 있는 자였기에.

「…별달리 네게 말해 줄 것이 없구나, 내게서 침묵이라는 부분의 권위를 이어받은 샤테이엘이여. 아직까지는 나로서도 알지 못하는 것이 너무나도 많으니.」

부드럽고 자애로운 목소리였다. 너무 편안하게 말하였기 때문에 듣는 이는 한없이 마음이 편해지고 졸음마저 쏟아질 정도로. 목소리를 듣는 것만인데 이리도 편할 수가 있다니 하고 놀랄 정도였다. 부드럽고 따스한 손으로 머리를 어루만져 주는 것 같았다. 샤테이엘은 조용히 한숨을 내뱉으며 고개를 숙였다. 그리고 잠시 후 자신의 머리카락을 스쳐 지나는 손길에 그는 화들짝 고개를 들고 말았다. 하지만 볼 수가 없었다.

너무나도 눈이 부셨기에.

빛의 파편이자 빛의 일부분인 천사 샤테이엘이었지만 눈을 뜰 수가 없었다. 아니, 분명 눈을 뜨고는 있었지만 보이지 않았다. 보이는 것이라고는 어렴풋이 보이는 형상과 환한 빛뿐. 하지만 그 존재는 분명 손이라고 불릴 수 있는 것을 내밀어 샤테이엘의 머리카락을 쓰다듬어 주고 있었다. 마치 자신의 아이를 돌보는 부모의 손길처럼 부드럽고 따스하게.

일순 경직되었지만 그 손길이 너무나도 마음을 편하게 했기에 샤테이엘은 눈을 감았다. 살며시 그의 머리카락을 쓰다듬는 손길은 온몸을 어루만져 주는 것처럼 부드러웠다.

「내가 모든 것을 알 수 있는 것은 아니다. 나도 너희와 같이 창조가 된 자. 나보다 더 고귀하신 분의 뜻은 모르겠구나.」

환한 빛의 공간에 다시 빛이 물결이 되어 흘러갔다. 그것은 이 공간을 모두 메우고도 충분한 양이었다. 존재하지만 존재하지 않는 자이기도 한 그는 그렇게 샤테이엘에게서 손을 뗐었다. 모든 것의 빛을 상징하는 그는 다시 조용히 뒤로 돌아 걸어갔다. 그가 발걸음을 뗀 곳에는 빛의 파문들이 일어났고 마치 그것은 수면 위에 작은 돌을 던졌을 때 일어나는 것과 비슷했다. 한 걸음, 한 걸음 하요트와 샤테이엘에게서 멀어진 그는 고개를 돌렸다. 그의 등 뒤로 일렁이는 빛의 기둥이 마치 날개와도 같은 형상을 했다. 그의 뒤로는 오로지 빛만이 존재했고 그 것은 이 공간의 끝이 어딘지 알 수 없게 만들었다.

그가 걸어간 곳에는 작은 빛의 물결들이 일으킨 파문들로 가득했다. 하요트는 천천히 고개를 들었지만 결코 제대로 쳐다보지 않은 채로 입을 열었다.

"앞으로의 계획은 어찌하면 될런지요?"

적당한 물음. 그로서는 그것이 적당했다. 샤테이엘과 같이 온갖 미사여구를 동원하지는 않았지만 지금 그가 보이는 어투와 태도로는 이 정도가 적당한 선이었다. 그 역시도 모든 것의 빛이며 모든 것의 존재인 그에게 보이는 최대한의 경의일 테니.

분명히 색이 있을 법한 눈동자에는 빛만이 가득해서 어떤 색인지 알 수도 없었다. 물음을 받은 존재는 차분히 하요트를 바라보았다. 적당하지만 어려운 물음이다. 그조차도 아무것도 알 수 없었다. 모든 것을 창조하였다. 하지만 그 역시도 창조를 받은 존재.

인간들이 말하는 소위 신이라고 해서 모든 것이 가능한 것은 아니었다. 생명이 가진 존재가 자신에게 바라는 소원은 많고도 많지만 그중 현실이 되는 것이 극히 소수인 것도 이 때문이다. 우선은 죽음이라는 범주조차 그의 마음대로 되지는 않는 부분이었다. 그것은 분명 죽음이라는 것을 관할하는 자가 따로 있기에. 그렇게 해서 따지면 자신은 그저 상징일 뿐.

왜 존재하는지도 의문이고 어째서 사라지지 않는지도 의문인 존재일 뿐. 그저 막연히 『있어야 하기 때문에 있는 존재』였다. 존재의 이유도 모르면서.

처음으로 존재라는 것을 가지고 걸었던 자이기에, 생명을 가진 이들을 만들 존재라고 이름 붙여지며 경배를 받지만 정작 그 자신은 자신의 존재에 대한 회귀를 문득 하곤 했다. 그것이 다른 모든 생명을 가진 이들의 가치 자체를 떨어뜨리는 일이라고 해도.

짧은 한숨이 빛이 되어 공간을 맴돌았다. 말을 하지는 않았다. 그저 목소리만이 존재할 뿐이다.

「지금은 그저 그들이 할 수 있는 일을 하게 내버려 두게나. 그 시간도 그리 길지는 않을 테니. 그 시간을 즐길 수 있도록 짐을 얹어주지는 말게나.」

 그리고 그 존재는 다시 영원히 끝이 없는 빛 속으로 모습을 감추었다. 처음부터 빛이었으며 마지막에도 빛이 될 존재는.

*　　　*　　　*

 일행들이 하나둘 정신을 차려 잠에서 깨어날 때에는 이미 해가 뉘엿뉘엿 넘어갈 때 즈음이었다. 가장 먼저 자신을 추려서 잠에서 깨어난 것은 언제나 그렇듯 진현이었다. 수면 부족은 둘째 치더라도 말을 타고 하는 여행은 상당히 피곤한 것이다. 그럼에도 지금까지의 여행 중 단 한 번도 다른 사람들만큼의 지친 기색도 보이지 않았다. 그는 대충 샤워를 한 후에 저녁 식사를 하기 위해 아래층으로 내려왔다. 역시나 그렇듯이 식당에는 적당히 많은 사람들로 북적거렸다.
 처음 일행을 맞이했던 소녀는 정신이 없는지 이리저리 뛰어다녔지만 그 모습을 허물 삼는 사람은 아무도 없었다. 메뉴판인 것인지, 아니면 그냥 주문을 적기 위한 종이인지를 가슴에 꼭 쥔 채로 식당의 사람들과 부엌 사이로 바쁘게 뛰어다니는 소녀를 보면서 진현은 작게 웃었다. 비어 있는 테이블의 의자를 끌어다 앉으니 곧 소녀가 뛰어와서는 행주로 테이블을 닦아주었다.
 "아아, 죄송해요. 지금 너무 바빠서……."
 미안하다고 말하는 소녀를 보며 진현은 고개를 저으면서 부드럽게 대답했다.
 "아니오, 괜찮습니다. 한데 다른 일하는 사람은 없는 것인지요?"
 "아, 부엌에서 일하는 주방장 아저씨와 주인이신 어머니, 그리고 오빠와 제가 일하는 사람의 전부예요. 오빠는 잠시 창고에 음식 재료를 가지러 갔고요."

"그렇습니까."

살풋이 웃는 진현의 미소에 소녀의 양 볼은 발갛게 물들었다. 얼음으로 만들어놓지 않은 이상 진현의 미소에 잠시라도 혹하지 않을 여성은 없으니. 소녀는 주문을 적을 태세로 펜을 들면서 조심스럽게 말했다.

"아, 주문은……."

다리 하나를 꼬고 앉은 진현은 손가락의 끝을 서로 마주 댄 채 빙긋이 웃으며 말했다.

"양송이 수프, 감자 샐러드, 플레인 오믈렛, 커피 한 잔. 한데 성함이?"

소녀는 저녁 식사임에도 불구하고 진현의 메뉴가 상당히 간소한 것을 보고 고개를 살짝 갸우뚱거렸다. 그리고는 곧 진현의 질문을 듣고는 주문이 적힌 종이로 살짝 입을 가리며 답했다.

"저, 저는 티네케라고 해요, 티네케 프리그란트."

자신을 티네케라고 말하며 수줍은 듯이 웃는 소녀를 보며 진현은 잠시 눈을 동그랗게 뜨더니 한 손으로 흘러내리는 머리카락을 쓸어 넘겼다. 티네케라……. 작게 중얼거리는 그를 보며 티네케는 고개를 갸웃거렸다. 하지만 곧 진현은 살며시 웃어 보이며 고개를 저었다.

"아니, 별다른 것은 없습니다. 티네케, 아름다운 이름이로군요. 혹시 말입니다… 겨울에 태어나셨습니까?"

"아, 그것을 어떻게?"

놀라워하면서 묻는 티네케를 보면서 진현은 역시라고 입속으로 중얼거렸다. 티네케라는 것은 본디 일본에서 새로운 품종으로 개발된 장미의 이름이었다. 순백색의 대형 종에 속하는 이 장미는 보통 겨울철에 더욱 꽃잎의 수가 많아지고 아름다워진다. 다시 한 번 이 세계가 또 다른 차원이 아닌 한 맥락을 잇는 미래라는 것을 되새기며 진현은 고개를 내저었다. 새삼 놀라워할 것은 없지 않은가. 식물이라는 것은 본디가 인간이 멸망해도 살아남을 것이라고 과학자들이나 사람들이 늘 말해 온 것이고 정말로 그럴 터이니.

그리고 자료라는 것은 아무리 잿더미라고 해도 얼마 정도는 남아 있을 수 있는 것이다. 놀란 눈초리의 티네케에게는 그저 웃음으로만 때워준 그는 차분히 음식이 나오기만을 기다렸다. 소란스러워지는 사람들 속에서 한 남자의 모습이 진현의 눈에 비쳤다. 20대 중반 정도로 진현과 비슷해 보이는 나이의 청년이 어깨에 부대 자루를 하나 짊어진 채로 가게 안으로 들어왔다. 어디서 본 듯한 얼굴. 아마도 소녀의 오빠라고 하는 사람인 것 같았다. 물론 나이 차이는 제법 나는 것처럼 보였지만.

하지만 소녀와는 다르게 짐짓 냉정해 보이는 얼굴이었다. 여염집의 총각치고는 제법 잘생겼다는 평판을 들으면서 도시의 아주머니들에게 인기 꽤나 있을 상. 하지만 표정은 무뚝뚝한 것이 자세히 보지 않았더라면 소녀의 오빠라고 생각하기 힘든 표정을 가지고 있었다. 길거리에서 그냥 스쳐 지나간다면 모를 정도의 생김새였지만 무표정한 얼굴 덕분에 꽤나 인상 깊은 청년은 그대로 부대 자루를 짊어진 채 부엌 안쪽으로 사라졌다.

손가락을 까닥거리면서 약간 떨어진 창을 통해 거리의 주민들을 구경하고 있는 진현의 옆으로 하나의 그림자가 다가왔다. 피로한 기색의 셀로브였다(그의 안색을 보면 항상 피로하다 못해 창백해 보이지만). 진현은 슬그머니 셀로브를 올려다보다가 다시 시선을 돌려 밖을 쳐다보았다. 한쪽 이마를 지그시 누르며 의자에 앉은 셀로브가 투덜거리듯 말했다.

"머리가 울리는군 그래. 무슨 인간들이 이리도 많아?"

진현은 퉁명스러운 목소리로 대꾸했다.

"저녁 식사 시간이니까. 인간들 음식에는 별 관심 없다던 네가 왜 내려온 거냐?"

"인간 세계에 조금이라도 적응해 두려고. 귀찮은 일이지만 별수없지 않아? 나야 뭐 빛으로도 충분하지만 인간 음식을 안 먹으면 나를 이상하게 보겠지 싶어서. 어렸을 적 어머니께 듣기로는 인간들 음식도 꽤 먹을 만하다고 들었어."

"음."

진현은 한 손을 탁자에 올린 채 턱을 괸 그대로 말을 하고 있어서 조금씩 머리가 움직였다. 그리고 곧 자신의 그 자세가 식사 예절에는 어울리지 않는다는 것을 상기하고는 턱을 괸 손을 빼내어 팔짱을 낀 후에 등받이에 몸을 기대었다. 여전히 손님들 사이를 분주하게 뛰어다니며 주문을 받던 티네케는 진현의 옆에 새로운 사람이 앉아 있자 황급히 달려왔다. 셀로브는 슬쩍 곁눈질로 티네케를 바라볼 뿐 별다른 행동을 취하지 않았고 그로 인해 티네케를 당혹케 만들었다.

사실 티네케가 왔어도 주문을 시킬 수 있을 리 만무했다. 그렇기에 진현은 슬며시 셀로브의 옆으로 의자를 끌어당겨 앉고는 귓속말로 속삭이듯 말했다.

"먹고 싶은 것을 말하면 돼. 보통 일관된 메뉴는 없는 듯하니까."

"흐음?"

셀로브는 고개를 갸웃거렸고 진현은 어깨를 으쓱거리며 주문을 해 보라는 눈치를 주었다. 잠시 동안 자신의 푸석한 검은 머리카락을 만지면서 생각을 하던 셀로브가 턱을 조금 치켜 올리며 말했다.

"이 집에서 가장 비싸고 맛있는 요리."

콰당.

황당해하는 티네케가 반문할 시간적 여유도 주지 않고 진현은 만면에 웃음을 띤 채로 셀로브의 멱살을 잡아당겼다. 물론 그의 이마에는 열십자 무늬의 핏줄이 돋아나 있는 것은 두말할 것도 없음이다. 진현은 조용하면서도 천천히 입을 열었다. 하지만 그의 목소리에는 분명한 살기가 스며져 나왔다.

"이봐, 너 말야. 음식 값을 계산하는 것은 누구라고 생각하는 거지?"

"치사하게 음식 값 가지고 뭐라고 하다니! 너야말로 발록Balrog의 동굴에서 보물들 몇 개 가지고 왔잖냐!"

"하나야!"

그 둘의 대화는 속삭이듯 작은 목소리였지만 목소리에는 묘한 악센트가 들어가 있었고 진현은 셀로브의 멱살을, 셀로브 역시 진현의 셔츠 자락을 잡아당기며 실랑이를 벌였다. 불쌍한 티네케 양은 그들의 옆에서 한동안 멍한 얼굴로 서 있을 뿐이었다.

"그게 네 것도 아니면서 왜 따지고 들어? 피해라는 피해는 몽땅 입힌 주제에 이제는 돈까지 쓰게 만들어? 너는 그냥 빚이나 갚아먹고 사는 게 제격이다!"

"…너, 지금 말 다 했냐?"

"말 다 했다."

"두 분 지금 뭐 하시는 것인지요?"

한참을 티격태격 말싸움을 하는 두 사람의 귀에 자못 황당해하는 기색이 역력한 목소리가 들려왔다. 고개를 돌려보니 그곳에는 이제 막 잠에서 깨어났는지 연신 하품을 해대는 에오로와 지금 진현과 셀로브의 상황이 어떻게 된 것인지 고민하는 표정의 니드가 서 있었다. 에오로는 다시 한 번 하품을 크게 한 후에 기지개를 켜면서 말했다.

"하암, 두 분 모두 뭐 하시는 거죠? 식사는 하셨나요?"

진현은 잠시 헛기침을 몇 번 한 뒤에야 아직까지 티네케가 멍한 얼굴로 자신들의 옆에 서 있다는 것을 알아챘다. 그리고는 곧 미안한 표정을 지어 보이며 고개를 숙였다.

"이런… 정말로 죄송합니다, 티네케 양. 조금 뒤에 이분들과 함께 주문을 하도록 하겠습니다."

"아, 예."

티네케는 잠시 고개를 끄덕인 뒤에 곧 다른 손님들을 향해 뛰어가 버렸다. 잠깐 숨을 내뱉은 진현은 셀로브를 싸늘한 눈초리로 노려보았다.

"질문 자체도 잘못되었어. 비싸고 맛있는 음식? 그럼 싼 음식들은 맛없는 것이 되냐?"

"싼 게 비지떡이라는 인간 말도 있던데 뭘 그래?"

"어디서 주워들은 것은 많아가지고."

니드는 두 사람의 대화가 도통 모르겠다는 얼굴로 고개를 갸웃거렸다. 하지만 그렇게 많은 시간을 축내지 않고 생리적이고도 인간으로서는 당연한 현상에 배를 문지르면서 자리에 앉았다. 에오로는 벌써부터 손가락을 꼽으면서 자신의 메뉴를 점검하고 있었다. 그들이 잠을 잔 시간은 대략 대여섯 시간. 그 정도면 여행의 피로까지는 아니더라도 수면 부족 현상에서 벗어나는 데는 충분한 시간이었다. 그래서 에오로는 대단히 상쾌한 얼굴이었고 니드 역시 조금은 피로해 보이기는 했지만 그것은 여행을 하는 사람으로서의 당연한 부분이었기에 진현은 고개를 끄덕였다.

그는 언제부턴가 안경이 없는 것이 당연하게 되어버린 콧잔등을 손가락으로 매만지면서 입을 열었다.

"에이레이 양과 슈린 군은?"

"슈린은 밥맛이 없대요. 조금 피곤해서 그렇다는데… 하여간에 나중에 알아서 먹겠답니다. 그리고 에이레이는 아직 숙면 중이에요. 피곤했나 보죠."

에오로의 대답에 진현은 살짝 고개를 끄덕였다. 그리고 그런 그들의 옆에 머뭇거리며 다가오는 티네케를 보며 조용히 미소 지어주었다. 티네케는 지금 굉장히 당황하고 있던 참이었다. 여행객들은 항상 보아오는 그녀였지만 지금과 같이 남자들, 그것도 젊은 나이의 일행들로만 구성된 여행객들을 보는 것은 처음이었다. 가장 나이가 많아 보이는 셀로브조차도 20대 후반 이상으로는 보이지 않았으니까 말이다.

나이 어린 소녀에게는 상당히 부담이 가는 부분이었기에 티네케는 얼굴을 잔뜩 붉히며 간신히 입을 벌렸다.

"아, 저기… 주, 주문은?"

에오로는 활기 찬 태도로 천천히 손가락을 접어가면서 말했다.

"양송이 수프, 감자 그라탕, 닭 가슴살 스테이크 2인분, 햄 치즈 샌드위치, 그리고 따뜻한 우유."

티네케는 받아 적기에도 바쁜 눈치였다. 그리고는 곧 눈을 살짝 들서 에오로를 바라보았다. 그녀의 눈은 〈이 많은 것이 다 어디로?〉라고 묻는 듯했다. 니드는 어쩔 수 없다는 식으로 웃었고 간단하게 빵과 우유, 그리고 후식으로 커피 한 잔만을 주문했다. 진현의 눈치를 잔뜩 받은 셀로브 역시 알아서 달라는 말로 압축시켰다. 부엌으로 달려가는 티네케의 뒷모습을 보면서 에오로가 중얼거렸다.

"어린 나이에 가게에서 일한다고 힘들겠네. 하긴 요즘 나라 분위기가 싱숭생숭하니."

"나라 분위기라니요?"

진현은 고개를 갸웃거리며 되물었다. 그러자 에오로는 뒷머리를 긁적거리며 대답했다.

"에에, 별것 아니에요. 그냥 전쟁이 일어날지도 모른다는 소문이 있어서 말이죠."

"전쟁?"

니드는 자신도 그것에 대해서는 금시초문이라는 어투였다. 한껏 미간을 찌푸리는 그를 보며 셀로브가 어깨를 으쓱거렸다.

"인간들 사이에서 전쟁이라는 것은 별달리 큰일은 아니지 않나? 언제나 전쟁은 있었고 그 속에서 피를 흘리는 것도 당연한 일이지. 인류사라고 해봤자 되돌아보면 모두 전쟁 이야기뿐일 텐데 말야."

셀로브는 차갑게 말했고 니드는 별달리 반문할 말을 찾지 못했는지 그저 가만히 고개를 저을 뿐이었다. 진현이 궁금하다는 말투로 다시 묻기 이전에 어느새 주문한 음식들이 일행들 쪽으로 다가오고 있었다. 티네케가 들기에는 상당히 많은 양이어서일까. 음식을 가져온 것은 그녀의 오빠로 보이던 청년이었다. 가까이 보니 특히 더 무뚝뚝해 보이는 얼굴이었다. 표정 자체가 없다고 해도 무방할 정도였다. 청년은 이

방인들을 보면서 약간은 곱지 않은 눈길을 주었지만 진현과 셀로브를 제외한 두 명은 그 눈길을 알아채지 못했다.

청년의 눈빛을 보며 셀로브의 몸이 잠시 움찔거렸다. 그러나 진현이 지그시 그의 한 손을 붙들어두었기 자리에서 일어서지는 않았다. 청년은 음식들을 나눠주지 않고 그저 식탁 위에 올려두기만 했다. 그리고는 다시 한 번 험악한 눈길로 일행들을 쳐다본 뒤에 다른 곳으로 휑하니 가버렸다. 서비스 업에 종사할 타입은 아니라는 것을 밝히고 싶었던 모양이다. 마지막 그의 눈길을 본 것인지 에오로가 이상하다는 듯 입을 열었다.

"저 사람은 왜 우릴 저렇게 째려보는 거지?"

"응, 뭐가?"

약간—자신의 관점에서만 그렇고 남이 보기에는 엄청나게—둔한 감을 가지고 있는 니드는 음식들을 하나씩 각자의 앞에 놓아주면서 되물었다. 그렇지민 에오로도 그저 어깨를 으쓱거릴 뿐이있다. 진현은 그저 이방인을 싫어하는 사람이겠거니 하면서 셀로브의 한 팔을 툭툭 쳐주었다. 진정하라는 의미였을까. 셀로브는 미간을 좁히며 등받이에 몸을 기대었다.

어느새 식당 안에는 상당히 많은 사람들이 앉아 있게 되었다. 창으로 비치는 붉은 햇살은 검은빛을 띠고 있었고 성급한 별들은 하나둘씩 고개를 들이밀었다. 사람들이 문을 열고 가게 안으로 들어올 때마다 싸늘한 바람도 함께 가게 안으로 몸을 뉘었고 사람들은 두런두런 이야기를 나누었다.

평상시와 다름없이 그렇게 하루의 마지막에서 술 한잔을 마시면서 내일을 기대할 수 있는 사람들. 셀로브는 자신 앞에 있는 음식을 잠시

가지고 놀기로 마음먹었는지 나이프로 찌른다던가 포크로 찍어보는 등의 행동을 취했다. 그리고 앞에 놓인 스테이크 한 조각을 포크로 찍어 입에 가져갔다. 입으로 우물거리면서 잘 먹는 것을 보니 그럭저럭 먹을 만한가 보다. 진현은 자신의 앞에 놓인 커피잔을 들어 올리며 말했다.

"아, 그건 그렇고 전쟁이라니. 무슨 말씀이십니까, 에오로 군?"

그의 목소리는 그렇게 큰 것이 아니었고 오히려 작다 싶은 크기였기에 에오로는 자칫하면 사람들의 목소리에 묻혀서 진현의 물음을 못 알아들을 뻔했다. 진현의 물음에 니드 역시 궁금하다는 얼굴이 되었다. 니드가 따뜻한 우유를 한 모금 마실 즈음 에오로는 포크를 접시 위에 놓으면서 어렵사리 말을 꺼냈다.

"글쎄요, 확실한 것은 모르겠지만 아까 다른 도시 사람들이 하는 말을 조금 들었어요. 아마도 전쟁이 일어날 것 같다고요."

"클레인 왕국, 이 나라가 말입니까?"

에오로는 조심스럽게 고개를 저었다. 그리고 조금 더 목소리를 낮추면서 말했다.

"아니, 이 나라가 아닌 것이 천만다행이죠. 천만다행일까? 저도 모르겠어요. 하지만 그렇게 말하면 벌받을 것 같네요. 다만 이 나라는 아니에요. 옆 나라인 카르틴 제국과 유니엄 공국이라는데 말이지요……."

『카르틴이?!』

그동안 무슨 일인지 잠자코 있던 운이 갑작스레 소리쳤고 진현은 황급히 운의 손잡이를 잡았다. 혹여 다른 사람들이 듣지나 않았을까 걱정스레 둘러보는 진현을 아랑곳하지 않고 운은 계속해서 말했다.

『카르틴 제국이 말야? 감히 그 제국에 칼을 들이밀 나라가 있다는 거야? 제국이 먼저 싸움을 걸지는 않아! 분명히! 그런데 전쟁이라니? 잘못 들은 것 아냐?』

자신의 연인이 다스렸던 나라여서일까. 카르틴 제국에서 전쟁이 일어날지도 모른다는 말에 상당히 흥분하는 운의 말을 들으며 에오로는 난처하다는 듯 머리를 긁적거렸다. 니드가 조용하게 운의 말을 이었다.

"내가 들어도 말이 안 되는 것 같아. 카르틴은 현재 대륙에서 가장 강력하다는 권위를 가진 제국이야. 대륙의 달력조차도 그 나라의 이름이잖아. 한데 유니엄 공국과? 유니엄 공국은 카르틴의 남쪽에 있는 섬들로 모여 있는 작은 소국인데. 그저 작은 섬들로만 이루어진 우리 나라와 싸워도 될까 말까 하는 나라가 제국과 싸우겠다니? 제국 쪽에서 먼저 싸움을 건 건가?"

『말이 되는 소리를 해, 니드! 가르딘 제국이 그런 나라가 아니라는 것은 지금 현재를 살고 있는 네가 더 잘 알 텐데!』

만약에 얼굴이라도 있었다면 싸늘한 눈빛도 같이 동반되었을 것같이 매섭게 소리치는 운에게 니드가 황급히 말했다.

"아, 알고 있어. 그러니까 더 황당하지. 카르틴 제국의 여황은 지극히 국모로서 적당하고 현숙하며 지혜롭고도 자비로운 사람이라고 알려져 있어. 그것은 타국인 우리 나라 사람들까지 공감할 정도이고. 그런 그녀가 지금의 평화를 깨고 전쟁을 걸 정도로 무모하지 않다는 것은 당연해! 거기다가 유니엄을 공격해 봤자 카르틴에는 아무런 이득도 없으니까. 그 말은 즉, 유니엄이 카르틴에 전쟁을 걸었다는 말인데, 그게 더 말이 안 되잖아. 이길 수 있는 싸움이 아냐. 완전히 죽으려고 무덤을 파는 거라고."

　흘러넘치는 대화의 물결 속에서 정신을 차릴 수 없는 것은 진현과 셀로브였다. 에오로는 연신 고개를 끄덕여 댔지만 이 대륙의 나라 사정을 알 리가 없는 진현은 한 손으로 슬슬 편두통이 느껴지는 이마를 누를 뿐이었다. 셀로브 역시 그저 전쟁이 나려니 하는 표정으로 무심하게 식사를 계속했다. 전쟁이 나든 말든 사실 마족인 그와는 상관이 없는 일이었으니까.

　욱신거리는 이마를 검지손가락으로 꾹꾹 누르던 진현이 차분히 말했다.

　"자, 이제 조금 정리를 해보도록 하지요. 그러니까 지금 이 나라의 옆에서 전쟁이 일어나려고 하고 있다는 말씀이십니까, 에오로 군?"

　"간단히 말하자면… 그렇죠."

　그러나 니드는 고개를 저었다. 그의 표정은 상당히 침울하면서도 걱정스러워 보였다.

　"그렇게 간단히 요약하고 설명할 수가 없습니다. 전쟁이 일어나면 우선은 그 영향이 우리 나라에까지 영향을 미치게 됩니다. 그것은 대륙의 다른 나라들도 마찬가지가 되겠지요. 전쟁의 영향 아래에 경제 자체가 흔들리게 될 겁니다. 카르틴과 유니엄과 교역하는 사람들도 많은데 말이지요."

　"확실히……."

　진현은 니드의 말을 다 들은 후에 자신의 턱을 매만지면서 조용히 말을 꺼내었다. 사실 전쟁이라는 것이 그의 관심사 밖이라고는 해도 자신이 이곳에 온 목적을 달성하는 데에 방해가 될지도 모른다는 생각도 조금씩 들었다. 잘못하면 시간이 늦춰질 수도 있고 방해물이 생길지도 모른다는 것이 그의 뇌를 자극했다.

"확실히 전쟁이라는 것은 그 두 당사자만의 문제가 아닙니다. 전쟁이 일어남에 따라 주위의 국가에 미치는 파장 역시 상상을 불허하지요. 물가의 폭등이나 주식의 하락… 아, 이곳에서 주식은 없으니 이 부분은 제외하더라도 특히 나라를 오가며 물건을 파는 교역상들에게는 큰 여파가 미칠 것입니다. 이 나라에서 나지 않고 카르틴과 유니엄에서 사 오는 특산품들의 가격은 폭등할 것이며 여기서 이윤을 목적으로 물건을 독점하는 매점 매석의 형상이 이루어질 수도 있습니다. 물가의 폭등은 시민들의 생활에도 엄청난 영향을 미치는 것. 결론은 전쟁은 없어야 하지요… 쉽지만은 않지만 말입니다."

그렇게 말하며 진현은 쓰게 웃었다. 정말이다. 말로만 쉽지 전쟁이 일어나서는 안 된다라고 해서 안 일어나는 전쟁 보지 못했다. 이 나라에서 전쟁이 일어나지 않는다는 것만으로도 감지덕지이지만 그래도 문제는 거기서 끝나지 않는다. 이 여행의 목적인 다시 원래의 살던 곳으로 돌아가는 것이 만약에 카르틴과 유니엄에게까지 퍼져 있다면? 그리고 수도에 있는 인물을 제외하고서라도 나머지 한 명의 인물이 그 두 나라에 있을지도 모르는 일이었기에 진현은 슬슬 걱정이 되기 시작했다.

이 여행의 목적.

다시 한 번 생각해도 머리가 아파오는 부분이다. 돌아가는 것이 목적이다, 분명히. 하지만 그전에 해야 할 일도 있었다. 여행… 처음부터 제시되었던 것도 없었기에 주어진 퍼즐처럼 조각조각 맞추는 것도 불가능했다. 어찌하면 좋을까, 어찌하면. 눈을 감고 고개를 숙이고 있는 진현을 보면서 셀로브가 슬며시 어깨를 툭 하고 쳐주었다. 화들짝 놀라며 황급히 고개를 드는 진현을 보면서 셀로브와 니드, 그리고 에오로의 이상한 시선이 쏟아졌다.

　이들에게도 어떠한 위험이 닥치지 않을까. 진현은 세 사람의 시선을 보면서 그러한 생각이 들었다. 우연을 가장한 운명일 것이다. 지금 자신과 인연이 닿아 있는 사람들은 모두. 어쩔 수 없이 만나야 했고 같이 여행을 해야 하며 훗날 반드시 헤어져야 할 사람들.

　반드시 헤어져야 할… 사람들.

　진현은 가만히 고개를 저어보았다. 정말로 운명이라면 어쩔 수 없는 것이라 여겨야 하지만…….

　"진현, 어디 편찮으신 곳이라도?"

　걱정스레 묻는 니드에게 진현은 아무것도 아니라는 짧은 말과 함께 다시 밝게 웃어주었다. 그럴 수밖에 없었다. 자신 때문에 어쩌면 큰 위험에 부딪치게 될지라도 어쩔 수 없는 것이다. 위험에 닥치면 도와주면 된다. 목숨을 걸고서라도. 미안한 마음에 자신답지 않게 조금은 서글퍼졌다.

　그들의 등 뒤로 어느새 어둠이 소리없이 내려오고 있었다. 다시 하루가 가고 또 다른 하루가 오는 밤이 찾아왔다.

물의 도시 루인 2

디링.

류트Lute의 현 하나가 작게 몸을 떨었다. 부드러운 바람처럼 자신을 어루만져 주는 주인의 손을 타고 그렇게 천천히 하나의 음과 하나의 선율을 만들어내기 위해 그 작은 몸을 떠는 것이었다. 니드는 조용히 고개를 들어 먼 하늘에 떠 있는 달을 올려다보았다. 달빛은 새침한 처녀처럼 결코 자신의 모든 것을 보여주지 않았기에 더 더욱 신비스러워 보이는 것일지도 모른다.

하얀 달과 그 주변의, 세려고 마음조차 먹지 못할 정도로 많은 양의 별들은 마치 검은 장막 위에 놓여진 커다란 진주와 그와 함께 아무렇게나 던져 놓은 다이아몬드 조각같이 보였다. 어쨌거나 보석처럼 아름답다는 말이다. 그는 홀로 그렇게 벽에 기댄 채 하늘을 올려다보면서 자신의 류트를 매만졌다. 대로에는 오가는 사람도 없었고 간혹 들리는 짐승들의 울음소리와 바스락거리는 나무 잎사귀 소리뿐. 그리고 낮에는 보지 못한 가로등 위에 빛들도. 정말로 해가 짐과 동시에 하나둘씩 가로등이라고 할 수 있는 쇠막대 위에 빛의 공들이 생겨났다.

약간은 서늘한 바람이 그의 뺨을 훑고 지나갔다. 사람들은 이 시간에 무엇을 하고 있을까. 여관가라서 그런지 다른 주택들이 밀집한 곳들보다는 소란스러운 편이었다. 그러나 지나가는 사람은 찾기 힘들었다. 그래서일까, 오히려 더 편안한 마음이 드는 것은.

류트 현을 한 가닥 지그시 누른 후 목소리를 가다듬었다. 차갑다고 하기에는 조금 모자란 시원한 느낌의 바람이 한줄기 그의 몸속으로 빨려 들어갔다.

「운명은 불가사의하지. 결코 예측할 수 없기 때문일까?
얼어붙은 대지가 살그머니 봄빛으로 풀려져 나갈 때
녹슨 태엽 바퀴처럼 멈추어졌던 시간도 새로이 힘을 얻어 흘러나가지.
새롭게 장식된 화환처럼 눈부시도록 아름답게.

언제나처럼 무엇인가 깨닫고 눈치를 채면
그것은 이미 내 곁에 없는 경우가 많지. 왜 그럴까, 왜 그럴까?
시간이라는 것도 결국에는 그런 모양이야.
깨닫고 눈치를 채 잡아놓으려고 하면 이제 남아 있는 것은 없기 마련.
안타깝도록 허무하지만 어쩔 수 없는 모양이야. 그게 운명인걸.

이렇게 가느다랗게만 들리는 류트의 선율도
이렇게 가느다랗게만 들리는 나의 목소리도

결국에는 단 한 사람, 소중한 사람을 위해서인걸.
운명이라는 것에 치여서 옆으로 돌아볼 틈 따위는 없지만

시간이 아무리 흘러간다고 해도, 잡을 수 없다고 해도
소중한 사람만 있다면 외롭지만은 않을 거야.
운명이 아무리 정해져 있다고 해도, 바꿀 수 없다고 해도
소중한 사람만 있다면 무슨 운명이라도 괜찮을 거야.」

"니드는 그런 소중한 사람 있어?"
예쁘장한 목소리. 남자 목소리라고 하기에는 가늘고 여성의 목소리라고 하기에는 조금 무겁다. 그렇게 문득 들린 목소리에 고개를 들어 보았다. 목소리가 들린 방향은 바로 위. 그러니까 자신이 묵는 여관의 2층 발코니였다. 그곳에서는 약간 추운지 어깨에 숄 비슷한 것을 걸친 현홍이 빼꼼이 고개를 내밀고 있었다. 니드는 눈을 몇 번 깜빡거리더니 곧 피식 하고 웃어넘겼다. 바람에 날리는 자신의 적포도주빛의 머리카락을 쓸어 넘긴 현홍이 다시 한 번 말했다.
"그런 노래를 부른다는 것은 분명 그런 사람이 있다는 거라던데."
"누구나 다 그런 것은 아냐. 물론 소중한 사람이 있다면 감정도 더 잘 실리겠지만 말야."
"그 말은 소중한 사람이 없다는 말이야?"
발코니 위에 양팔을 포갠 채로 아래를 내려다보고 있는 현홍을 향해 니드는 가만히 웃어줄 뿐이었다. 니드의 미소를 보면서 현홍은 더 이상 아무것도 묻지 않았다. 하얀색 면 티 아래로 나온 현홍의 팔은 한 손에도 잡힐 정도로 가늘었다. 살결은 뽀얗다고 표현해도 무색할 정도

로 하애서 여성이라도 현홍과 팔을 비교하는 것을 거부할 정도로 보였다. 현홍은 그 까맣고 동그란 눈을 몇 번 감았다 뜨더니 밤하늘로 시선을 돌렸다.

니드는 그 모습을 보며 다시 조용히 웃을 수밖에 없었다. 진현이 현홍을 소중히 여기는 이유를 알 것 같았기에. 순박하다고 해야 할까? 순수한 그의 모습에서 미운 감정을 느끼는 사람은 아무도 없을 것 같았다. 질투라면 또 모르겠지만. 그렇기에 니드는 잠시 진현이 부러워졌다. 밤하늘을 쳐다보던 현홍은 니드가 고개를 숙인 채 작게 웃는 것을 보고 고개를 갸웃거렸다.

"왜 웃어?"

작은 목소리로 묻는 그에게 니드는 고개를 저어 보였다. 그리고 류트를 한 팔에 안 듯이 든 채로 다시 가게 벽에 몸을 기대었다. 여관들 안에서 들리는 두런두런 이야기를 나누는 사람들 목소리가 정겹게만 들려왔다. 바람에 뜯겨져 나간 꽃잎들이 보이지 않을 밤하늘을 날아다녔고 주위는 다시 고요해져 갔다. 다른 사람들보다 늦게 잠에서 깨어난 현홍은 그 때문에 다시 잠을 자는 것이 힘든 모양이었다. 아니면 벌써 자고도 남았을 이 시간에 이렇게 밤바람이나 쐬고 있을 리는 없었으니까 말이다.

오늘따라 이상하게 차분해 보이는 니드를 보면서 현홍은 고개를 갸웃거릴 뿐 아무것도 할 수가 없었다. 이유를 물어보면 안 되는 것일까? 가만히 웃고 있는 모습이 어딘지 모르게 쓸쓸해 보이기도 했다. 그러니 이런 오밤중에 안 자고 저런 청승을 떠는 것이겠지. 그런 니드가 알면 한 대 얻어맞을 생각을 하면서 현홍은 다시 궁금증이 생각났다는 투로 입을 열었다.

"아, 나 묻고 싶은 것이 있는데 말야."

멍하니 허공만을 바라보던 니드가 현홍의 그 말에 반응을 한 것은 평소보다 정확히 몇 초 가량이 지난 후였다.

"뭐가 궁금한데?"

"니드가 가진 그 류트 말야, 그거 평소에는 어디에 있는 거야? 난 오늘 처음 보는걸."

현홍은 눈길로 니드가 안고 있는 류트를 가리켰다. 아, 이거 말야 하고 작게 중얼거린 니드는 자신의 손에 들린 류트를 잠시 동안 바라보았다. 정작 질문을 한 현홍은 안중에도 없어 보였다. 하지만 현홍 역시 정말 오늘따라 우울해 보이는 니드를 보면서 내심 걱정하던 중이었다. 그래서 질문을 하기는 했지만 대답이 돌아오지 않아도 차분히 기다리기로 마음먹었다.

쓸쓸해 보이는 것일까? 마치 자신이 부모님의 제삿날에 보이던 모습과 비슷했다. 분명히 아무렇지 않게 본인은 행동하지만 우울하고 축처진 것이 다른 사람에게 확실하게 눈에 보였다. 그런 의미로 현홍은 혹여 니드가 자신과 비슷한 경우일까 하여 더 조심하고 있었다. 니드는 고개를 내려 자신의 류트를 손으로 조심스럽게 쓰다듬었다. 마치 기타와 비슷해 보이기는 하지만 그 크기가 약간 더 작고 귀여우면서도 고전적인 느낌.

나무로 만들어진 류트 중앙의 약간 위쪽 홈의 겉으로는 예쁜 무늬가 아로새겨져 있었다. 다른 것들보다 조금은 더 고급스러워 보이는 류트. 니드는 그 무늬를 검지손가락으로 차분히 매만져 가며 조심스레 말했다.

"…평소에는 내 자수정 귀걸이야. 마법을 걸어서… 평소에는 들고 다니기가 불편하다고 해서 그렇게 해주었어."

하도 조용히 말해서 귀를 기울이지 않았다면 못 들을 뻔했다. 현홍은 니드의 설명을 들으면서 고개를 끄덕였다. 하지만 마법은 누가 걸어준 것일까? 니드는 현홍이 묻지 않아도 그 질문을 아는 듯 다시 말을 이어 나갔다.

"몇 번 말했었지. 슈린과 에오로의 스승이자 내 죽마고우인 대마법사 다카 다이너스티, 그가 마법을 걸어주었어."

"소중한 물건이겠네?"

분명 현홍은 아무런 뜻 없이 그렇게 물었다. 그냥 입에서 나왔기에. 하지만 그에 따른 니드의 반응은 조금 예상외라 할 수 있었다. 뭐라고 해야 할까. 조금은 놀란 듯 그런 질문을 할 것이라고는 예상도 못했다는 사람의 얼굴이 되어버렸다. 그리 특별한 질문은 아니었는데 그것이 니드의 마음속 무언가를 건드려 버린 것일까. 니드는 눈을 약간 크게 뜬 채로 고개를 들어 현홍을 올려다보았다. 그리고 조금의 시간이 지난 후 다시 고개를 내려 류트에게로 시선을 돌렸다.

그의 눈은 들어서는 안 될 것을 들은 사람마냥 크게 뜨여 있었다. 질끈 깨문 입술에서는 빠르게 핏기가 사라져 갔다. 사방은 조용했고 달빛은 눈이 시리도록 푸르게 쏟아져 내렸다. 현홍은 아무런 말 없이 숨을 삼켰다. 저런 반응은… 저런 반응은 과연 무엇일까? 정말로 소중한 물건이겠구나 싶었다. 아니면 저런 반응을 할 리가 없으니까. 괜한 말을 꺼냈나 싶어서 현홍은 미간을 찌푸리고 한숨을 내뱉었다.

약간 거리가 있기는 하지만 니드의 표정은 자세하게 눈에 들어왔다. 그는 분명 류트를 바라보고 있었지만 확실한 초점을 가지고 있지 않았다. 아래를 내려다보고 있는 것 같기도 했으며 그렇지 않기도 했다. 한

순간 돌풍이 불어와 니드의 탐스럽다고도 표현할 수 있는 코발트 블루의 머리카락을 흩날려 놓았다. 여행의 도중 도시에서 쉬어갈 때마다 그랬듯 그의 머리카락은 풀어져 있었고 그랬기에 바람에 흔들리는 그의 머릿결은 마치 파도의 물결과도 같았다.

크게 뜨여져 있던 눈은 어느새 가늘게, 그리고 조심스럽게 감겨 버렸다. 현홍은 더욱 이상한 마음이 들어 안절부절못할 수밖에 없었다. 한참의 침묵이 지난 후 지루하다고 생각될 무렵 고요하게 비치는 달빛처럼 부드럽고도 조용한 목소리가 들려왔다.

"…소중? 아, 그래. 소중한 물건이야. 그렇지… 아마도 그럴 거야."

이상한 대답. 현홍은 고개를 갸웃거리며 베란다에 걸치고 있던 팔을 풀어 몸을 일으켰다. 그리고 허리를 한껏 내밀어 아래를 내려다보았다. 니드는… 웃고 있었다. 엷은 미소를 입가에 걸친 채 낮게 웃음 짓는 모습이 보였다. 하지만 눈은 길게 내려온 머리카락에 가리워져 보이지 않았다. 그저 웃고 있는 입가만이 현홍의 눈에 비쳤다. 더 이상 참을 수가 없게 되었다. 지금 니드는 상당히 외로워 보이기도 했으며 위태로워 보였다. 이유를 몰랐기에 더욱 걱정이 되었다.

결국 현홍은 잠시 심호흡을 한 뒤에 사뿐히 아래로 몸을 날렸다. 보통의 사람이라면 다리를 삐거나 운동 감각이 조금이라도 없다면 넘어져 크게 다쳤을 높이였다. 하지만 현홍은 마치 담장을 넘는 도둑처럼 가볍게 몸을 움직여 아래로 뛰었다. 그리고 몸을 최대한 굽혀 균형감 있게 착지했다. 물론 발바닥이 저려오는 것은 넘어가기로 하자.

현홍은 잠시 허리를 굽힌 채로 무릎을 매만지면서 저릿한 발바닥을 조금 돌려보았다. 다행히 별 무리는 없었다. 고개를 들어 니드를 보니 그는 여전히 가게 벽에 등을 기댄 채로 아래만 쏘아보고 있었다. 마치 쥐를 노리는 고양이처럼 살금살금 니드의 곁으로 간 현홍은 조심스럽게 니드의 얼굴을 올려다보았다. 니드는 눈을 가늘게 뜬 채 한 손으로는 류트를 들고 다른 한 손으로는 그것을 어루만지고 있었다.

"니드?"

아주 작은 목소리로 이름을 불러보았지만 대답은 없었다. 그의 미간은 한껏 좁혀져 있었다. 그리고 두 눈은 마치 과거를 회상하듯… 그렇게 물기가 가득 고여져 있었다. 역시 소중한 물건이지만 그에 따른 안 좋은 기억이나 슬픈 과거들이 있었나 보구나. 현홍은 속으로 이렇게 중얼거리며 한 손을 들어 가슴을 지그시 짚었다. 자신도 그런 물건이 있으니까 그 마음 어느 정도는 알 수가 있다. 하지만 완전히 이해할 수는 없어, 서로 다른 아픔이니까. 비슷하다고 해도 같을 수는 없지.

자신이 늘 가지고 다니는 어머님의 유품인 오르골. 그것은 분명 소중한 물건이다. 그리고 그에 따라 아픈 기억도 어머니와의 즐거웠던 기억도 모두 함께 간직되어 있는 그런 물건이었기에 지금 현재 니드가 왜 이런 표정을 짓는지 알 수 있을 것 같았다.

가만히 자신을 쳐다보는 현홍의 시선을 느낀 것일까. 니드는 다시 한 번 희미한 미소를 머금은 채로 현홍에게 고개를 돌렸다. 그렇지만 분명 미소이기는 한데 웃음기는 느껴지지 않았다. 그저 행동으로만 웃어 보이는 것이라는 것을 여실히 알 수 있었다.

왜 그러냐고 물을 수가 없었다. 더 아파할 것 같아서. 그래서 현홍은 자신 역시 미소라고 단정 지을 수만은 없는 것을 입가에 떠올리면서 조용히 니드에게 말했다.

"아파?"

"…응."

짧은 물음에 돌아오는 것은 역시 짧은 대답이었다. 그 대답에 물기가 배어 있을 거라는 것 정도는 알고 있었다. 하지만 막상 들으니 더 묘한 감정이 일어났다. 서글픈 감정. 자신도 때때로 저렇게 말을 하곤 하겠지. 그렇다면 듣는 사람들은 지금의 자신의 심정과 비슷할까?

지금까지 니드에 대해서 아무것도 묻지 않았다. 말하지 않았으니까 물을 필요가 없다고 생각해 왔다. 기껏 지금 눈앞에서 한껏 슬퍼하는 사람에 대해 아는 것이라고는 남자라는 것과 풀 네임과—물론 현홍은 잊어버렸지만 다른 이들은 다 기억한다—음유 시인이라는 것과 대륙 최고의 대마법사의 친구지만 정작 본인은 마법의 '마' 자도 쓸 줄 모른다는 것 정도. 그리고 여느 음유 시인이 그렇듯 대륙의 곳곳을 헤매어 다니는 인물이라는 것.

정말로 아는 것도 없다. 그를 알아간 지 한 달이 넘었건만 생각해 보니 정말로 동료인지 친구인지 의심스러울 정도로 아는 게 없었다. 하지만… 친구라는 것이 정말로 상대방에 대해서 뭐든 알아야 한다는 것은 아니지 않은가? 스스로에게 간단하면서도 진현과 슈린 정도의 되는 인물이 논리적으로 사고하고 토론의 방식을 빌어 머리 아프게 설명하자면 끝도 없을 수 있는 물음을 던진 후 현홍은 짧은 한숨을 뱉어내었다. 아니, 토해내었다고 봐도 무방했을 것이다.

천천히 손을 뻗어 니드의 등을 쓸어 내려주었다. 지금 현재로써 자신이 할 수 있는 일은 이것밖에 없을 것 같아서였다. 그리고 니드 그에게도 현홍이 말없이 자신을 보듬어준다는 것이 큰 위로가 되었다. 달빛은 차가웠다. 하지만 어둠은 고요하면서도 포근했기에 두 사람 정도가 더 자신에게 몸을 기대어도 아무런 불평도 하지 않았다. 어둠이라는 것은 그렇게 말없이 하나의 존재에게 위안을 가져다 줄 수 있으니까.

"어, 무슨 책이죠?"

막 샤워를 마치고 나온 듯 촉촉한 물기 가득한 얼굴로 에오로가 물었다. 그는 침대에 앉아서 베개를 쿠션 삼아 등에 받친 채 책을 읽고 있는 진현에게 질문을 한 것이다. 바닥으로 떨어져 내리는 물방울들을 황급히 훔치는 에오로를 향해 진현이 빙긋 웃어주었다.

"카르틴 제국과 그 외 이 대륙의 나라에 대해서 써놓은… 지리서? 아니, 역사서라고 하는 것이 더 나을 것 같군요. 아까 에오로 군의 말씀을 듣고 조금 생각나는 바가 있어서 말입니다."

마치 짜증이라도 부리는 것처럼 암갈색 머리카락을 수건으로 마구 휘젓고 있던 에오로가 고개를 들었다. 그의 머리카락은 마치 새집처럼 엉망이 되어 있었지만 본인은 별로 개의치 않는 것 같았다. 수건을 대충 접어 방 한구석에 놓여진 바구니에 던져 넣은 에오로는 셔츠를 벗어 들었다. 그리고 자신의 침대 위에 놓여진 검은 셔츠를 천천히 몸에 꿰면서 조용히 입을 열었다.

"으음, 전쟁이라는 것이 왜 일어나는 것인지 저는 잘 모르겠어요. 아무리 생각해도 이해가 되지 않거든요. 물론 아무 이유도 없이 전쟁이 일어나는 것은 분명히 아니지만… 역시나 이해하기는 힘들 듯하네요. 무슨 소리인지 원……."

베란다라고 할 수 있는 창가에 마련된 의자에 앉아서 조금씩 술을 마시고 있던 셀로브가 천천히 잔을 내려놓았다. 하얀 유리잔 속에 든 와인이 붉은빛을 내면서 출렁거렸고 그는 가만히 진현의 대답을 기다렸다. 그도 궁금했던 모양이다. 마족이라는 존재는 인간에 비해서 힘의 차이가 아주 엄청나기에 전쟁이 의외로 잘 일어나지 않는다. 자신보다 강한 존재는 인정하고 복종하는 것이 그들의 본능이었으니까 말이다. 진현은 자신이 보고 있던 책을 한번 힐끔 본 뒤에 책을 덮으며 말했다.

"에오로 군의 말씀대로 이유가 없는 싸움은 없지요. 하다못해 바보 같은 왕의 정복욕 때문이라고도 할 수 있고 전쟁을 안 일으키는 것보다 일으키는 것이 그 나라에 이득이 있으니까 하는 것입니다. 물론 이때에는 전쟁에서 승리를 해야 한다는 전제가 붙기는 합니다만. 하여간에 아주 간단하게 본다면 전쟁이라는 것이 두 나라가 추구하는 여러 가지가 서로 맞물리지 않고 어긋난 톱니바퀴처럼 삐걱거리기 때문에 일어나는 것입니다."

"그렇다면 카르틴과 유니엄의 전쟁으로 두 나라가 얻는 것은 무엇일까요?"

에오로는 도무지 이해 불가능이라고 쓰여진 얼굴로 고개를 갸웃거렸다. 천천히 자신의 침대에 걸터앉으며 한숨을 내쉬는 그를 향해 진현이 쓰게 웃었다. 진현은 짧게 숨을 내뱉은 후에 머리맡 탁자 위에 놓여진 찻잔을 들어 한 모금 삼키고 두 손으로 잔을 부여잡았다.

"전쟁이라는 것은 차선이 아닙니다. 최후의 수단이지요. 어디까지나 전쟁은 작은 도시에서 일어나는 패싸움도 아니고 수만 명에서 수십만 명이 뒤엉켜 싸우는 대규모 머리 싸움입니다. 아, 사실 전쟁은 어떻게 효율적으로 싸우느냐에 따른 것이지 머릿수로 싸우지는 않는다고 봅니다. 제가 전쟁 전문가도 아니고 확신은 드리지 못하지만 말입니다. 물론 전쟁을 할 때에 군대의 규모나 전쟁에 참가하는 군인들의 수도 중요한 것이기는 하지만 천 명의 일반 군인보다 단 한 명의 머리 좋은 장수가 더 중요하답니다. 어쨌거나 카르틴과 유니엄이라는 나라는… 제가 이 대륙의 사정에 아직 밝지 못하기에 대답이 될지 그저 제 생각이 될지 모르겠습니다만 하여간에 제 생각으로는 카르틴 쪽에서 싸움을 건 것 같지는 않군요. 책에 쓰여진 내용에서 본다면 카르틴은 이 대륙 최고의 제국으로서 자원으로 보거나 상업적 요충지로 보거나 유니엄 공국을 공격해 봤자 이득은 하나도 없으니까요."

『당연하지.』

운이 다시 한 번 퉁명스러운 목소리로 끼어들기는 했지만 진현은 그저 싱긋이 웃을 뿐 다른 말은 하지 않았다. 그리고 다시 말을 이어 나갔다.

"자, 그러면 유니엄 공국의 입장으로 한번 살펴보기로 할까요? 유니엄은 섬들로 이루어진 작은 나라라고 하셨습니다. 한데 제가 지도를 살펴본 바로는 그리 작지만은 않더군요. 만약 대륙의 크기로 치자면 아무리 못한다고 하여도 이 나라 정도의 크기는 된다고 봅니다. 그리고 섬나라이기 때문에 엄청나게 강한 해군력을 가지고 있습니다. 다른 나라와 교역을 함에 이르러 교역 선을 보호하고 다른 나라로부터의 침략을 맞는 해군은 대륙의 카르틴도 어찌할 수 없을 것 같더군요. 그리고 무엇보다 유니엄에는 아주 독특한 특징이 있지 않습니까, 에오로 군?"

"…예, 유니엄 공국은 대륙에서는 볼 수도 없는 새로운 무기를 많이 가지고 있지요. 저도 한번 스승님을 통해 볼 수 있었어요. 그런데 그것이 꽤나 굉장한 무기이더군요. 총이라고 하는 것."

에오로는 그리 밝은 표정이 아니었다.

"그것 굉장한 위력을 가지고 있는 것은 아니지만 최소한 맞서서 안

죽는 것은 아니지요. 화살 정도의 위력은 충분히 내고 있고 무엇보다 간편함… 마법을 쓸 수 있는 시간조차 없이 총에 맞아 죽을 수도 있을 것 같았어요. 쇠로 만들어져 있고 그냥 방아쇠라고 하는 것만 손가락에 걸치고 당기면 끝이더군요. 위험한 무기예요."

진현은 씁쓸하게 웃으며 고개를 끄덕였다.

"그리 강력하지 않다는 점에서 다행이라고 칭하고 싶군요. 그렇습니다. 유니엄은 대륙을 통틀어 유일하게 기계 과학이라는 것을 쓸 수 있는 나라입니다."

"기계 과학?"

셀로브가 궁금하다는 투로 물었고 진현은 상냥하게도 일일이 대답해 주었다.

"기계 과학. 어떻게 설명을 해야 할지 잘 모르겠지만 간단하게 말해서 마법과 자연력과는 정반대의 과학을 말하는 거다. 마법이라는 것이 자연의 힘을 빌어서 쓰는 것이라고 한다면 기계라는 것은 인간 본위의, 즉 인위적인 무기를 만들어 쓰는 것이지. 아, 화살이나 램프 등도 과학이기는 해. 하지만 인간의 편의를 위한 과학과는 달라. 무기는… 오로지 파괴만을 위해 만들어진 것이지. 설명이 조악해서 미안하군."

셀로브는 꽤나 굉장한 것을 들었다는 사람처럼 놀란 얼굴이 되고 말았다. 그는 그리 높지 않은 계급의 마족. 그렇기에 상급의 마족이나 천사의 권위 중 하나인 시공의 이동을 알지 못한다. 그렇기에 이리도 놀라는 것이겠지. 그렇게 생각하며 다시 찻잔에 입을 가져다 댄 진현이었다. 이런 곳에 와서까지 그런 썩어 빠진 물건을 구경할 일이 있으리라고는 생각하지도 않았다. 기계. 오로지 인간을 위해 만들어진 인간의 물건. 다른 생명은 생각하지 않는다. 인간이 살 땅을 위해 숲을 뒤

엎고 인간의 병을 고치기 위해 몸을 살펴보고 인간이 원하는 목적을 위해… 인간을 죽인다.

"에에, 그렇다면 이 싸움은 유니엄 공국 측의……."

"아마도 그럴 것입니다. 카르틴에서는 황당하겠지요. 하지만 전쟁은 어디까지나 전쟁. 아무리 강력한 제국이라고 해도 피 한 방울 흘리지 않고 전쟁을 종결시키기에는 무리가 있을 것입니다. 마법과 달리 유니엄에서 쓰는 무기는 확실한 살상용의 물건입니다. 책을 보니 비행정이라는 것도 있는 것으로 보아 화살처럼 한 번에 하나씩이 아닌 한 번에 여러 발의 총탄을 뿜어내는 것도 가능할 듯싶군요. 그리고 카르틴은… 이 나라에도 원정을 요청할 듯싶습니다."

"그 나라에서요? 뭐가 부족하다고."

"많지."

대답은 진현이 아니었다. 언제 문이 열렸는지도 모르게 방문에 기대어 선 에이레이에게서 들려온 것이다. 그녀는 편해 보이는 흰색 블라우스와 검은 바지만을 입고 있었다. 짙은 초록색의 머리카락을 그냥 아무렇게나 위로 묶어 놓은 그녀는 자신의 표정을 잘 살린 채 팔짱을 끼고 문에 기대어 서 있었다. 말 그대로 약간은 독해 보이는 인상을 쓰면서 말이다. 진현은 조심스럽게 자리에서 일어났고 에이레이는 방문을 조용히 닫으면서 안으로 들어섰다.

진현은 친절하게도 셀로브가 앉아 있던 의자를 빼앗듯이 하여 에이레이에게 밀어주었다. 셀로브의 투덜거림도 잠시, 에이레이는 의자에 앉은 채로 고개를 숙였다. 그녀는 카르틴 제국에 소재되어 있는 어쌔신 길드Assassin Gild의 일원이었던 사람이다. 비록 지금은 자신의 신념에 약간의 변화가 생기어 길을 달리했다 하더라도 그녀의 일생 중

대부분은 그곳에 몸담고 있었던 것은 사실인 것이다. 에오로는 침대에 편한 자세—슈린이 보았다면 분명히 한 소리를 들을 정도의—로 걸터앉은 채 에이레이의 말이 나오기만을 기다렸다.

이곳저곳에 놓여진 몇 개의 초가 타오르면서 고즈넉한 분위기를 연출하는 가운데 에이레이가 무겁게 입을 열었다.

"진현이 말한 대로 유니엄은 강력한 살상 무기를 가지고 있다. 아무리 빠르게 칼을 쓸 수 있는 사람이라고 해도 먼 거리에서 화살을 막는 것이 거의 불가능하듯이 총탄을 막는 것은… 말 안 해도 알겠지."

에오로의 표정이 싸늘하게 변해 버렸다. 그는 당황한 목소리로 말했다.

"그렇다면 카르틴이 승산이 없을 것이라는 것인가요?"

『말도 안 돼…….』

이어서 들려온 운의 목소리에도 부정의 뜻이 가득했지만 왠지 모르게 불안한 기색도 엿보였다. 검인 자신이 생각해 보기에도 그랬던 것이다. 검사와 마법사가 싸울 때 속도에서는 검사가 유리하지만 마법의 시전을 마친 마법사에게는 꼬리를 말고 도망가야 한다. 하물며 총이라고 불리는 그 무기는 간단하게 조작이 가능하고 마법사가 마법을 시전하는 것과는 달리 시간도 거의 안 든다고 하는데. 에이레이는 조용히 고개를 가로저었다.

"물론 겉으로 보기에는 그렇지만 그것은 어디까지나 1대 1의 상황에서 만이야. 전쟁에서는 통하지 않아. 그리고 절정의 검사라면 날아가는 화살의 방향도 알 수 있듯 총탄의 방향도 알고 피할 수 있겠지. 하지만 카르틴 제국에서는 확실한 방법을 좋아하겠지? 아무리 전쟁이라고 해도 최소한의 피해만으로 끝내고 싶을 거다. 그래서 이 나라의 원조가 필요해, 「마법사들」이라는 원조가."

"예에?"

에오로는 도무지 알 수 없다는 표정을 지었고 에이레이의 말을 차분히 듣고 있던 진현이 그녀의 말을 받았다.

"그렇습니다. 카르틴 제국에는 뛰어난 검사들과 기사들이 많습니다. 그리고 훌륭한 장군들도 많다고 하더군요. 훌륭한 왕의 밑에서는 훌륭한 신하도 있기 마련이니까요. 총이라는 무기의 장점. 원거리에서 짧은 시간 내에 공격을 한다는 장점을 빼면 남는 것은 없습니다. 이렇게 생각해 보면 어떨까요? 마법사가 방어를 하고 그에 맞춰서 검사들이 일격을 넣는다. 간단하지 않습니까?"

멍한 얼굴의 에오로와 만약 얼굴이 있었다면 멍한 표정을 지었을 운이 동시에 소리쳤다.

"카르틴에도 마법사들은 있어요! 왜 우리 나라에 원조를 청해야 하죠?"

『카르틴은 자존심도 없는 줄 아냐! 이 나라에 원조를 청하게?』

"…전쟁에 자존심은 무슨 놈의 자존심. 어떻게 해서든 이겨야 하는 것이 전쟁인데."

싸늘하게 말하는 셀로브를 보며 에오로의 표정이 팍 구겨졌다. 그로서는 될 수 있으면 이 나라에는 전쟁의 폐해가 없기만을 바랄 따름이니까. 그것은 모든 국민들이 그럴 것이고 그럼으로 에오로의 현재 심정도 꼭 허물이 될 것은 없었다. 그렇기에 진현은 팔짱을 낀 채 가만히 숨을 돌리며 생각했다. 전쟁이 비록 두 나라 사이에서 나는 것이라고 해도 카르틴과 클레인은 우정의 증거로써 전쟁에 동참해 버릴지도 모른다. 아니, 국민들의 여론 때문에 병사들은 출전시키지는 않을지 몰라도 최소한 죽을 염려가 거의 없는 마법사들은 다르다.

그리고 여기에는… 마법사들의 동의와 그에 앞서 대륙 최고의 대마법사라고 불리는 위저드Wizard 다카 다이너스티의 동의가 있어야 한다. 마법사들은 원체 괴팍하고 성미가 고약하여 동의할지는 의문이겠으나 한 나라의 국왕이 간곡히 청한다면 완벽하게 물리치지도 못할 것이다. 뭐, 마법사라는 존재가 원래 희귀한 것이기는 하지만 이 나라에는 제법 많은 듯하니까 마법 길드 내에서 알아서 보내겠지. 그렇게 되면 이 나라에는 어떤 문제가 발생할까?

문제라고까지는 할 것 없지만 만약 유니엄이 카르틴 제국에게 이기기라도 한다면 문제가 되는 것이다. 사실 자신이 책을 보면서 따져 보아도 확률로는 0%에 가까웠지만 이변이라는 것은 존재한다, 어디에서나. 지금 그가 궁금해하고 있는 것은 유니엄이 왜 전쟁을 일으키려고 하는 것인가였다. 상업적 요충지로써의 카르틴은 완벽하다. 대륙의 중앙에 위치해 있으며 피니스 비 리임이라는 거대하고 긴 강도 흐르고 있다. 그 강의 발원지가 카르틴이고 끝나는 지점이 클레인인 것만 보아도 규모를 짐작할 수 있을 정도. 자원도 풍부하며 농경 생활을 잘할 수 있도록 대지 역시 넓다.

나라도 차지하고 싶어지는 곳이로군.

진현은 아무에게도 들리지 않을 정도의 목소리로 중얼거렸다. 특히 운이 이 말을 들었더라면 아마도 사생결단을 내자고 고래고래 소리칠지도 모르는 일이었으니까. 만약 자신에게 최소한 클레인 정도의 군사와 권력을 가지고 있었더라면 그렇게 했을지도 모르겠다고 생각할 정도로 카르틴이라는 나라가 있는 땅은 멋진 곳이었다. 넓은 대지에 풍요로운 자원, 바다와 맞닿아 있는 곳까지 있으므로 해양업을 하기에도 손색이 없다. 진현은 거기까지 생각한 후에 고개를 가로저었다. 아무리 이렇게 생각해 봤자 어쩔 수 없는 것이다.

자신은 이곳 사람이 아니니까 말이다. 어쨌거나 자신과는 현재 이 나라에서 전쟁이 일어나든 말든 별 상관이 없었기에 조용히 넘어가기로 했다. 그렇지만 에오로나 운에게 있어서는 큰일이었나 보다.

"카르틴의 임페리얼 나이트Imperial Knight들은 손가락만 빨고 있는답니까? 원조는 무슨 놈의 원조야!"

경악한 목소리로 외치는 에오로의 말을 싸그리 무시한 채 에이레이는 조용히 입을 열었다.

"네가 너희 나라를 걱정하는 것은 잘 알겠는데 말야, 이 나라와 카르틴은 유대가 깊어. 형제의 나라라고 칭해도 될 만큼 말이지. 그리고 물론 카르틴에도 마법사들이 있기는 해. 하지만 이 나라만큼 역사가 깊고 능력이 우수한 사람들은 찾기가 힘들지. 원래가 마법사라는 것은 희귀한 인간들이잖아? 어쨌거나 네가 살던 세트레세인에서 상당히 많은 인원들이 원조가 되겠지."

에오로의 얼굴은 이제 완벽하도록 하얗게 굳어버렸다. 사실 그도 이 나라의 국민으로서 전쟁이 일어나면 어떻게 해야 하는지 잘 알고 있었다. 하지만 자신의 나라도 아닌 다른 나라의—그것도 자신의 나라보다 강한 나라의—전쟁에 개입되어야 한다는 것은 그 누구에게도 유쾌한 일은 아닐 수밖에 없는 것이다. 그것도 자신의 고향 사람들이, 스승과도 같은 선생님들이 혹은 친구들이 그런 전장으로 가는 것은 엄청나게 불쾌하고도 통탄할 일이 아닐 수 없다.

아무리 마법사라는 존재가 다른 군인이나 검사들보다 죽을 위험이 적다고는 하지만 아예 없는 것은 아니지 않은가? 이런 자신의 생각이

비겁함이라고 욕해도 좋을 것 같았다. 이 전쟁에 자신이 아는 모든 것이 개입되지만 않는다면. 솔직히 길을 가는 국민들 중 열에 아홉은 자신과 비슷한 생각을 할 테니까. 그는 이를 부득부득 갈아댔고 셀로브는 시끄럽다는 식으로 새끼손가락을 이용해 귀를 파면서 퉁명스럽게 말했다.

"뭐, 누가 전쟁에 휘말리고 싶어하겠냐만은 어쩔 수 없을 때도 있겠지. 나라 간의 우정이라던가 자존심도 그에 해당하지 않을까?"

"…내 생각이 비겁하다는 것은 잘 아니까 그렇게 말하지 말아요. 하지만 아무리 생각해도 말이 안 돼! 우정? 형제애? 정말로 소중한 사람에게 위험한 일을 시키겠어요? 이건 다 카르틴 제국이 자신들의 피해를 최소화하려는 계책이라고!"

『에오로! 그거 지금 카르틴에 대한 모욕이다!』

"예, 예! 모욕입니다! 하지만 사실이잖아!"

소리를 빽빽 질러가며 서로 열심히 자신들의 나리를 비호히는 에오로와 운을 보며 진현은 한숨을 내뱉었다. 그리고 시끄러운 소리 속에 다시 신경성 편두통이 도지는 것을 예감한 그는 미간을 잔뜩 찌푸린 채 눈을 감았다. 그리고 운의 검집을 풀어 마음속에서 우러나온 뜻으로 에오로의 옆에 던져 둠으로써 사태를 두 사람만의 말싸움으로 종식시켰다. 에이레이는 어깨를 한 번 으쓱거린 후 진현을 돌아보면서 말했다.

"나도 에오로의 뜻에는 약간─이 부분에 묘한 악센트─동감이야. 아마도 귀족들이나 왕족들이 손을 조금 썼겠지 싶어. 그들로서는 피해는 최소화하는 식으로 전쟁을 끝내고 싶을 테니까. 어쨌거나 유니엄과 카르틴의 전쟁은 아직 공식화는 되지 않았지만 암암리에 진행 중이야."

"귀찮게 되었다고 해야 할까요?"

"네가 찾는 그 인물이 왕궁에 있다고 한다면 충분히. 경계가 장난이 아닐 테니까. 그리고 만약에 다른 인물이 혹여 카르틴이나 유니엄에 있다면 정말로 골치가 아파지겠지."

"젠장."

진현은 짧은 단어로 자신의 심정을 토로했고 에이레이 역시 동감의 뜻으로 고개를 끄덕였다. 그리고 문득 진현은 생각난 것이 있다는 투로 에이레이에게 물었다. 하지만 아주 조심스러운 어조였으며 누가 들어도 조금은 긴장감이 배어 있는 것을 알 수 있을 정도였다.

"저, 에이레이 양, 실례인 줄은 압니다만 질문이 있습니다."

에이레이는 고개를 갸웃거렸고 곧 약간 눈가를 찡그린 채로 싸늘하게 진현을 쏘아보았다.

"실례인 줄 알면서도 물어온다면 중요한 것이겠지. 내가 대답할 수 있는 범위 내에서의 질문이라면… 말해 봐."

"혹여 에이레이 양이 예전 암살자들과 노렸던 다카 다이너스티의 서찰이 그 전쟁에 관련된 것입니까?"

전혀 예상하지 못했던 질문이었던 것인지 에이레이는 그녀답지 않게 화들짝 놀라며 어깨를 움찔거렸다. 그리고 그 반응은 누가 보기에도 마음에서 우러나왔다는 것을 알 수 있었기에 진현은 더 이상 묻지 않았다. 아, 역시라는 말을 조금 중얼거리기는 했지만 말이다. 그리고 놀란 사람은 또 한 명 더 있었다. 바로 전에 언급된 다카 다이너스티의 제자 중 한 명 에오로 미츠버 역시 운과의 말싸움을 하느라 가빠진 숨을 삼키며 에이레이 쪽으로 고개를 돌렸다.

그 기세가 어찌나 대단하던지 셀로브는 그를 보면서 분명히 목을 삐

없을 거야라고 속으로 생각했다. 하지만 에오로는 약간 눈을 크게 뜬 그 자세 그대로 에이레이를 바라보면서 입을 달싹였다.

"…그런 건가요?"

에이레이는 속으로 진현을 저주하면서 이를 악물었다. 자신이 아무리 지금은 암살자가 아니라고는 하나 예전의 일을 누설할 수는 없는 것이다. 멍한 눈으로 그녀를 바라보던 에오로에게 진현이 낮은 목소리로 말했다.

"에오로 군."

"마법사가 전쟁에 관련이 될 일이 어디 있을까요. 왜 스승님께서 그런 것이 연관된……."

"에오로 군, 잠시만 제 말을 좀 들어주십시오."

진현은 그 후에도 몇 번인가 더 에오로의 이름을 불러야 했다. 하지만 결코 화를 내거나 짜증을 내지는 않았다. 에오로는 지금 자신의 스승에게 회의를 느끼고 있었다. 만약 그의 스승 다가 다이니스티가 그들에게 맡긴 중요한 물건이 전쟁에 관련된, 즉 위험한 물건이었다는 것과 또한 그에 대해서는 한마디도 언급하지 않았다는 것. 방금 자신이 그렇게 말하지 않았던가. 〈소중한 사람에게 위험한 일을 시키겠냐〉라고.

"스승님께서는… 과연 저와 슈린을 어떻게 생각하는 것일까요? 그저 잔심부름이나 부려먹는 그런 존재? 있으나 마나 한 존재?"

"에오로 군, 그것은……."

"우린 이용당한 것인가 보군요."

"에오로 군!"

결국 진현은 참을 수 없게 되어버렸다. 그리고 갑작스럽게 질러져 나온 진현의 고함 소리에 의자에 기대어 무심하게 고개를 숙이고 있던 셀로브는 화들짝 놀라며 고개를 쳐들었다. 에이레이 역시 평소에는 거의 보지 못하는 진현의 모습에 아연해하며 목으로 마른침을 넘겨야만 했다. 운 역시 숨을 삼키다 목에 걸려 캑캑거리는 소리를 내었지만 자신이 그 소리에 놀라 입(?)을 다물고 말았다. 진현에 의해 이름이 불린 에오로는 창백한 얼굴로 진현을 올려다보았다. 진현은 어느새 자신이 걸터앉아 있던 침대에서 일어나 있었다. 그는 마치 수업 시간에 잘못한 학생에게 꾸지람을 주는 선생과도 같은 엄격한 얼굴이었다.

그리고 교실에 있는 다른 아이들도 숨을 죽이듯 에이레이와 셀로브는 말없이 입을 다물고 말았다. 에오로는 자신이 평소와는 다르다는 것을 스스로도 잘 알고 있었다. 지금 그는 한없이 우울해져만 갔다. 전쟁이라는 것과 그것에 걸맞는 생각 때문이었다. 전쟁은 불필요한 것, 자신의 나라가 전쟁에 휘말리지 않았으면 하는 것. 그리고 자신의 소중한 사람들이 평화로웠으면 한다는 것. 이 생각은 에오로보다 더 나이가 많은 사람들도 동감할 내용이었다. 그렇지만 지금 자신은 어느새 전쟁에 관련되어진 스승의 물건을 가지고 수도로 가고 있다. 자신도 모르게 진창에 빠진 것과 같은 기분이 들었.

슈린은 이 사실을 알면 무어라고 할까. 그 어린 나이에 전쟁과 비슷한 상황에서 가족을 잃은 슈린은. 어쩌면 많이 아파할지도 모른다. 에오로는 멍한 눈으로 진현을 올려다보았고 진현은 그런 에오로에게 한 발자국 다가가면서 나직한 어조로 말을 해야만 했다.

"슈린 군과 에오로 군의 스승께서는 분명한 이유가 있을 것이라 생각됩니다. 그렇지 않으면 평생을 길러온 자식과도 같은 당신들에게 이런 일을 맞길 리가 없지 않습니까? 그리고 제가 생각하기에는 분명……."

 진현은 잠시 말을 멈추고 한숨을 내뱉었다. 자신도 모르게 또 발끈해 버리고 말았기에 주위 사람들에게 미안한 시선을 보내었다. 물론 흩어진 물을 주워 담을 수 없듯 이미 에이레이와 셀로브는 잔뜩 긴장한 얼굴이었지만 말이다. 차분하게 마음을 가라앉힌 후에 에오로 쪽으로 걸어간 진현은 한쪽 무릎을 굽히며 앉았다. 그리고 살며시 에오로의 어깨에 한쪽 손을 얹으며 희미하게 웃어주었다.

 "제가 생각하기에는 그 스승께서는 당신들을 너무나도 신뢰하여 이 일을 맡긴 듯 보입니다. 실력에 대해 믿어 의심하지 않고 자신과의 약속을 지키면서 일을 잘 수행할 것 같아서 위험할 줄 알면서도 다른 사람들 대신에 슈린 군과 에오로 군을 보낸 것이지요. 그렇게 생각되지 않습니까?"

 "나, 나는……."

 "에오로 군, 믿음이 없는 사람에게 중요한 일을 시키지는 않습니다. 자신이 가지 못해 다른 사람을 보낼 때에는 가장 믿음직스러우면서도 능력있는 사람을 보내는 것은 당연하지요. 그런 점에서 에오로 군은 자신을 신뢰하는 스승을 두셨다고 생각하셔야 할 것입니다."

 에오로는 진현의 말에 감동이라도 해서 눈물을 흘릴 것처럼 되어버렸다(역시 아이들은 구슬리기 쉽다고 진현은 속으로 생각했다). 그리고 그와 더불어 쇠사슬에 묶여 있는 사람마냥 창백하게 질려 있던 셀로브와 에이레이도 속으로 안도의 한숨을 내뱉어야만 했다. 〈하여간에 싸움이라는 것은 당사자들만의 문제가 아니라니까〉 등등의 말을 중얼거리는 에이레이는 숨을 고른 뒤에 의자에 몸을 기대었다. 마치 한동안 물도 못 마신 사람처럼 잔에 담긴 와인을 들이키던 셀로브가 간신히 입을 열었다.
"크흠, 한 가지 묻고 싶은데 왜 우리가 우리의 여정에는 전혀 상관없는 전쟁 이야기나 하고 앉아 있어야 하지?"
"상관이 없다니?"
도리어 에이레이가 셀로브에게 되물었다. 셀로브는 상관없는 것 아닌가 하는 눈으로 에이레이를 노려보았고 그녀는 헛기침을 내뱉은 후에 말했다.
"이봐, 이봐. 상관이 없는 것이 아니지. 만약 네 어머니인 웅골리언트Ungoliant가 유니엄이나 카르틴에 있다고 한다면 골치 아파지지. 어느 부분에서 그런지 알겠지?"
그녀는 아주 당돌하게도 마족인 셀로브에게도 말을 낮추면서 마치 친구와 같은 어조로 말하고 있었다. 하지만 셀로브는 그녀의 그것이 허물이라고 생각하지 않았고 그래서 고개를 끄덕여 보였다.
"아아, 그렇군."
"거기다가 싸움에 직접적으로 이 나라 클레인까지 참여한다고 하면 더 더욱 귀찮아져. 도시에 들를 때마다 검사를 할 테고 그렇다면 행동에는 많은 제약이 따르게 돼. 또 물가가 오르니까 여행을 하는 데 불편해지는 것은 두말할 것도 없고."
그녀의 말에 귀가 다시 번쩍 뜨이는 것은 다름 아닌 진현이었다. 그렇지 않아도 밤마다 샤톄이엘의 이름을 뇌리에 떠올리면서 〈보물 같은 소리 하고 있네. 고작 이 정도를 얻을 거라면 한국에서 주식 투자하거나 땅 굴리는 것 정도로도 충분하다. 천사 주제에 거짓말이나 하다니!〉 등등의 말과 함께 저주하고 있던 참이었다. 에오로는 간신히 진정되는 기미를 보였고 진현은 천천히 몸을 일으켰다. 자신의 금발 머리카락을 쏟어 넘기면서 진현은 빙긋 웃었다.

"아직은 공식화되지 않았다고 하니 문제가 될 것은 없을 듯합니다. 두 나라의 정치가들이 알아서 잘 협상을 하겠지요. 유니엄 공국의 왕, 아니, 공국이니까 대공이라고 해야겠지요. 그 대공이 무슨 꿍꿍이를 가지고 있는지는 모르겠으나 확실히 전력적으로는 차이가 많이 납니다. 될 수 있으면 전쟁이 일어나지 않는 방향으로 전개가 될 듯하군요."

"그렇게 되면 편해지겠지."

고개를 끄덕이며 말한 에이레이는 이제 자신의 방으로 건너갈 참인지 자리에서 천천히 일어섰다. 진현은 그런 그녀를 보며 살며시 고개를 숙였다.

"피곤하실 텐데 일부러 길게 설명까지 해주셔서 감사했습니다. 편히 주무셨으면 합니다, 에이레이 양."

그냥 아무 뜻 없이 인사치레에 불과한 말이었는데. 하지만 에이레이의 얼굴이 붉게 물든 것은 순식간이었다. 조금 까맣다고 할 정도의 피부가 빨갛게 달아오르자 놀란 것은 오히려 다른 사람들이었다. 셀로브는 눈살을 찌푸렸고 에오로 역시 고개를 갸웃거렸다. 그리고 본인은 입을 다문 채로 뻣뻣한 밀랍 인형처럼 굳어 있었다. 고개를 들어 올린 진현은 그녀의 얼굴색이 바뀐 것을 보고 당황한 어투로 말했다.

"아니, 에이레이 양. 어디 편찮으신 곳이라도?"

그러나 그렇게 말하면서 자신에게로 손을 뻗는 진현을 보며 에이레이는 더 더욱 얼굴이 붉어져 버리고 말았다. 마치 잘 익은 홍당무가 밥상 위에 굴러다니는 것 같다고 할까. 자신의 얼굴 가까이 다가오는 진현의 손을 황급하게 쳐낸 에이레이는 뒤로 몇 발자국 물러나면서 소리쳤다.

"아무것도 아냐!"

그녀라고는 상상이 되지 않을 정도로 큰 목소리로 절규에 가깝게 외친 에이레이는 귀뿌리까지 붉어진 채 자신의 방으로 달아나듯 달려가고 말았다. 이 어이없는 반응에 진현은 검지손가락으로 뺨을 긁적이며 이러면 안 되는데라는 의미심장한 말을 했으며, 에오로는 에이레이가 저녁에 뭘 먹었는지에 대해 심각하게 고찰하는 표정이 되었다. 셀로브는… 이상하게도 뭔가를 씹은 듯한 표정이 되어 있었다.

황급히 그 방을 빠져나온 에이레이는 잠시 동안 자신의 방문 앞에 서서 숨을 골랐다. 자신도 왜 이렇게 얼굴이 붉어지는지 이유를 알지 못했다. 물론 그것은 그녀 자신만이 모르는 것이었고 어느 정도 눈치 있는 자라면 단박에 알아차릴 그런 문제였다. 화끈거리는 얼굴을 그와 반대로 차가운 두 손으로 감싸며 숨을 내쉬는 에이레이의 등 뒤로 인기척이 느껴졌다. 황급히 자세를 바로잡고 뒤로 돌아보니 그 사람은 다름 아닌 현홍이었다.

분명히 자신의 방에 있었는데 언제 나간 것이지 하고 에이레이가 고민할 틈도 없이 현홍은 계단을 올라오다가 고개를 들어 에이레이를 보았다. 그리고는 환하게 웃으며 말했다.

"어라, 에이레이! 여기서 뭐 하는 거야?"

마치 몇 년씩 사귄 친구와도 같이 다정하게 말을 걸어오는 그를 보면서 에이레이는 작게 실소를 머금어야만 했다. 얼마 전까지만 해도 적이었는데 이렇게 다정하게 대할 수 있는 것일까. 그리고 보니 현홍은 자신뿐만이 아니라 마족인 셀로브에게까지 친절하게 대해주었다.

정말로 아이와 같은 천진함으로 한 치의 의심도 찾아볼 수가 없었다. 만약에 지금 다시 암살자가 된다고 해도… 마찬가지로 대해줄 것 같았다. 에이레이는 얼굴이 그나마 원래의 혈색으로 되돌아온 것을 느끼며 퉁명스럽게 답했다.

"그냥. 다른… 사람들과 얘기 좀 하느라고."

"으음, 그래?"

에이레이는 자신의 입에서 〈사람〉이 아닌 〈일행〉이라는 말이 나올 것같이 느꼈다. 어느새 자신도 지금의 동료들을 믿게 되어버린 것일까. 어쌔신 길드의 생활에서의 직업으로 만나 의무적으로 생활하는 것이 아닌 운명적으로 만나 서로를 도와주며 여행을 하는 사람들 때문일 듯했다. 이렇게나 빠져 버린 것인가, 평범한 일상이라는 것에? 스스로에게 비웃음을 떠올리며 에이레이는 길게 흘러내린 앞 머리카락을 쓸어 넘겼다.

"그러는 너는, 나가는 것을 보지 못했는데 어떻게 된 거지?"

그녀의 물음에 헤헤거리며 웃는 현홍의 모습은 영락없는 아이의 그것과 같았다. 그는 한쪽 눈을 찡그리고는 뒤통수를 긁적거렸다.

"후훗, 그런 방법이 있었어."

"……?"

두 손을 깍지 낀 채 뒤로 모으며 생긋 웃는 그의 모습은 도저히 24살의 청년 같아 보이지 않았다. 여성인 자신이 보기에도 예쁘고 가녀려 보이는 선이라던가 얼굴은 질투가 날 만큼 아름다웠다. 그에 비해서 자신의 몸은 탄탄하기 그지없었으니까. 비유하자면 현홍이 작은 목소리로 울며 주인에게 사랑받는 새라고 하자면 자신은 대가를 받고 일을 하는 말과 같이 느껴졌다. 천지 차이이겠지. 에이레이는 잠시 이를 악물며 현홍을 쳐다보았다. 자신과 별 차이가 없는 키이니까 애써 고개를 들어 올려 쳐다볼 필요도 없었다.

그 순간의 에이레이의 눈빛을 본 것일까. 현홍은 흠칫하고 놀라더니 곧장 걱정하는 말투로 물어왔다.

"아, 미안. 내 말이 거슬렸어?"

대체 어떤 생각을 가지면 저런 말이 아무런 장애 없이 흘러나오는 것인지 궁금했다. 어떠한 행동도 말도 하지 않았는데 현홍은 지금 에이레이의 흔들린 눈빛이 자신 때문이라고 생각한 듯하다. 물론 그것은 사실이었지만 질문을 받은 그녀가 더 당황하고 말았다. 보통의 사람이라면… 보통의 사람이라면 자신에게 원인이 있어도 모른 척하거나 단박에 사과 같은 것은 하지 않았을 것이다. 『잃어버린 세계』에서 온 사람이라서 그런가라고 생각했지만 또 다른 인물을 떠올리고는 고개를 내저었다.

에이레이는 현홍이 이러는 이유를 알 수 있을 것 같기도 했다. 타인이 아파하거나 슬퍼하는 것이 자신에게는 더욱 큰 슬픔이 되기에……. 에이레이는 될 수 있으면 쓰다는 느낌을 주지 않기 위해 애쓰며 웃어 보였다. 그리고 손을 들어 현홍의 머리카락을 쓸어 내려주었다. 손가락 끝에서 느껴지는 매끄러운 느낌에 에이레이는 한없이 차분해지는 것을 느낄 수 있었다. 그녀는 부드럽게 말했다.

"아니, 네 말 때문이 아니었어. 잠시 생각을 하느라고."

아마도 에오로가 들었으면 에이레이의 저녁 메뉴와 함께 어제 먹었던 음식의 종류까지 고심하게 할 정도로 부드럽고 다정한 음색이었다. 오죽했으면 자신조차도 놀라서 흠칫 몸을 떨었겠는가. 에이레이는 현홍의 한없이 검고 투명하면서도 깊은 눈동자를 지그시 쳐다보았다. 이렇게 보고 있노라면 마음이 가라앉는 것을 느낄 수 있을 정도였다. 왜 이런 기분이 드는 것인지 스스로에게 물어봐도 대답할 말은 없었지만. 에이레이는 현홍의 머리카락을 슥슥 흐트러뜨린 뒤에 자신의 방문을 열었다. 흐트러진 머리카락을 바로잡으며 어리둥절한 표정이 되어 있는 현홍의 모습에서 그녀는 따스한 느낌을 받았다.

"그만 자도록 해. 내일 일정에 차질이 생기면 안 되니까."

그렇게 말한 후 곧장 자신의 방으로 들어가는 에이레이를 보며 현홍은 멍한 표정을 지을 수밖에 없었다.

물의 도시 루인 3

　물의 도시 루인은 여느 도시보다 더 자유 분방한 도시였다. 대로에는 온갖 종류의 사람들이 모여 대낮부터 술을 퍼마시는가 하면 소위 요조숙녀라 불려야 하는 소녀들은 자기 또래의 소년들과 도시 이곳저곳에 마련된 분수대에서 삼삼오오 모여 앉아 사랑을 속삭였다. 과연 그것이 사랑인가 어떤가는 잘 모르겠지만 하여간에 좋게 말하면 자유롭고 정확하게 말하자면 문란한 도시처럼 보였다. 처녀는 과장된 몸짓으로 엉덩이를 살랑거렸다. 가끔은 교태 어린 눈짓으로 뭇 남성들의 애간장을 녹이는 여성도 있었다. 사내들은 대놓고 저 여성은 예쁘다, 어떤 여성의 몸매는 죽이더라 등의 말을 해대는 바람에 진현의 눈살을 찌푸리게 만들었다.

　그는 남녀칠세부동석 같은 옛 고어와는 거리가 먼 인물이었다. 하나 이런 곳에 와서 대낮부터 저런 꼴을 보는 것은 죽기보다 더 싫다는 표정이었다. 그것은 다른 일행들도 마찬가지였다. 니드는 붉어진 얼굴을 이리저리 돌리며 도시의 포석에 대한 진지한 연구를 하기로 마음먹은 듯했다. 일행들의 홍일점인 에이레이는 별 관심이 없었고 현홍은 그리 깊게 생각하지 않는 타입이므로 넘어가기로 하자. 슈린은 평소와 같이 별다른 표정을 얼굴에 띄우지 않았다. 그러나 간혹 눈살을 찌푸리고 고개를 돌리기도 했다.

마냥 도시가 신기한 셀로브는 사람들에게는 별 관심을 두지 않았다. 도시의 규모만을 보면서 고개를 끄덕이는 일이 종종 있었다.

키엘을 보면서 여관에 남아 있기로 한 에오로를 제외한 나머지 일행들은 도시의 중심 가처럼 보이는 사거리의 중앙 분수대에 서 있었다. 잠시 후 그들은 두 팀으로 나누어 여행에 필요한 물건들을 사기로 했다. 한꺼번에 우르르 몰려다니는 것보다는 훨씬 효율적인 방법이었다. 그러나 진현은 잠시 걱정하는 표정이 되어 일행들을 돌아보았다.

"두 팀으로 나누어 물건들을 사고 이곳으로 모이기로 합시다. 하지만 언제 슈린 군과 에이레이 양을 노리는 암살자들의 공격이 있을지 모르니 지극히 조심을 하셔야 합니다. 시장에서 장을 봐오는 것은 저와 슈린 군이 하도록 하겠습니다. 그리고 다른 여행 필요 물자들을 사기 위해 잡화상에 가는 것은 에이레이 양, 셀로브, 현홍, 니드에게 부탁하겠습니다."

"시장 봐오는 것이 더 힘들지 않나? 왜 두 명인데?"

현홍이 눈을 동그랗게 뜨며 진현에게 물었고 진현은 차분하게 대답해 주었다.

"너랑 니드는 싸움에 능숙하지 못하니 에이레이 양이 같이 있으면 좋겠지. 하지만 혼자로서는 조금 힘들 테니 셀로브도 같이 붙여주는 거다."

"…내가 덤이냐, 붙여주게?"

"어쨌거나 위험한 일은 될 수 있으면 없는 것이 낫겠지. 슈린 군이 다카 다이너스티의 물건을 가지고 있기는 하지만 슈린 군의 능력도 있고 나도 있으니 우선은 안심이다. 그럼, 나중에 보자고."

투덜거리는 셀로브를 뒤로하고 진현은 그렇게 말을 마친 후 슈린과 함께 시장 쪽으로 발걸음을 옮겼다. 현홍은 이해가 안 가는 얼굴로 고개를 갸웃거렸다. 그렇지만 니드는 속으로 〈결국에는 자기 하나만 있으면 물건 지키는 것은 앉아서 물 마시는 것보다 더 쉽다는 얘기인 것 같은데〉라고 생각했지만 결코 입 밖으로 꺼내지는 않았다.

진현과 슈린이 걸어간 길 바로 반대 편이 잡화상들과 여러 가지 생활용품들을 파는 가게들의 거리인 듯싶었다. 현홍을 필두로 일행들은 유유자적하게 한 잡화상으로 들어갔다.

"어서 오십… 시오?"

잡화상의 주인은 굉장히 이상한 음색으로 일행들을 맞이했다. 에이레이는 왜 저러나 싶어서 잡화상의 눈을 쳐다보다가 곧 그 시선이 자신의 등 뒤로 향하는 것을 알고 고개를 돌렸다. 그곳에는 밀랍으로 만들어진 인형처럼 무뚝뚝함이 절로 배어져 나와 뚝뚝 떨어지는 얼굴의 셀로브가 험악한 얼굴로 서 있었다. 이러니 당연히 겁을 먹지. 한 손을 들어 이마를 짚는 에이레이를 대신해 현홍이 셀로브의 팔을 툭 하고 쳐주었다.

그제야 셀로브는 자신의 표정으로 본 잡화상 주인의 안색이 새파랗게 되어 있는 것을 알았다. 그는 몇 번 헛기침을 내뱉은 후 고개를 돌렸다. 마치 목덜미가 꽉 움켜쥐어졌다가 풀려난 사람처럼 주인장은 숨을 깊게 내쉰 후에 이마에 흐르는 땀을 닦아냈다. 정수리까지 시원스럽게 벗겨진 이마에 풍만한 몸을 가진 그는 여행자들로 보이는 일행들을 보면서 반갑게 말했다.

"아, 실례했습니다. 여행자 분들이신 것 같은데 말입니다… 아, 역시? 제가 보는 눈은 있다니까요. 이 장사한 지 20년이 넘었습니다. 손님들의 발걸음 소리만 듣고도 무엇을 원하시는지 다 알고 있습죠! 여행자 분들이시니 보급을 하시러 들르신 것일 테고 그렇다면 기름과 등잔, 밧줄 등이 필요하실 듯하군요. 배낭이나 수통, 가죽 가방, 붕대와 약병 등이 담긴 구급 상자 등은 필요없으십니까? 식기 세트에 여성 분을 위한 빗, 거울, 수건, 화장품도 있습니다. 없는 것 빼고 다 있으니 말씀만 하세요."

"……"

그리 길지 않은 말이었지만 엄청나게 빠른 속도로 쉼없이 말하니 일행들은 머리가 어지러워지는 듯했다. 애써 정신을 차린 현홍이 휘둘리는 머리를 진정시키기라도 하는 것처럼 고개를 내저었다.

"아, 기름과 말안장에 달 수 있는 배낭 3개… 아니, 4개랑 수통 하나 큰 것으로 주세요. 작은 램프도 주시구요."

"예, 예, 잠시만 기다리십시오."

허리를 굽히며 인사한 주인은 부리나케 가게 안쪽으로 뛰어 들어가 보이지 않게 되었다. 아직까지 주인이 했던 말이 무엇이었는지 생각해 보고 있던 니드가 가게 이곳저곳을 둘러보았다. 그리고 그는 무언가를 발견한 사람처럼 가게 한쪽을 쳐다보더니 천천히 그쪽으로 걸어갔다. 현홍은 니드를 보고 있었다. 어젯밤 그의 행동과 지금은 분명히 달랐다. 하지만 흐려진 흙탕물이 다시 돌아가도 앙금마저 사라지는 것은 아니다. 그렇기에 니드는 아직까지 어제의 그 모습을 반쯤은 간직하고 있어 보였다.

　가게 안은 그리 밝지 않았다. 문을 통해서 들어오는 빛과 가게 안쪽에 점점이 세워둔 촛대의 불빛만 가느다랗게 흔들릴 뿐. 나무로 만들어진 진열장들이 썩어 들어가는 냄새는 묘하게 기분을 자극했다. 에이레이는 가게 안의 여러 물건들을 구경했고 셀로브는 그것과는 별도로 무관심한 표정으로 문밖의 도시를 쳐다보았다. 아마도 이 일행들이 물건을 사고 나가기 전에는 다른 손님 받기는 힘들 것이다. 웬 체격 좋은 청년 한 명이 떡하니 팔짱을 끼고 벽에 기대어 매서운 눈초리로 노려보고 있는데 어떻게 들어오겠는가.

　니드가 조심스레 진열장 귀퉁이의 무언가를 꺼내어 들었다. 아무도 눈치 채지 못하게⋯ 마치 숨겨두기라도 한 것처럼 구석진 곳에 회색빛 먼지를 잔뜩 뒤집어쓰고 있는 무언가. 현홍은 잠시 동안 그것이 무엇의 조각인지 알아보지 못하였다. 은으로 만든 것처럼 보이기는 했지만 색은 이미 잔뜩 빛 바래 있었고 먼지로 인해 형태조차 알아보지 못할 정도였으니까.

　눈은 감고 있었다. 그리고 그 작고 가녀린 날개는 반으로 접어 고이 몸을 감싸고 표정은 평온한 잠에 빠진 표정이었다. 그 조각은 작은 드래곤Dragon의 모양이었다. 주먹보다 약간 작은 크기의 그것을 니드는 가만히 들고 바라보았다.

　은색의 드래곤이 눈을 감고 수면을 취하는 모양을 조각한 은으로 만든 조각상이었다. 제법 묵직한 느낌으로 보아 순도가 높을 것 같았다. 그러나 그 은은한 광채는 세월의 잔혹함에 빛을 잃어버렸고 이곳저곳 닳아서 뭉그러져 있었다. 온통 은빛인데 반해 단 하나 색을 가진 곳이 있다면 드래곤의 양미간 사이에 박힌 자수정이었다. 새끼손톱보다 더 작은 크기의 그것은 지금 막 커팅을 끝내고 손님의 손을 기다리는 보석처럼 맑고 아름다웠다.

현홍은 니드의 등 뒤로 조심스럽게 다가가 조각상을 보았다. 분명히 솜씨 좋게 조각을 하기는 했지만 다른 조각상들과 별다를 것은 없었다. 오히려 진열장 한자리를 차지하고 있는 여신상이라던가 다른 종류의 조각상들에 비해 크기도 너무 작고 소박했으며 무엇보다 너무 오래되어 보였다.

"으음, 마음에 드는 거야?"

니드의 대답은 들려오지 않았다. 어느새 그들의 곁으로 다가온 에이레이가 조심스럽게 니드의 눈치를 보며 입을 열었다.

"그것보다는⋯ 차라리 다른 것들이 더 괜찮을 것 같은데."

그녀의 입장에서는 분명 조언이었을 것이다. 에이레이는 니드가 저 조각상을 집어 든 것이 야간의 취향 문제라고 생각했고 만약 비슷한 가격에서라면 차라리 다른 것을 사는 것이 더 나을 것 같다는 충분히 진실된 조언. 그러나 니드는 그렇게 단순한 생각으로 이것을 집어 든 것이 아니었다.

지금 이 조각상을 만든 인물 때문이었다. 잔잔한 물 아래쪽의 작은 조약돌을 끄집어 올리면 수면이 작은 여운이 생기듯 니드의 눈빛이 흔들렸다.

"이 조각상, 알고 있어."

"어, 그래? 정말 우연이네. 다른 가게의 물건이 또다른 가게에 와 있는 것인가?"

현홍의 감탄 섞인 탄성이었지만 니드는 고개를 세차게 흔들었다. 그런 것이 아니다. 이 조각상이 이곳에 있다는 것이 놀라울 따름이었다. 이 조각상은 분명… 자신이 누군가에게 선물을 해준 것이니까. 그리고 그 누군가가 이런 곳에 조각상을 팔아넘길 리가 없으니까. 그래서 놀라운 것이다. 때마침 가게의 주인이 가슴 가득 물건들을 들고 일행들에게 다가왔다.

"와장창!"

환하게 웃고 있던 가게 주인의 얼굴이 심하게 굳어버리고 말았다. 문에 기대어선 채 바깥을 내다보던 셀로브의 고개가 단박에 주인을 향했다. 그 주인은 시원하게 벗겨진 이마에서부터 땀을 뻘뻘 흘리며 니드가 들고 있는 조각상을 바라보고 있었다. 그 얼굴은 마치 지금 죽은 사람처럼 차가운 잿빛이었기에 현홍이 깜짝 놀라며 한 발자국 물러설 정도였다. 들고 있던 램프가 바닥에 떨어져 산산이 조각나 버렸고 가죽 주머니에 담겨져 꼭 봉해놓았던 기름 역시 바닥에 떨어진 충격을 이기지 못하고 터져 버렸다. 바닥은 기름으로 범벅이 되었고 시큼한 냄새 때문에 절로 미간을 좁힐 수밖에 없을 정도였다.

손끝이 덜덜 떨리고 무릎 역시 애처로울 정도로 부들거리고 있었다. 이대로 툭하니 쳐주면 그대로 입에 거품을 물고 졸도해 버릴 것 같았기에 현홍은 마른침을 삼키며 조심스러운 어조로 말했다.

"아, 저기… 주인 아저씨?"

"으아악!"

"와악!"

갑작스러운 비명이 터져 나온 것은 순간이었고 비명에 놀란 또 다른 비명이 터져 나온 것은 그 다음이었다. 잡화상 주인은 그대로 머리를 감싸고 앞으로 쓰러졌고 현홍은 화들짝 놀라며 비명을 내질렀던 것이다.

에이레이 역시 이 사태를 파악하기 힘든 상황에 놀라워하며 얼른 경계 자세를 취했다. 셀로브 역시 황급히 그들에게 다가와 섰다. 그러나 주인은 마치 유령이라도 본 것 같은 모습으로 주저앉은 채로 바닥에 이마를 갖다 대고 횡설수설거릴 뿐이었다.

"으아아! 내, 내 잘못이 아니라고! 그건, 그건 내가 그런 것이 아니야! 너도 잘 알고 있잖아. 그런데 왜… 왜 자꾸만 나타나는 거야!"

고요했던 가게 안은 순식간에 아수라장이 되어버렸다. 영문을 알 턱이 없는 일행들과는 달리 니드는 경악에 쌓인 눈으로 주인장을 내려다보았다. 눈에서는 눈물을 줄줄 쏟으며 부들거리는 몸은 마치 간질 환자와 같은 모습을 한 주인은 한참을 그렇게 외치다가 결국에는 그대로 기절해 버리고 말았다. 셀로브는 미친 인간 아니냐는 식으로 에이레이를 돌아보았지만 에이레이는 어깨를 한 번 으쓱거리며 고개를 저었다. 현홍은 걱정스러운 눈으로 니드를 보았고 니드는 쓰러진 주인 사내와 자신의 손에 들린 조각상을 번갈아 가며 쳐다보았다.

"에오로 군에게 들으셨을 것이라고 사료됩니다만."
"스승님이 제게 주신 서류의 문제라면… 들었습니다."

한가로운 목소리로 물었고 질문을 받은 사람 또한 한가로운 목소리로 답했다. 밀가루와 훈제 육류 등을 주문해 놓고 차분히 가게 한편의 의자에 앉아 기다리는 두 사람이었다. 정오 시간이 지나서 그런지 햇빛은 따스함을 넘어 약간은 무덥게 느껴졌다. 여름은 어느새 한 발자국 크게 내디뎌 그들의 곁에 다가와 있었다. 대지는 뜨거운 마음에 몸을 떨고 바람 역시 그 몸을 후끈 달아오르게 할 수밖에 없는 그런 계절.

햇빛이 들어오지 않는 식료품상의 가게 안은 그럭저럭 견딜 만했지만 한참을 햇빛 아래서 일하는 노동판의 사내들은 연신 이마의 땀을 훔쳐 내었다. 가게의 주인 아주머니가 호들갑을 떨며 두 사람을 붙잡고 있는 바람에 시간을 조금 지체하기는 했지만 지금의 날씨라면 나갈 마음도 사라졌다. 잘생긴 두 청년으로 인해 기분이 좋아진 아주머니가 손수 특별히 만들어서 준 과일 주스를 한 모금 마신 진현이 다시 입을 열었다.

"그리 깊게는 생각하지 마십시오."

슈린은 고개를 살짝 끄덕여 보였다. 차분한 두 사람이 마주 앉아서 주스를 마시고 있는 것이 꽤 구경거리가 된 모양이다. 어느새 가게 문 앞으로는 몇 명의 소녀와 처녀들이 진을 치고 안을 힐끔거리며 쳐다보고 있었다. 그러나 두 사람은 애써 그 시선을 무시했다. 어차피 한순간의 꿈이니 방해할 필요는 없는 것이다. 진현의 손이 슬그머니 탁자의 위로 올라왔다. 그리고 잠시 후 그의 손에 잡힌 것은 나무로 만들어진 파이프였다. 자신이 살던 세계에서 가져온 담배는 이미 떨어진 지 오래였다. 그렇지만 엄청난 골초인 그가 그 정도로 담배를 끊을 수는 없었다.

식료품상으로 오면서 그의 눈을 끈 것은 가게들 사이에 끼어 있는 규모가 작은 담배 가게였고 그곳에서 그는 고급 담배 파이프와 담배 쌈지 몇 개를 구입하고는 흐뭇한 웃음을 지었다. 물론 사용하는 방법을 알 리가 만무했기에 가게 주인에게 물어야 했지만 말이다. 아주 느긋하다고 할 정도로 천천히 파이프의 입구에 담배를 채워 넣은 진현은 익숙하지 않은 동작으로 자신의 라이터를 꺼내어 불을 붙였다. 사실 굉장히 어색했기에 가까스로 성공할 수 있었을 정도였다. 이렇게 해서 과연 피워질까 하는 물음도 잠시 그는 곧 파이프를 입에 문 채 그윽한 회색 연기를 뿜어냈다.

꽤 괜찮은걸 하고 중얼거리는 그를 향해 슈린이 물어왔다.

"저희들의 여정은 수도까지이지요. 나머지 일행 분들은 어쩌실 생각이십니까?"

사실 그 이상은 중요하지 않았다. 어차피 이제 그들이 같이 있을 시간도 며칠밖에 남지 않았으니까. 자신의 스승에게서 받은 서류를 수도 마법 길드의 길드장에게 넘겨주면 그것으로 자신의 일은 끝난다. 그리고 스승의 곁으로 돌아가는 것이다. 그 이후는 생각해 본 적도 없다.

오른손으로 파이프를 받아 든 진현이 조금 생각하는 듯하다가 입을 열었다.

"처음 니드와 상의했던 대로 현자의 탑 방향으로 갈 듯합니다. 이변이 없다면 말입니다. 슈린 군과 에오로 군은 원래 살던 도시, 세트레세인이라는 곳으로 돌아가시겠군요."

"제자인 이상 스승님의 곁으로 돌아가는 것은 의무라고도 할 수 있습니다. 현자의 탑으로 가 그들에게 『잃어버린 세계』로 돌아가는 방법을 물을 생각이십니까?"

"그들은 이 대륙을 통틀어 가장 현명한 자들만 모였다고 하더군요. 헛소문이 아니라면 아마도 방법이 있을 듯합니다. 하지만 방법을 안다고 해도 그냥 돌아갈 수는 없는 노릇이지요. 먼저 우리들과 같이 이곳으로 오게 된 사람들부터 찾아야 할 것 같습니다. 그게 막막할 따름입니다."

"…혹여 스승님께 들르실 생각은 없으십니까?"

슈린은 담담하게 질문을 던졌다. 하지만 그 질문의 내용을 파악하지 못한 진현으로서는 대답하기가 힘들었다. 자신의 앞에 놓인 잔을 조심스럽게 두 손으로 감싸면서 슈린은 다시 조용히 말했다. 차가운 한기가 손바닥을 적셔왔다.

"저희 스승님은 당신께서도 알고 계시듯 이 대륙 최고의 마법사라는 칭호를 가지고 있으십니다. 그리고 마법 길드라는 곳에 모인 사람들 또한 현자의 탑 사람들에는 뒤지지 않는다고 생각합니다. 마법사라는 것은 희귀하지만 연대감은 누구보다 더 뛰어나지요. 당신도 마법을 쓰니 아마도 친절히 도와주실 것입니다. 세트레세인의 마법 길드 마법사 분들은 많이 도신 분들이 없으시니까요. 아직까지는 일반인에 가까운 생활을 하시는 분들이 많습니다."

"아, 예……."

당황스러운 마음에 고개를 끄덕이고 말았다. 원래 천재는 쉽게 돌 수 있는 확률이 많다고 하지. 그렇지만 분명 내용상으로는 농담 비슷한 것인데 표정은 무표정이니 그것이 더 웃겼다. 괜한 기침을 내뱉었다, 마치 처음 담배를 피우는 학생처럼. 그렇게 고즈넉한 분위기 속에 대화를 나누는 두 명에게로 펑퍼짐한 몸집의 전형적으로 중년 여성이 걸어왔다. 그녀는 사람 좋아 보이는 미소를 입가에 떠올리며 자신의 앞치마에 손을 닦았다.

"아이고, 오래 기다리게 해서 미안해요. 이제 준비가 다 되었으니 여관에 가서 기다리도록 해요."

진현은 의자에서 일어서며 정중한 말투로 물었다.

"저희가 직접 가지고 가도 괜찮습니다만?"

"어머나, 젊은 청년이 예의도 바르구만. 호호호. 일하는 아이 시켜서 청년들이 묵는 여관에 가져다 놓도록 해놓았어요. 〈소프트 선 라이트) 맞지요?"

"이거… 정말로 죄송해서."

"괜찮다니까 그러네."

올해로 10년째 식료품상을 운영하고 있는 셀렌은 잘생긴 두 청년의 방문으로 아주 기분이 좋아져 있는 상태였다. 잘생기고 여성에게 예의가 바르기까지 하니 금상첨화가 아닌가. 그녀는 손을 크게 휘둘러 엉거주춤 자신의 앞에 서 있는 진현의 등을 후려쳐 주었다. 물론 그녀의 기준에는 약하게 친 것이었다. 그러나 진현은 일순간 몸을 비틀거려야만 했다.

슈린이 안쓰러운 시선을 보내는 것도 잠시 재빨리 원래의 자세로 돌아온 진현은 옷매무새를 고른 후에 셀렌의 한 손을 잡아 올렸다. 그리고 살며시 고개를 숙이며 말했다.

"감사합니다, 셀렌 부인. 물의 도시 루인에서 부인처럼 친절한 시민을 만나뵙고 가는 것은 좋은 추억으로 남을 것입니다."

"어, 어머나."

셀렌은 양 볼을 잔뜩 붉히며 어쩔 줄 몰라 했고 슈린은 고개를 홱 돌린 후에 가게 밖으로 성큼성큼 걸어나갔다. 못 볼 것 봤다는 생각을 하며. 조금의 시간이 지난 뒤에 진현은 한 손에 무언가를 가지고 가게 문을 나섰다. 문 앞에서 진현을 기다리던 슈린은 뭔가가 들어가 있는 것과 같은 가죽 주머니를 보며 물었다.

"그건 무엇입니까?"

그러자 진현은 주머니를 들지 않은 한 손의 검지손가락을 세워 들며 나직이 답했다.

"뭐, 친절하신 부인께서 주신 선물이라고 할 수 있습니다."

"…진현께서는 어느 세계에 떨어지셔도 잘 사실 것 같습니다. 여성이 없는 세상은 없으니까요."

"아마도 그렇지 않을까 싶습니다. 어쩐지 죄지은 기분도 들지만 나름대로 처세술이지요."

"…존경스럽습니다."

이렇게 두 청년은 도시 시민들의 알 수 없는 시선을 받으며 약속 장소로 향했다. 도시는 활기 차고 밝은 기운이 넘쳐흐르는 분위기였다. 대를 엮어 만든 바구니에 한 가득 꽃을 팔고 있는 소녀들이 곳곳에 눈에 띄었다. 아이들은 수로의 물들로 장난을 치며 놀았고 부인들은 햇빛이 따스한 곳에 모여 앉아서 수예를 하며 한담을 나누었다. 참으로 평화로워 보이기는 했지만 그래도 숨겨진 일면은 있는 것이다. 골목들의 틈 어두운 뒷골목에는 헐벗은 아이들이 밝은 햇빛조차도 두려운지 고개조차 못 내밀고 있었다.

허름한 차림의 노인이 한 귀퉁이에 앉아 구걸을 하고 있는 모습도 보였다. 아무리 깨끗하고 아름다운 도시라고 해도 저런 사람들까지 모두 아름다울 수만은 없는 것이다. 아름다움과 추함 역시 빛과 어둠처럼 늘 따라다니는 동전과도 같은 것이니까. 겉으로는 화려한 뉴욕과 같은 대도시에도 슬럼가와 같은 곳이 있듯이 말이다. 슈린은 그런 모습을 보며 눈살을 찌푸리고는 혼잣말처럼 중얼거렸다.

"이렇게 아름답고 번영한 도시도… 모두가 행복할 수만은 없는 것인가 보군요."

진현은 잠시 말을 할까 말까 고민을 하다가 그냥 입을 다물고 말았다. 말로 논의를 한다고 해서 어떻게 할 수 있는 것은 아니었다. 모두가 행복할 수만은 없는 것이다. 저울대의 양 끝을 맞추는 것이 힘들 듯이 모두의 편의를 생각하면서 세계가 돌아가는 것은 아니다. 그 굴레 속에서 행복한 사람도 불행한 사람도 나오는 것이다. 만약 모두가 다 행복하다면 정말로 『행복한 사람』은 아마 없을 테니까.

모두가 다 똑같이 행복하다면 행복의 기준이 없어지는 것이 아니겠는가. 자신과 똑같은 행복을 가지고 있는 사람에게 행복할 것 같다라고 말하는 사람은 아무도 없다. 그리고 인간이라는 자체가 자신에게 있는 것에 만족하지 못하는 동물이다. 그렇기에 기준이라는 것이 발생하는 것이다.

빛과 어둠도 똑같은 것이 아닐까. 빛만이 있고 선한 사람들만이 있다면 아무도 다른 사람에게 착하다라는 말을 하지 않는다. 악한 사람과 선한 사람이 있어야 〈저 사람보다 다른 사람이 더 나쁜 사람이니까 저 사람은 착한 사람이다〉라는 말이 나오는 것이다. 만약 세상의 모든 사람들이 테레사 수녀와 같은 사람들로만 차 있다면 착한 일을 하고 남에게 베푸는 것이 〈당연한 일〉이 되어버렸을 거다. 간단한 이론이긴 만 사람들의 대부분은 이해하지 못하는 것이기도 한 이론이다.

진현은 파이프의 뿌리를 잠시 깨물었다가 한 손으로 받아 들었다.

"뭐, 동전처럼 한쪽 면이 닳아 없어지면 쓸 수가 없어지는 것과 같은 것이겠지요. 사람들이 살아 숨 쉬는 곳에서는 어쩔 수 없이 생기는 것입니다. 사람과 사람 사이의 〈차이〉라고 하는 것 말입니다."

"무너뜨리는 것은 불가능하겠지요."

진현은 고개를 돌려 슈린의 옆모습을 지켜보았다. 그러나 슈린의 표정은 한결같았고 그에게서 어떤 감정을 찾아보는 것은 진현으로서도 어려운 일이었다. 담담한 표정의 그를 보며 진현은 지나가는 어투로 말했다.

"가능도 하겠지요, 세계를 모두 부서뜨리고 새로 지어 올린다면."
"…농담이십니까?"

진현은 쓰게 웃었다. 슈린이 가만히 발걸음을 멈추고 자신을 보고 있었다. 그의 눈빛은 진지했고 그로 인해 진현은 진실을 말할 수밖에 없어졌다. 진현은 파이프를 손에 든 채로 차가운 미소를 떠올렸다. 오랜만이군이라는 짧은 말을 먼저 중얼거릴 수밖에 없었다. 이런 미소 정말로 오랜만이야.

그리고 진현은 역시 진지한 어투로 슈린에게 답했다.

"아니오. 진담입니다. 그리고 그렇게 새로 지어 올릴 때에는 제대로 해야겠지요. 지금처럼 엇갈리고 비스듬하게 짓지 않도록 주의하면서 말입니다."

"……."

일부러 그렇게 차갑게 말하려 애를 쓸 필요도 없었다. 그저 담담한 어투로 말하는 것뿐이었지만 슈린의 눈빛은 빠르게 흔들렸다. 피식 하고 웃어버린 진현은 그런 슈린을 남겨두고 계속 걸음을 걸었다. 그리고 뒤에 남겨진 슈린은 잠시 동안 그렇게 진현의 등을 바라볼 수밖에 없었다. 저 사람이 저렇게 말하니 정말로 진심처럼 들렸다. 그것도 아주 무서운 기분과 함께. 슈린은 목구멍으로 마른침을 삼킨 후에야 겨우 걸음을 옮길 수 있었다.

새로 짓는다고? 모든 것을 말소해 버린 다음 하얀 바탕에 다시 글씨를 써 내려가듯이 말야? 그것은 아니다. 틀린 것은 바로잡으려 노력해야 하는 것이다. 틀렸다고 해서 종이를 찢어버리기보다 그것을 놔두고 교훈으로 삼는 것, 그것이 인간이다. 그렇게 생각하며 슈린은 고개를 가로저었다.

알고 있습니다, 슈린 군. 진현은 천천히 고개를 들어 하늘을 올려다보았다. 그도 알고 있었다. 탑을 부수고 새로 짓는 것이 아니라 그것을 놔두고 교훈으로 삼아 그것처럼 어긋난 것을 만들지 않도록 해야 한다는 것. 그리고 아무리 새로이 지어봤자 인간의 마음 자체가 바뀌지 않는 한 또다시 어긋나 버릴 것이라는 것도. 이 세계를 보면 알 수 있는 일이 아닌가. 신은 아마도 『잃어버린 세계』를 없애면서 그렇게 생각했을 것이다. 새로이 세계를 만들면 변할 것이라고. 그러나 변한 것은 없다. 그 예전 홍수로 인류를 몰살시키고 소수의 사람들이 살아남았어도 결국에는 바뀐 것이 없지 않은가.

정말로 정화된 세계를 만들려면······.

진현은 고개를 저었다. 방법은 없다. 바뀔 수는 없는 것이다. 인간이 아무리 노력해도 신이 될 수 없는 것처럼. 인간이 아무리 노력해도 그 근본 자체의 혼돈이 사라지지 않는 한 절대로 바뀌지는 않는다.

그들은 그렇게 걸어갔다. 진현은 파이프를 입에 문 채 여전히 희뿌연 담배 연기만을 뱉어냈다. 그리고 얼마쯤 그렇게 걸었을까. 누군가가 자신이 바짓자락을 붙드는 느낌에 화들짝 놀라며 고개를 내렸다. 그의 눈에 비친 것은 일고여덟 살 남짓으로 보이는 여자 아이였다. 진현은 짐짓 당황한 눈으로 고개를 들어 주위를 살피며 슈린을 찾았지만 그는 이미 먼 하늘을 바라보며 〈날씨가 좋군. 저 구름은 무슨 모양이지?〉 등등의 말을 중얼거리고 있었다.

쓰린 배신감을 맛보며 진현은 다시 고개를 아래로 내렸다. 그리고 그 소녀를 자세히 바라보았다. 작고 동그란 얼굴에 까만 눈동자가 인상적인 소녀였다. 활동하기 편한 평상복을 입은 소녀의 품에는 아이가 안고 있기에는 무리가 있어 보이는 바구니가 들려 있었다. 그 안에는 장미와 라벤더, 안개 꽃 등이 담겨져 있어서 더 무거워 보였다. 진현은 할 수 없다는 표정이 되지 않으려 애쓰며 한쪽 무릎을 꿇고 앉았다. 오가는 시민들의 시선을 받으며 그는 조심스레 소녀를 보았다. 옷은 평범해 보이는 평상복이었지만 꽤 지저분해 있어서 소녀의 모습을 초라하게 만들었다. 하지만 또랑또랑해 보이는 눈동자와 약간 웨이브 진 갈색 머리카락은 생기있어 보이기에 충분했다.

진현은 살며시 미소를 지으며 말했다.

"레이디께서 외간 남자의 바짓자락을 붙잡으신 것은 그만한 이유가 있으리라 생각됩니다만? 무슨 일이십니까?"

소녀는 잠시 당황하고 말았다. 예전에 도시에 사는 아저씨들의 바짓자락을 붙잡기라도 하면 당장에 큰 소리가 들렸거나 그냥 손을 뿌리치고는 자기 길을 걸어갔다. 하지만 의외로 정중하게―그것도 도가 지나치게―나오자 호기 넘치게 바지를 붙잡았던 소녀가 당황하고 말았던 것이다. 소녀는 흠칫 놀라며 진현의 바지를 붙잡고 있던 손을 놓고는 바구니를 두 손에 안아 들었다. 그러나 차마 입은 떨어지지 않았다.

"어, 어……."

진현은 그 소녀가 무엇 때문에 자신을 붙잡은지 이미 알고 있었다. 당연하지 않겠는가. 초라해 보이는 행색에 꽃 바구니를 들고 있는 소녀라면. 하지만 나이가 어린 데다가 다른 수많은 사람들도 꽃을 팔고 있었다. 고개를 숙이지 않는다면 눈에도 보이지 않을 만한 여자 아이가 파는 꽃에 관심이 있어 할 사람은 아마 몇 안 될 것이다.

"그 꽃 파는 거니?"

슈린이 어느새 진현의 곁으로 다가와 있었다. 소녀는 슈린의 키를 보고 입을 쩍 벌렸다. 고개를 들어 올려도 한참을 들어 올려야 했으니까. 사실 키는 진현이 더 크지만 소녀는 진현을 보지도 않고 눈을 꼭 감은 상태에서 아무나 붙잡은 것이었다. 그렇기에 슈린의 키는 아직 한참이나 어려 그의 허벅지에도 오지 않는 소녀에게는 버거운 것이었다. 그래서 결국 슈린 역시 무릎을 구부리고 쪼그려 앉을 수밖에 없었다.

소녀는 힘들게 고개를 끄덕였다. 진현은 살며시 소녀의 품에 있는 바구니를 잡아 들었다. 소녀는 다시 한 번 당황하고는 움찔거렸다. 그러나 진현은 여전히 만면에 미소를 지어 보일 뿐이었다.

"저는 김진현이라고 합니다. 레이디의 성함을 여쭤도 누가 되지 않는다면 가르쳐 주시겠습니까?"

소녀는 한참이나 진현의 말을 생각해 보고는 곧 고개를 끄덕이며 조심스럽게 말했다.

"아, 아이리스."

"레이디 아이리스, 그렇다면 다시 묻겠습니다. 이 꽃을 파는 중이셨습니까?"

자신을 아이리스라고 밝힌 소녀는 살짝 고개를 끄덕였다. 진현은 한숨을 내뱉으며 고개를 저었다. 부모가 누군지 얼굴이 궁금했다. 얼마나 형편이 안 좋으면 이런 아이에게도 일을 시킨단 말인가. 아이리스는 어렸기에 지금 자신이 하는 일이 충분히 부끄러웠던 모양이다. 그녀의 꽃은 거의 줄지 않았고 그래서인지 얼굴에는 피로가 물씬 묻어 나왔다. 슈린은 바구니에서 라벤더 꽃 한 송이를 꺼내어 들어 향기를 맡아보았다.

부드럽지만 강하고 또한 우아한 향기가 코끝을 간지럽게 했다.

"하, 한 송이에 3디아르예요. 저… 저기, 많이 사신다면 싸게 해드릴 수 있어요."

진현은 조심스럽게 아이리스의 머리카락에 붙은 꽃잎 한 장을 떼어 주었다. 그리고 살며시 입을 열었다.

"그렇다면 이 바구니 통째로 사면 어떻겠습니까? 바구니 값까지 합하여 3디르면 되겠습니까?"

"진현……."

슈린이 조심스럽게 진현을 불렀다. 아이리스는 진현이 제시한 값에 입을 쩍 하니 벌리고 그를 바라볼 뿐이었고 슈린은 진현의 귓가에 조용히 속삭였다.

"너무 많습니다. 3디르면 보통의 가정집에서 며칠 식량은 살 수 있습니다."

신중히 말하는 슈린에게 진현은 고개를 저어 보였다.

"길을 가면서 발에 차이는 것이 불행입니다. 종종 행운이라는 것도 차여야 세상을 살맛이 나지 않겠습니까? 물론 그런 행운을 주는 것이 저라는 사실은 아이러니하지만 말이죠."

"하지만……."

아이리스는 더듬거리며 진현의 옷소매를 붙잡았다. 그리고 눈물이 글썽거리는 얼굴이 되었다. 슈린과 진현은 그런 소녀의 표정에 당황하고 말았고 그 당황스러움이 풀리기도 전에 소녀는 닭똥 같은 눈물을 뚝뚝 떨어뜨렸다.

"저, 저기 어느 도시의 귀족님이시죠? 부탁드려요. 제발 부탁이니 이 바구니째로 사주세요!"

"아, 레이디 아이리스?"

"부탁이에요!"

그렇게 외치며 아이리스는 진현의 소매를 붙잡고 펑펑 울었다. 감당이 안 되는 이 상황에서 진현이 할 수 있는 일은 조심스럽게 아이리스를 보듬어 안는 것밖에 없었다. 그리고 조용조용한 목소리로 속삭이듯 아이리스의 귓가에 말했다.

"레이디가 대로에서 그렇게 울음을 터뜨리면 명예에 손상이 갑니다. 레이디 아이리스, 당신의 문제를 저희들에게 들려주십시오."

"욱, 흐흑. 언니가… 어, 언니가, 흑. 아파요, 으흐흑. 그래서 이거, 이것을 다 팔아서 약을 사야 해요. 끅, 끅, 아니면 안 돼요. 으아앙!"

슈린은 당혹스러움을 감추지 못한 채 이상한 눈으로 자신들에게 시선을 보내는 시민들을 돌아보았다. 헛기침을 몇 번 한 그는 황급히 일어났고 아직까지 아이리스를 달래고 있는 진현의 어깨를 몇 번 두드렸다. 그리고 진현 역시 그제야 도시의 시민들이 아주 요상한 눈으로 자신들을 노려봄을 깨달았다. 아마도 어린아이에게 괴롭히는 못된 사람이라고 생각한 것 같았다. 이 위기의 상황에서 벗어나는 방법은 오직 하나, 도망가는 방법뿐.

그리고 진현은 얼른 바구니를 슈린에게 넘긴 채로 아이리스를 안아 들었다. 조금만 더 있다가는 시 경비대에게 붙잡혀 갈 수도 있었기에 슈린과 진현은 황급히—그러나 도망간다는 느낌은 주지 않도록 애쓰며—걸어갔다. 뒤로는 따가운 시민들의 눈총을 받으면서 간신히 대로를 벗어나 작은 골목으로 접어든 진현과 슈린은 건물의 벽에 등을 기댄 채 숨을 몰아쉬었다. 뛰지 않으려 애쓰지만 뛰는 것과 같은 속도를 내는 것은 무척이나 힘들었다. 진현은 속으로 올림픽의 경보 선수들을 존경하는 말을 중얼거린 후에 자신의 품에 안긴 채 아직까지 끅끅거리는 숨을 내쉬며 울고 있는 아이리스를 내려다보았다.

차분하게 숨을 고르고 난 후에 진현은 다시금 조용한 목소리로 속삭였다.

"자, 이제 다른 사람들은 없습니다. 우리에게 당신이 놓인 입장에 대해 이야기를 해주신다면 저희가 도울 수 있는 데까지는 도와드리겠습니다."

그의 말을 들은 슈린은 묘한 눈으로 진현을 쳐다보았다. 저 사람에게 저런 인정도 있었던가라고 생각하면서. 그리고 그는 자신의 생각을 명백하게 밝힐 수 있는 사람 중 한 명이었다. 이 부분은 그의 스승에게서 기인한 것이지만.

"…그런 인정도 있으셨습니까?"

"……."

진현은 대답 대신 쓰게 웃을 수밖에 없었다. 충분히 지금까지 그렇게 보였지 않은가라는 물음을 뒤로한 채 자신의 바지 주머니를 뒤적여 잘 다려진 남색 손수건을 꺼내어 들었다. 눈물 범벅이 되어버린 아이리스의 얼굴은 사실 보기가 민망할 정도로 우스웠으니까. 부드러운 손동작으로 아이리스의 얼굴을 닦아준 진현이 입을 열고 나직한 목소리로 말했다.

"자, 레이디께선 함부로 눈물을 보이시면 안 된답니다. 눈물을 그치시고 저를 보십시오."

"흑, 예… 예. 흐흑."

아이리스는 스스로에게 다짐을 하듯 몇 번 이를 악물고 숨을 삼켰다. 그때가 되어서야 진현은 안도의 한숨을 흘린 후에 천천히 아이리스를 땅에 내려놓았다. 솔직히 이 정도의 어린아이를 들고 너무 오래 있었기 때문이 힘이 드는 것은 어쩔 수 없었으니까 말이다. 아이리스는 자신의 치맛자락을 두 손으로 꼭 움켜쥔 채 진현과 슈린을 올려다보았다. 슈린은 한 손을 웨이터처럼 들어 올린 뒤에 그 손바닥 위에 여유로운 동작으로 바구니를 올려두고 있었다. 한 치의 흔들림도 보이지 않았다. 허리를 굽혀서 아이리스의 얼굴을 바라본 진현은 입가에 미소를 지우지 않은 채로 입을 열었다.

"자, 이제는 차근차근히 설명해 주십시오. 언니 분께서 몸이 편찮으십니까?"

아이리스는 고개를 살짝 끄덕였고 그녀의 눈에는 다시 눈물이 고이기 시작했다. 자신의 검지손가락으로 눈가의 눈물을 훔쳐 준 진현은 다시 질문을 던졌다.

"그런데 약을 살 돈이 없어서 이렇게 꽃을 파시는 것이고?"

"…예."

"착한 심성을 가지고 계시는군요. 그럼 원래 꽃을 파는 일을 하신 것은 언니 되시는 분이셨습니까?"

"예에. 하지만 몸이 아파서 일어나지 못해요. 엄마랑 아빠는 몇 년 전에 전염병으로 돌아가셨어요. 먹고 사는 것도 힘드니까 약을 살 돈도 없어요. 그래서… 제가 대신 하는 거여요. 언니는 괜찮다고 하지만, 그래도 너무 아파요. 또 다른 언니도 꽃을 팔러 나갔어요."

아이리스는 말을 이어 나갔지만 울음기가 섞여 있었기 때문에 제대로 듣는 것조차 힘든 상황이었다. 진현은 간신히 몇 글자만을 알아듣고는 고개를 끄덕였다.

"또 다른 언니? 그분께서는 친언니가 아니십니까?"

진현의 물음에 아이리스는 고개를 끄덕이며 대답했다.

"예. 얼마 전에 언니가 데리고 온 언니예요. 굉장히 밝고 화가 나면 너무 무섭지만 또… 또 솔직하기도 하고 예뻐요! 그 언니는 원래 이곳 사람이 아니래요."

진현은 고개를 갸웃거렸다. 아이리스의 말을 차분하게 듣고 있던 슈린이 조심스럽게 말했다.

"어쨌거나 만나기로 한 약속도 있으니 일은 되도록 빨리 처리해야 할 것 같습니다. 제가 의사를 모시고 갈 테니까 진현께서 먼저 그 집에 가 계시는 것이 어떻겠습니까?"

"아, 그렇게 하도록 하지요."

두 사람의 대화를 듣고 있던 아이리스는 멍한 얼굴로 슈린과 진현을 번갈아 바라보았다. 그리고는 더듬거리는 말투로 어눌하게 외쳤다.

"아, 저! 그러니까 이 꽃들을 사주시는 것이 아니라!"

"레이디 아이리스."

"의사 선생님을 모시고 오는 것은 비싸요! 안 돼요! 그렇게 하면 남은 돈이 없어서 식량을 사지 못해요. 그러니까……!"

"이 바구니의 꽃들은 다 살 겁니다, 레이디 아이리스. 그리고 의사도 모시고 갈 것입니다."

"예?"

도무지 이해가 되지 않는다는 표정으로 아이리스는 눈을 동그랗게 떴다. 확실히 그럴 것이다. 이렇게 갑자기 친절을 베푸는 사람을 그녀는 태어나서 지금까지 보지 못했으니까. 겉으로는 화려하고 아름다워 보이는 이 도시도 소수의 시민들이 아니면 못 살고 형편이 어려운 사람들을 본 척도 하지 않는다. 의사 역시 몇 번 정도는 공짜로 약을 지어주는 호의를 베풀기는 했으나 그 이상은 무리라고 했다. 주위의 사람들 역시 마찬가지였다.

못 먹고 못 사는 것은 다 같은 것이었으니까. 오히려 돈이 많고 잘 사는 사람들보다 같은 처지에 사는 사람들이 더 잘 도와주는 실정이었다. 슈린은 바구니를 진현에게 넘긴 후에 아이리스에게 물었다. 물론 여전히 무뚝뚝한 얼굴이었기 때문에 아이리스는 움찔하면서 한 발자국 뒤로 물러섰다.

"집이 어디 있니?"

"예?"

"사는 곳이 어디니? 알아야 의사 선생님을 데리고 가지."

슈린의 어조는 부드러웠다. 그리고 표정 역시 평소보다는 많이 풀려 있다는 것을 진현도 눈치 챌 수가 있었다. 들은 적이 있어서 알고 있다. 슈린의 부모님 역시 오래전에 돌아가시고 고아로 스승인 다카 다이너스티의 밑에서 자라왔다고. 어느 정도는 아이리스의 힘든 사정과 자신의 사정을 비슷하게 여기는 것일까. 슈린은 아이리스에게 다른 사람과는 다르게 다정하게 대해주고 있었다. 만약 평소의 그라면 며칠에 한 번은 가야 볼 수 있을 법한 미소 역시 종종 지어 보였다.

비록 약하기는 했지만 그것은 아이리스의 마음을 놓이게 하기에는 충분한 역할을 했다. 아이리스는 슈린의 검지손가락을 그 앙증맞은 고사리 같은 손으로 붙잡으며 말했다.

"응, 응! 의사 선생님도 알고 계실 거예요. 라벤더 언덕에 있는 집이라고 하면 아실 거예요!"

굉장히 로맨틱한 집 이름이군요라는 말을 입 안으로 삼키며 진현은 팔짱을 끼고 있던 팔을 풀어 아이리스의 한 손을 잡았다. 그리고 조용히 웃으면 말을 건넸다. 허리를 대폭 숙이고 정중하게 말하는 그의 모습은 마치 무도회에서 교양있고 품위있는 귀족의 레이디에게 춤을 청하는 기사의 모습과도 비슷했다. 물론 지금 그들이 서 있는 배경이 한 도시의 뒷골목이라는 것만 제외시킨다면.
 "자, 그럼 먼저 가서 슈린 군을 기다리도록 하지요. 가실까요, 레이디?"
 정중히 에스코트를 청하는 그에게 아이리스는 환하게 웃으며 고개를 끄덕였고 슈린은 못 말릴 사람이야라고 중얼거려야만 했다.

 "이제 좀 진정이 되시나요?"
 현홍은 걱정하는 어투로 물으며 자신의 앞에 앉아 있는 사람을 바라보았다. 방금 전 기절하여 깨우는 데 상당한 시간을 잡아먹게 한 그는 잡화상의 주인이었다. 자신의 이름을 루이스라고 밝힌 그는 지금도 여전히 덜덜 떨며 의자에 앉아 있었다. 에이레이가 가게 구석에서 가져온 모포를 뒤집어쓴 채 따뜻한 차가 담겨진 잔을 두 손으로 쥐고는 새파랗게 질려 있는 것이다. 셀로브는 지금 왜 이러고 있냐는 표정이었지만 불평은 하지 않았다. 다만, 가게 주인에게도 묻지 않은 채로 밀랍으로 봉해진 맥주병을 우악스럽게 뜯어내고 있는 중이었다.
 그리고 그런 행동에 그 누구도 뭐라고 하지는 않았다. 루이스의 앞에는 그와 비슷한 표정을 가진 니드가 잔이 아닌 조각상을 두 손에 부여 쥔 채로 잿빛 얼굴이 되어 있었다. 현홍은 한숨을 내뱉으며 이마를 한 손으로 짚었다. 도무지 원인이 무엇인지도 지금 상황을 이해할 수도 없었기에 어떻게 할 수도 없는 노릇이었다. 에이레이는 진열장에 기대어선 채로 가만히 루이스라는 가게 주인과 니드를 바라보았다.
 무슨 이유가 있는 것인가. 저 조각상이 대체 무엇이기에? 에이레이는 그런 물음을 자신에게로 던지면 조용히 루이스를 보면서 말했다.

"조금 진정이 되면 설명이나 좀 해보셨으면 하는데?"

그러나 루이스는 한 손으로 모포를 더 눌러쓴 채로 부들거리는 손으로 잔을 들어 목을 축였다. 지금은 7월의 입구로 들어서는 중이었다. 그런데 루이스의 모습은 마치 극한의 추위에 시달리는 사람의 그것과 같았다. 현홍은 걱정스러운 눈으로 니드를 보며 말했다.

"무슨 일이야? 대체… 설명을 좀 해줘."

그러나 대답은 들려오지 않았다. 마치 넋이 나간 사람처럼 고개를 숙인 채로 종종 손가락을 이용하여 조각상을 만지작거릴 뿐이었다. 그리고 현홍은 결국 못 참게 되어버렸다.

"두 사람 다 정신 좀 차리라고! 아아악! 내 머리가 아프단 말야!"

두 손으로 자신의 머리카락을 쥐어뜯으며 소리를 치는 바람에 셀로브는 맥주를 목으로 삼키다 사레가 들려 컥컥거려야 했다. 그리고 그 커다란 목소리가 효과가 있었던 것인지 니드와 루이스가 화들짝 고개를 들었다. 사람이 정신이 나간 때에는 종종 저렇게 충격 요법이 좋은 건가 봐라고 중얼거린 에이레이가 한 발자국 앞으로 나섰다.

"캑캑. 아이고, 목이야. 내 목만 아프잖아."

"잘했어."

목을 붙잡고 숨을 토해내는 현홍의 어깨를 몇 번 두드려 준 에이레이는 탁자를 한 손으로 짚으며 니드와 루이스를 번갈아 보았다.

"정신들 차렸지? 이제 설명을 해보는 것이 좋을 거야. 참고로 질질 끈다거나 하면 각오해. 나는 보시는 바와 같이 성질이 더러운 편이거든."

현홍은 당황한 눈으로 에이레이를 돌아보았지만 그런 협박은 일반 사람들에게는 직접적인 효능을 발휘하는 것이다. 니드는 같은 일행이

물의 도시 루인 147

지만 마치 그녀가 예전 처음의 적이었을 때를 생각해 내고는 안색이 핼쑥하게 변하였다. 왜냐하면 이미 그녀는 자신의 허리춤에 있던 대거 Dagger 하나를 탁자 위에 올려두고 있었기 때문이다. 셀로브는 대체 저것이 인간들의 대화 방식인가 하는 표정이 되어 있었다. 현홍이 말릴 틈도 없이 에이레이는 대거를 들어 올린 후에 다른 손으로 대거의 날을 만지작거리며 중얼거리듯 말했다.

"자, 이제 평화로운 분위기에서 천천히 대화를 나눠보자고. 나는 지금 궁금한 것이 아주 많거든. 우선은 니드 먼저. 그 조각상이 대체 무엇이기에 네가 그리 놀란 것이지?"

언제부터 사전에 표기된 평화라는 단어가 이리도 삭막하고 살기 넘치는 의미가 되었는지 궁금했지만 그것은 넘어가기로 하자. 이리저리 신경 쓰면 머리가 아픈 법이니까. 그렇지만 니드는 자신의 손에 들린 조각상을 보았고 다시 표정이 우울하게 변하였다. 그는 이를 악문 후에 한숨을 몇 번 내뱉어야만 했다. 그러고도 그의 목소리가 들린 것은 한참 뒤의 일이었다. 슬슬 말을 기다리는 사람들의 인내심이 한계에 달할 즈음 니드의 안타까운 목소리가 들려왔다.

"이, 조각상은 제가 다른 사람에게 선물한 것입니다."

"다른 사람이 누군데?"

현홍은 아무런 악의가 없이 물음을 던졌다. 그러나 그는 곧 자신이 던진 물음을 저주할 수밖에 없었다. 니드의 표정은 어젯밤 그가 지어 보였던 그 표정 그대로 돌아가 있었기 때문이다. 차갑게 굳어 있는 표정. 그의 자줏빛 눈동자는 희미하게 흔들거렸다. 단번에 눈물이라도 쏟을 듯한 모습. 새하얗게 질린 얼굴과 또한 이에 악물려 붉어지고 있는 입술이 묘한 대비를 이루어냈다. 에이레이는 니드의 표정을 보고는 고개를 돌려 현홍을 보았다. 현홍은 세차게 고개를 저었고 에이레이는 당황한 표정이 될 수밖에 없었다.

어쩌면 그냥 넘어가는 것이 이로울 수도 있는 일을 건드려 버린 것과 같았기 때문이다. 그렇지만 이미 되돌릴 수 없는 것이 시간이다. 에이레이는 니드의 대답을 기다리지도 않은 채로 루이스를 보았으나 그 직후 니드는 억눌린 목소리로 말했다.

정말로 말하고 싶지 않은 내용이었고 또한 잊으려고 노력했던 내용의 말을.

"이스티 루베리안, 아니, 이스티 에아 비 세라프. 제… 아내 되는 사람이었습니다."

에이레이는 순간 헛바람을 집어삼켜야만 했다.

아내? 아내라고……? 방금 자신의 귀로 들은 말이 사실인지 확인해 볼 시간적 여유도 그리고 싶은 생각도 없있다. 왜냐하면 자신과 비슷한 표정을 현홍과 셀로브 역시 짓고 있었기 때문이다. 비록 동료라고 하지만 그의 사생활에 대해서 깊이 물어볼 권리는 없었으며 그렇기에 그에게 물으려는 생각조차 하지 않았다. 한데 아내라고? 현홍은 현재 서서 기절한 것이 분명한 표정으로 하얗게 질린 얼굴을 하고 있었다.

그렇다면 자신의 표정도 분명 하얗게 질려 있을 것이다. 최소한의 권리로 나이를 물어볼 일은 있었다. 그때 분명 니드는 자신의 나이를 22세라고 하였다. 분명 어린 나이는 아니지만 이제 겨우 20세의 문턱을 넘어서서 헉헉 숨을 몰아쉴 나이에 아내라니. 이 나라에는 카르틴과 달리 결혼 하한선 연령이 정해져 있다고 들었다. 아무리 낮아도 18세 이전에는 결혼을 못하게 되어 있다. 성인이 아니어서 한 사람으로서 가정을 책임지지 못하기 때문이라고. 한데 겨우 22세에 결혼?

못할 것은 없겠지. 하지만 지금 그녀가 걱정하는 부분은 전혀 다른 것이다. 물론 니드가 결혼하였다는 사실이 놀라운 것임에는 분명하다. 그러나 그것보다는 니드의 표정이 문제였다. 그의 표정은 이제는 아주 무덤덤해 보였다. 하지만 그것은 완전히 감정이 죽어버렸다는 말이 된다. 감정을 죽이려 애쓰는 모습이 역력했다. 슬픔의 감정과 또 다른 감정들이 미묘하게 섞이어 그의 감정을 짓누르고 있었다. 에이레이는 남의 감정과 기분을 잘 알아야 하는 암살자로서 지금의 감각을 저주했다.

제기랄. 너무 잘 느껴지잖아. 남이 살기를 뿜어내면 그녀는 알아챈다. 또한 슬픈 감정을 가지고 있을 때는… 그의 감정 역시 스며져 들어온다는 것이다. 에이레이는 미간을 찌푸리며 니드를 내려다보았다. 여기 있는 누구보다 지금의 사태에서 먼 거리를 유지하고 있는 셀로브가 단도직입적으로 말했다.

"과거형이로군, 죽었나?"

현홍은 주먹으로 입을 가린 채 셀로브를 노려보았다. 눈물이 흘러내릴 것처럼 되어 있는 그의 눈은 마치 〈제발 그런 질문하지 마〉라고 하는 듯했지만 셀로브는 신경 쓰지 않았다. 그가 묻지 않는다면 아무도 말하지 않을 것 같았기에 그는 일부러 총대를 메고 있었다. 니드의 어깨가 흠칫하면서 떨려왔다. 그에 앞서 니드의 앞에 고개를 숙이고 앉아 있던 루이스 역시 부들거리는 몸이 뚝 하고 멈춘 채였다. 그것은 아마도 니드의 입에서 아내라는 말이 나오고 난 직후였을 것이다.

니드는 가만히 자신의 손에 들린 조각상을 보았다. 이제는 그것을 움켜쥐고 있을 힘조차도 남지 않았다. 얼마의 시간이 지났던가. 이것은 그녀와 함께 묻어준 것이었다. 자신의 잘못 때문에 목숨을 잃어야만 했던 사랑스러운 연인에 대한 마지막 애정의 증표로써.

이제는 눈물조차 나오지 않는다. 니드는 눈을 감고 실소를 머금었다. 그리고 살며시 입을 열었다.

"…만난 지 얼마 되지 않아 저와 이스티는 결혼을 하게 되었습니다. 그리고 일 년 정도 되어 죽었습니다. 2년 전이지요. 착하고 아름답고 기품있는… 그런 여성이었습니다. 병으로 죽은 것은 아닙니다. 다… 제 잘못이었습니다."

니드는 담담한 어투로 그렇게 말을 해 나갔다. 슬픔도 회한도 얼굴에 나타나 있지는 않았지만 알 수는 있었다. 지금 그가 어떠한 기분으로 말을 하고 있는 것인지를. 그리고 니드는 계속해서 차가운 목소리로 말했다.

"물론 제가 결혼을 하였다는 사실은 다카만이 알고 있습니다. 그리고 그녀 역시 다카로 인하여 만나게 된 사람이었지요. 행복했지만 그리 길지는 않았습니다. 2년 전, 그러니까 이스티가 죽었던 그날에는 많은 일들이 일어났습니다. 이 클라인 왕국의 유일하다고도 할 수 있는 변방의 도적들이 횡행하였던 시절이었으니까요. 그리고 제가 살던 마을도 그들에게 습격을 받았습니다. 전쟁이 없었던 이 평화로운 시절의 국민들은 아무런 방법도 없이 죽어 나갔습니다. 마을에 있는 사람들이 모두 전멸을 할 정도였지요. 심지어 갓난아이까지 모두 다 죽고 없더군요. 그때 저는 아무것도 할 수가 없었습니다. 왜냐하면 그 마을을 떠나 있었으니까요."

"윽……!"

현홍은 입을 가린 손 위로 차가운 무언가가 흘러내리는 것을 느낄 수 있었다. 그래서였구나. 누트 에아에서 다른 시민들이 죽어갔을 때 그래서 그렇게 슬퍼했던 거였어. 그리고 현홍 자신도 아무것도 할 수 없었던 자신이 미웠었다. 두 번씩이나 손놓고 멍하니 바라보는 가운데 사람이 죽어 나갔다는 것이. 예전에 부모님이 돌아가셨을 때에도. 니드 역시 그런 이유에서였다. 자신의 소중한 사람이 죽을 때에 아무것도 하지 못한 것이 다시 한 번 살아나서… 그래서 그런 것이었다.

"불타고 남은 잿더미 속에서 찾을 수 있는 것이라고는 타다 만 시체들과 죽기 직전의 사람들뿐. 하지만 하나같이 상처가 커서 살려낼 수도 없었습니다. 그때에는 제가 저주스럽더군요. 대마법사를 친구로 두어서 마법도 배워두지 않고 무엇 했나 하는 생각도 들고 말입니다. 그리고 그 일을 알게 된 다카가 나서서 그 변방의 도적 무리들을 괴멸시켜 버렸습니다. 그의 행동은 역사서에 기록될 정도로 크게 남았지만… 그 행동의 일면 뒤에는 친구의 아내에 대한 복수와 친구의 분노에 대한 복수라는 것은, 아무 곳에도 남지 않았지요. 저와 그 녀석의 마음 말고는……."

"그럼, 그 조각상은?"

지금 니드의 기분을 이해하는 것은 비슷한 아픔이 있는 현홍과 니드의 기분이 흘러 들어와 알게 된 에이레이뿐이었다. 마음의 기운이 흘러 들어오지 않았다고 해도 그녀 역시 소중한 사람이 죽어 나가는 것에 대한 아픔 정도는 안다. 루이스는 그저 공포와 절망뿐이었고 셀로브는 인간의 마음에 대해 잘 이해하지 못하였다. 그의 기준에서는 약육강식이 당연시되었기에 강한 자가 약한 자를 죽이는 것이 뭐가 나쁜가 하는 궁금증밖에 없었던 것이다. 셀로브의 차가운 음성을 들으면서도 니드는 아직까지 정신을 차리지 못하였다.

언뜻 보면 정상처럼 보인다. 하지만 아니다. 감정의 결여되었다는 것을 현홍은 알고 있었다. 감정은 깨끗이 지운 채 마치 자신의 마음속에서는 아무런 느낌도 일어나지 않는 것처럼 그렇게… 그렇게 피가 흐르는 상처를 손으로 잡아 누르듯 한없이 차분한 어조로 니드는 조용히 말했다.

"아까 말씀드렸듯 이것은 제 아내를 묻을 때 같이 묻어둔 것입니다. 이 조각상은 다카가 저희 결혼 선물로 만들어준 것이지요. 그러니 비슷하다거나 그런 일일 리 없습니다. 그리고 이 자수정은… 제게도 있습니다."

"어디, 아……!"

현홍은 알았다는 듯이 탄성을 내질렀다. 그러나 결코 큰 목소리는 아니었다. 니드가 가지고 있다는 그것은 그의 귀에 걸려 있으며 그의 주인의 필요에 따라 원래의 모양으로 돌아가는 자수정 귀걸이였다. 니드는 살짝 고개를 끄덕였다.

"이 자수정과 한쌍으로 조각상을 만들었지요. 예물이랄까, 그런 것이라고 해두지요. 그렇게 같이 묻어두었습니다. 한데… 한데 이 이것이 여기에 있는 것입니까."

현홍은 화들짝 놀라며 루이스 쪽으로 고개를 돌렸고 루이스는 창백하던 안색을 더욱 어둡게 만들며 손을 내저었다. 니드와 다른 이들 역시 루이스를 노려보고 있었다. 무덤을 파헤쳐 저 물건을 손에 넣었다는 것 말고는 지금의 상황이 설명이 되지 않는다. 지금 니드의 눈은 마치 철천지원수를 죽이지 못하여 한이 맺힌 사람과 같았다. 그는 잔뜩 억눌린 목소리로 또박또박 말했다.

"자, 이제 설명해 보시죠. 이것을 판 사람이 누굽니까?"

현홍은 고개를 갸웃거렸다. 저 사람이 범인은 아니라는 것인가? 과연 니드의 짐작대로 루이스는 벌벌 떠는 손을 내저으며 황급히 소리쳤다.

"저, 저는 모릅니다. 몇 개월 전인가 어떤 남자가 그것을 팔고 갔습니다! 그렇습니다, 저는 정말로 그것이 도굴을 해서 손에 너, 넣은 것인지 몰랐습니다! 다만, 다만……."

"다만?"

루이스는 두 손으로 얼굴을 가리고는 펑펑 눈물을 흘렸다. 잠시 후에 들려온 그의 목소리에는 두려움과 공포로 얼룩져 있었다.

"끄윽, 다만 그 물건을 산 후에 이상한 일이 계속 일어났습니다. 으흐흑… 그 조각은, 그 조각은 분명히 저주받은……!"

"입 닥쳐!"

쾅!

현홍은 자신이 하려던 말을 대신한 사람에게로 고개를 돌렸다. 그것은 다름 아닌 니드였다. 그는 화가 난 사람의 모든 것을 다 보여주며 자리에서 벌떡 일어섰다. 그 바람에 의자가 뒤로 넘어가 가게 안은 커다란 소리로 가득 찼지만 그 소리에 신경을 쓰는 사람은 아무도 없었다. 니드는 그대로 루이스의 멱살을 잡아 올렸다. 숨이 막히는 얼굴임에도 불구하고 루이스는 계속하여 눈물을 쏟아댔다. 하지만 당사자는, 사랑하는 아내의 무덤에 묻어두었던 물건이 땅 위에 있는 것을 알게 된 당사자로서는 그 눈물도 단지 물로 보일 뿐 그 이상도 그 이하도 아니었다.

니드는 당장 말리지 않으면 그 주먹이 닿는 범위 내에 있는 사람을 죽도록 패버릴 것만 같은 얼굴이었다. 사납기도 하지만 반대로 싸늘하도록 차가워서 현홍은 그가 정말 니드인지 묻고 싶을 정도였다. 루이스의 멱살을 있는 힘을 다해 두 손으로 부여잡은 채 니드는 외쳤다.
 이제야 깨져 버렸다. 그의 마음을 잠시 동안 가두어두었던 이성이라는 것이 깨어져 지금은 파편밖에 남지 않았다. 아니, 그 파편조차도 고개를 든 슬픔과 분노라는 감정에 의해 녹아져 없어지고 말았다.
 "입 닥쳐! 입 닥쳐! 닥치라고! 당신이 뭘 알아? 당신이 뭘 아냐고! 사랑하는 사람을 위해서 죽을 때 같이 있어주는 것조차도 못해본 사람의 마음을 알아! 그리고 마지막 애정의 표시로 남겨두었던 물건이 지금 버젓이 세상을 돌아다니고 다른 사람들의 손에 머무는데, 그 죽도록 자신이 저주스러운 기분을 아냐고! 아무도 몰라! 절대로 아무도 모를 거야! 그리고 지금 그 사람의 시신이 싸늘한 바람을 맞으며 다른 사람들의 손에 더럽혀졌다는 사실을 안……! 크윽!"
 결국 니드는 허물어지고 말았다. 여기까지가 그가 마음을 제어할 수 있는 마지막 선이었던 것 같다. 현홍은 아무런 말도 할 수가 없었다. 그것은 에이레이 역시 마찬가지였다. 그녀는 루이스의 멱살을 놓은 채로 탁자를 두 손으로 짚은 채 절규하고 있는 니드에게 고개를 돌려주었다. 그것이 최소한의 예의라도 되는 양. 셀로브 역시 무표정한 얼굴로 그를 바라보았으나 더 이상의 질문은 던지지 않았다. 현홍은 자신의 손을 들어 올려 가슴께의 셔츠 자락을 꼭 쥐었다.
 가슴이 아프다. 저 기분… 다는 아니지만 조금은 이해하니까. 그리고 지금 위로조차 할 수도 없는 상황에서 그가 해줄 말도 없었기에 가슴이 아파왔다.
 니드의 눈에서는 눈물이 흐르지 않았다. 그러나 그의 마음에서는 눈물보다 더한 피눈물이 흐르고 있을 터였다. 숨통이 트인 루이스는 몇 번 숨을 내뱉은 후에야 땅바닥에 털썩 주저앉을 수 있었다. 그리고 그 역시 절규하는 음성으로 소리쳤다.

"흑흑, 죄송합니다. 하, 하지만 저 역시도 몰랐습니다. 어쩔 수가 없었단 말입니다! 이곳은 많은 사람이 들르는 도시인만큼 또 많은 사람들이 타 도시의 물건을 팔러 옵니다. 그 여행자는 그렇게 저에게 그것을 팔고 난 뒤에 그렇게 가, 가버렸습니다. 끅, 끅, 그런데 그 조각은… 그 조각은 되돌아옵니다!"

"예?"

울면서 말을 해서 뚝뚝 끊기는 말을 제대로 알아들은 것은 현홍밖에 없었다. 물론 그것도 마지막 말만 겨우 알아들을 수 있었다. 에이레이 역시 당황한 얼굴로 루이스를 보았고 니드는 눈을 동그랗게 뜨고 그에게 되물었다.

"무슨 소리……?"

"그, 그것은 되돌아옵니다! 꼭 이곳으로 되돌아온다는 말입니다! 어떠한 사람에게 팔아도 다음날 진열장을 보면 다시 와 있습니다! 그, 그런데 저주받지 않았다고 할 수 있습니까? 얼마 전에도 그랬습니다! 어느 귀부인에게 팔았습죠. 한데 그 다음날 돌아와 있었습니다. 이제는 정말이지 지긋지긋하고 두렵기도 하여 불속에 처넣어 버렸습니다. 흐흐흑…… 제 눈으로 녹아서 사라지는 것까지 보았습니다! 크흑! 그런데 또 돌아와 있더군요! 그대로! 지금 들고 있는 그 모습 그대로 말입니다!"

"다카는… 그런 마법까지 걸지는 않았는데."

"제발 제가 부탁드립니다! 그것을 가지고 가주십시오. 이제는 무섭습니다. 제 가족조차 두려워서 저랑 같이 있으려고 하지 않습니다. 흐흑!"

그렇게 외치며 사내는 니드의 발 밑에 엎드려서 대성통곡을 했다. 현홍은 도무지 이해가 되지 않는다는 얼굴로 니드를 보았고 그것은 니드 역시 마찬가지였다. 분명 이 조각상을 만들 때 다카는 그런 이야기를 하지 않았다. 소환의 마법이라고? 하지만 그렇다면 왜 이 조각상은 원래의 장소가 아닌 이곳으로 오는 것일까. 하지만 만약 조각상이 이곳에 있지 않았다면 자신이 발견했을 수 없을 것이다. 자신은 두 번 다시는 그 마을이 있는 장소로 돌아가지 않을 것이라고 맹세했으니까. 망자의 영혼들에게 맹세코.

그렇다면 어쩌면… 일부러 발견되기 위해서? 그리고 그의 생각과 같은 생각을 현홍과 다른 이들 역시 하고 있었다. 운명이라는 것은 이리도 짜 맞춰서 돌아가는 것인가? 정해진 위치에서 그렇게 한 치의 흔들림도 없이 그렇게 돌아가는 것이란 말인가. 하지만 니드는 속으로 미소를 머금었다. 다행이다, 이것을 발견할 수 있어서. 이 물건을 파헤친 인물에 대한 복수의 칼을 갈 수 있어서.

니드는 조각상을 한 손으로 움켜쥔 채 조용히 말했다.

"그 사람… 인상착의가 어땠습니까?"

"니드?"

현홍은 불안한 얼굴로 니드를 돌아보았다. 니드는 차분한 얼굴이었다. 그러나 그의 그런 모습 뒤로 복수의 불길이 타오르고 있을 것이라는 사실을 모르는 사람은 아무도 없었다. 현홍은 속으로 고개를 가로저었다. 어디서 찾는다는 말인가. 이 넓은 대륙의 땅에서 인상착의 하나만 가지고 사람을 찾는 것은 불가능에 가까운, 아니, 불가능한 일이다. 셀로브는 눈을 가늘게 뜨며 니드를 응시했다. 마족인 그로서는 잘 알아챌 수 있었다.

복수의 검은 길고 날카롭다. 곧고 올바르기도 하며 또한 소유자까지 파멸시키는 어두운 양날을 지닌 검. 지금 니드는 그 검의 손잡이를 잡으려 하고 있다. 하지만 마족인 셀로브는 그를 말리지 않았다. 차가운 관조의 눈빛을 한 채 그는 한 인간의 파멸의 시발점을 바라만 보았다. 그리고 말했다.

"복수의 검은 길고 곧다. 주인의 의지를 받들어 세운다. 그 검을 붙잡을 생각이군. 분명히 말해 두지만 그 검에는 손잡이가 없다. 오로지 양날의 날만이 있을 뿐."

현홍은 흠칫 놀라며 셀로브를 보았고 에이레이는 니드를 보았다. 니드는 자조하는 듯한 미소를 입가에 떠올리며 중얼거렸다.

"어차피 죽었어야 했던 목숨입니다. 하지만 용서하지는 않을 거예요. 고이 잠자고 있던 그녀를 건드린 그의 피를 내 손에 묻힐 때까지. 무슨 수를 써서라도… 죽일 겁니다, 반드시."

"안 돼!"

현홍이 외쳤다. 그는 보았다. 눈앞을 지나쳐 가는 검은 영상을, 그리고 절망을. 누트 에아에서 보았던 미래의 모습. 아무것도 보이지 않는 어둠, 끝없는 분노와 절망, 회한과 눈물. 그때의 그것과 같이 바람이 또다시 분다.

귀를 틀어막으며 눈을 질끈 감아버렸다. 보지 않으려 듣지 않으려 애써 보이지만 그것은 귀도 눈도 아닌 머리 속에서 맴돌았다. 눈을 감아도 보이는 영상과 귀를 막아도 들리는 목소리. 또다시 발동되고 만 것이다. 예지, 그것은 미래를 본다. 하지만 그것을 바꿀 수 있을지는…….

"현홍, 왜 그래?"

에이레이의 목소리가 들려왔다. 아니, 들린 것인가? 아니다. 들리지 않았다. 그러나 들려온다. 귀는 분명 막고 있는데 어떻게 들리지 하는 생각을 할 겨를도 없었다. 그의 머리 속으로 지독히도 빠른 영상들이 스쳐 지나갔다.

끝없는 어둠의 끝에 보이는 것은 한줄기의 빛이 아닌 절망.

땅 위에 꽂힌 것은 검이다. 하지만 검날은 지독히도 붉어져 있다. 끈적하게 피가…….

니드가 서 있다. 그의 모습은 다르다. 왜? 자신이 알던 니드가 아니다.

그리고 그의 앞에 또 다른 사람. 죽는다. 죽어간다.

보이는 것은 미소, 그리고 피. 붉은, 지독히도 붉은 피… 피… 피.

니드가 웃는다. 그리고 울었다. 그 사람도 웃는다. 그리고 울었다.

알 수 없는 영상들로 머리가 깨어질 듯이 아파왔다. 마지막에 보이는 것은 뭐지? 뭐였지! 기억해 내야 해! 현홍, 이 바보야! 현홍우 그렇게 자신의 귀를 틀어막으며 속으로 외쳤다. 마지막에 그의 눈에 보인 것은…….

꿈의 도시 주인 4

"정말로 라벤더 언덕이군요."

진현은 그렇게 말하며 약간 미간을 찌푸렸다. 슈린과 헤어져 아이리스를 따라 그녀의 집으로 가는 중이었다. 그는 멀리서도 한눈에 알아볼 수 있었다. 도시의 정문을 벗어나 조금 외곽으로 걷자 작은 언덕이 보였다. 그리고 그 언덕은 멀리서도 확연하게 보일 정도로 짙은 보랏빛으로 출렁이고 있었다. 그리고 흩어지는 바람에 가녀리면서도 고고한 몸을 맡긴 채 이 언덕을 찾아오는 손님을 마치 안내라도 하겠다는 양 향기를 뿜어내고 있는 것이다. 그런데 그 향기라는 것이 너무나도 짙어서 진현은 마치 술에 취해 버리는 기분마저 느낄 수 있었다.

후각이나 미각과 같이 오감이 남달리 발달된 진현은 코를 막고 싶은 기분을 느끼며 아이리스의 손을 잡은 채 언덕을 올라갔다. 라벤더 언덕은 장관이었다. 여름의 향기가 물씬 흐르는 초록 들판에 유일하게 색이 입혀져 있는 곳이기도 했으며 그곳에서 흘러넘치는 향기는 아마 도시의 외곽 전체로 번져 나갈 듯했다. 아직 완전히 개화가 되어 있지도 않은 상태에서 이 정도의 향기라니. 진현은 속으로 탄성을 지르며 혀를 내둘렀다.

뒤로는 숲이 있는 가운데 라벤더 언덕을 마당 삼아 작은 오두막집이 보였다. 작고 초라했지만 집 앞에 펼쳐진 라벤더 꽃밭 때문에 그 집 역시 풍경화의 한 소재로 보일 정도였다. 오두막을 감싸는 울타리에는 장미 묘목들이 가득했다. 보라색 다음에는 붉은색인가라는 말을 작게 중얼거린 그는 고개를 돌려 도시를 바라보았다. 그리 멀지는 않은 거리다. 하지만 아이에게는 상당히 먼 거리. 진현은 다시 고개를 내려 아이리스를 보며 안쓰러운 시선을 보내었다. 물론 그녀는 뭐가 그리 즐거운지 연신 미소를 띠며 진현을 끌고 집으로 가고 있었지만.

아마도 언니에게 약을 지어줄 수 있다는 사실이 순수하게 그녀를 즐겁게 한 듯했다. 어느새 오두막의 문 앞까지 온 그는 조용히 아이리스에게 말했다.

"들어가셔서 언니 분께 손님이 왔다고 말씀해 주십시오. 제가 함부로 여성 분들만 사시는 곳에 들어가면 언니 되시는 분께서 깜짝 놀라지 않으시겠습니까?"

"응, 응!"

아이리스는 고개를 힘차게 끄덕이며 조심스럽게 문을 열었다. 낡은 나무가 삐걱거리는 소리가 귀를 자극했다. 기름 칠도 제대로 되어 있지 않은 듯 문이 여닫히는 소리가 상당히 시끄럽게 울렸다. 간신히 문을 열고 들어간 아이리스가 다시 고개를 빼꼼하게 내미는 데에는 그리

긴 시간이 걸리지는 않았다. 아이리스는 조심스럽게 진현에게 손짓을 보내었다.

진현은 마치 아무도 없는 곳에 들어가는 사람처럼 조심스럽게 아이리스의 손길을 따라 문 안으로 발을 들이밀었다. 실례하겠습니다라는 말을 조용히 내뱉은 그는 잠시 넋을 잃고 집 안 내부를 뚫어지게 쳐다 볼 수밖에 없었다. 집 안 내부는 아주 깨끗했다. 좋게 말해서는 그랬지만 진실된 입장에서 한 치의 거짓말도 섞지 않고 말을 한다면 그것은 아주 썰렁함의 극치였다.

가구라고는 침대 두 개와 식탁과 의자밖에 없었기 때문이다. 대체 어떻게 되어먹은 집이길래 이 모양이냐는 생각도 들지 않았다. 너무나도 심플한 집 안 구조에 〈이거 참, 집이 넓어 보이는 효과가 있어서 좋겠는데〉 등등의 농담만이 횡행한 그의 머리 속을 떠돌아다녔다. 하다 못해 여성들만이 사는 집이니 옷장이나 침대마다의 칸막이 정도는 있을 줄 알았다. 그 정도도 아니었다. 침대 또한 가관이었다.

자신이나 슈린이 누웠더라면 당장에 부서지고도 남았을 법한(그렇다고 그들이 무겁다거나 한 것은 아니지만 그 정도로 허술해 보이는) 엉망진창으로 만든, 그저 나무판을 연결해 만든 가구가 덩그러니 놓여져 있었던 것이다. 침대 위에 깔린 모포는 거의 누더기라고 해도 과언이 아닐 정도였다.

조금은 인테리어에 관심이 있어서 전문 서적 등을 뒤적이던 그로서는 아무리 백 보 양보를 해도 용납이 되지 않는 환경에 머리 속은 백지 상태가 된 지 오래였다. 최소한 사람답게는 하고 살아야 하지 않는가. 아이리스는 그런 집을 보여주는 것이 부끄러운지 연신 몸을 꼬며 조심스럽게 손가락으로 침대 하나를 가리켰다.

"저기, 언니가 있어요……."

진현은 휘둘리는 듯한 머리를 한 손으로 짚으며 비틀거리는 걸음을 바로잡으려고 애쓴 채로 그 침대 쪽으로 걸어갔다. 어쨌거나 여성이 누워 있으니 절대로 무례하다고 생각이 되지 않을 정도로 발소리를 죽인 채로 걸어갔다. 그가 침대 근처에 도착하기도 전에 희미한 목소리가 들렸다.

"누, 누구시죠?"

쇠약하게 들리는 목소리. 하지만 가느다랗고 지극히 여성스러운 목소리였다. 그리고 진현이 걸어가던 방향에 있는 침대에서 하나의 그림자가 천천히 움직였다. 힘이 들어가지 않는 몸을 겨우 놀린다는 식으로 한 여성이 모포를 걷어내며 힘겹게 몸을 일으켰다. 진현은 천천히 그 여성에게로 다가갔다. 쇠약해진 목소리와 마찬가지로 얼굴 역시 말이 아니었다. 창백해진 얼굴과 병으로 인해 쇠약해진 데다 먹을 것 역시 변변하지 못했던지 몸은 많이 말라 있었다. 모포를 걷어내는 가느다란 손과 손목을 보며 진현은 미간을 찌푸렸다.

이 정도까지 내버려 두도록 가난했단 말인가. 그렇게까지 생각하지 않았던 그로서는 조금 충격이 되었다. 진현은 공손히 고개를 숙였다. 그리고 거리 역시 적당히 유지하고 있는 상태였다. 잿빛 머리카락과 아이리스와 같은 검은 눈동자를 가지고 있는 여성은 약간은 경계하고 걱정하는 어투로 다시금 물었다.

"저, 누구신데……."

"이렇게 실례를 무릅쓰고 귀댁에 발길을 한 것, 부디 용서해 주시길 바랍니다, 레이디. 우연히도 레이디의 자매 분을 길에서 만나뵙고 귀댁의 사정을 알게 되었습니다. 그래서 이렇게 여성 분들께서만 기거하시는 댁에 찾아뵙게 된 것입니다. 이렇게 만나게 된 것도 인연이고 하여 조금의 도움이라도 드릴까 해서 말입니다. 사정하옵건데 불민한 저의 힘이지만 받아주셨으면 합니다, 레이디."

고개를 숙인 채로 정중하게 기사와 비슷한 말을 하는 진현을 보며 그 여성은 어이가 없는 표정을 지었다. 무어라 대답을 하려던 그녀는 심하게 기침을 하기 시작했다. 진현이 황급히 그녀를 부축하기도 전에 울먹이는 얼굴로 아이리스가 달려와 여성의 팔을 붙잡고 늘어졌다.

"언니야! 언니, 많이 아파?"

"쿨럭, 큭… 아니, 아프지 아, 않아."

그것은 분명 거짓말이었다. 진현은 상당히 잡다한 지식을 많이 알고 있는 사람이었기에 그녀의 병세를 보고 어느 정도는 가늠할 수 있었다. 진현은 조심스럽게 그녀의 곁으로 다가가 물었다.

"기침이 잦으십니까?"

여성은 의아한 눈으로 진현을 보았지만 곧 고개를 끄덕였다.

"그럼, 가슴의… 아, 실례했습니다. 흉부의 통증은?

"예, 종종 가슴이 옥죄어오듯 아플 때도 있어요……. 그리고 고열과 호흡 오한도 가끔."

"혹… 스스로의 병명이 무엇인지 알고 계십니까?"

진현의 물음에 여성은 그 창백한 얼굴을 더 더욱 굳어지게 만들었다. 그녀는 천천히 부드러운 손길로 자신의 무릎 위에 엎어져 흐느끼고 있는 아이리스의 머리카락을 쓸어 내려주며 조용히 고개를 끄덕였다. 그녀는 폐렴을 앓고 있었다. 그러나 다행히도 아주 깊이 진행된 것은 아닌지 증세는 심하지 않아 보였다. 다만, 그렇게 아픔에도 불구하고 무리하게 일을 해 쌓인 피로와 함께 영양을 제대로 공급받지 못하여 병세가 악화되어 가고 있는 중이었다. 병에 걸렸을 때 가장 최우선으로 행해야 할 것이 바로 충분한 휴식과 영양 섭취이거늘. 속으로 혀를 찬 진현은 조용히 아이리스의 어깨를 붙잡으며 말했다.

"자, 레이디 아이리스, 제가 하는 부탁 좀 들어주시겠습니까?"

한참을 자신의 언니 무릎에서 울고 있던 아이리스는 고개를 들어 멍한 얼굴로 진현을 보았다. 진현은 생긋 웃어줄 따름이었다.

진현은 현재 상당히 곤혹스러워하고 있었다. 다시 도시로 돌아가 살 목록을 정하는 데에만 상당한 시간을 잡아먹었기 때문이다. 그리고 그가 보통의 인물이란 말인가, 절대로 흥정을 하지 않은 채로 물건을 사는 것을 악마의 저주와 같은 것으로 생각하는 진현으로서는 더 더욱 시간이 들 수밖에 없었다. 그는 지금도 이불집에서 깨끗하고 예쁜 여성용 이불을 몇 개 사는 데 시간을 엄청 들이고 있었다.

"아무리 수공예라고는 하지만 고작 침대 커버와 베개, 이불을 사는 데 40디르 씩이나 하다니 말도 안 됩니다. 25디르 이상은 못 드립니다."

"이봐! 나는 이 장사 땅 파서 하는 줄 아나? 거기다 이 이불보들의 원단은 다 수입해서 만드는 것이라고! 36디르 이하로는 절대로 안 돼!"

"28디르 이상으로는 저 역시 절대로 못 드립니다. 아무리 수입이라고는 해도 상단에서 여행을 하는 데 그 정도의 경비가 들 이유는 없습니다. 왜냐하면 상단이라는 것 자체가 많은 물품을 취급하고 한꺼번에 사기 때문에 싼값에 물건을 구입할 수가 있지요. 그리고 수공예라고는 하나 이 도시에서 직접 하였다면 여행 경비 등은 모두 제외하고 인건비만 남긴다고 해도 총 계산으로 23디르면 충분합니다! 물론 당신께 돌아가는 이득은 당연히 포함되고 말입니다."

"으……."

이불집의 주인 사내는 몹시도 당황하고 말았다. 소리만 지르면서 빽빽 우겨서 값을 깎는 여느 아주머니들과는 달리 지금 눈앞의 청년은 생긴 것과 다르게 요리조리 말을 굴리면서 자신을 상대하고 있는 것이다. 이 생활 30년 만에 최대의 난적이다라고 생각을 하며 사내는 고함을 버럭 지르며 소리쳤다.

"어쨌거나! 35디르 이하로는 절대로 안 돼! 무슨 일이 있어도 안 돼! 절대로 안 돼!"

"부인, 28디르로 가져가도 되겠지요?"

"어머나, 물론이지요. 포장해 드릴까요?"

사내의 허무한 외침에도 불구하고 결국 승리를 거머쥔 사람은 진현이었다. 어떻게 된 것이냐 하면, 사내의 크나큰 목소리에 시장 사람들 모두 시선을 돌렸고 그 때문에 사내의 부인되는 안주인까지 가게로 나와 있었던 것이다. 진현은 사내를 상대하는 것으로 포기하고 여성인 그 부인에게 꽃미소를 날리며 값 깎기에 성공한 것이었다. 그는 자신의 가죽 주머니에서 두 세트 합인 56디르를 꺼내었다. 50디르의 값어치를 하는 금화 한 닢과 1디르 은화 6개를 부인에게 넘기며 조용히 고개를 숙였다.

"아름다우신 부인께서 마음씨까지 고우시니 참으로 대단하군요. 제가 몇 년만 더 일찍 태어났더라면 부인께 직접 도전을 해보는 것인데 참으로 한탄스러울 지경입니다."
 이 말이 결정적이었던 것이다. 멍하니 자신의 남편이 쳐다보는 가운데 그 여성은 얼굴까지 붉히며 손수 이불보 두 세트와 함께 식탁 커버까지 서비스로 주는 배려까지 행하고 있었다. 진정 세상을 지배하는 것은 남자지만 그 남자를 지배하는 것은 여성이라는 진리가 새삼스레 떠오르는 장면이 아닐 수 없었다. 물론 여기서 한 가지 주목할 점은 아름다운 남성은 그 여성 역시도 지배할 수 있다는 사실이다. 어쨌거나 한 손에는 커다란 이불보를 든 채 진현은 살 것들의 목록을 검토했다.
 "식탁은 주문해 놓았으니 조금 후에 배달하러 온다고 했고, 침대 역시 마찬가지. 그 외에 식료품들은 사가지고 돌아가야겠군. 너무 없는 집이어서 살 것들도 많군 그래. 그릇은 얼마 정도가 좋을까?"
 혼잣말로 종이 쪽지를 보며 이렇게 중얼거리는 그에게 수많은 시선들이 날아와 꽂혔다. 시장 안의 모든 여성들이 실로 진현만을 바라보고 있다고 해도 과언이 아닐 정도였지만 진현은 묵묵히 그 시선들을 무시하며 앞만을 보고 걸었다. 하지만 종종 눈이 마주치는 소녀와 처녀들에게는 생긋하고 웃어주는 것을 잊지 않는 그였다. 그 여성들이 오늘 밤 잠을 잘 수 있는지는… 밝혀진 바가 없다.
 이렇게 한참 동안이나 시장 안을 벌집 쑤셔놓은 듯하고 다닌 결과 진현은 거의 짐에 쌓여서 질식사하기 일보 직전으로 라벤더 언덕으로 돌아올 수 있었다. 체력이 약해진 건가 하고 중얼거리며 숨을 고르는 그의 귓가에 고성의 소프라노 음성이 들려왔다.
 "진현 오빠!"
 어느새 그를 오빠라는 호칭까지 붙여서 부르게 된 아이리스가 반갑게 그를 맞이하러 나왔다. 진현은 생긋 웃으며 짐 중에서 가장 작은 것을 하나 그녀에게 건네어주었다.

"나와서 기다리실 필요는 없습니다만, 레이디 아이리스. 식탁과 침대 등은 도착했습니까?"

"응, 응! 아까 전에 도착했어요! 정말로 예뻐요!"

밝게 상기된 얼굴로 호들갑스럽게 야단을 떠는 그녀를 보며 진현은 다시금 웃을 수밖에 없었다. 아마 생애 최고의 선물이 되겠지. 진현은 씁쓸하게 웃으며 집으로 발걸음을 옮겼다. 예전에 쓰던 침대를 빙자한 나무판자들이 밖으로 나와 있었다. 너무 낡아서 다리가 삐걱거리던 식탁과 의자 역시 마찬가지였다. 그리고 집 안으로 들어서자 당황한 얼굴의 여성이 숄을 어깨에 두른 채로 한쪽 벽에 기대어서 있었다. 그녀는 아이리스의 언니인 아이비였다. 자매의 이름 모두가 꽃 이름이라는 것을 안 진현을 실소를 머금을 수밖에 없었다. 꽤나 로맨틱한 것을 좋아하는 부모였던 듯했다. 아이비는 짐을 잔뜩 든 진현을 보더니 황급히 그의 곁으로 다가왔다.

"아니, 대체 이것들이 모두 다……."

"선물입니다."

"예?"

아이비는 당황스러움을 감추지 못한 채 진현에게 되물었지만 진현은 말없이 웃었다. 그리고 조금의 시간이 지난 후 열심히 이불보들을 침대로 옮기는 아이리스를 보며 조용히 말했다.

"선물입니다, 레이디 아이비. 당신을 생각하는 저 작은 소녀의 마음이 너무나도 예뻐서 제가 신을 대신해 선물을 드리는 것입니다. 그러니 제발 부담스러워하지 않으셨으면 합니다."

사실 신이라면 신경도 쓰지 않았을 거야, 바쁘니까라는 중얼거림을 뒤로 하기는 했지만.

어쨌든 그의 말에 아이비는 얼굴을 붉히며 아이리스 쪽으로 고개를 돌렸다. 회색 빛의 헝클어진 머리였지만 만약 병이 들지 않았다면 생기 있어 보여 아름다웠을 법한 머리카락을 손으로 쓸어 넘긴 그녀는 살며시 고개를 끄덕였다. 그녀의 입가에는 희미한 미소가 스며져 있었다.

"아이리스는… 착한 아이이지요. 저 아이가 어렸을 때 부모님도 다 돌아가시고 힘들었는데 잘 자라주었어요, 정말로. 그래서 저는 항상 저 아이에게 감사해하고 있답니다."

"그렇습니까."

아이비는 창백한 자신의 뺨을 감싸며 조용히 말을 이었다.

"걱정이 되어서 어쩔 수가 없더군요. 그래서, 어쩔 수가 없었습니다."

진현은 가만히 그녀의 옆모습을 바라보았다. 그의 눈에는 많은 생각이 담겨져 있었다. 그는 천천히 아이비의 헝클어진 머리카락을 조심스럽게 쓸어 내려주었다. 아이비는 화들짝 놀라며 고개를 들었지만 진현은 조용한 미소만을 머금은 채 그녀를 바라볼 뿐이었다.

그 마음 이해합니다, 아이비.

소중한 사람을 걱정하는 그 마음을… 그래서 떠나지도 못하고 있는 당신의 마음을. 그렇지만 이래서는 안 됩니다. 이것은 어긋나는 일입니다. 신의 윤리에 어긋나는 일입니다.

아이비는 눈물을 흘렸다.

    *   *   *

"지금 뭐라고 하셨습니까?"

 슈린은 당황한 기색이 역력한 어투로 되물었다. 그리고 그의 앞에서 무심한 손길로 약을 조제하고 있는 사내를 바라보았다. 30대 초중반쯤으로 보이는 얼굴로 정말로 〈나 의사다〉라고 쓰여진 얼굴을 가지고 있었다. 딱딱하게 보이지만 때로는 다정할 듯도 하고 어지간해서는 성미를 파악하기 힘든 얼굴이었다. 흰색의 가운이 그리도 잘 어울리는 사람을 슈린은 이제껏 보아오지 못했다.

 사내는 슈린의 얼굴을 다시 한 번 힐끔 바라보더니 천천히 약을 고르던 손을 멈추었다. 사람들에게 물어서 이 도시에서 가장 능력있는 의사를 찾아왔다. 하지만 생각 외로 젊어서 당황하였는데 이 사람은 지금 슈린으로 하여금 두 번의 당황을 요구하고 있었다. 뒤로 넘긴 머리카락 중 몇 가닥이 흘러내리자 그것을 짜증스레 넘겨 버린 남자가 조용히 슈린에게 말했다.

"난 두 번 말하는 취미는 없어. 분명히 말하지만 갈 필요성을 못 느끼는데."

"의사 아니십니까? 아픈 환자가 있는데 안 가시겠다니요?"

 사내는 짧게 숨을 내뱉었다. 그리고 천천히 바지 주머니에 손을 꽂아 넣은 채로 자리에서 일어났다. 정말로 의사가 맞는 것인지 키는 상당히 커서 슈린이 약간 올려다보아야 할 정도였다. 그는 하얗다 못해 투명한 느낌까지 주는 가운을 몇 번 털어낸 뒤에 손에 끼고 있던 장갑을 벗어 아무렇게나 던져 두었다. 그리고 천천히 발걸음을 옮겨 슈린 쪽으로 다가왔다.

이상한 향기. 슈린은 그가 자신 쪽으로 다가서자 곧장 코끝을 간지럽히는 향기에 미간을 좁혔다. 꽃 향기인가. 향긋한 내음은 남자에게는 어울리지 않는 향이지만 이상스럽게도 이 남자에게서 느껴지는 향기는 마치 그 사내 자신인 것처럼 느껴질 정도였다. 또각거리는 구둣발 소리가 너무나도 생생히 들려올 즈음 그가 입을 열었다.

"누구를 만났지?"

"예?"

"누구를 만났냐는 말이다. 라벤더 언덕의 집에 사는 누구를 만났지?"

잠시 동안 그가 묻는 질문의 요지를 파악하지 못한 슈린은 당황하고 말았다. 그러나 사내는 되물어오거나 보채지 않고 조용히 슈린의 대답을 기다렸다. 조금 지난 후에야 슈린은 누구의 부탁을 받았냐는 뜻인 것을 알고 작은 목소리로 대답했다.

"아이리스. 아이리스라고 하는 소녀입니다. 그 소녀의 언니가 아프다고 하여 당신을 모셔가려고 찾아왔습니다. 이 도시에서 왕진은 안 된다는 법이 있습니까?"

"물론 왕진을 안 가거나 하지는 않아. 그런 법도 없고."

"그런데 왜 안 가시겠다는 말씀입니까?"

그 사내는 잠시 동안 슈린의 검은 눈동자를 뚫어지게 응시했다. 그리고 자신의 가운 속에 입고 있는 셔츠의 단추 몇 개를 끌렀다. 하얗게 드러나는 목 선이 가느다랗게 떨리는 것이 슈린의 눈에 보였다. 왜 저런 반응을 하는 것일까. 의사가 가지 않겠다는 것도 황당한데 지금 눈앞의 사내의 기가 조금씩 떨리고 있다는 사실을 알 수 있었다. 마치 조금은 우울한 느낌과 긴장감이 적절하게 뒤섞여져 슈린의 감각을 자극했다.

그는 그런 슈린을 힐끔 보더니 입가에 실소를 머금었다.

"기를 느끼는군. 능숙한데?"

슈린은 몸을 움찔하며 한 발자국 뒤로 물러섰다. 그러나 사내는 한 손을 재빨리 내저으며 말했다.

"아아, 걱정 마. 원래 의사라고 하면 자고로 사람의 기도 잘 알아야 하지. 자네도 많이 아프군?"

"…저는 아픈 곳이 없습니다만?"

그러나 사내는 하하 하고 작은 웃음소리를 내뱉었다. 슈린은 기분이 약간 상한 마음에 미간을 찌푸렸다. 한참을 작게 웃던 남자는 곧 눈을 한 손으로 가리며 고개를 숙이고 키득거렸다.

"쯧, 쯧, 몸이 아픈 것만 아픈 것이 아니라는 사실을 모르는가? 답답한 친구로군."

그리고 그는 계속 말을 이었다.

"사람이라는 것은 원래 몸이 아파야만 아픈 것이라고 알고 있지. 재미있지 않나? 하지만 진정으로 치료하기도 힘들고 치료되지도 않는 병은 따로 있어. 자네처럼 기를 능숙하게 조절하는 이들도 마찬가지야. 오히려 더 위험하지. 보통 사람은 아플 때는 아프다는 말을 하는 것이 당연시되어 있지만 자네와 같은 이들은 다르지. 더 꼭꼭 숨기려고 해. 그렇게 생각되지? 마치 상처를 입었다는 사실을 남에게 들키면 더욱 아파지는 것처럼 그렇게 말이야."

"무슨 말씀이 하고 싶으신 겁니까?"

"자네는 이곳이 아프지."

사내는 그렇게 말하며 검지손가락을 뻗어 슈린의 가슴을 가리켰다.

그리고 슈린은 그의 그런 손길을 보며 마치 적과 싸우다 가슴을 찔린 사람처럼 욱하는 숨소리를 뱉어냈다. 물론 그것은 극히 작았지만 슈린은 이를 악물고 사내를 노려보았다. 슈린은 지금 당장이라도 이 사내를 끝장내고 싶다는 마음이 들었다. 왠지 모르지만 그런 마음이 들어서 주체를 할 수가 없을 정도였다. 화가 났고 분했으며 또한 그의 말대로 아파왔다.

다시 한 번 길게 내려오는 앞 머리카락을 쓸어 넘긴 사내가 조용히 말했다.

"자네처럼 자신을 절제하고 무엇이든 이성으로 억제하려고 하면 탈이 나게 되어 있어. 아름다운 새라고 해서 계속하여 새장 속에만 가두어두면 초라하고 볼품없어지듯이 마음 역시 마찬가지지. 때로는 자유롭게 해주는 것도 좋아. 이게 자네의 아픈 곳에 대한 내 처방이네."

"그 딴 처방이 필요한 것이 아닙니다! 저는……!"

슈린은 자신도 모르게 큰 목소리로 강하게 외쳤고 스스로가 놀라 입을 다물었다. 사내는 조용히 손을 내뻗었다. 그리고 자신의 집 문밖을 가리키며 낮게 읊조렸다.

"가. 내가 할 수 있는 일은 다 했다. 처방은 끝났어. 그리고 그 소녀의 언니는 없다."

"무슨 소리입니까? 없다니요?"

이 물의 도시 루인에서 가장 유능하지만 또한 가장 괴짜라고 불리는 의사 펠레스는 조용히 웃으며 슈린에게 담담한 목소리로 말했다.

"그녀는 죽었어, 얼마 전에. 내가 그녀를 보았을 때는 이미 병색이 짙어져 있었지. 폐렴이었다. 물론 못 고치는 병은 아니지만 너무 늦었었어."

　너무 당황하여 잠시 사태 파악이 되지 않는 슈린을 보며 펠레스는 고개를 돌렸다. 그리고 탁자 위에 던져진 장갑을 다시 손에 끼우며 나직이 중얼거렸다.
　"인간은… 원하는 것이 있을 때에는 신이 정해놓은 시간의 굴레도 깨부수는 법. 그녀는 어린 동생을 두고 가기가 안타까웠을 거다. 그래서 점점 멀어져 가는 빛도 모른 척하며 동생의 곁에 남아 있는 거야."
　그러나 그의 말을 채 듣기도 전에 슈린은 이미 밖으로 내달리고 있었다. 그런 그의 모습을 보며 펠레스는 고개를 저을 수밖에 없었다.

*　　*　　*

　아이리스가 호들갑을 떨며 집 안을 청소하고 있을 때 아이비 역시 동생을 도와 조금씩 몸을 움직였다. 어차피 더 아플 것도 없을 것이다. 진현은 그녀들이 두 사람만 있게 집 안에 내버려 둔 채 밖으로 나와 파이프를 물고 있었다. 라벤더 향기가 어지러이 그의 마음을 설레이게 했다. 하늘은 드높다 못하여 짜릿할 정도로 깨끗했다. 종종 흰 구름들이 흘러가지 않는다면 움직이지 않고 그 순간 그대로 멈추어져 있는 것처럼 보일 정도였다.
　아이리스의 웃음소리에 진현은 살짝 쓴 미소를 머금었다. 어차피 오래가지는 않을 테지만 그래도 저렇게 웃을 수 있다는 사실에 행복해하겠지. 이미 그녀로부터 빛은 상당히 멀어져 가고 있었다. 시간이 지나면 지날수록 빛은 멀어져 어둠 속에서 길을 헤매게 될지도 모른다. 자신이 이런 쪽으로는 소질이 없다는 사실을 속으로 되새기며 진현은 쓸쓸한 표정을 지을 수밖에 없었다. 아이비가 떠나간다면 아이리스는 어떻게 되어버릴까.

횃대를 잃어버린 장미 묘목처럼 쓰러져 버릴지도……. 그러나 살아 있는 자보다 죽은 자는 남아 있는 시간이 더 부족하기에 아이비는 어서 그녀가 있어야 할 곳으로 돌아가야 한다. 사술邪術은 아니라는 점에서 천만다행이라고 할 수 있을까. 그녀는 그녀 자신의 순수한 소망만을 가지고 지금 이곳에서 머물고 있었다. 인간처럼 발을 땅에 디딘 채로 그림자를 가지고 먹고 마시고 잠을 잘 수 있는 것은 순수한 욕망과 소망, 소중한 사람을 위한 인간의 가장 지독하게도 짙은.

진현은 파이프를 손에 받아 든 채 고개를 저었다. 그렇게 해봤자 변하는 것은 없다. 죽은 사람을 되살릴 수 있는 방법이 있을 리 없지 않은가. 신이라고 하여도 그것은 무리일 것이다. 신조차도 간섭하지 못하는 절대적인 시간이라는 존재가 있으니까. 시간은 멈추지 않고 흘러간 자리로 다시 되돌아가지도 않는다. 그렇기에 죽은 자를 다시 살릴 수 있는 방법은 없는 것이다. 만약, 만약 죽은 사람을 다시 살리는 방법이 있다면 자신도…….

웃기는군. 있다면… 살릴 것인가? 진현은 스스로에게 그런 물음을 던졌다.

가당키나 한 말인가. 절대로 그리는 안 되는 것이었다. 자연의 섭리로 언젠가는 반드시 죽어 나가는 것이 목숨을 가진 인간의 도리이거늘. 진현은 한 손을 들어 입을 가리고 헛기침을 내뱉었다. 진정이 되지 않는 손으로 그렇게 머리카락을 쓸어 넘긴 그는 고개를 돌려 오두막집에서 들려오는 작은 웃음소리들을 들었다. 살려낸다면 보고 싶고, 듣고 싶다.

내 잘못 때문에 죽어간 가엾은 동생의 미소와 웃음소리를. 후회해도 소용없는 일이겠지만 인간은 어쩔 수 없이 지나간 일을 가지고 후회할 수밖에 없는 모양이다. 진현은 쓰게 웃으며 다시 입에 파이프를 물었다. 그리고 그때였을까.

"환자가 있는데 담배를 피다니, 대체 누구……!"

못 듣던 목소리가 아니다. 진현은 자신도 모르게 등줄기에 소름이 쫙 하고 돋는 것을 느낄 수가 있었다. 어디선가 많이 보던 익숙한 몸동작. 여성임에는 분명한 몸매였지만 범상치 않은 손놀림으로 팔을 휘두르며 자신에게로 달려오는 누군가. 한 손에 들린 것은 아이리스가 가지고 있던 바구니와 흡사한 대나무 바구니였다. 라벤더 언덕을 마치 평지를 달리듯이 달려오는 그 사람을 보며 진현은 헛바람을 집어삼켰다.

이 끔찍한 느낌이란… 불이 물을 만나서 좋을 일이라는 것은 하나도 없다. 그것은 물 역시 마찬가지이다. 자신을 증발하게 만드는 불이 좋을 리 없지 않은가. 그러나 그 이전에 저 멀리서 앙칼진 목소리로 외치며 다가오던 소녀, 아니, 이제는 처녀라고 불릴 정도로 말만한 그 여성은 진현의 전방 몇 미터 앞에서 뚝 하고 걸음을 멈추어 섰다. 허리를 넘어서는 웨이브 진 긴 갈색의 머리카락에는 드문드문 원래의 머리카락 색보다 더 옅은 색으로 브릿지가 되어 있었다. 동그랗게 뜬 눈은 귀엽다는 느낌을 자아내게 했지만 어딘지 모르게 고집이 세어 보이는 느낌을 주었다.

여성으로서는 적당하다 싶은 키에 어디를 뜯어보아도 이곳의 옷차림 같지 않은 괴상망측한 옷을 입고 있는 그녀를 보며 결국 진현은 손에 들고 있던 파이프를 떨어뜨려 버리고 말았다. 그의 마음속은 신에 대한 저주와 욕설들이 가득했다. 믿을 수 없다는 표정을 지은 것은 눈앞의 여성 역시 마찬가지였다. 그녀는 들고 있던 바구니를 툭 떨어뜨려 버리고는 더듬거리며 입을 열었다.

"호, 혹시… 김씨 성을 가진 진현이라는 분 아니신가요?"

"서, 설마… 제가 하대를 하는 유일한 두 여성 중 한 분이 아니신……."

"진현!"

그녀는 환하게 웃는 얼굴로 진현의 품에 뛰어들었다. 그녀의 갈색 머리카락은 마치 바람에 흔들리는 갈대처럼 움직였고 그것은 상당히 아름다웠다. 만약 이 순간에 많은 여성들이 있었다면 난리를 쳤겠지만 지금 이곳에는 진현과 단둘뿐이었으니까. 그녀는 진현의 목에 팔을 감으며 소리쳤다.

"진현, 진현이구나! 내가 여기 와서 얼마나 힘들었는지 알아?"

"윽, 모… 목 좀 놓고 얘기하지 않으련?"

"아차!"

그녀는 화들짝 놀라며 진현의 목을 붙잡고 있던 손을 놓았고 진현은 간신히 죽음의 위기에서 목숨을 구제할 수 있었다. 그러나 그렇게 목숨의 구제에 대한 안도의 한숨을 내뱉기도 전에 눈앞에 서 있던 여성은 주먹을 쓰다듬은 후 그대로 진현에게 카운터 펀치를 날렸다.

퍼억!

홀가분하게 주먹을 날린 그녀는 손을 턴 직후 시원한 목소리로 말했다. 거의 외치는 수준이었지만.

"쳇! 구해주려면 일찍 올 것이지, 이렇게 늦게 오다니! 이것은 그 벌이야!"

"크윽, 그래… 미안하구나, 아영아."

아영이라고 이름을 불린 여성은 빙긋 웃으며 휘청거리며 턱을 쓰다듬고 있는 진현의 팔을 붙들어주었다. 검은 슬리브리스 티와 낡아 보이지만 길이 잘 든 청바지와 운동화. 이것은 이 나라의 여성이라면 몸을 파는 여성이 아닌 이상 입기 힘든 옷일 것이다. 특히 소매가 없는 슬리브리스 티는 아영의 흰 팔을 그대로 노출시켰기에 진현은 걱정스러운 눈으로 아영을 바라보았다.

윤아영. 그녀는 진현의 먼 사촌 여동생이었다. 어머니가 한국인이고 아버지가 일본인인 그는 외가 쪽의 사촌이 거의 없었다. 처음 한국에 왔을 때 만난 사촌이라고는 아영의 집안뿐. 그렇기에 진현은 아영을 친여동생 이상으로 대접해 주는 실정이었다. 그가 자신보다 나이가 어린 여성에게라도 반말을 쓰지 않음에도 불구하고 아영과 또 다른 한 사람에게만은 반말을 쓰는 것이 그 이유였다.

그는 마음을 열지 않는 이상 말을 놓지 않았기 때문이다. 아영은 밝고 당찬 여성이었다. 약간 상류층 집안의 막내딸—그것도 위로는 전부 오빠인—로 태어나 도도한 것 역시 사실이었지만 내세우지 않았다. 솔직하고 시원시원해서 여자 친구들보다 남자 친구들이 더 많았고 활달 그 자체에 자기 생각밖에 못하는 단점이 있기는 하지만 결코 나쁜 아이는 아니었다. 진현은 그런 아영을 아꼈고 좋아했다. 그것은 현홍 역시 마찬가지였다. 현홍과 아영은 상당히 죽이 잘 맞는 친구 사이이기도 했다. 분명히 나이 차이가 많이 나기는 했지만 현홍은 누가 보기에도 아영의 친구 그 이상으로는 보이지 않았으니까.

아영은 빙긋 웃으며 허리에 손을 얹고는 머리카락을 쓸어 넘겼다. 때로는 이렇게 자신을 도도한 공주처럼 보이게 하는 데도 능숙했지만 그것은 어디까지나 연기에 지나지 않았다.
"좋아 보이는데? 현홍을 놔두고 올 리는 없겠고. 들어서 알고 있어."
"듣다니?"
겨우 흔들리는 정신을 바로잡은 진현이 고개를 갸웃거리며 되묻자 아영은 키득거리며 대답해 주었다.
"모르고 있는 거야? 이런, 천하의 김진현이 이 세계에서는 별것 아닌가 보네? 소식통이 늦는데? 하긴… 나도 겨우 졸라서 들었으니까 별로 할 말은 없지만."
솔직 담백한 그녀의 말에 기분이 상할 수도 있을 테지만 진현은 그것이 그녀의 그저 단순한 말버릇이라는 것을 잘 알았고 그래서 탓하지 않았다. 자신보다 4살이나 어리지만 친구처럼 대하는 그녀가 밉지만은 않았기 때문이다. 그에게 여성이라는 존재가 친구가 된 것은 그녀가 처음이기도 했다. 진현은 옷매무새를 가다듬은 후 천천히 말했다.
"네 속성은 물이구나."
"맞아. 그래서 거부감을 느꼈지? 나도 그랬어. 사실은 어제부터."
어제라면 진현 일행이 이 도시에 발을 들이민 날이었다. 진현은 「문장」들의 이끌림에 감탄하며 또한 탄식을 내뱉었다. 운명은 원래대로 만남을 주체로 흘러가고 있다는 생각에. 아영은 그런 진현의 생각을 아는지 모르는지 그녀 자신의 동그란 입술을 검지손가락으로 가리며 속삭였다.
"난 정령족의 선택을 받아서 이리로 왔어. 진현은 신족이지? 현홍은 마족이고. 두 사람 바뀐 것 아냐?"
"네가 정령족의 선택을 받았다니 세상 말세… 가 아니고."

한숨을 내뱉으며 어깨를 으쓱거리는 진현을 보면서 아영은 잡아먹을 듯한 시선을 보내었고 진현은 할 수 없이 말을 돌렸다.

"네가 왜 여기에 있는 것인지 설명을 좀 해주겠어?"

"뭐, 별것없어. 다 똑같지. 나는 정령족의 왕이라고 하는 작자의 부탁을 받고 여기로 왔어. 이름이 뭐더라? 에……."

"시겔, 시겔 오베론."

"맞아, 그 정령왕의 부탁을 받고 왔지. 인간에게 부탁하는 게 죽기보다 더 싫은 표정을 짓더군. 한 방 먹여주기는 했는데, 어쨌거나 그 녀석한테 설명은 다 들었어. 우리 세계가 사라진다고?"

담담하게 말을 내뱉는 그녀를 보며 진현은 고개를 끄덕였다. 그리고 풀숲에 떨어져 있는 파이프를 집어 들어 손으로 대충 닦아내었다. 아영은 한동안 말이 없었다. 성격 면으로는 진현과 현홍을 반반 섞어놓은 것과 같은 그녀는 진현의 냉철한 면과 현홍의 발랄한 면을 함께 가지고 있었다. 느긋한 듯 보이지만 뒤로는 무슨 생각을 하는지 알 수 없었고, 또한 잘 웃고 즐기지만 머리 속으로는 이미 앞으로의 계획이 모두 다 짜여져 있는 그런 사람, 그것이 그녀였다.

정말로 요새의 처녀들 같지 않다는 생각을 많이 했다. 진현은 눈앞의 아영을 바라보다가 조용히 눈을 감았다. 손수건을 꺼내어 파이프를 잘 닦아낸 그가 담배 쌈지의 잎담배를 파이프에 채우고 있을 때 아영이 말했다.

"우리는 우리의 세계를 지켜야만 하는 거야?"

"…원한다면."

아영은 고개를 갸웃거렸다. 파이프의 뿌리를 잘 닦은 진현은 입에 그것을 물면서 명확하지 않은 음성으로 말을 이어 나갔다.

"원한다면 말이다. 파멸은 창조가 있다면 어쩔 수 없이 따라오는 부록과도 같은 거야. 우리가 할 수 있는 일은 조금 늦추는 거다."

"응. 나도 그렇게 생각했어. 난 최소한 살아생전 내 세계가 사라지는 것을 보는 진귀한 경험은 하고 싶지 않아. 억만금을 준다고 해도. 어차피 죽으면 돈은 필요없잖아."

담담한 목소리. 진현은 결국 큰 소리로 웃고 말았다. 아영은 너무나도 인간적인 말을 하였다. 사람은 자신의 살아 있을 때만 어떻게든 행복하면 되는 것이다. 그 다음 후세까지 걱정한다면 그것은 성인군자 정도 되겠지. 만약 자식이 있다면 모르겠으나 아영은 지금 자신이 사는 이 세계, 이 순간만을 걱정하는 전형적인 인간상을 보여주고 있었다. 그리고 그것은 당연했기에 어떠한 잘못도 아니었다.

킥킥거리며 웃는 그를 보면서 아영은 어깨를 한번 으쓱인 후 다시 말했다.

"진현은 원래의 세계에시부디「힘」을 쓸 수 있었다며? 왜 밝히지 않은 거야?"

"훗, 밝혔으면? 뭔가 달라지는 게 있는 것도 아니잖아."

해외 토픽에 신고해서 돈이나 받아먹게 등의 말을 하는 아영을 무시한 채 진현은 눈에 고인 눈물을 닦아냈다.

"그냥. 어차피 그 세계에서 힘을 쓸 일은 거의 없었으니까. 나 같은 사람이 흔하지는 않지만 완전히 드문 것도 아니잖아. 초능력자와 같은 취급을 받는 것은 별로 좋아하지 않지만."

"흐음, 잘 알았어. 그리고 우혁이 오빠도 여기 와 있는 것 알지?"

응 하고 작게 대답한 진현은 옷에 묻은 먼지들을 손으로 툭툭 털어냈다. 아영은 땅에 떨어진 바구니를 집어서 한 손으로 빙빙 돌렸다. 검

물의 도시 루인 181

지 손가락 사이에 걸린 바구니는 보통의 사람이라면 몇 번 돌리다가 다시 떨어졌을 것이다. 하지만 그녀는 무심한 손길로 손목만을 이용하여 그것을 유연하게 돌리고 있었다. 진현은 그 모습을 보면서 다시 하나를 생각해 냈다.

그녀는 격투기로 따지자면 현홍 못지 않은 실력을 가지고 있었고 검을 다루는 실력은 거의 신의 경지에 다다른 인물이라는 것을. 검도장의 관장을 어머니로 두고 있는 아영은 걸음마를 할 때부터 검을 장난감처럼 가지고 놀 수밖에 없었다. 대학 교수인 아버지는 이런 모습을 상당히 싫어했지만 아영은 천성이 그런 듯했고 소질 역시 대단했다―또 다른 사촌오빠인 우혁보다는 못한 실력이었지만―그녀는 이곳에 와서 돈이 부족했던지 아직까지 검을 손에 넣지는 못한 듯했다. 그것은 정말로 천우신조의 도움이 아닐래야 아닐 수 없었다.

이상하게 평소에는 차분(?)하고 발랄하며 평범 그 자체인 여성에 불과했지만 검이라고 불리는 것만 손에 넣으면 성격이 180도 돌변하는 면을 가지고 있었던 것이다.

예전 그녀가 다니는 도장에서 목검으로 수련을 하던 도장 원생들 여럿이 병원에 실려갔다는 풍문을 접한 적도 있다. 운동 중에서 그래도 검도는 어리숙하다는 평가를 받는 현홍 역시 그녀와의 대련 도중 목이 날아갈 뻔했다고 울면서 집에 들어온 적도 있었다. 이 세계에 오래 있으면 안 되겠어라는 말을 작게 중얼거린 그는 오싹한 한기를 느껴야만 했다.

그가 그런 생각을 하든지 말든지 아영은 생긋 웃으면서 말했다.
"아참, 그런데 좋은 검 들고 있네?"
뜨끔!

아마도 진현의 마음속에서는 무언가가 심장을 바늘로 콕콕 찌르는 소리가 들렸을 것이다. 분명히. 아영은 생글생글 웃으며 진현의 곁으로 다가왔다. 그녀의 웃음은 어떤 남자가 보더라도 귀여울 법한 미소였지만 지금 진현에게 있어서는 그저 마녀 내지는 대마법사의 부름을 받고 이 세상에 나온 릴리스Lilith의 미소와 비슷했다. 아, 물론 릴리스가 이 얘기를 듣는다면 인간 계집과 비교한다고 노발대발하겠지만서도. 성격이 비슷하다는 것은 부정할 수 없는 사실이다.

다행히도 진현의 걱정은 기우에 불과했던 것 같다. 그녀는 단순히 검의 모양에 감탄을 한 것이지 특별히 만져 볼 생각은 없었던 듯하다. 그리고 그녀는 그 이유를 이렇게 설명했다.

"왜냐하면 내가 부리는 아이들이 검을 별로 좋아하지 않거든. 인간들의 무기라고."

쓴웃음을 내보이며 머리를 긁적이는 아영을 보면서 진현은 안도의 한숨을 내쉬었다. 정말로 다행한 일이게도 그녀는 정령족의 선택을 받은 인간으로서, 그리고 문장을 가진 이로서 정령을 부릴 수 있는 특권을 받은 것이다. 진현의 소환의 능력—비록 지금까지 제일 처음 이곳에 왔을 때 마구 소환한 것뿐이지만—이나 현홍의 예지 능력보다 훨씬 더 쓸모가 있는 능력이었다. 진현은 속으로 투덜거렸지만 어쩔 수 없는 것이었다. 정령왕은 굉장히 인간을 싫어하는 녀석이어서 정령을 부리는 힘을 아무에게나 주지 않는다는 것을 그도 잘 알고 있었으니까.

하지만 진현은 정령을 소환하는 능력을 특별히 가지고 있지 않아도 되었다. 그는 불의 속성을 가진 이로서 다른 정령들은 몰라도 불의 속성을 가진 정령 정도는 부를 수 있었다. 현홍이 예지를 할 때 그의 귓가에서 바람의 정령들이 속삭여 주는 것과 마찬가지였다. 물론 아영이 가진 정령을 부리는 능력은 그 정도로 간단하거나 단순한 것만은 아닐 것이다. 정령왕이 선택한 인간이다. 그 어떤 정령이 감히 반항을 하겠는가. 그리고 정령들도 아영을 특별히 꺼리거나 싫어하지는 않는 듯 보였다.

그렇다. 진현이 비록 정령을 완벽하게 컨트롤할 능력은 가지고 있지 않지만 보이는 것은 어쩔 수 없었다. 그래서 그는 종종 부탁을 하기도 했다. 명령이 아닌 부탁을. 아영의 갈색 머리카락을 쓰다듬어 주고 간 실프Sylph는 곧장 진현의 금발 머리카락도 흐트러뜨리고 도망갔다. 멀리서 여성의 깔깔거리는 웃음소리를 들으며 진현은 헝클어진 머리카락을 바로잡았다. 정령은… 아영과 비슷한 면이 많다고 생각을 하며.

"어쨌거나 이렇게 만난 것도 당연히 운명이니 너도 같이 우리와 가야겠군 그래."

"안 돼."

"어, 그래. 안… 된다가 아니잖아, 이봐!"

진현은 고개를 끄덕이려다가 뭔가 이상하다는 것을 알고는 그답지 않게 목소리를 높였다. 하지만 아영은 요지부동. 팔짱을 낀 채 진현을 올려다보면서 담담하게 답했다.

"어쩔 수 없잖아. 아이리스를 두고 갈 수는 없어. 아이비는… 알고 있어?"

"…그래."

"알고 있으니까 내 말 이해하겠지? 저 작은 아이 혼자서 두고 갈 수는 없어. 내가 이 세계에 와서 저 두 사람의 도움을 받아서 겨우 살았다고. 훌쩍, 생각해 보니 억울해. 정령왕이라는 녀석이 돈 한 푼 안 주고 이런 삭막하고도 냉엄한 세계에 떨궈놓고는 잘 살아봐라라고 하는데 어찌나 억울하던지 눈물이 다 나더라고. 세상에, 세상에 어떻게 되어먹은 녀석이 그럴 수가 있어! 내가 누구 때문에 이 고생을 하는데 모습 한 번 안 내비추고, 돈을 한 보따리로 들고 찾아와서 사정을 해도 들어줄까 말까인데 정령 부리는 능력만 주면 다야! 나도 그깟 능력 없어도 잘 먹고 잘살 수 있단 말이야! 얼굴은 얼음 조각을 깎아놓은 것처럼 생겨 가지고 성격도 그만이 하던데! 아이고, 내참 어이가 없어서. 키는 멀대같이 큰 게 애비가지고 마, 한 대 툭 치며 꼬꾸라지겠더구만!"

평상시에는 표준어 비슷하게 쓰면서 화가 나거나 흥분만 하면 부산 사투리가 튀어나오는 것도 참 용한 기술이다. 부산 사투리를 섞어가며 손에 든 바구니를 휘두르는 그녀를 보면서 진현은 정령왕에게 정말로 재수도 없는 녀석이라고 할 수밖에 없었다. 능력있는 인간이 얼마나 없었으면 아영을 데리고 와서는 스스로 무덤을 판단 말인가. 정령족의 미래에 대해 불확실한 타산을 내릴 즈음 저 멀리서 급하게 달려오는 슈린의 모습을 볼 수가 있었다.

진현이 혼자서 중얼거리는 아영을 내버려 두고 슈린에게 인사를 건네려고 손을 들 그때였을까. 우연히도 그동안 아영의 손에 가만히 잘 들려져 있던 바구니가 횅하니 그녀의 손을 떠나고야 말았다. 아영은 뭔가 손이 가벼워진 것을 보고 망연히 자신의 손을 내려다보았고 진현은 도저히 보지 못하겠다는 표정으로 눈을 감았다. 그리고 바구니는 실프의 장난처럼 라벤더 언덕을 열심히 올라오고 있던 슈린의 얼굴로 아무런 제약 없이 훨훨 날개가 달린 것처럼 날아갔다.

퍽!

그리 크지는 않았지만 선명하게도 들려오는 그 소리에 진현은 슬그머니 눈을 떴고 아영 역시 두 손으로 얼굴을 가리고 있다가 황급히 손을 치우며 처음 보는 남자 쪽으로 고개를 돌렸다. 뭐라도 담겨져 있었다면 기절이라도 했겠지만 바구니는 크기만 컸지 무겁지는 않았고, 슈린은 다행하게도(?) 얼굴에 아주 가벼운 충격만을 받은 채 무릎을 휘청거리고 있었다. 아영은 손가락을 입에 문 채 당황한 목소리로 소리쳤다.

"이, 이봐요! 괜찮아요?"

당신 같으면 괜찮겠습니까라는 말을 했어야 당연했겠지만 슈린은 그런 말조차 할 수가 없었다. 조금 후 슈린은 찢어진 아랫입술을 만지작거리며 진현과 아영에게로 걸어왔다. 피는 많이 나오지 않았지만 그래도 얼굴에 상처를 낸 것이 미안해서일까? 아영은 두 손을 모으면서 살짝 고개를 숙였다.

"미안해요!"

그러나 슈린은 그런 아영에게 힐끔 눈길만 주었을 뿐 아무런 말도, 하다못해 핀잔 한마디도 하지 않았다. 아무런 반응이 없자 고개를 들어 올린 아영은 곧 그 처음 보는 청년이 자신을 스쳐 지나가 진현에게로 걸어가는 것을 보았다. 울컥하는 무언가가 목구멍을 올라왔지만 조금은 참기로 했다. 우선은 자신이 잘못을 한 것이 있었으니까. 진현은 쓰게 웃으며 그런 둘을 보고 있다가 슈린의 약간 찢어진 입술을 보며 말했다.

"괜찮으십니까? 약이라도 바르시는 것이 어떻겠습니까?"

슬슬 입술을 만지고 있던 손을 멈춘 슈린은 작게 고개를 저었다.

"별것 아닙니다. 그런데 저 여자는 누굽니까?"

저 여자. 이상하게 그 발음을 할 때 음정에 악센트가 들어가 있다고 생각한 것은 진현뿐이었을까.

뭔가 뚝 하고 끊기는 느낌을 받은 아영은 미간을 잔뜩 좁히며 슈린을 노려보았고 진현은 오싹한 살기를 느끼며 조용조용히 답했다.

"제가 찾던 사람들 중 한 명입니다. 『잃어버린 세계』에서 왔으며 윤아영이라고 제 사촌 여동생이지요."

"사촌 여동생?"

슈린은 그의 말에 미간을 좁히며 아영 쪽으로 고개를 돌렸다. 아영은 흥 하고 콧방귀를 뀌며 도도한 몸짓으로 턱을 약간 치켜 올렸다. 그러나 이어서 들려온 슈린의 무뚝뚝한 음성은 그녀의 아직까지도 용케 남아 있는 이성을 날려 버리기에 충분한 말이었다.

"피가 아주 많이 떨어져 있는 사촌 동생인가 보군요. 진현과는 단 한 군데도 닮은 구석이 없으니까 말입니다."

"……."

잠시 후 진현은 펄펄 날뛰며 완전한 부산 사투리로 고래고래 고함을 지르는 아영을 말리느라 힘을 빼야 했다.

"야, 네가 참말로 내가 우습게 보이나? 키만 멀대같이 크면 단 줄 아냐고?! 네 일로 온나! 나이는 내보다 어려 보이는 게 어디서 건방지게 꼴아보노! 김진현, 이 손 치아라 마! 내 저거 가만 안 놔둔다! 이 손 치아라 안 카나!"

"지, 진정! 아영아, 우선은 진정하고 보자!"

그러나 슈린은 지금 현재 아영이 하는 말을 거의 알아들을 수 없었다. 어디서 개가 짖나 닭이 우나 하는 식으로 무심하게 고개를 돌리는 슈린으로 인해 아영의 일방적인 행패는 곧 종결되고 말았다. 제풀에 지쳐 숨을 헉헉거리는 아영을 향해 슈린이 담담하게 한마디 했다.

"무슨 말씀인지는 모르겠습니다만, 어쨌거나 만나뵈어서 반갑군요. 슈린이라고 합니다. 제가 한마디 조언을 해도 될까요?"

더운 여름날 땡볕에서 펄펄 날뛴 아영은 이마에서 흘러내리는 땀을 손등으로 훔쳤다. 자기 잘못도 아닌데 기운을 모두 뺀 진현 역시 땅에 주저앉은 채로 숨을 몰아쉬고 있었다. 아영은 앙칼스러운 목소리로 소리쳤다.

"머꼬?!"

"…그 위의 옷 안 어울립니다. 팔뚝이 현홍만큼이나 가늘다면 모를까, 그런 것은 분명 보는 사람의 눈을 괴롭히는 짓입니다. 시각 공해라고나 할까요. 스스로 망신을 자초하고 싶지 않으시다면 갈아입는 편이 낫겠지요. 그럼."

이 말을 마친 슈린은 발길을 돌려 오두막 쪽으로 뚜벅거리며 걸어가 버렸다. 아무래도 바구니에 맞은 얼굴이 아팠던 모양이다. 그는 그렇게 직접적인 화는 내지 않고 빙 돌려서 말을 함과 동시에 아영의 머리 꼭지가 완전히 돌아버리게 만들고는 유유히 시야 저편으로 사라져 버렸다.

앞으로도 이런 일이 계속 있으면 아마 근처에 남아나는 것이 없을거라는 생각을 진현은 할 수밖에 없었다. 지금 그의 눈앞에는 광기에 젖은 괴성을 지르며 펄쩍펄쩍 뛰는 아영이 온갖 종류의 정령을 불러놓은 채로 주위를 초토화시켜 버리고 있었기 때문이다.

귀찮게 되겠어 하고 짧게 한숨을 내쉰 진현은 가까이 다가온 살라만더Salamander를 사랑스럽다는 눈길로 바라보며 슥슥 쓰다듬어 주었다. 그는 불의 속성을 부여받은 이. 불길은 그에게 그저 온화함에 지나지 않았기에. 저 멀리서는 폭음에 뒤섞인 실프의 웃음소리가 깔깔거리며 들려오고 있었다. 그녀에게는 지금의 상황이 그저 재미있게만 비쳐지는 것 같다.

Part 9

Mad Doctor
매드 닥터

Mad Doctor매드 닥터

현홍은 멍한 표정으로 자신의 침대에 앉아 있었다.

밖에서 들려오는 아이들의 웃음소리도 그의 귓가에서는 마치 머나먼 소리로 들렸다. 그의 눈가에서 희미한 물방울들이 아롱져 떨어졌다. 불빛은 아무것도 없는, 그저 커튼이 쳐진 고즈넉한 방 안에서 그는 그렇게 혼자 있을 수밖에 없었다.

하얀 얼굴에서는 창백한 빛마저 스며져 나왔다. 차가워진 얼굴. 변화하고 있는 것은 그의 두 눈에서 떨어지는 눈물밖에 없었다. 그 외의 모든 것은 무표정했다. 작게 벌려진 붉은 입술 틈 사이로 눈물이 스며져 들어왔다. 씁쓸한 소금기에 현홍은 살짝 눈을 감았다. 훌쩍거리는 작은 소리도 없이 그는 그렇게 하염없이 울 수밖에 없었다.

울고 싶은 기분 따위는 없었다. 그러나 눈에서는 그의 의지와는 상관없이 눈물이 흘러내리고 있는 것이다. 현홍의 의지와 달리 그의 마음을 받들어 그렇게 계속해서 눈물을 흘려야만 했다. 그리고 그는 그렇게 조용히 입술을 벌렸다. 현홍은 무릎을 모아 세우고는 그것을 끌어안았다. 무릎에 얼굴을 묻고 조용히 노래를 불렀다. 밝고 경쾌한 음, 하지만 그의 얼굴은 그렇지 못했다. 아니, 그의 입술은 웃고 있었다.

그러나 그것은 그저 곡선을 그리며 억지로 웃고 있는 미소.

「君は誰よりも大切な人だから
그대는 누구보다도 소중한 사람이기에
どんなに歳月が流れても笑っていて欲しい
아무리 세월이 흘러도 웃고 있길 바래요.
祈ってる僕なんかどうなっても
기원해 주는 나 따윈 어떻게 되더라도
君がいつまでもいつまでも
그대가 언제까지나, 언제까지나
幸せでありますように
행복할 수 있기를」

"흑!"

현홍은 결국 노래를 마치지 못하고 무릎에 얼굴을 묻은 채 흐느끼고 말았다. 그 가사가 마치 그의 심정을 반영해 주듯이 그는 그렇게 가사를 읊조리고 또 읊조리며 눈물을 흘렸다. 제발… 차라리 이 능력은 없었으면 좋겠어. 부탁이야, 나는 「이것」을 감당할 수가 없어…….

창문은 열어놓지도 않은 방 안에 바람이 불었다. 한줄기 따스한 감촉을 지닌 바람은 현홍의 곁에 머물며 안타까운 신음 소리를 내었지만 현홍은 눈물을 멈출 수가 없었다. 커튼과 침대보가 바람에 흩날렸다. 그렇지만 현홍은 개의치 않았다. 살며시 현홍의 눈가에 흐르는 눈물을 훔쳐 준 바람은 그의 머리카락을 부드럽게 쓸어주었다.
―울지 말아요, 울지 말아요.
현홍은 고개를 들었다. 바람은 그의 곁에서 맴돌며 걱정하는 어투로 그의 귓가에 속삭여 주었다.
―울지 말아요, 착한 사람. 당신의 마음이 아프면 저희들도 아파요.
"…아파."
―…….
"마음이 너무 아파. 마음이… 마음이 너무 아파서 찢어져 버리겠어. 죽어버릴 것 같아."
아아 하는 자조하는 목소리가 들려왔다. 그렇게 말한 현홍은 다시 고개를 숙여 울었다. 부들거리는 손으로 가슴께의 셔츠를 찢어버릴 듯이 쥐었다. 가슴이 아팠다. 너무 아파서 그대로 숨이 멎어버릴 것 같았다. 바람은 더 이상 말을 하지 않았고 그저 그의 주변에 머물며 측은한 듯 소리 내어 불었다.

"계속 울고 있는 것 같은데."
에이레이는 쓴 표정을 지으며 벽에 등을 기대었다. 잡화상에서 니드의 이야기를 들은 후 여관에 다시 돌아온 현홍은 지금까지 계속 울고 있었다. 문은 그렇게 걸어 잠근 채 아무도 방에 들여보내지 않았다. 티네케에게 부탁을 하여 한 번 문은 열고 들어갔으나 현홍의 앙칼진 나가라는 외침에 얼른 문을 닫고 나올 수밖에 없었다. 에오로는 자신의 품에서 걱정스러운 얼굴로 자신을 올려다보는 키엘의 머리를 쓰다듬어

주었다.
　에오로 역시 니드의 이야기를 들었지만 지금 현홍의 태도는 아무리 생각해도 잘 파악이 되지 않았다. 슬픈 것은 분명하다. 하지만 저렇게 할 정도인가 하는 생각이 들었기 때문이다. 그러나 현홍은 지금 그것 때문에 울고 있는 것이 아니었다. 니드의 말을 들은 직후 보았던 미래의 광경 때문이었으나 다른 이들이 그것을 제대로 알 리 만무했다. 골치 아프다는 얼굴을 한 에오로가 에이레이를 바라보았다.
　"이해가 되지 않아요. 왜 저러는 거죠? 니드의 일 때문만은 아닌 것 같아요."
　에이레이는 자신의 턱을 매만지며 살며시 고개를 숙였다. 지금 그들은 여관 2층 현홍의 방 앞에 서 있었다. 저렇게 울다가는 나중에 쓰러지지나 않을까 하는 걱정 때문이기도 했고 지금 아래층의 분위기 역시 살벌했기 때문이었다. 잠시 생각을 정리하던 에이레이가 조심스럽게 목소리를 낮추며 말했다.
　"아마도……."
　"아마도?"
　"…저 녀석이 가진 능력 때문이 아닌가 싶은데."
　에오로는 고개를 갸웃거리다가 곧 손바닥을 탁 하고 쳤다. 그리고 그 소리에 화들짝 놀라며 다시 숨을 죽였다.
　"예지라는 것 말이죠?"
　에이레이는 고개를 끄덕였다. 그녀는 현홍의 기분을 대충 알 수 있었다. 심각하게 흔들리는 기와 진현에서 들은 이야기를 종합하여 볼 때 내린 그녀의 결론이었다. 예지라는 것, 정말로 할 게 못 되겠어라고 에이레이는 조용히 중얼거렸다. 미래를 보는 능력은 좋을 것이라는 생각을 했었다. 하지만 그렇지 않다는 것을 현홍을 보아서 알 수 있었다. 미래라는 것을 본다면 그것을 바꿀 수 있는 힘은? 만약 내일 당장 죽는 미래를 보았다면 그것을 바꿀 수 있다는 말일까?

아니면 그가 본 미래는 정확하게 단정 지어진, 즉 완벽하게 고정되어진 것이기 때문에 바꿀 수 없을까? 아마도 현홍의 저 반응은 바꿀 수 없다일 것이다. 그렇다면 현홍이 본 미래에서 니드는… 니드는 과연 어떻게 되는 것일까? 에오로도 생각이 거기까지 미쳤는지 얼굴이 핼쑥하게 바뀌기 시작했다. 그러나 두 사람은 아무 말 없이 그저 아래만을 바라보고 있을 뿐이다. 무슨 말이 더 필요하겠는가. 지금의 이 시점에서 그들은 니드의 기분도, 현홍의 기분도 알 수 없는 그저 타인에 불과할 뿐이다. 어줍잖게 한 위로 한마디보다 가만히 침묵을 지키고 있어야 할 때도 있는 것.

그런 두 사람 사이에 끼인 키엘은 황금색 눈동자를 데굴데굴 굴리며 지금의 상황을 알아보려 노력했다. 그러나 그 조그만 아이가 알 수 있는 사실은 없었고 그저 자신을 어루만져 주는 에오로의 손길을 불안하게 바라볼 뿐이었다.

"그래서 결국에는 손을 잡을 것이라는 말이로군."

에이레이와 에오로가 서로 고민에 휩싸여 현홍의 방문 앞에서 배회하는 그 순간 셀로브와 니드는 하나의 테이블을 차지하고 앉아서 이상한 분위기를 만들어내고 있었다. 시간은 대낮이었고 아직 저녁 시간이 되려면 까마득하게 멀었기에 홀에 있는 사람이라고는 청소를 하고 있는 티네케와 셀로브, 그리고 니드밖에 없었다. 그러나 두 사람은 서로 마주 본 채 이상하도록 침중한 분위기를 만들어내고 있었고, 그럼으로 하여 티네케를 바짝 긴장하게 만들었다.

벌써 몇 병째 와인을 비운 것인지 모른다. 셀로브는 인간들의 술 중에 적포도주를 가장 마음에 들어했고 티네케는 계속해서 셀로브에게 와인병들을 날라주었다. 니드는 천천히 자신의 잔에 와인을 따랐다. 붉디붉은 와인이 투명한 유리잔 속으로 들어오는 장면은 언제 보아도 예술적이라고 생각하며 그는 다시 그것을 입속으로 털어 넣었다. 어차피 아름다운 것은 오래가지 않는다.

잡화상 주인인 루이스의 말대로 조각상을 판 것은 다른 사람일 것이다. 왜냐하면 루이스는 지금까지 이 도시를 한 번도 떠나 살아본 적이 없다는 토박이였고 이스티의 무덤은 클레인 왕국의 변방 세트레세인 근처에 있었으니까. 한 손으로 턱을 괴고 잔을 흔들어보았다. 작게 붉은 소용돌이가 치는 것을 보며 니드는 히죽 웃었다. 잊고 지냈다고 생각했는데, 잊으려고 노력했는데 어제 되살아난 악몽은 오늘 현실이 되었다. 어제로 이스티가 죽은 지 딱 2년이 되었다.

니드는 자신의 바로 앞 테이블에 놓인 조각상을 바라보았다. 이곳저곳 뭉그러지고 은 특유의 빛도 변색이 되어 있었지만 그래도 처음의 그 소박한 아름다움은 여전해 보였다. 다카가 이스티와 자신에게 나누어 준 선물. 그것을 받고 기쁘게 웃었던 그녀의 얼굴이 눈앞에 되살아나는 것 같았다.

그리고 그와 더불어 눈앞이 뿌옇게 흐려지는 것 또한 느낄 수 있었다. 자신의 꼬리를 베고 누워 잠을 자는 그 모습이 죽임을 당한 그녀의 얼굴과 이상하게 닮아 보였다. 다행히 불길에 휘말리지 않아 시체는 온전했지만 붉게 물든 그녀의 흰옷과 창백해진 얼굴은……

작게 눈물을 흘리고 있는 니드를 보며 셀로브는 말없이 술잔을 들었다. 아무리 생각해도 그로서는 이해하기 힘든 상황이었으니까. 약한 자가 강한 자에게 죽는 것은 당연한 자연의 법칙이자 진리가 아닌가. 한데 인간이라는 존재는 어찌 이리도 법칙이라는 것을 싫어하고 거부하는 것이 자연스러운지. 셀로브는 파리한 입술 사이로 붉은 와인을 넘기며 다시 생각을 해보았지만 그로서는 아직 이해하기 힘든 일이었다. 약해서 죽는 것이 싫다면 강해지면 되는 것이다. 약육강식弱肉强食. 그것은 그가 태어날 때부터 자신의 어머니에게서 배워오고 그의 몸에 내재된 본능이었다.

모든 동물들이 그러한데 유독 인간만은 다르다고 어머니가 말씀했던 기억이 났다. 유달리 인간이라는 종족만은 본능에 앞서서 자신의 생각을 하고 사는 종족이고 진리든 법칙이든 자신의 생각과는 반대라고 생각되면 어기려 든다고. 왜 그런진 몰라도 그것이 그들의 숙명이라고 말씀하신 자신의 어머니를 생각하며 셀로브는 이상하게 와인의 맛이 쓰게 느껴졌다.

소리없이 잔을 내려놓은 셀로브는 니드를 보며 조용히 입을 열었다.

"무슨 일이든 인과因果의 관계가 따르기 마련이다. 복수라는 것은 자신에게도 돌이킬 수 없는 해를 입히는 것이지. 그래도 그 검은 손을 잡을 텐가?"

"어쩌란 말입니까?"

"……"

쾅!

니드는 들고 있던 유리잔을 테이블에 내려놓았다. 그러나 그것은 거의 내치는 것과 유사했고, 그로 인해 홀 안에 커다랗게 나무 소리가 울려 퍼졌다. 다행히 사람은 아무도 없었지만 곧 이어 니드가 내지르는 고함 소리는 2층의 에이레이와 에오로도 선명히 들을 수 있을 정도로 큰 소리였다.

"대체 그럼 어쩌란 말입니까?! 이대로 이렇게 가만히 넋 놓고 있을까요? 부인의 무덤이 파헤쳐져 그 안에 있던 물건이 세상을 돌아다니는데 사랑했던, 아니… 아직도 그녀를 사랑하는 사람으로서 그것을 가만 내버려 두란 말씀입니까! 그렇게는 못합니다. 반드시 죽일 겁니다, 반드시!"

니드를 본 이래로 이렇게 화를 내며 소리치는 모습을 본 적이 없기에 셀로브는 자못 당황하고 말았다. 하지만 내심 심경을 감추며 조용히 말했다. 말리고픈 생각은 없었지만 어쨌거나 동료인 이상 충고 정도는 해주어야 했으니까.

"말리는 것은 아니다. 다만, 나는 네가 하려는 일에 대한 위험을 깨우쳐 주려는 것뿐이야."

"괜찮습니다. 상관없지요. 복수는 복수를 낳는 법이라고는 하나 저는 상관없는걸요. 살고 싶어서 사는 목숨이 아닙니다, 죽지 못해서 사는 것뿐이지."

자조하는 듯한 음성으로 말하는 그의 말을 셀로브는 이해하지 못했다. 그리고 아마 오랜 세월이 지날 때까지 이해하지 못할 것이다.

*   *   *

라벤더 언덕에서 솟아오르는 불길은 어느덧 꺼져 있었다. 물의 정령인 언딘Undine의 힘을 빌려서 끈 것이었다. 그러나 모락모락 피어 오르고 있는 연기까지는 어쩔 수 없었고 아이리스는 멍한 얼굴로 창밖을 통해 그것을 보고 있었다. 가까스로 아영을 진정시키기는 했지만 그녀는 아직도 자신의 앞에서 무표정한 얼굴로 차를 마시는 슈린을 보며 이를 부득부득 갈아댔다. 그녀가 사람을 싫어하는 일은 드물지만 한 번 싫어하면 끝까지 꼬투리를 잡는다는 사실을 알고 있는 진현은 한숨을 내쉬어야만 했다.

아이비는 연신 기침을 해대었지만 지금 여기서 그런 그녀의 병세를 걱정하는 것은 그녀의 동생인 아이리스밖에 없었다. 아영은 정령들을 통해 처음부터 안 사실이었고 슈린은 이상한 괴짜 의사를 통해, 그리고 진현은 자신을 통해 아이비가 인간이 아니라는 것을 알고 있었다. 그렇기에 그녀가 아픈 것은 죽기 직전의 영향 때문이고 아무리 기침을 내뱉으며 고통스러워해도 그녀는 또다시 죽지는 않는다. 하지만 고통은 계속된다. 그녀가 이곳에 계속하여 남아 있으면 남아 있을수록 고통은 계속되는 것이다.

아이리스는 그런 사실을 모른 채로 연신 기침을 내뱉는 언니를 보며 눈물을 글썽거렸다. 가지런히 한 손에 얹은 찻잔을 입가에 가지고 간 진현은 조용히 숨을 내쉬며 말했다.

"아영."

"응?"

슈린을 노려보기 위하여 눈을 부릅뜨고 있는 아영은 고개를 돌리며 진현을 보았고 진현은 가만히 아영을 응시했다. 그리고 아영은 곧 고개를 끄덕인 후에 자리에서 일어났다. 그녀는 아이비의 품에 안겨 칭얼거리는 아이리스를 조심스럽게 안아 들었다. 아이리스는 눈을 동그랗게 뜨며 왜 그래 하고 되물었고 아영은 환하게 웃으며 말했다.

"언니랑 같이 잠시만 나갔다가 오자! 언니가 오늘 꽃 많이 팔았거든.

그래서 아이리스한테 선물 사주려고!"

"선물? 맛있는 것 사주는 거야?"

"물론이지!"

아이비는 그런 아이리스를 보며 서글픈 미소를 지어 보였고 아이리스는 연신 기쁜 웃음을 지어 보이며 아이비에게 손을 흔들었다.

"언니, 나 아영이 언니랑 나갔다가 올게! 그러니까 어디 가지 마!"

이 말이 결정타였다.

슈린은 탁자 위에 엎어지는 진현을 보며 속으로 혀를 찼다. 아마도 그는 아이리스를 아영에게 맡긴 후에 아이비의 일을 처리할 생각이었던 모양이다. 그런데 아이리스가 저리 말하니 진현의 손톱만큼 남아 있는 양심—그것도 여성에게만 발동되는—이 자극받은 모양이었다. 아영 역시 진현의 그런 생각을 알고 있었기에 등 뒤로 작은 식은땀을 흘려보내야만 했다. 아이의 감이라는 것은 어른이 생각하는 것 이상으로 뛰어났다. 본능적이라고 할까 직감이라고 할까, 하여튼 그런 것으로 아이리스는 아이비에게 말했고 아이비는 슬픈 눈동자를 들어 아이리스를 바라보았다.

동생을 두고 갈 수가 없어서 남아 있었지만 아직도 그녀의 동생은 어렸다. 그녀가 보기에는 아마 한참이 지나 성인이 되어도 어려 보일 것이다. 부모가 자식을 볼 때 아들이 마흔이 넘어도 자신에게 있어선 어린아이 같듯이.

아영은 아이리스를 데리고 그렇게 도시 쪽으로 내려갔다. 그때까지 탁자 위에 엎어져 있던 진현을 대신하여 슈린이 먼저 입을 열었다.

"그만 떠나시는 것이 어떻겠습니까?"

아이비는 숨이 멎는다는 표정으로 슈린을 보았고 슈린은 그 특유의 무표정으로 응수했다. 한 팔을 괴고 테이블 위에 가만히 엎드려 있던 진현이 고개를 들었다. 아이비는 말없이 두 청년을 번갈아 바라보았다. 싸늘한 눈매의 슈린에게 질려 곧 눈물이라도 흘릴 것처럼 되어 있는 아이비에게 진현이 조심스레 말했다. 그의 목소리는 부드러웠고 충분히 다정한 어조임이 느껴질 정도였다.

"레이디 아이비, 당신이 이 세계에 머물러 있은 지 꽤 오래되었다지요?"

아이비는 살며시 고개를 끄덕였다. 진현은 이마를 손으로 차분히 짚은 채 말을 이었다.

"시간이라는 것은 되돌릴 수 없는 것이거늘, 당신의 시간은 이미 멈추었고 그것이 흘러내리던 모래 시계조차도 불꽃처럼 사그라져 없어졌는데 당신은……."

"하지만……!"

"동생 분을 걱정하시는 마음은 잘 알고 있습니다. 하지만 당신은… 더 이상은 안 됩니다."

아이비는 털썩 하고 주저앉고 싶었다. 하지만 그녀는 지금 의자에 앉아 있었기에 그리하지 못했다. 대신 파리한 입술을 피가 나기 직전까지 세차게 깨물며 억눌린 목소리로 외쳤다.

"하지만 저는 아이리스를 두고 갈 수 없어요! 부모님도 없이 지금까지 키워왔는데 이제 또 저마저 사라지면 저 아이에게는 아무도 남아 있지 않잖아요! 그렇게 된다면 어찌 될지 몰라요. 당신들은… 당신들은 여행을 떠나가니까 이 일이 대수롭지 않게 여겨지겠지요. 하지만, 하지만 저는……."

흘러내린 눈물이 그녀의 고운 턱 선을 타고 목을 적셨다. 두 손으로 입을 가린 채로 그녀는 흐느끼는 목소리로 계속 말했다.
"흑… 저 아이를 두고 갈 수는 없었어요. 그래서 저는 어쩔 수 없이 돌아와야 했어요! 그래요, 그래서 그의 손을 잡은 것……."
"잠깐, 「그」라니요?"
흐느끼던 그녀는 촉촉한 눈으로 진현을 보았다. 진현은 안 좋은 예감이 등을 훑는 것을 느꼈다. 안 좋은 예감은 꼭 맞기 마련이지. 정색을 하며 자리에서 일어나는 그를 보며 슈린 역시 안 좋은 생각이 들었던 모양이다. 그는 미간을 찌푸리며 진현을 보았다. 당황한 진현을 보며 아이비는 입을 다물었다. 그녀가 입을 굳게 다문 채 말을 할 기색이 없어 보이자 진현은 별수없이 여성에게는 잘 보이지 않는 단호한 얼굴을 했다.
차가운 눈길로 아이비를 바라보며 진현이 다시 한 번 물었다.
"사술邪術이로군요. 그런 기색이 느껴지지 않아서 몰랐건만, 방심했군!"
"누군가에 의해서 이 세계에 있다는 말씀이십니까?"
사악한 술법에 의해 죽은 자가 돌아올 수 있다. 그것은 스승에게 배워서 알고 있는 감추어진 비학秘學 중 하나였다. 왜냐하면 그것은 사술, 말 그대로 사악한 술법이었기 때문이다. 마법을 쓰는 이들, 특히 흑마법이라는 것은 인과의 관계에 항상 휘말려 있기 때문에 대가를 요구하는 경우가 많다. 죽은 자를 되살려내는 것은 그중 신의 섭리를, 그리고 생명을 가진 모든 것들을 거부하는 그런 술법이었기에 제대로 된 마법을 쓰는 이들이 이 마법을 쓰는 일은 없었다.
슈린은 그런 마법이 돌아오는 파장에 대해 잘 알고 있는 사람이었기에 안색이 대번에 달라질 수밖에 없었다. 진현은 묵묵하게 고개를 돌렸고 슈린 역시 차갑고 단호한 얼굴로 아이비를 보았다. 소망이 아닌 시술이라면… 돌려보낸다고 돌아갈 그런 문제가 아니다. 부른 자가 돌려보내지 않는다면 본인 스스로는 갈 수 없는 그런 것. 그리고 그 대가는 과연 무엇이란 말인가?

"대가가 뭡니까?"

아이비는 대답이 없었다. 그녀는 고개를 푹 숙인 채 진현과 슈린의 시선을 피했다. 하지만 곧 슈린의 분노에 찬 고함 소리가 들려왔기에 아이비는 어쩔 수 없이 대답해야 했다.

"대체 뭡니까, 그 대가가!"

화가 난 목소리. 진현은 그가 이렇게 화를 내는 모습을 보며 어리둥절해했다. 흑마법의 대가라는 것은 보통 자신의 가장… 소중한 것. 그리고 지금 현재 그들에게 봉착되어진 가장 큰 문제는 아이비 역시 그 '보통'의 범주에서 벗어나지 않는 평범한 여성이라는 것이었다. 아이비는 멍한 얼굴로 두 사람을 올려다보다 조용히 입을 달싹였다. 그녀의 입에서 흘러나온 말을 들었을 때 슈린과 진현 모두 제정신으로 있을 수 없었다.

"아, 아이리스… 내 동생."

진현은 멍한 눈으로 자신을 보며 그렇게 말하는 아이비를 보았다. 동생을 걱정해서 남아 있던 여성의 입에서 자신이 이 세상에 머물기 위한 대가로 그 소중한 동생을 팔았다는 것이 말이 되는 일인가. 그 충격은 슈린 역시 마찬가지였는지 그는 한동안 말을 잇지 못했다. 아이비의 눈동자는 약간 풀려 있었다. 마치 최면에 빠진 듯 동공은 벌어져 있었고 표정은 느긋하기까지 했다. 이것조차도 시술의 영향인가.

진현은 이를 빠득 소리가 나도록 갈면서 자신을 보고 있는 아이비의 뺨을 찰싹찰싹 때렸다. 현홍이 이 장면을 보았다면 무슨 소리를 할지 모른다. 〈내일 당장 지구가 멸망할 거라는 둥, 해가 서쪽에서 뜰 거라는 둥〉 하겠지. 어쨌거나 그는 지금 아이비의 정신을 차리게 하기 위해서 부득이하게 손을 대고 있는 것이다. 물론 별로 아프지도 않을 정도의 세기로.

"아이비! 레이디 아이비! 어서 정신 차리십시오! 아이비!"

"아아……."

"아이비! 정신 차려!"

진현이 목소리를 높여 그렇게 외치며 조금 더 뺨을 치자 그제야 아이비는 화들짝 몸을 떨며 제정신으로 돌아왔다. 그녀는 잠깐 자신이 놓인 상황에 대해 이해하지 못하는 듯했다. 다만, 얼얼한 뺨을 한 손으로 감싼 채 놀란 눈이 될 뿐이었다. 그녀의 잿빛 머리카락이 한순간 찰랑거렸다. 슈린은 현재 상황이 아직 파악도 되지 않는다는 눈치였다. 그러나 진현은 분하다는 듯한 목소리로 혼자 중얼거렸다.

"젠장, 영혼이었을 때의 상태에서는 보통의 인간보다 더 최면이 쉽게 먹혀 들어간다는 사실을 잊고 있었어! 약간의 암시만 주면 그것은 들어먹고 원하는 대로 넘어오는 것이 영혼인데, 하물며 자신의 소망이 강한 영혼! 그것을 생각하지 못했다니."

아이비는 퍼렇게 질린 얼굴로 자리에서 일어났다. 그녀의 어깨를 덮고 있던 푸른색 숄이 바닥으로 떨어졌으나 그것을 개의치는 않았다. 그녀의 검은 눈동자가 한순간에 불안과 초조로 휩싸였다. 부들거리는 두 손으로 진현의 팔을 붙잡은 아이비가 소리치듯 말했다.

"아니, 아니에요! 잠깐만……! 그 사람은 아이리스가 죽을 때 그 아이를 데리고 간다고, 분명히 그렇게 말했는……."

이런 멍청한 여자가! 진현은 그런 말을 입 밖으로 내고 싶다는 욕망을 꾹 눌러서 참아야만 했다. 그의 강한 인내심과 여성에 대한 강박 관념 때문에 그런 험한 말은 차마 할 수가 없었다. 다만, 그는 애꿎은 테이블을 쥐어박았다.

쾅!

나무가 부서질 듯하는 소리에 아이비는 흠칫하며 한 발자국 뒤로 물러섰다. 그녀는 다시 한 번 흑 하는 숨 막히는 소리와 함께 눈물을 내보였다. 대충 사태를 파악한 슈린은 황급히 진현의 어깨를 붙들었다.

"그게 사실이라면 이러고 있을 시간이 없습니다! 어서 아이리스를 찾아야 합니다."

강하게 내뱉는 그의 말에 동감하는 뜻으로 고개를 끄덕인 진현은 어느새 바닥에 주저앉아 얼굴을 감싸고 우는 아이비에게로 시선을 돌렸다. 그리고 차가운 어투로 단호하게 말했다.

"잘 들으십시오. 당신은 지금 아이리스를 위한답시고 조금이라도 더 이 세계에 남아 있기 위해 그녀를 판 것이나 마찬가지입니다. 어째서 깊이 생각을 해보지 않으신 겁니까? 이승에서의 생활보다 더 중요한 것은 죽었을 때의 일이거늘, 당신은 아이리스의 영혼이 지옥에라도 가길 바란단 말입니까?"

"나, 난……."

사색이 되어 있는 그녀를 보며 진현은 고개를 가로저었다.

"만약 오늘 당장에라도 그녀가 죽을 운명이라면? 그녀의 영혼은……."

"아니야!"

아이비는 두 손으로 얼굴을 감싼 채 소리쳤다. 그녀의 이마에서 흘러내리는 땀이 눈물과 함께 그녀의 얼굴을 적시고 있었다. 그녀는 경악에 찬 음성으로 패악悖惡스럽게 고함을 질렀다.

"아니야! 그럴 리가 없어, 그럴 리가! 거짓말하지 마! 오늘 처음 본 여행자들 주제에 대체 뭘 안다고 그런 말도 안 되는 소리를 하는 거야! 나, 나는 그 사람을 의심하지 않아! 그 사람은 아니야, 그럴 리가 없다고! 그리고 그 사람은 죽은 아이리스도 반드시 좋은 곳으로 갈 거라고 했어!"

슈린은 한숨을 내뱉었고 진현은 침울한 표정으로 고개를 저었다. 모든 것이 부서지고 가라앉아 버린 시점에서 진실을 외면하는 종족은 인간뿐일 것이다. 그 아이비는 사색이 된 얼굴로 주저앉아 울면서 소리쳤고 두 사람은 그런 그녀의 모습에 동정심조차 생기지 않았다. 조금이라도 더 이 세계에서 있고 싶은 마음과 동생을 걱정하는 마음이 결합되어 만들어진 허상을 현실로 믿어버린 잘못도 있다. 그러나 아이비의 가장 큰 잘못은 욕망 때문에 이성을 잃어버렸다는 것이다. 말 그대로 하나만 알고 둘은 모른다는 정석이 통하는 것이라고 할까.

더 이상은 소리칠 기운도 없는지 얼굴을 감싸 안은 채로 흐느끼는 그녀를 보며 진현은 짧게 물었다. 이 이상 여기서 지체할 시간은 없다. 자신이 말했지만 부디 그것—정말로 오늘 죽을 운명이라던가 하는—이 진실이 아니기만을 바랄 따름이지만, 원래 안 좋은 예감은 백발백중 복권 당첨 꽝보다 더 잘 맞는다.

"당신에게 그런 제의를 한 것이 누굽니까?"

아이비는 눈물 범벅이 된 눈으로 진현을 올려다보면서 입을 우물거렸다. 아주 가느다란 목소리였고 울음소리까지 섞여 있어서 하마터면 못 알아들을 정도.

"흑, 흐흑… 페, 펠레……. 으흑."

"펠레스?"

진현은 갸우뚱거렸고 그 이름을 정확히 들은 것은 슈린이었다. 펠레스, 그 괴짜 의사가 이 사건의 주범이란 말인가? 그리고 그와 동시에 그의 안색은 창백하게 질려 나갔다. 진현이 되묻는 얼굴로 슈린을 돌아보았으나 그는 이미 문을 박차며 달려나가고 있는 중이었고 진현 역시 황급히 그를 따라나섰다. 하필이면 아영과 이이리스를 도시로 보낸 것이 잘못된 것이다. 일이 꼬여도 어떻게 이렇게 잘 꼬일 수 있단 말인가. 슈린은 혀를 찬 후에 마치 산속을 날아다니는 한 마리의 매처럼 뛰어가며 소리치듯 말했다.

"펠레스! 그 의사가 아이리스의 언니가 죽었다는 사실을 알고 있을 때부터 의심했어야 했습니다!"

"알고 있었다고요?"

귓가를 스쳐 지나가는 바람에 진현은 슈린의 말을 조금은 흘려 버려야 했으나 다행히 중요한 말들은 놓치지 않고 들었다. 눈앞을 가리며 흩날리는 금빛 실과도 같은 머리카락을 한 손으로 쓸어 올리며 진현은 미간을 찌푸렸다. 한차례 커다란 바람이 훑고 지나가자 그 힘을 견디지 못한 라벤더 꽃잎들이 언덕을 가득 메우며 하늘로 치솟아 올라갔다. 분명 장관이었으나 지금 현재 그 모습이 제대로 눈에 들어올 리 만무했다. 어지러이 머리 속을 잠식시켜 나가는 라벤더 향기를 떨쳐 내듯 고개를 내저은 진현은 아랫입술을 깨물었다.

이것은 대체 무슨 장난인가. 또 누군가가 자신의 주변에서 장난을 치는 것에 휘말려 버린 듯한 느낌을 지울 수가 없었다.

　　　　　　　＊　　　　＊　　　　＊

"아영 언니, 나 저거 사줘!"

　오랜만에 무엇을 살 수 있다는 기쁨에 아이리스는 환하게 웃었다. 저녁 시간이 되어가면 갈수록 시장 안은 사람들로 번잡해져 갔지만 쇼핑이 취미 중에 하나인 아영은 그런 아이리스의 손을 잡은 채 사람을 헤치고 걸어나갔다. 바구니를 든 여성들이 어린아이들의 손을 잡고 천천히 장을 보는 모습이 참 평화롭게 보였다. 하늘의 푸른 빛깔이 아직도 선명했다. 아직 저녁 시간이 되려면 한참 있어야 한다는 생각을 하며 아영은 이곳저곳 돌아보면서 걸어갔다.

　천천히 걸어오는 아영이 답답했던지 그녀의 손을 놓은 아이리스는 저만치 달려나갔다. 아이리스의 손에는 이미 달디단 사탕 하나가 들려져 있었다. 밝게 웃는 아이리스를 보며 아영은 문득 가슴이 조금 쓰려 왔다. 이제 집으로 가면 그녀의 언니인 아이비는 볼 수 없을 텐데 하는 생각에. 미안함도 들고 이제는 어떡하나 하는 생각도 들었다. 어깨를 추욱 처지게 만들면서 과장된 태도로 한숨을 푹 내쉬는 그 모습은 마치 만화책에 나오는 그런 장면과 비슷했다. 실은 원래 그녀가 살던 세계에서 아영의 취미 중 하나가 만화책 보기였지만.

　보통 그렇게 만화책을 많이 본 사람들은 그런 모습에 익숙해지고 좋아하는 주인공의 말투나 행동을 따라하기도 했으니 그녀의 그 모습은 별로 어색해 보이지 않았다. 물론 처음 보는 사람은 기겁하는 경우도 종종 있었지만 말이다. 저 멀리서 손을 흔드는 아이리스를 보며 아영도 샐쭉 쓰게 웃은 후 손을 가볍게 흔들었다.

　정말로 이러다가는 졸지에 미혼모같이 되는 것이 아닐까 하는 생각에 오싹함을 느낀 그녀는 팔을 감싸 안았다. 물론 이때 역시 과장된 표정을 빼먹지 않았다. 하지만 그런 생각을 아주 안 하고 있는 것은 아니었다. 이곳에 와서 가장 많은 도움을 받은 것이 저 두 자매였으니까 자신도 될 수 있으면 도움이 되고 싶었다. 사람들이 힐끔힐끔 자신을 쳐다보는 것이 느껴졌지만 별로 신경을 쓰진 않았다. 그녀는 원래 그런 것에는 신경을 쓰지 않는 타입이었다. 누가 무엇이라고 말하든 자신이 옳으면 옳은 것이고 자신의 생각을 남이 이해해 주기만을 바라지 않는다.

남의 시선 따위 신경 쓰고 다니면 세상에 뭐가 제대로 되겠어 하고 작게 중얼거린 그녀는 길게 내려오는 앞 머리카락을 쓸어 넘겼다. 그리고 바람이 불어와 그녀의 머리카락을 단정히 쓸어 내려주었다. 빗질과도 같이 기분 좋은 느낌에 아영은 미소 지었다. 실프의 부드러운 손길에 아영은 작게 허공을 보며 속삭여 주었다.

"고마워."

그녀의 주변에만 약한 돌풍이 불고 있다는 사실을 사람들이 알 리 만무했다. 괴팍하다면 괴팍하고, 발랄하기 그지없고, 인간적이라고 치자면 가장 인간적일 수 있는 그녀가 어째서 인간에게는 배타적인 태도를 취하고 있는 정령들에게 사랑받는지 아는 사람은 아무도 없었다. 정령들조차도. 어쩌면 그녀의 솔직한 태도가 마음에 들어서가 아닐까. 인간이든 악마든 천사든, 그리고 정령조차도 하나의 공동선 위에 두고 보는 그녀의 그런 태도가.

털썩.

무슨 소리야? 아영은 뭔가 둔한 것이 땅에 부딪히는 소리에 걸어가던 발길을 멈추고 뒤로 돌아보았다. 그리고 황급하게 달려갈 수밖에 없었다. 한 사람이 스르륵 몸을 비틀거리더니 땅에 쓰러졌다. 쓰러진 사람을 일으켜 세우던 아영은 당황하여 주위를 둘러보았다. 시장 안은 갑자기 쥐 죽은 듯 조용하게 변해가고 있었다. 곧 이어 하나둘씩 사람들의 몸이 비틀거리기 시작했다. 갑자기 이게 무슨 일이야 하고 놀라 반문할 틈도 없이 온 거리의 사람들이 바닥에 쓰러지거나 건물 벽에 몸을 기댄 채 쓰러져 버렸다.

갑작스럽게 일어난 일에 아영은 사태 파악조차 되지 않았다. 천천히 몸을 흐느적거린 사람들은 그대로 땅으로 쓰러져 버렸던 것이다. 뭐야? 대체 이게 뭐야? 혀가 굳어서 말도 제대로 나오지 않는다. 이상한 냄새. 아영은 약간 이상한 냄새가 공기 중에 떠도는 것을 느꼈다. 주변은 이미 쓰러져 버린 사람들 말고는 아무도 없었다. 개나 고양이, 심지어 새들마저도 하늘에서 떨어져 바닥에 널브러져 있었다. 지금의 이 상황이 그녀에게는 상당히 받아들여지기 힘든 상황이었다.

살아 있는 건가? 우선 아영은 자신이 일으킨 한 여성의 코끝에 손가락을 가져가 보았다. 숨결이 느껴졌다. 느릿하게 가슴이 올라왔다 내려갔다 하는 것도 육안으로 확인할 수 있었다. 살아 있다. 그렇다면……. 지금 사람들의 반응은 마치 수면제를 먹은 후 잠을 자는 것처럼 보일 정도였다. 수면제? 하지만 어디서 수면제를, 그것도 이 많은 사람들에게 먹게 한단 말인가.

그리고 그녀는 아차 한 마음이 들어 주변을 보았다. 아무도 없었고 소리조차 고요했다. 도시 전체가 잠에 빠진, 잠자는 숲 속의 공주라는 동화책에서 세 명의 요정들이 성 전체를 잠에 빠지게 한 것과 같은 느낌이 들었다. 그리고 오싹해졌다. 그렇다면 자신은 왜 잠이 들지 않는 걸까 하는 의문이 머리 속을 스쳐 지나갔다. 빨리, 빨리 생각을 정리해야 한다.

아이리스는? 아이리스는 어떻게 되었을까. 안고 있던 여성을 바닥에 살며시 뉘인 아영은 황급히 자리에서 일어섰다. 차근차근히 생각해 보자. 지금 이 상황이 어떻게 된 것인지. 누가 이랬는지는 우선 뒤로 미뤄둔 채 어떻게 해서 사람들이 다 쓰러져서 잠이 들어버린 것인지를. 눈앞이 약간 뿌연 느낌을 받았다. 자신이 살던 부산의 도심 주변의 매연처럼 옅은 안개 내지는 먼지처럼 보였다.

이마에서 흘러내리는 식은땀을 손등을 훔친 아영의 안색은 점점 더 하얗게 질려갔다. 적응이 되지 않아, 이 세계는! 속으로 이런 생각을 하며 욕설을 내뱉어보아도 정리되는 것은 아무것도 없었기에 아영은 입술을 살짝 깨물며 다시 고개를 돌려 주위를 살폈다. 누가 이랬을까. 왜 이런 짓을 하는 것일까. 그리고 어떻게 잠이 들 게 할 수 있었지? 꼬리에 꼬리를 무는 의문들이 그녀의 머리를 아프게 만들었다. 진현과 슈린이라는 그 남자는 왜 오지 않는 것인가. 왜 자신은 잠이 들지 않는 것이지?

마지막의 의문은 쉽게 풀렸다. 그녀는 자신의 주변에 형성이 되어 있는 작은 바람의 장막을 볼 수 있었다. 그리고 그 안으로는 옅은 안개가 들어오지 못하고 있는 것도. 그녀의 갈색 머리카락이 바람에 흩날렸다. 자신이 잠에 들지 않는 이유는 바람이 이 이상한 연기를 막아내고 있기 때문이었다. 의문점 한 가지를 풀어낸 아영은 우선 아이리스를 찾기로 했다. 아이리스! 바보같이 곁에서 떼어놓다니. 스스로에게 질타를 던진 아영은 곧장 쓰러진 사람들을 조심스럽게 피해가며 앞으로 내달렸다.

물론 시장 안에 있던 사람들이 원체 많아서 그것도 그렇게 쉽게 되는 일이 아니었다. 몇몇 사람들의 손이나 발을 밟을 때마다 아영은 속으로 미안해요오— 하고 빌면서 달려갔다. 그러나 그 걸음은 그리 길게 계속되지 않았다.

"이상하군. 잠이 들지 않는 인간도 있었나?"

아영은 눈앞이 하얗게 질려갔다. 지금 눈앞에 있는 사람이 누구더라? 어디서 많이 보았는데 하다가 곧 손가락을 곧게 편 채 남자를 가리키며 앙칼지게 외쳤다.

"당신, 그 의사!"

"아아, 기억해 주니 고맙군."

사내는 생긋 웃으며 어깨를 으쓱거렸다. 여유있는 웃음. 미소를 짓는 얼굴이 어색해 보이지 않았지만 그 미소가 사라지니 마치 처음부터 무표정이었던 사람과 같았다. 한마디로 가면과 같은 얼굴. 흰색의 가운이 마치 그의 일부분처럼 정말로 잘 어울렸다. 하지만 그녀가 경악을 한 이유는 그의 한 팔에 마치 수건을 팔에 걸친 것처럼 되어 있는 아이리스 때문이었다. 아이리스는 축 처진 생선마냥 움직일 줄 몰랐고 아영은 더듬거리면서 다시 소리쳤다.

"뭐야, 당신! 뭔데 아이리스를 데리고 있는 거야!"

그러나 펠레스는 그녀의 물음에 대답하지 않은 채 잠시 아영의 발끝부터 머리끝까지 쳐다보더니 호오~ 하고 감탄사를 짧게 내뱉었다. 그리고는 마치 실험용 몰모트를 보는 눈으로 호기심 가득하게 말했다.

"정령을 부리는 자… 인가? 이렇게 익숙하게 정령과 친화하는 인간은 정말로 오랜만에 보는군. 한 1,000년쯤 된 것 같아."

"뭐, 뭐라고?"

당황함이 섞인 아영의 외침에 펠레스는 손가락을 딱 소리나게 퉁긴 후 생긋 웃어 보였다.

"너도 데리고 가도록 해야겠군."

입을 쩍하니 벌린 채 검지손가락을 들어 자기 자신을 가리키는 아영의 얼굴을 보며 그는 실소를 머금었다. 가운에 묻은 먼지라도 털어낼 요량으로 옷을 툭툭 두드린 그는 조용히 입을 열었다.

"이 아이의 영혼도 꽤 마음에 드는 수집 가치를 보이는데 너도 마찬가지야. 정령과의 친화력을 가진 인간은 수천 년 전에도 아주 드물었지. 지금도 물론이고. 그런데 이렇게 나타나 줘서 고마워. 너를 실험해 보고 싶군."

소름이 쫙 하고 돋는 느낌에 팔을 문지르며 한 발자국 뒤로 물러선 아영이 소리쳤다. 하지만 그녀의 목소리를 상당히 떨리고 있었다. 스스로는 자각하지 못하겠지만.

"다, 당신 대체 누구야! 이 도시 의사 아니었어? 그렇다면… 그럼, 이 도시, 지금 이렇게 해놓은 게 당신이란 말야?!"

펠레스는 손을 들어 팔에 늘어진 아이리스를 무겁다는 듯이 한 손으로 들고는 그대로 손을 놓았다. 아영은 아이리스가 땅에 떨어지기 전에 잡으려고 앞으로 조금 달려나갔으나 그러기도 전에 아이리스의 몸은 축 늘어진 채 허공에 둥실 하고 떠올랐다. 대체 지금 이게 무슨 상황인지 이해가 되지 않는 아영은 머리 속이 혼란스러워져 갔다. 펠레스라고 했던 저 사람은 분명 이 도시의 의사라고 했다. 그리고 아이리스는 그냥 평범한 소녀. 그런데 무슨 영혼이 수집 가치가 있고, 뭐가 1,000년 전이고… 어지러운 마음에 속이 울렁거림을 느낀 아영은 한 손을 들어 입을 막았다.

그녀의 몸 주위에 머물고 있던 바람은 거세게 휘몰아치고 있었다. 아영의 몸에서 흘러나오고 있는 불안감을 느낀 바람의 정령이 그녀를 보호할 생각으로 펠레스의 접근을 막았다. 뒤로 넘긴 머리카락이 바람에 흩날리자 펠레스는 조금 곤혹스러운 얼굴을 지었다. 그러나 그 얼굴은 마치 어린아이가 자신이 가지고 노는 장난감이 약간의 고장을 일으켰을 때 표정과 비슷했다. 장난기가 넘쳐흐르는 표정. 재미있다는 표정의 그를 보며 아영은 소리를 빽하니 질렀다.

"당신, 빨리 정체를 말해! 누구야! 대체 누구냐고!"

펠레스는 약간 고개를 숙인 채 키득거리며 웃었다. 그의 외모는 30대 초반 정도로 보였지만 지금 그의 입가에 걸쳐진 미소는 마치 10대 어린아이의 그것과도 같았다. 천진함? 무엇에 대한 천진함일까. 아영은 오싹한 한기가 자신의 몸 주변에 흐른다는 것을 알아챘다. 이를 악물고 정신을 똑바로 차려야 한다. 아직까지 이 세계에 와서 지금과 같은 경우에 도달한 적은 없지만 그래도, 그래도 설명은 다 들었어. 이론은 안다고! 그녀는 조금 심호흡을 하며 마음을 가다듬었다.

현재 이곳에 있는 사람은 자신밖에 없다고 생각하며, 조금만 시간을 벌면 진현과 슈린이 달려올 것이라고 생각하며 입술을 질끈 깨문 그녀는 조용히 읊조렸다.

"하아, 도와줘. 아직은 잘 모르지만……."

펠레스는 웃음을 멈추고 고개를 번쩍 들었다. 그러나 그의 눈에는 불안감 대신 호기심이 가득했다. 아영은 두 눈을 감은 채로 천천히 한 손을 앞으로 내뻗었다.

"물이여, 그대의 가련한 목소리를 나에게 들려다오. 투명한 물방울, 아련하게 희미하지만 형체를 가지게 해주는 나의 말을 힘입어……."

그녀는 지금 정령을 부르고 있었다. 정령왕의 선택을 받아 이곳에

온 인간으로서의 권리. 차분히 내밀어진 손 주변으로 무엇인가가 뭉치고 있었다. 그리고 그녀의 몸을 둘러싼 바람이 멈추고 사라지기 시작했다. 한곳에 멈추어져 있던 바람은 산들바람이 되어 허공으로 날아갔으나 대기를 가득 메우고 있던 연기는 아직 그녀의 주변으로 오지 못했다. 대지에서 물방울들이 솟아 올라왔다. 하나둘씩 작은 물방울들은 마치 슬로 모션의 비디오를 다시 돌리듯 그렇게 하나씩 아영의 손으로 모여들었다.

수로를 흐르던 물들이 솟구쳤다. 그리고 그녀의 주변으로 휘몰아쳐 돌아오기 시작했다. 그러나 단 한 방울의 물방울도 그녀에게 떨어지는 것은 없었다. 온 도시의 물들이 술렁이는 느낌이 들었다. 마치 물로 된 장벽이 되듯이 바람을 대신하여 이제는 물이 그 자리를 대신했다. 펠레스는 고개를 들어 하늘을 보았다. 하늘에는 선명한 무지개가 몇 개씩 겹쳐 떠 있었다. 물과 빛이 만나 만들어진 이 아름다운 자연의 조각상을 보며 펠레스는 희미하게 웃었다.

아영의 손에는 검이 들려져 있었다. 그것은 인간의 손을 거친 쇠로 만들어진 것이 아니었다. 차디찬 물이 검의 형체를 가지고 아영의 손에 들려져 빛을 받아 묘한 빛을 내뿜었다. 아영은 감았던 눈을 차분히 뜨고 펠레스를 노려보았다. 조용히 그녀를 보고 있던 펠레스는 자그맣게 손뼉을 치며 환하게 웃었다.

"놀라워! 정령을 형체화해서 굳어지게 만들다니. 역시나 최고의 실험 재료로군!"

감탄을 했다는 표현을 솔직히 하는 그를 보며 아영은 눈을 샐쭉 가늘게 만들었다. 그녀는 두 손으로 검의 손잡이를 부여잡으며 낮게 말했다.

"지금 사람을 실험용 생쥐 취급하고 있어?! 미안하지만 해부당하고 픈 생각은 죽어도 없어!"

"해부는 하지 않는데……."

웅얼거리는 목소리를 들으며 아영은 이마에 열십자 무늬의 핏대가 솟는 것을 느꼈다. 지금 저 태도는 분명히 자신을 무시하고 있는 태도임에 분명했다. 아니면 어찌 저리도 태연하게 〈해부는 안 하는데, 그냥 약간의 실험만, 아픈 것도 아니고〉 등등의 말을 해댈 수가 있다는 말인가! 거기다가 심플하고 핸섬하게 생긴 얼굴과는 반대로 저리도 귀여운 어투로… 까지 생각하다가 아영은 스스로의 생각에 흠칫 놀라고는 고개를 저었다.

적이다, 적이라고, 적이란 말야! 라고 스스로를 세뇌한 아영은 다시 검을 한 손으로 잡은 뒤에 검끝을 펠레스에게 겨냥했다. 그녀는 자신이 잘생긴 얼굴에 약하다는 생각을 다시금 하게 되었다. 하긴, 근처에 현홍이나 진현과 같은 꽃미남들과 더불어 잘생긴 사람이 많아 나날이 늘어만 가는 콧대와 이상 덕분에 이날 이때까지 제대로 된 남자 한 명 사귄 적이 없으니 오죽하겠는가. 이 긴박감 넘치는 상황에서 이따위 생각밖에 안 하고 있는 자신을 저주한 아영은 긴장된 어조로 외쳤다.

"아이리스를 내놔!"

"미안하지만 그럴 수는 없는걸."

미안한 듯이 쓴웃음을 지어 보인 펠레스는 검지손가락을 하나 까닥거렸다. 그러자 공중에 둥실 떠 있던 아이리스의 몸이 천천히 그의 앞으로 날아왔다. 펠레스는 눈을 꼭 감고 잠들어 있는 아이리스의 얼굴을 살며시 손으로 쓰다듬으며 말했다.

"이 아이의 영혼은 굉장히 가공하기 힘든 보석과도 같아. 그래서 일부러 이 소녀의 언니에게 접근한 건데 이제 와서 돌려주면 그동안의 일이 헛수고가 되어버린다고. 음, 음… 인간들의 언어로는 설명하기가 힘들지만 그래, 이 아이의 영혼은 이 도시의 주춧돌 역할을 하지."

"이상한 소리 하지 마! 그 아이는 그냥 평범한 아이일 뿐이야."

"맞아. 몸이나 DNA 구조, 그리고 생체학적으로는 인간에 불과하지. 하지만 영혼은 달라. 그녀의 영혼은 다른 인간들의 영혼과는 구조적으로도 능력적으로도 확실히 다르지. 아인슈타인이나 가우스, 모차르트, 레오나르도 다빈치 같은 사람들을 아는지 모르겠군."

아영은 붕어마냥 입을 벌릴 수밖에 없었다. 어느새 검은 약간 아래로 내려와진 상태였다. 그 사람들 모르는 사람이 어디 있는가. 하지만 그것은 자신이 그 사람들의 업적이 널리 알려지고 유명한 시대에 살아와서 알고 있는 것이다. 그러나 지금 눈앞의 저 사람—이제는 사람인지도 의심스럽지만—은 이곳에 사는데도 그 시대의 천재라고 불리는 사람들을 알고 있다. 이게 대체 어떻게 된 일이지? 그러고 보니 아까도 분명 수천 년이 어쩌고 1,000년 전이 어쩌고 하는 말을 했는데. 아악, 또 DNA라는 말까지!

묻고 싶은 말이 너무나도 많아서 차마 말로 내뱉어지지가 않았다. 너무 많은 궁금증에 머리 속이 패닉 상태가 되어진 표정의 아영을 보며 펠레스는 살풋 웃었고 또 느릿한 목소리로 설명해 나가기 시작했다.

"그들은 인류 역사상 천재라고 불려진 이들이지. 하지만 그들도 외형이나 신체적으로는 보통의 인간과 같아. 겉으로 보기에 천재가 천재라고 쓰여져 있는 것은 아니지 않나? 아이리스도 마찬가지야. 그녀 역시 평범한 인간과 다를 바 없는 아이지만 영혼은 다르지. 사람을 겉으로만 보고 판단하지 말라는 말이 너희 인간들 언어 중에 있을 텐데?"

너희 인간?

"넌… 넌 인간이 아니, 아니야?"

아영은 더듬거리며 물었고 펠레스는 싱긋 웃었다. 주변의 정적이 이리도 서늘한 느낌을 줄지 몰랐다. 인간이 아니라면 대체 무엇이란 말야? 이 세계에서 인간이 아닌 존재는 정령왕―외형적으로는 똑같았지만―을 제외하고는 없었다. 정령들도 물론 제외하고 말이다. 아직 몬스터 Monster라던가 그런 류의 괴물도, 아름답다는 엘프Elf도 보지 못했다. 저 앞의 사람은 못생기거나 흉측하지는 않으니까 몬스터는 아니고 귀가 안 뾰족하니까 엘프도 아닐 것이다. 그럼, 대체 뭐란 말인가?

인간의 탈을 쓴 짐승 정도 되나? 진현이 이 생각을 들었더라면 이 상황에 무슨 잡생각이냐고 단단히 잔소리 들었을 것이다. 잠시 정신을 흐트러져 느슨하게 잡았던 검을 단단히 고쳐 잡았다. 그리고 천천히 숨을 내쉬었다. 공격에 앞서 딴생각은 아무런 도움도 되지 않는다. 지금 현재 자신의 눈앞에 있는 사람은 적이다. 자신이 생각하는 일을 가로막는 적. 그렇게 생각하며 마음을 다잡은 아영은 물이 형체화되어 이루어진 검을 살짝 다잡고 눈을 감았다.

자신이 검으로 이기려 해도 이기지 못했던 사촌 오빠이자 도장의 선후배 사이인 우혁의 말을 상기시켰다.

"검이라고 하는 것은 무릇 사람을 해치고자 만들어진 것이다. 아무리 아름다운 말로 치장해도 그것은 어쩔 수 없는 사실이야. 눈앞에 있는 존재를 적이라고 생각하면 검을 정당화시킬 수밖에 없는 거다. 자신의 앞길을 막는 존재는 모두 베어내라. 그것이 살인이든 살생이든 자신보다 중요한 것은 이 세상에 아무것도 없다. 사랑도 우정도 자신이 없으면 성립되지 않아. 만약 네가 정말로 목숨을 벨 수 있는 사람이 되지 못한다면 검을 버리고 졌다고 인정을 해라. 검으로 사람을 베어 죄책감이 시달리는 것보다는 나을 테니……."

　죄책감. 자신이 사는 세계는 이렇게 목숨을 걸고 살아가는 곳이 아니었다. 정신적으로는 모르겠지만 어쨌거나 이렇게 검을 들고 살아 있는 생명을 진심으로 베어버리는 그런 곳은 아니었다. 정말로 죄책감 같은 것이 없을까? 아니, 우선은 이길 수 있는 것일까? 검을 쥔 손에 자신도 모르게 힘이 들어갔다. 어떻게 이런 세계에서 살아갈 수 있단 말야. 이런 일이 일상생활처럼 되어버린 이런 세계에서 어떻게…….
　검을 쥐어서 사용한 것은 태어나서 지금부터 계속되어진 일이었다. 하지만 이렇듯 목숨을 걸고 싸우기 위해서 쥐어본 적은 없다. 그럴 일은 없었으니까. 아영은 고개를 들어 펠레스의 얼굴을 바라보았다. 펠레스는 그런 그녀의 마음을 아는 것인지, 아니면 모르는 것인지 미소를 지은 채로 그녀를 보고 있었다. 아영은 말라 버린 입술을 살며시 핥았다. 그리고 조용히 숨을 들이켰다. 실전이라는 것, 처음이지만 이론은 잘 알고 있다. 이론처럼 쉽게 되지만은 않겠지만 원래 살아가는 것이 다 그런 것이니까. 아영은 눈을 부릅뜨고 검을 쥔 손을 수평을 치켜들었다.
　이길 수 없더라도 싸우기 전에 검을 버리기는 싫어. 내 자존심 때문도 있지만… 패배자보다 겁쟁이가 더 싫으니까. 그러니까 싸우는 거야. 난, 나 자신을 위해 싸워!

Part 10
대현자의 시

대현자의 시 I

  도시로 달려가던 진현은 걸음을 멈추었다. 도시가… 이상한 막으로 둘러싸여 있다는 것을 볼 수 있었기 때문이다. 연기, 이 이상한 냄새는 대체 무엇인가? 그러나 슈린은 그것을 알아차리지 못했는지 바쁜 걸음을 멈춘 진현을 이상한 눈으로 슬쩍 돌아볼 뿐 계속하여 도시 쪽으로 달려갔다. 그리고 그는 도시의 정문 쪽으로 도달하였고 진현은 고개를 들어 올려 도시의 위쪽을 보던 눈을 내려 황급히 소리쳤다.
  "잠깐만! 슈린 군, 멈추십시오!"
  슈린은 황급하게 뒤로 고개를 돌렸다. 그리고 그와 동시에 무릎이 휘청하는 느낌과 함께 땅에 주저앉고 말았다. 급히 몸의 중심을 잡아 보려 했지만 힘이 들어가지 않는다. 이상하다. 머리 속은 조용히 백지가 되어갔다. 마치 졸음이 아주 많이 쏟아져 내려 잠을 자기 직전처럼 흐릿하게 눈앞이 변하는 것을 느끼며 슈린은 이를 악물었다. 무릎을 꿇고 주저앉아 쓰러지지 않으려 한 손으로 황급하게 땅을 짚었다. 어지럽다. 아니, 그런 것보다 졸립다라는 느낌이 더 강하게 들었다.

그런 그에게 어느새 당황한 얼굴의 진현이 다가와 있었다. 멍한 눈으로 슈린은 고개를 들었다. 이 사람은 멀쩡한데 왜 자신만 이렇게 정신이 없는 것일까.

진현은 조심스럽지만 강한 손길로 슈린의 팔을 붙잡아 세워 올렸다. 가볍지는 않았지만 그는 그리 어렵지 않은 몸짓으로 슈린의 한 팔을 자신의 어깨에 걸친 뒤에 가까스로 부축할 수 있었다.

또 이렇게… 또 이렇게 도움을 받아버린 건가. 슈린은 멍한 의식의 한 귀퉁이를 붙잡아 세우며 그런 생각을 했다. 처음 그를 만났을 때에도 셀로브의 함정에 걸렸을 때에도 이렇듯 도움을 받았었다. 자신의 힘은, 그리고 능력은 이 사람에게는 아무런 도움도 필요도 되지 않았다. 입을 벌려 말하고 싶은데 단지 그의 검은 눈동자만이 흔들릴 뿐 아무런 행동도 취할 수가 없었다.

뒤죽박죽이 된 생각으로 머리 속이 어지러웠다. 진현은 슈린의 얼굴을 내려다보며 나직한 어조로 말했다.

"슈린 군, 슈린 군! 대체 이것은……."

당신의 얼굴만 보면 어지러워. 당신은 누구의 도움도 필요치 않는 것 같아. 그래서… 당신은 내 형 같아 보여.

슈린은 희미해지는 정신을 붙잡으려 애썼다. 가까이 진현의 숨결과 웅웅거리는 목소리가 들려왔다.

"이 냄새는 대체 뭐지? 수면제? 공기 중에 페노바르비탈phenobarbital 과 프로카인procaine까지 섞였군. 빌어먹을! 사람 잡으려고 작정을 했나? 최면제와 마취제의 성분을 가지고 있는 약 두 가지를 같이 쓰다니. 그런

데 어떻게 공기 중에 풀어놓은 거지?'

페노바르비탈은 최면제의 성분 중 하나로 사실은 무취의 백색 분말 약이었다. 하지만 진현은 비정상적으로 뛰어난 오감으로 그 냄새를 정확하게 맞춘 것이다. 그는 어렸을 적부터 기업을 이어받기 위해서 많은 공부와 체력 단련을 해왔었고 그 와중 여러 가지 약에 대한 면역도 갖추어놓고 있었다. 그것이 자신이 원해서 한 게 아니라는 것이 문제였지만.

알아들을 수 없는 소리를 한 진현은 주위를 둘러보았다. 처음 이 도시에 들어오면서 보았던 그 당당한 모습의 경비대원들은 모두 이곳저곳에 쓰러져 있었다. 죽지는 않을 것이다. 조금은 고맙기도 하군 그래. 진현은 속으로 이런 생각을 했다. 만약 그와 싸우게 된다면 도시의 사람들은 곤란한 장애물에 불과하니까 말이다. 멍한 눈으로 자신을 보는 슈린을 진현은 안타까운 표정으로 바라보았다. 정신을 차리고 싶겠지만 힘들 것이다. 사실 아직까지 잠에 빠지지 않은 것 자체도 놀라웠다.

슈린은 정신을 다잡아보려는 듯 연신 고개를 흔들고 있었다. 하지만 쉽게 될 리는 만무했다. 결국 진현은 이런 슈린을 데리고 갈 수 없을 것 같았다. 어쩔 수 없다고 생각하며 정문 한 켠에 두려고 살며시 팔을 빼보았다.

"잠… 깐!"

"슈린 군?"

하지만 슈린은 황급히 진현의 팔을 붙들었다. 이대로 또 자신이 아무런 도움도 주지 못할 것 같다는 생각이 이성을 지배했다. 짐이 되는 것 따위는 질색이야. 언제나 도움만 받는 것도 질색이야. 슈린은 이를 악물며 두 다리에 힘을 주었다. 하지만 연신 비틀거렸고 진현은 다급한 눈으로 슈린을 보았다. 진현의 어깨에 얼굴을 묻으며 간신히 일어선 슈린이 조용히 말했다. 졸음에 겨워 띄엄띄엄 떨어지기는 했지만 나직한 어조였다.

"나, 난… 짐만 되는 것은, 싫습니다. 당… 당신은 언제나, 도움은, 도움은 필… 요없지만 그래도, 난 필요있고… 그러니 데리고……."

무슨 소리인지 제대로 알 수는 없었지만 진현은 자신의 어깨를 꽉 붙드는 슈린의 손을 보며 쓰게 웃을 수밖에 없었다. 가까스로 소년을 넘어서 청년 티를 내고 있는 슈린이 자신과 닮아 있다는 것을 그는 이미 알고 있었다. 도움을 바라지는 않지만 남에게는 도움이 되고 싶어 하는 것도. 거의 눈을 감은 채로 졸고 있는 슈린을 보며 진현은 살며시 그의 머리카락을 쓰다듬어 줄 수밖에 없었다. 물론 그것은 아주 부드럽고 조용한 손길이어서 정신이 없는 슈린으로서는 느낄 수조차 없었지만.

진현은 슈린의 팔을 붙잡은 채로 도시로 걸어 들어갔다. 도시의 안쪽으로 들어가면 갈수록 여기저기 쓰러진 사람들이 눈에 많이 띄었다. 말들과 개들, 여러 종류의 동물들도 모두 땅에 엎어진 채로 쌕쌕거리는 숨을 몰아쉬며 잠이 들어 있었다. 잠자는 숲 속의 공주의 성안이 이런 풍경이었을까? 모두가 잠든 도시 안은 너무나도 고요했다. 그 고요마저도 약에 취해 잠이 든 것이 아닐까 하는 생각마저 들 정도였다. 분수대의 물은 여전히 쏟아져 나왔고 바람은 여전히 불었으며 햇빛은 여전히 내리비치고 있었지만, 이 축복받은 물의 도시는 깊은 잠에 빠져든 채로 그렇게 시간을 흘려보내고 있었던 것이다.

바람에 뒤섞여 날아오는 약 냄새에 진현은 미간을 찌푸렸다. 샌드맨

Sandman의 모래주머니를 모두 다 뿌려놓으면 이렇게 될지도 모르겠
군이라고 작게 중얼거린 그는 조용하면서도 신중한 발걸음을 옮겼다.
슈린을 부축하고 있었기 때문에 달려가거나 할 수가 없어서 조금은 불
안했다.

아영과 아이리스는 어떻게 되었을까. 걱정스러운 마음에 이를 악물
었다. 그리고 그때였을까.

콰광!

너무 깊은 생각을 하고 있어서 순간적으로는 듣지 못했다. 하지만
그 폭발음이라는 것은 마치 웬만한 폭발 마법 이상의 효과를 내는 것
이었기에 슈린은 정신이 번쩍 드는 것을 느낄 수 있었다. 이미 진현은
슈린을 붙잡고 건물의 한쪽 벽으로 달려가 등을 붙였다. 슈린은 몸에
힘을 주어보려 애를 썼지만 쉽게 되지는 않았다. 그런 그를 보며 진현
이 말했다.

"마취제도 섞어져 있었으니 몸이 원래대로 감각을 느끼려면 시간이
조금 걸릴 것입니다. 언제 약을 풀었는지는 모르겠지만 지속 시간이 6
시간 이상은 가는 약입니다."

"으……."

"너무 억지로 힘을 주다가 근육이 뭉치면 더 고생스러울 테니 그냥
편히 있으십시오. 부축하는 것이 힘든 것도 아니고 불편하지도 않으
니."

슈린은 딱히 변명할 말이 생각나지 않아 입을 다물고 말았다. 진현
의 말대로 손가락 끝부터 저릿한 기운이 올라왔다. 잠이 오는 것뿐만
아니라 몸에 감각도 사라지고 있었고 그것을 되찾아오기란 쉬운 일이
아니었다.

진현은 폭발이 들려온 곳의 하늘을 보았고 회색 빛 연기가 피워 올라져 가는 그곳을 보며 혀를 찼다. 벌써 싸움인가? 그런데 과연 누구와 싸우고 있는 것인지 몰랐다.

아영일까? 아마도 그럴 확률이 가장 높았다. 하지만 그것이 더 걱정이다. 그녀의 실력으로 누구를 이기겠는가. 아직은 정령조차 제대로 부려본 적 없는 그런 솜씨로. 정령왕에게 선택을 받았다고 해서 모두가 완벽하게 강해지거나 엄청난 힘을 얻는 것은 아니다. 그것을 갈고 닦고 수련을 쌓아야만 하는 것이지. 하지만 아영은 지금까지 적다운 적을 만나지 못했고 실전은 아마도 지금이 처음일 것이다. 이런 생각을 하니 발걸음이 빨라질 수밖에 없었기에 진현은 재촉했다.

조심스럽게 슈린을 붙든 채 폭발이 들려온 쪽으로 걸어갔다. 연기가 가까워오면 올수록 불안한 마음은 가중이 되고 생각은 현실이 되지 않을까 하는 마음에 골치가 아파왔다. 그리고 정말로 생각은 현실이 되어버렸다. 슈린을 잡고 있는 손을 놓쳐 버릴 뻔했다. 정말로 슈린이 자신의 팔을 잡고 있지만 않았더라면 그렇게 했을지도 모른다. 진현의 동공이 상당 부분 크게 벌어짐과 동시에 그의 입에서는 나직한 목소리가 튀어나왔다.

"아… 아영아."

살아 있니? 뒤에는 분명 이런 말이 붙었어야 옳았다. 하지만 굳어버린 혀가 제대로 잘 움직여 주지 않았다. 몸이 이렇게 자신의 말을 듣지 않았던 때는 언제였던가. 진현은 입술을 질끈 깨물었다. 아영은 분명히 살아 있었다. 하지만 그녀의 검은 슬리브리스의 티는 검은 피로 물들어 있었다. 흰 옷이었다면 정말로 티가 많이 났을 텐데. 튼튼한 청바지조차도 이곳저곳 찢어져 보기 흉해 보였고 그녀의 갈색 머리카락 역시 헝클어져 지금은 표정조차 보기가 힘들었다.

 한 건물의 벽에 그녀는 그렇게 처박혀 있었다. 근처에 흐느적거리는 물과 바람이 있었지만 지금 그녀를 도와주기에는 역부족으로 보였다. 건물의 잔재 속에 한 팔은 억지로 돌 위에 올려놓은 채 그대로 기절해 버린 것 같았다. 하얀 얼굴은 상흔이 입혀져 있었지만 그리 크지는 않았다. 축 늘어진 팔은 움직일 줄 몰랐지만 어깨와 다리에 난 상처로 보아 크게 다친 것은 아닌 모양이었다. 그리고 진현보다는 슈린이 더 놀란 얼굴을 지어 보였다. 그는 창백한 얼굴로 쓰러진 아영을 보다가 곧 진현에게로 고개를 돌렸다.

 죽지 않았으면 됐다. 상처는 치료하면 되는 거니까. 진현은 천천히 슈린의 팔을 놓았고 슈린은 이제는 더 이상 기대어 있기가 미안했던지 천천히 비틀거리다가 한 건물의 벽에 기대어 그대로 주르륵 주저앉고 말았다. 하지만 잠이 들거나 하지 않고 그저 단호한 눈초리로 진현을… 그리고 그 남자를 보았다.

 흰색의 가운의 끝 자락이 조금 찢겨져 있는 것에 불과했다. 그것 말고는 아무 곳도 다치지도 싸운 흔적조차도 보이지 않았다. 일방적으로 아영이 당한 싸움이라는 것을 알 수 있게 해주는 여유있는 몸 동작. 천천히 그는 한 건물의 옥상 위에서 내려와 섰다. 그 움직임은 등 뒤에 날개라도 달려 있으면 어울릴 법한 움직임이었으나 진현은 놀라지 않았다. 하얀 가운이 바람에 흩날렸다. 그의 주변으로 돌풍이 불고 있었지만 그에게는 상처 하나 입히지 못했다. 마치 그의 기운에 밀려서 다가서지 못하는 것처럼 보였다.

 하지만 뒤로 넘긴 머리카락은 물기에 촉촉이 젖어 있었다. 그래서 축 늘어져 있었는데 사내는 천천히 손으로 그것을 걷어내다가 진현을 보았다. 부서진 건물 파편 위에 두 발로 균형을 잡고 서 있던 사내는 눈을 크게 뜨며 한 발자국 앞으로 내밀어 땅으로 내려왔다. 커다랗게 부서진 파편의 높이는 어림잡아 3미터는 족히 넘을 법하건만 그는 마치 계단 하나를 내려온 사람과도 같았다. 그는 조심스러운 동작으로 진현을 마주 보고 섰다. 거리는 제법 많이 떨어져 있었지만 두 사람은 마치 바로 앞에 있는 사람을 보는 눈을 하고 있었다.

물방울이 뚝 하고 떨어지는 적보라색의 머리카락을 슥 하고 쓸어 넘긴 펠레스는 기분 좋아 보이는 미소를 지었다.

살살 눈웃음치는 것이 그에게는 분명 잘 어울려 보이기는 했지만 지금 이 상황에서 그 미소를 받아줄 사람은 아무도 없었다. 진현은 천천히 손을 움직였다. 그의 손이 닿은 곳은 자신의 허리춤에 걸려 있는 운의 손잡이. 단단히 운을 잡은 진현은 조용한 움직임으로 그것을 뽑아 들었다. 달빛조차 베어 들어갈 것 같은 화려한 선을 내지르며 운의 투명한 검신이 모습을 드러냈다.

펠레스는 생긋 웃었다.

"좋은 검을 소지하고 계시는군요."

"…너만큼 수집광은 아니지만."

무슨 소리일까. 슈린은 아득하게 멀어질 것 같은 의식을 애써 추스르며 두 사람의 대화에 귀를 기울였다. 진현의 어투는 마치 몇십 년 만에 만난 원수를 보는 목소리와 비슷했다. 그러나 그의 어투에 이상스럽게 다정함이 섞여 있다고 생각한 것은 착각일까. 천천히 펠레스가 움직이기 시작했다. 슈린은 진현이 검을 겨누어 펠레스를 겨냥하거나 공격할 것이라 생각했지만 그의 예상은 빗나가 버렸다. 진현은 가만히 운을 느슨하게 빗겨 든 채 약간 고개를 숙인 그 자세 그대로였다. 그리고 펠레스는 계속하여 발걸음을 놀렸다.

　차가운 구둣발 소리가 먼지와 물로 얼룩진 땅을 밟고 조용히 울려 퍼졌다. 모든 생명을 가진 것들이 잠들어 있는 이곳에서 들리는 소리라고는 물소리와 구두 소리밖에 없었다. 먼 거리는 아니었지만 펠레스는 걸음을 아꼈다. 그는 조용히 미소를 띤 얼굴로 진현에게로 다가왔다. 그리고 그의 바로 앞에서 걸음을 멈추었다. 슈린은 지금 저 두 사람이 무엇을 하는지 알 수가 없었다. 아영을 사촌 여동생이라고 했던 진현은 펠레스를 공격하고 있지 않다. 소중한 사람이 펠레스에게 공격을 당했는데도 왜?

　의문이 담긴 눈으로 슈린은 가늘게 눈을 떴다. 이대로 주저앉아 있을 것인가. 그렇게 생각하며 이를 악물고 천천히 손에 힘을 주었다. 잠시 동안 진현의 얼굴을 내려다보고 있던 펠레스가 조용히 입을 열었다.

　"오랜만에 뵙습니다."

　진현은 미간을 찌푸렸다. 그리고 살며시 고개를 들어 펠레스를 올려다보며 나직하게 말했다.

　"장난 좀 치지 말아줘."

　"아아, 장난이 아닙니다. 엄밀히 명령을 받아서 행동하는 것이랍니다."

　어깨를 으쓱거리며 태연하게 대꾸한 펠레스는 조심스럽게 가슴께로 손을 가져갔다. 그리고 마치 주군에게 인사를 하는 기사처럼 절도 넘치는 태도로 허리를 숙였다. 진현은 여전히 미간만을 잔뜩 찌푸릴 뿐 싸움을 할 것 같지는 않아 보였다. 허리를 숙인 펠레스의 등 뒤로 조금 떨어진 곳 허공에 떠 있는 아이리스를 진현은 볼 수 있었다. 씁쓸한 미소를 입에 머금은 진현은 입술을 깨물었다. 잠시 후 천천히 고개를 든 펠레스는 진현을 보며 생긋 웃었다.

눈을 가늘게 뜨며 펠레스를 노려보던 진현은 한숨을 내뱉은 후에야 입을 열 수 있었다.

"무슨 명령이기에 함부로 힘을 쓰는 것인지 알고 싶군."

단호한 듯한 물음이었지만 펠레스는 눈을 샐쭉 가늘게 찢으며 두 손을 살짝 들고 어깨를 으쓱였다.

"제게 그런 물음을 던지실 권한은 상실하신 것으로 알고 있습니다만?"

움찔.

진현의 어깨가 가볍게 떨리는 것을 펠레스는 볼 수 있었다. 그러나 그는 가만히 입을 다물어 버렸고 진현은 다시 한 번 한숨을 내쉬었다. 권한이라……. 방금 전 인사를 한 것은 대체 무엇 때문이란 말인가. 잠깐 화가 나려고 했지만 그는 곧 자신의 앞에 서 있는 인물이 보통 성격의 사람은 아니라는 것을 상기해 내었다. 이런 사소한 말에 신경을 쓰거나 화를 내면 이 사람과는 단 한 시간도 대화가 진행되지 않는다. 그러니 우선은 참고 봐야 한다.

가볍게 운을 고쳐 쥔 진현이 조용히 입을 열었다.

"분명 나는 그럴 권한을 상실했다. 하지만 명령을 내릴 수는 있겠지. 말해, 누가 어떤 명령을 내렸나?"

그러나 펠레스는 아이고, 무서워라 하고는 한 발자국 뒤로 물러설 뿐 대답은 하지 않았다. 어느새 이가 빠득빠득 갈리는 느낌이 들었다. 그러나 한번은 더 참을 수가 있다. 참을 인이 셋이면 살인도 면한다라는 좋은 명언이 있지 않은가. 운을 쥐고 있는 손에는 더욱 힘이 들어갔고 빠르게 손의 핏기는 사라져 가고 있었다.

"다시 한 번 묻지. 명령은 무엇이며 그 명령을 내린 이는 누구인가?"

대답은 들려오지 않았다. 또한 진현은 세 번의 기회를 줄 정도로 착한 인간은 절대로 아니었다. 진현은 그대로 검을 들어 올려 수평으로 베어 들어갔다. 너무 한순간에 일어난 일이라 검의 끝이 보이지 않을 정도의 빠르기였다. 길이로는 거의 바스타드 소드Bastard Sword 정도의 검을 저렇게 빠르게 움직일 수 있는 사람은 거의 없다. 아니, 아마도 없을 것이다. 하나 진현은 그 검을 마치 젓가락 정도로 보는 것인지 검을 든 손을 내저었고 펠레스는 황급하게 뒤로 몇 걸음 뛰었다.

그러나 검의 빠르기가 빠르기였고 전혀 반응조차 하지 않았던 진현이었던지라 펠레스는 가슴팍에 약간의 상흔을 입어야만 했다. 가운 안에 입고 있던 검은 셔츠의 자락이 조각이 되어져 허공에 날렸다. 눈을 동그랗게 뜬 펠레스는 자신의 가슴을 조심스럽게 만져 보았다. 끈적하게 스며져 나오는 피가 손가락 끝을 적시자 펠레스의 안색이 달라졌다. 마치 지금 일어난 일이 못 믿겠다는 눈이 되어 있는 그를 보며 진현은 차갑게 말을 내뱉었다. 검의 끝에는 붉은 핏방울이 아주 약간 묻어져 나와 땅으로 떨어져 내렸다.

"울지 않는 새는 필요없어. 죽일 뿐이지."

"……."

진현은 단호한 어투로 그렇게 말함으로써 펠레스를 더욱 당황하게 만들었다. 울지 않는 새는 죽여 버린다고? 누가 했던 말이더라? 그것이 곧 일본의 오다 노부나가라는 무장이 했던 말임을 기억해 내는 데에는 그리 긴 시간이 걸리지 않았다. 그러나 그 무장의 결말을 진현이 모를

리는 없을 것이다. 그러나 지금 현재 진현의 기분을 가장 적절히 표현해 낸 말일 것이다. 성격은 여전하다라는 말을 입 밖으로 내뱉고 싶은 기분을 느끼며 펠레스는 입가의 미소를 지웠다.

조금만 늦게 피했더라면 지금쯤 목이 날아가 버렸을지도 모르겠는데. 오랜만에 느끼는 전율감에 펠레스는 속으로 호흡을 가다듬고 있었다. 진현은 가만히 펠레스를 노려볼 뿐 더 이상 아무런 행동도 취하지 않았다. 그의 몸에서 흘러나오는 기운이 점점 더 짙어졌다.

"으음……."

약한 신음 소리가 근처에서 들려왔다. 그것은 건물의 잔해 속에 몸을 기대고 있던 아영이었다. 말이 기대고 있었던 것이지 사실은 나가떨어져 있던 것이나 다름없었다. 머리가 어지러운지 몇 번 고개를 휘저은 아영은 눈을 가늘게 뜨며 고개를 들었다. 희미한 시선 속에 보이는 것은 주저앉아 있는 슈린과 검을 들고 무서운 표정을 짓는 진현, 그리고 그 미친 의사 펠레스였다. 제대로 검을 휘둘러 본 적이 있었던가 하는 질문을 속으로 던지며 아영은 흐트러진 머리카락을 쓸어 올렸다. 길고 탐스러운 느낌의 갈색 머리카락에는 먼지가 한 가득 묻어져 나왔고, 아영은 얼굴을 꽉 찌푸렸다.

이 정도 길이의 머리카락 감는 데 얼마나 시간이 많이 걸리는데! 속으로 통탄의 말을 짧게 내뱉은 아영은 천천히 몸을 일으켰다. 휘청거리는 무릎 때문에 몇 번 주저앉고 말았지만 상처가 거의 없어서인지 겨우 중심을 잡을 수 있었다. 하지만 건물에 부딪칠 때 다친 왼쪽 다리가 쓰려왔다. 크게 다친 것 같지는 않은데 하고 중얼거리면서 팔을 몇 번 만지자 엄청 쓰린 느낌에 정신이 확 들었다. 고개를 돌려 오른쪽 어깨를 보니 아까 저 미친 의사가 휘두른 메스에 베인 것인지 큰 상처가

나 있었다. 피를 보니까 그제야 아픈 감각이 되살아나 버렸다. 다친 어깨를 파닥파닥거리며 아파 하고 소리를 지르자 그때까지만 해도 펠레스와 대치 중이었던 진현이 자신 쪽으로 고개를 돌리는 것이 보였다.

"…아영? 괜찮은 거니?"

이게 괜찮아 보여?!

…라고 고함을 질러야 했지만 너무 아파서 말소리도 제대로 나오지 않았다. 미끈거리는 피가 마음에 들지 않았다. 하지만 아픈 것보다 더 서러운 것은 한 벌밖에 없는 옷이 완전히 걸레 조각이 되어버린 일이었다. 빈대 붙어 있던 집이 가난해서 그동안 이틀 입고 빨고 또 이틀 입고 빨고 하기를 거듭해서 지금까지 버텼었는데……. 억울해서 눈물마저 찔끔 흘릴 정도였다. 진현은 아영의 표정을 보자 정말로 별로 안 다쳤구나 싶어서 다시 고개를 돌린 채 펠레스의 눈과 마주쳤다.

순식간에 다시 소외되어진 사람이 되어버린 아영은 고개를 푹 숙였다. 그녀는 주변에 흐늘거리는 물기둥들을 보며 쓴웃음을 지었다. 괜찮다고 하는 의미로 몇 번 손을 흔들어 보였지만 역시 아픈 것은 아픈 것이었다. 세상에, 이 백옥과도 같은 피부에 상처를 내다니, 저런 죽일 놈! 아영은 순식간에 다시 펠레스를 노려보며 이를 갈았다. 아마 그녀의 옆에 사람이라도 있었다면 그녀의 치아를 걱정하는 말 한마디 정도는 해주어야 할 정도로. 갑자기 자신도 모르게 서글픈 생각이 드는 아영이었다. 뭘까? 지금 자신의 눈앞에서 또 다른 싸움을 해야 하는 이들을 보며 이상하게도 마음 한 켠이 쓰려왔다.

왜 싸워야 하는 거야? 싸우지 마! 라고 할 정도의 인간성은 가지고 있지 않아. 하지만… 하지만 말야. 정말로 싸우지 않고, 남에게 피를 흘리게 하지 않고, 상처를 입히지 않고 문제를 해결할 방법은 정말 이 세상에 존재하지 않는 것일까. 그런 의문이 문득 들었다. 자신이 방금 펠레스와 싸워보았지만 그것은 싸움이 아니었다. 펠레스는, 저 사람인지 모를 저 남자는 자신을 진심으로 해치지 않았으니까. 만약 그가 진심으로 자신을 없애길 바랬다면 이미 죽었을지도 모른다. 그리고 자신의 일에 방해가 된다고 이 도시의 인간들을 모두 죽이는 것이 아니라 잠이 들게 했다.

저 사람은 싸울 생각이 없어.

아영은 그런 생각을 했다. 그것은 진현도 마찬가지인 생각을 가지고 있었다. 자신의 앞에 서 있는 저 인물이 마음만 먹는다면 이 정도의 도시를 날리는 일은 가벼운 운동에 지나지 않는다. 아니, 그 정도도 되지 않을 것이다. 하지만 저자는 그렇게 하지 않았다. 성격은 변하지 않았어 하고 짧게 중얼거린 후 그는 조용히 운을 한 손으로 빙빙 돌리기 시작했다. 싸움은 피하고 싶지 않다. 여기까지 온 이상 저 녀석의 실력이 어느 정도 늘었는지 보고 싶다.

마음속 깊은 곳에서 우러나오는 진심으로 그는 강한 자와 싸우고 싶어했다. 그리고 펠레스는 잠깐 이를 악물고 진현을 보았다. 슬쩍 늘어뜨리고 있는 손가락을 잠시 움직이는 듯하더니 곧 그의 검지손가락과 중지 사이에는 차가운 메스 하나가 모습을 드러냈다. 잠깐 손을 데어도 베어져 버릴 것과 같은 쓰리도록 찬 은빛을 내비치며 메스는 그의 손에 들려져 있었다.

저것으로 싸울 작정인가? 슈린은 계속하여 머리를 휘저어가며 정신을 집중했다. 언뜻 보기에는 진현의 검이 장검이니 유리해 보였다. 하지만 짧은 단검은 단검 나름대로의 장점이 있기 마련이므로 지금의 싸움은 예측을 불가능하게 했다. 무엇보다 진현의 실력은 지금까지 보아 온 것이 있지만 펠레스라는 저 남자의 실력은 아직까지 본 적이 없었으니까.

두 사람이 본격적으로 싸움을 시작하려는 움직임을 보이자 아영은 두 손을 입 근처에 모으며 소리쳤다.

"진현, 지면 가만두지 않을 거야! 무슨 일이 일어나더라도 이겨야 해!"

"…다치지 말라는 말이나 해주면 덧나는 거냐."

진현은 고개를 약간 숙이며 한숨을 푹 내쉬었다.

"다치지 않는 게 이기는 거야! 어쨌거나 이겨! 죽더라도 최소한 내 어깨에 난 상처의 값은 갚아주고 죽어야 해!"

진현은 아영의 말을 깡그리 무시하기로 마음속으로 굳게 결심했다. 그리고 천천히 검을 중단으로 들어 세웠다. 메스에서 뿜어져 나오는 차가운 한기와 마마치 않은 투명한 기운을 내뿜는 운에게 진현이 조용히 속삭였다.

"부러져도 날 원망하지 마. 장렬하게 전사했다고 네 연인의 무덤에 말해 줄 테니."

잠시 대답은 들려오지 않았다. 잠을 자나? 이런 생각도 잠시 진현은 얼른 한 손을 빼내어 귀를 막았다.

『장난치냐?! 뭐, 장렬하게 전사? 웃기지 마! 내가 저따위 쇠 조각 따위에 질 것 같냐!?』

"음, 쇠 조각이라 좋은 표현이야."

진현은 고개를 끄덕이며 긍정의 뜻을 표했지만 내심 작게 한숨을 내쉴 수밖에 없었다. 진실은 밝히지 않는 편이 좋은 것이라고 스스로를 위로한 진현은 다시 입가에 미소를 지워 보이며 펠레스에게로 고개를 돌렸다.
"유언이라도 남길 생각이라면 지금 하는 게 좋을 거다."
그의 목소리는 높낮이가 거의 없었고 무덤덤했으며 펠레스 역시 별다른 반응을 보이지 않고 어깨를 으쓱거릴 뿐이었다. 그리고 찰나의 순간.
챙!
차가운 금속이 부딪치는 소리가 허공을 갈랐다. 아영은 지금 자신의 눈에 뭐가 보였나 싶어서 급하게 눈을 부볐댔다. 검을 장난감 삼아서 살아온 그녀였지만 방금의 움직임은 도무지 눈으로 볼 수가 없을 정도였다. 겨우 잔상만을 본 것이 있다면 앞으로 미끄러져 나가는 진현의 발과 전혀 움직이지 않았지만 어느새 옆으로 사라지는 펠레스의 몸 정도? 그리고 불꽃이 튀는 것과 같은 은색의 빛이 잠시 눈앞을 화려하게 밝혔다. 진현의 검과 펠레스의 메스가 조용히 허공에서 닿아 있었다. 메스를 검지와 중지로 잡고 있던 펠레스의 손은 흔들리거나 움직이지 않았고 그것은 진현 역시 마찬가지였다.
가볍게 검을 교환한 진현은 빠르게 뒤로 물러섰고 펠레스는 메스를 쥐지 않은 왼손의 손가락을 급하게 놀렸다. 그러자 어디선가 나왔는지 모르게 또 다른 메스가 하나 더 생겨났다. 그는 그것을 진현 쪽으로 던졌다. 가벼운 움직임이었지만 메스는 공기를 가르는 얕은 굉음을 흘리며 진현의 목으로 정확히 날아들었다. 하지만 진현은 그것을 눈 뜨고 맞아줄 정도로 바보는 아니었다. 마치 물이 바위를 만나 옆으로 꺾여 흐르듯 진현의 무릎이 부드럽게 굽어졌고 메스는 그의 어깨 위를 아슬아슬하게 스치며 건물의 벽에 꽂혔다.

치잇 하고 작게 잇소리를 낸 펠레스는 오른손에 든 메스를 들고 진현 쪽으로 걸음을 옮겼다. 분명히 그랬다. 땅을 밟지 않는 듯, 마치 값비싼 양탄자를 조심스럽게 밟는 하인처럼 그렇게 가볍게 진현 쪽으로 뛰어나가는 펠레스는 깃털처럼 보였다. 그 순간 진현은 눈을 감았다. 아마 모르는 사람이 보았으면 미쳤다고 했을 행동. 그러나 가볍게 쥔 운의 손잡이에서는 전격電激이 흘러져 나왔다. 흔히 볼 수 있는 그런 전기의 흐름이 아니다. 그것은 하나의 자아를 가지고 물결이 흘러내리듯 그렇게 진현의 손을 타고 검의 손잡이에서부터 흘러내려 가 길이 160cm는 충분히 되는 검을 빠르게 잠식시켜 나갔다. 순간 운의 투명한 검신은 밝게, 마치 전기로 만들어진 검—스타워즈 같은 데서 볼 수 있는—처럼 보이게 했다.

그리고 그는 손등으로 검의 면을 받쳐 들었다. 분명 여기까지는 순간의 일. 진현에게로 빠르게 다가오던 펠레스는 눈을 크게 뜨며 황급히 몸을 옆으로 내던졌다. 하지만 진현이 검을 내려치는 깃도 그에 비해서 절대로 늦지는 않았다. 감았던 눈을 뜬 진현은 손등에 얹어져 있던 검을 들어 올리듯 하며 그대로 그었다. 밝은 빛의 호수가 쏟아져 내렸다. 아영은 너무 눈이 부셔 순간 눈을 감았다. 그것은 슬그머니 건물벽을 손으로 짚고 일어서려던 슈린 역시 마찬가지였다. 눈동자를 찌르는 강렬한 빛 덩어리.

검을 이루고 있던 전광은 벼락이 되어 내리쳐졌다. 하늘에서 내리는 벼락이 아닌 인위적으로 만들어진 벼락의 덩어리. 하지만 그것은 충분한 위력을 발휘했다. 보통의 무협 영화에서 흔히 보이는 검기처럼 전격이 스쳐 지나간 곳은 아무것도 남아 있지 않았다. 회색 빛 포석은 녹아져 내리며 동시에 갈라져 버렸다. 슬그머니 눈을 뜬 아영은 자신의 눈에 비치는 모습을 잠시 동안 이해하지 못했다. 진현의 검은 땅에 박혀져 있었다. 그리고 그것으로부터 길게 어디까지가 끝인지 모를 정도로 길게 땅이 갈라져 있었다. 엄청나게 넓은 것은 아니지만 발이 빠질 정도의 넓이는 충분히 되어 보였다. 진현의 표정에는 별다른 변화가 없었다, 옆으로 비껴난 펠레스를 보며 투덜거린다던가 하는 것도 아무것도.

회색의 포석은 파편이 되어 이곳저곳에 널려져 있었고 갈라진 틈새는 녹아져 내리고 있었다, 지금 순간에도. 전기의 뜨거운 열을 이겨내지 못하고 녹아버린 것이다.

쿠르릉.

포석의 한 부분이 크게 흔들리며 엇갈리기 시작했다. 중심의 파열을 이겨내지 못하고 토사가 흘러져 내리는 것처럼 거대한 돌 한 덩어리가 거꾸로 치솟아오른 것이었다. 나무의 뿌리가 보이듯 반쯤 크게 뒤틀려져 있는 돌에 등을 부딪친 펠레스는 멍하니 그것을 보고 있을 따름이었다. 슈린은 헛기침을 내뱉으며 다시 주저앉고 말았다. 진현은 바닥에 꽂힌 검을 뽑아 들고 다시 검의 날이 없는 면을 손등에 얹었다. 자신이 한 일에 대한 어떠한 감정도 일지 않는 표정이었다. 어쩌면 저리도 차분할 수가 있단 말인가.

숨조차 흐트러짐이 없었고 땀 한 방울도 흘러내리지 않는 무표정한 그 얼굴. 얼음의 조각을 아름답게 깎아놓은 듯한 그의 얼굴에 아영은 잠시 소름이 돋았다. 순간순간 너무나도 달라지는 그의 행동과 말투, 그리고 표정은 적응하기가 힘들었다. 마른침을 꿀꺽 삼킨 펠레스는 돌아가지 않는 머리를 억지로 돌리는 것이 역력한 태도로 진현을 돌아보았다.

"후우, 이것 참… 불 같은 성미는 여전하시군요."

그의 말에는 가시가 없었지만 진현의 미간을 살짝 찌푸리게 하기에는 충분했다.

"말할 생각은 들었나?"

"무엇을 말입니까?"

"네게 내려진 명령은 무엇이며 명령을 내린 이는 누구냐?"

펠레스는 다시 입을 다물었다. 그리고 진현은 다시 한 번 검을 내려칠 준비를 하고 있었다. 천천히 들어 올려지는 검끝을 바라보며 펠레스는 메스의 손잡이를 고쳐 쥐었지만 어차피 기대 따위는 하지 않는다. 처음부터 이기려는 생각은 하지 않았다. 그저… 저 사람의 실력이 아직까지 변함이 없는가 하는 것이 보고 싶었을 따름이다. 진현은 한 치의 오차도 없이 펠레스의 목을 향해 검을 내리그으려 했다. 그렇다, 하려 했지만 결국에는 하지 못했다.

"그만두십시오."

아영은 처음 듣는 낯선 목소리에 귀를 쫑긋 세웠다. 아마 그녀의 귀가 고양이의 귀처럼 생겼다면 그렇게 보였을 것이다. 진현은 고개를 돌리지도 않았다. 돌릴 필요도 없었다. 그 목소리는 펠레스의 등 뒤에서 흘러나온 것이었으니까. 다만, 검은 허공에 멈춘 채로 고개를 들었다. 진현 그의 귀에는 익숙한 목소리였다. 하지만 지금은 평소와는 달리 낮게 가라앉아 있었다. 평소라면 남달리 밝고 유쾌해야 할 그의 목소리가.

"베르……."

펠레스는 고개를 꺾으며 자신의 뒤를 보았다. 적보라색 머리카락이 눈앞을 가렸고 역광 때문에 자세히는 볼 수 없었지만 그의 실루엣은 언제 어느 때 보아도 알 수 있는 것이었다. 검은색 정장으로 몸을 휘감고 하얀 얼굴과 약간은 긴 단발형의 검붉은 머리카락이 유난히도 두드러진 얼굴. 아영은 눈을 몇 번 깜빡이더니 양손으로 뺨을 감싸며 속으로 소리쳤다.

미남이다! 아마 진현이 이 소리를 들었다면 검을 고쳐 쥐고 자신을 내려치려 하지 않았을까 하는 생각도 스쳐 지나갔지만 어쩌겠는가. 남자든 여자든 미인에게 관심이 가는 것은 몸속에 내재되어진 어쩔 수 없는 본능인 것이다! 미친 의사처럼 너무 크지도 않고 딱 적당하다 싶은 키에 몸매는 상당히 날렵해 보였다. 무엇보다 마음에 든 것은 완벽한 정장 스타일을 구가하는 패션 감각. 얼굴이 못생긴 것은 조금 용서하더라도 옷 못 입는 것은 용서를 못하는 주의인 그녀에게 있어서 옷을 잘 입어야 한다는 것은 얼굴 잘생긴 것 다음으로 중요했다.

초롱초롱 눈을 빛내며 자신을 보고 있는 아영의 눈빛을 눈치 채지 못했는지 베르는 다시 한 걸음 진현 쪽으로 걸어갔다. 평소와는 달리 진지한 그의 얼굴에 진현은 가만히 검을 내렸다. 하지만 검을 쥔 손의 힘을 빼거나 하지는 않았다. 몇 번 그를 만나오면서 지금처럼 진지한 얼굴은 손에 꼽을 정도로 드물었다. 그래서 진현은 지금 그가 어떤 입장에 놓여져 있는지 어렴풋이 알 수 있었다. 그의 목숨보다 더 중요한 주군의 명을 받들어 지금 이곳에 서 있는 것.

베르는 팔을 접어 몸에 붙인 채 허리를 숙여 예를 갖추었다. 그러나 돌아오는 대답은 싸늘하기 그지없었다.

"뭐야, 넌? 내 일을 방해할 거라면 너라도 가만 안 둬."

잠시 고개를 들다가 움찔거리는 베르의 어깨를 보며 펠레스는 속으로 이제 큰일 나겠군 싶었다. 하지만 베르는 천천히 허리를 편 후에 진현을 똑바로 응시하면서 입을 열었다.

"이 세계에서 함부로 힘을 개방하는 것은 안 된다고 하셨던 것은 당신입니다, 전하."

거의 잊혀진 사람이 되어버렸지만 슈린과 아영은 그 말을 놓치지 않고 들을 수 있었다. 아영은 방금 자신의 귀에 들린 말을 잘못 들은 것이라고 치부해 버렸고 슈린은 눈을 크게 뜨며 진현을 보았다. 그러나 진현의 표정에는 변화가 없었다. 마치 그대로 굳어져 버린 것과 같은 그에게서 말이 흘려져 나온 것은 얼마의 시간이 지난 후였다.

"…왜 내가 그 호칭으로 불려야 하지?"
"아직까지 당신의 권한은 소멸되지 않고 있으니까요."
"웃기지 마라. 그 늙은이의 말을 아직까지도 믿는 녀석들이 있다면 이렇게 칭하고 싶군. 멍청이들."

너무나도 치기워서 소름이 돋을 것 같은 그의 말에 쎌레스는 눈썹을 꿈틀거렸지만 베르는 차분히 대꾸했다.

"당신의 그 기억이 남아 있는 한 당신은 언제까지고 마계 황위 계승 서열 1위의 황태자입니다."

"입 닥쳐!"

진현의 검이 베르의 목줄기를 겨냥한 것은 그 순간의 일이었다. 그러나 베르는 가만히 눈을 감을 뿐 아무런 행동도 취하지 않았다. 다만 아영이 벌떡 일어섰고 슈린의 몸이 크게 움직였다는 것을 빼고. 펠레스조차도 방금 내질러진 진현의 고함 소리에 기가 질려 비틀거리며 한 손으로 급히 벽을 붙들어야 했다. 그의 고함 소리는 잔뜩 핏기가 맺혀 있었다. 진현의 입가에서 길게 피가 흘러져 나왔다. 입술을 너무

세게 짓눌러서일 것이다. 붉은 선혈은 그의 하얀 턱을 타고 목을 적셨다. 그리고 그것이 마치 방금 토한 목소리의 영향처럼 보이게 만들었다.

베르는 미간을 좁힌 채 눈을 감고 있었다. 금기의 말을 해버린 것이다. 절대 입 밖으로 내어서는 안 되는 것을 말한 대가는 무겁겠지. 하지만 어쩔 수가 없는 일. 명령을 받은 이상 주군의 수족인 자신으로서는 수행을 해야 한다. 그것이 비록 스스로의 무덤을 파는 짓거리라고 해도.

진현의 손이 희미하게 떨렸다. 그리고 쥐고 있는 검의 끝조차 부들거리며 떨리고 있었다. 파르르 하고 작게 흔들리는 그것을 보며 펠레스는 자신도 모르게 목구멍으로 침을 삼켜야 했다. 그대로 조금만 손을 내뻗으면 검은 베르의 목을 꿰뚫어놓을지도 모른다. 하지만 지금 현재는 자신이 나설 차례가 아니었다.

아영은 검은 정장을 입고 나타난 미남이 한 말을 도무지 이해할 수가 없었다. 마계? 황위라니, 무슨 소리야? 묻고 싶은 말들이 다시금 늘어났다. 자신이 알고 있는 진현은 분명히 특별한 인물이었다. 유서 깊은 부잣집의 도련님으로 태어나 기업을 잇기 위하여 공부를 해온, 그저 천재라고 불리울 정도로 머리가 좋고 돈도 아주아주 좋아하고 그리고… 그리고 또한 아픈 과거를 간직한 그런 사람. 사람이었다, 분명. 하지만 지금 저 검은 미남자가 한 말은 대체 무슨 말이란 건가?

슈린은 이제 희미해지는 정신을 온전히 간직하고 있을 수조차 없었다. 쓰러지지 않았던 것은 그를 지탱해 오는 유일한 정신력뿐이었다. 그는 안간힘을 다해 숨을 몰아쉬며 자리에서 일어섰다. 지금은 왠지 그렇게 해야만 할 것 같아서였다.

이제는 온몸이 부들거리는 떨림을 간직하고 있었다. 진현 자신조차도 방금 자신의 귀에 들린 말이 현실이 아니길 바랬다. 순간적으로 냉정했던 자신이 깨어지고 본래의 모습으로 돌아가 버리는 것을 느꼈다. 아득히 먼 기억의 진창에 처박아두었던 기억이 다시 되살아났다. 진현은 입술에서 흘러내리는 피를 닦을 생각도 하지 않았다. 그의 황갈색 눈동자가 희미하게 흔들렸다. 이를 뿌드득 간 그는 분에 겨운 목소리로 나직하게 외쳤다.

"누구도 아니고… 베르, 네가! 네가 감히 그 따위 말을 하다니! 어떻게 네가!"

그의 목소리는 분명 차가웠고 낮은 음성이었다. 그렇지만 그것에는 분명 피가 배어져 있었다. 몸속 깊숙한 곳에서부터 그렇게 끌어 올려 토하듯이 외친 진현은 다시 입술을 짓눌렀다. 파랗게 질려 버린 입술에서 붉은 피가 계속하여 흘러나왔다. 분에 겨워 참지 못하겠다는 듯 그는 들고 있던 검을 사선으로 내리그으며 소리쳤다.

"감히! 어떻게 그 자리에 있었던 네가 내게 그런 망발을 할 수 있단 말이냐! 어떻게!"

그의 몸 주위에서 스파크가 일어난 것은 눈의 착각이 아니었다. 분명히 확연하게 눈에 비치는 그것은 불꽃이었다. 전기와 불꽃, 마치 전선이 합선되어질 때 팍 하고 튀어 오르는 것처럼 진현의 외침에 이어져 나온 것은 아까 검에 맺혔던 전광들이었다.

미쳐 버릴 것만 같은 공허함, 분노, 그리고 슬픔. 진현의 눈 속에서 이 세 가지의 마음만은 선명하게 볼 수가 있었다. 베르는 눈을 떴지만 고개를 숙일 뿐 진현의 얼굴을 차마 바라보지 못했다. 방금 전 휘둘러진 진현의 검에 셔츠 자락이 마치 가위로 잘라놓은 것처럼 찢어지고 없었다. 목이 날아갈 것이라 생각했었는데. 베르는 순간 궁금해졌다.

왜 이런 명령을 자신에게 내린 것인지. 이토록 고통스러워하는데… 이처럼 아파하고 피를 토할 것처럼 외치는데…….

또다시 기억이 나고 말았다. 아팠던 기억이 다시 머리 속을 갉아 먹어갔고 그것은 곧 진현의 눈앞을 캄캄하게 만들기에 충분했다. 이따위 기억, 제발 사라지게 만들어줘! 그렇게 무릎을 꿇고 빌고 싶었다. 하지만, 하지만 그렇게 할 수 없었던 것은 단 한 가지 마음에 걸리는 그 일 때문에…….

용서를 빌고 또한 용서를 받고 싶었기에, 자신이 저지른 죄에 휘말려 들어가 억울하게 목숨을 잃어버린 그 사람에 대해, 그렇게 미안한 마음 때문에 어쩔 수 없이 약속을 하고 만 것이다. 용서를 빌지는 못했다. 그 사람은 또 다른 모습과 성격을 가진 채로 태어나 기억을 하지 못하니까. 그래서 최소한 그 사람의 곁에서 목숨이 다하는 그날까지 지켜주겠다고……!

절그렁.

차갑고 무거운 쇠가 부딪치는 소리가 허공을 가르며 그저 고요하기만 했던 적막을 깨부쉈다. 진현의 손에 들려져 있던 검이 바닥에 떨어졌다. 그리고 진현은 그 손으로 얼굴을 가리우고 비틀거렸다. 휘청거리며 다리가 풀리는 느낌을 받기는 했지만 자신의 몸이 그렇게 기울지는 몰랐다. 그래서 진현은 아무런 저항도 하지 못한 채 그렇게 털썩 소리를 내며 땅에 주저앉고 말았다. 아영은 황급히 달려가고 싶었으나 다리의 상처 때문에 그렇게 할 수 없었다.

"진현!"

크게 소리를 내어 이름을 불렀지만 진현은 바닥에 주저앉은 채로 고개를 숙이고 있었다. 조금 떨어져 있어서 표정은 자세히 보이지 않았다. 부들거리는 손에는 점점 힘이 빠졌다. 그의 입에서는 가느다랗게 신음 소리가 흘러나왔다. 왜 이렇게 반응을 할 수가 없는 것인가. 너무 피를 많이 흘려 체온이 떨어지고 정신이 혼미해지는 것처럼 지금 진현의 몸 상태가 바로 그러했다. 이를 악물고 숨을 들이쉬었다. 헉 하는 신음을 내뱉으며 숨을 골랐다. 그러나 도저히 지금의 자신으로서는 다시 몸을 일으킬 자신이 없었다.

베르는 그런 진현을 안타까운 눈으로 내려다보았다. 펠레스 역시 메스를 사라지게 만든 후 베르를 보았다. 그러나 그런 그의 눈길에도 불구하고 베르는 고개를 저어 보여야만 했다. 그들이 할 수 있는 일은 없다. 그저 명령에만 따른다. 베르는 조용하지만 결코 내키지 않는다는 표정으로 입을 열었다.

"펠레스, 아니… 메피스토펠레스. 마신魔神의 명으로 지금 당장 황태자 전하를 모시고 마계로 돌아간다."

"베르!"

"이의는 받아들이지 않는다. 그리고 이것은… 마신의 직속 명이다. 우리가 거부하거나 이의를 표명할 수는 없는 일이야."

메피스토펠레스? 아영은 아연질색할 수밖에 없었다. 펠레스, 완전히 사이코 닥터인 저 사람이 메피스토펠레스란 말이야? 경악에 싸여 거의 패닉 상태가 되어버린 아영은 입을 뻐끔거리며 겨우 소리쳤다.

"다, 당신! 메피스토펠레스라고!? 그 파우스트의 전설에 나오는 그 악마?"

펠레스는 그제야 잊고 있던 사람이 있다는 것을 기억해 내고는 쓴웃음을 지으며 고개를 끄덕였다.

"그래, 내가 그 전설 속에 나오는 악마, 지옥의 대공大公 중 하나인

대현자의 시 249

메피스토펠레스이지. 아까의 궁금증 중 하나는 풀렸겠군 그래."

너무 놀라서 혀를 깨물어 버리고 만 아영은 얼른 손으로 입을 막았다. 그런 그녀가 경악에서 깨어날 틈도 주지 않은 채로 베르는 바르게 메피스토펠레스에게 말했다.

"시간의 허비는 용납되지 않아. 어서 모시고 가야 해."

그러나 메피스토펠레스는 도무지 알 수 없다는 얼굴을 하고는 고개를 저었다. 마신의 명령을 어기기에도, 그렇다고 진현을 데리고 마계로 가기에도 뭔가 석연치 않은 구석이 많았기 때문이다.

슈린은 지금 두 사람이 하는 대화가 무엇인지 알아들을 수 없었다. 완전히 마비가 되어버린 몸은 손가락 하나 꿈틀거리는 것을 용납하지 않았고 의식은 멀어져만 갔다. 이제는 한계다. 하지만 지금 먼발치에서 주저앉아 있는 진현을 보고 있자니 도저히 의식을 잃을 수가 없었다. 저리도 약해 보이는 모습은 처음 보기에, 저리도 인간 같은 모습은 처음 보기에.

결국 가만히 서서 영 탐탁지 않은 표정을 짓고 있는 메피스토펠레스를 대신해 베르가 천천히 진현에게로 다가갔다. 한 손으로 땅을 짚고 있지만 언제 쓰러질지 모르도록 떨고 있었다. 안타까운 마음밖에 들지 않는다. 정말로 미안한 마음에 베르는 조용히 진현을 일으켜 세워주려 했다. 하지만 그에 앞서 그의 얼굴을 스쳐 지나가는 것이 있었다. 그는 황급히 숙였던 허리를 퉁겨 세우며 뒤로 물러섰다.

퍽!

무언가 묵직한 것이 땅에 꽂히는 소리가 들렸다. 하지만 무엇일까? 칼은 절대로 아니다. 쇠가 아닌 그저 둔한 무언가로 땅을 두드리는 그런 소리였기 때문이다. 퍅 하고 피어난 모래 먼지 때문에 잠시 그것의 모습을 알아볼 수는 없었지만 곧 먼지가 걷히자 땅에 꽂힌 그것이 무엇인지 알 수가 있었다. 그리고 그것을 본 베르는 미간을 좁힐 수밖에 없었다. 아영 역시 마찬가지였다.

짙은 암갈색의 먼지 속에서 모습을 드러낸 것은 부채였다.

일반의 부채, 그저 폼으로 들고 다닐 수도 있지만 그것보다는 조금 더 실용성과 미적인 기능을 더해 옛 선비들이 하나쯤은 들고 다니던 그런 부채. 붉게 옻칠을 한 부챗살이 인상 깊었다. 마치 피에 젖어 그런 모습인 것마냥, 그것은 베르와 진현의 사이 정확히 중간에 꽂혀져 있었다. 그것의 정체도 분명 놀라웠지만 어떻게 던지면 저것이 저렇게 땅에 꽂힐 수가 있단 말인가. 어른 남자의 한 뼘 길이보다 조금 더 긴 그 붉은 부채는 몇 센티 정도 분명히 땅을 뚫고 박혀 있었다. 대체 누가?

갑작스레 일어난 상황에 베르는 잠시 할 말을 잃었지만 메피스토펠레스는 고개를 들어 올리며 나직이 외쳤다.

"누구냐!"

당연하게도 대답은 들여오지 않았다… 가 아니라 의외로 퉁명스러운 듯한 목소리가 들려왔다.

"알아서 뭐 하려고?"

너무 단조로워서 잠시 대꾸할 말조차 생각나지 못하게 하는 목소리. 그 목소리를 아는 이는 없었다. 아니, 단 한 명 진현을 제외하고서 말이다. 거친 숨을 몰아쉬고 있던 진현은 고개를 가볍게 들었다. 그것조차도 사실은 지금의 그가 하기는 힘든 행동이었다. 머리 하나의 무게가 이리도 무겁게 느껴진 적은 없었다. 하지만 그는 가슴을 짓누르는 고통에 힘겹게 숨을 내쉼과 동시에 입을 벌렸다. 이마에는 식은땀이 총총히 맺혀 있었다. 안 좋은 생각은 아픔이 되어 지금 그의 몸을 짓누르고 있었다.

"주, 주……."

그의 말은 너무나도 가늘었기에 그의 말을 완전히 들은 사람은 아무도 없었다. 베르는 부채가 날아온 방향으로 고개를 돌렸다. 진현이 휘둘렀던 검에 의해 갈라졌던 땅에서 먼지가 피어 올라왔고 또한 수로가 파괴되어 여기저기서 물기둥들이 치솟고 있었기 때문에 지금 현재 이곳은 거의 아수라장이나 다름이 없었다. 물기둥들의 틈 사이로 하나의 그림자가 천천히 움직였다.

도시의 곳곳 수도관이 파열된 것처럼 작은 물줄기에서부터 사람의 키보다 더 높은 물기둥까지 엄청난 양의 물들이 흘러나와 바닥을 적셨다.

찰싹.

작게 물방울이 튀기는 소리가 들렸다. 그리고 부채의 주인인 듯한 사람이 모습을 드러냈다. 아마도였지만. 흘러져 나온 물들은 다시 바닥의 틈새로 스며져 들어갔다. 그리고 천천히 발을 놀려 이곳으로 걸어오고 있는 남자.

검은 머리카락이었다. 너무너무 까매서 마치 손을 대면 검은 물이 묻어 나올 것만 같았다. 길게 길러진 검은 머리카락은 어깨를 소담히 덮는 것보다 조금 더 길었다. 바람에 그의 머리카락이 흩날렸다. 그것은 마치 수묵화의 난이 붓으로 그려 뻗어져 나간 것과도 같은 느낌. 새하얀 피부는 한겨울의 눈빛과 같았고, 그 얼굴에 자리 잡고 있는 이목구비는 너무나도 조화롭다는 느낌이었다.

키는 제법 커서 진현 정도? 아니, 그것보다는 조금 더 커서 사이코 의사와도 비슷할 정도였다. 걸음걸이는 당당했다. 중국의 황제가 걸어다닌다면 저런 느낌일까? 그렇지 않아도 그가 입고 있는 옷은 분명 중국의 복식이었기에 아영은 지금 자신이 있는 이곳이 혹시나 중국이 아 닐까 하는 바보 같은 착각에 잠시 빠졌다. 선명한 눈매는 조금 매섭게 보였다. 연한 제비꽃 색의 옷에 붉은 용이 그려져 있었다. 여의주를 물 고 꿈틀거리고 있는 용이 마치 그 남자 자신처럼 보였다.

사내는 조용하고도 부드럽지만 단호한 움직임으로 진현의 곁에까지 걸어왔다. 베르와 메피스토펠레스는 얼른 몇 걸음 뒤로 물러날 수밖에 없을 정도였다. 누구란 말인가? 갑자기 나타나 이 정도의 위압감을 내 뿜고 있는 이 사내는—!

펄럭!

옷자락이 스치는 소리마저도 당당함 그 자체였다. 검고 선명한 눈동 자로 자신의 앞에 서 있는 두 사람을 살짝 노려본 남자는 조심스럽게 허리를 숙여 땅에 꽂힌 부채를 뽑아 들었다. 분명 땅에 깊숙이 꽂혀 들 어가 있는 것이었는데 남자는 마치 바닥에 떨어진 동전 줍듯 쉽게 꺼 내어 들고 나머지 한 손으로 부채에 묻은 먼지를 무심히게 털어냈다.

만족스럽게 먼지를 털어내었는지 슬쩍 부채를 쳐다본 그는 한 손만 을 이용하여 품위있게 부채를 펴 들었다. 붉은 부챗살과 반대로 하얀 한지가 곱게 붙여진 부채를 잠시 펄럭거린 남자는 다시 손에 쥔 부채 를 다른 손바닥에 부딪혀 접고는 진현을 슬쩍 곁눈질로 쳐다보았다. 그리고 혀를 차며 나직이 말했다.

"쯧쯧, 순간 못 알아볼 뻔했군. 이 꼴이 대체 뭐냐?"

단조로운 음색이었다. 허스키하다고도 할 수 있지만 그보다는 음의 높낮이가 별로 없었다. 마치 국어책을 읽는 듯한 목소리였다. 하지만 진현은 숨을 헉헉 몰아쉬며 천천히 자리에서 일어섰다. 어떻게? 방금 전까지만 해도 손에 힘조차 들어가지 않아 보였던 사람이 갑자기 천천히 일어서기 시작한 것이다. 하지만 그 모습은 너무나도 아슬아슬해 보여서 조금이라도 툭 건드린다면 앞으로 꼬꾸라질 것 같았다.

살며시 손을 뻗어 검을 붙잡은 진현은 그것을 지팡이마냥 땅에 꽂은 채 이를 악물고 일어섰다. 물론, 몸은 여전히 떨리고 안색조차 파리하게 질려 있었지만. 그는 마치 억지를 부리는 어린아이처럼 단호한 얼굴로 자신의 옆에 서 있는 남자를 노려보았다. 그러나 그 눈매만이 매서울 뿐 눈동자는 흔들리고 있었기에 노려본다고 하기에는 많은 장애가 있었다. 심장을 누군가가 손으로 쥐어짜고 있는 것처럼 느껴졌다. 아니라면 어찌 이리도 아프겠는가.

숨이 제대로 쉬어지고 있는지 지금 자신이 서 있는 곳이 땅인지도 제대로 분간이 되지 않았다. 베르가 인식시켜 준 기억 덕분에 지금 진현의 몸 상태는 거의 말이 아니었다. 머리가 지끈거리며 아픈 것은 말할 것도 없었고 마치 열병에라도 걸린 사람처럼 식은땀까지 흘려야만 했다. 언제나 이랬다. 좋지 않은 그때의 기억을 떠올리면 언제나 이렇게 몸이 반응을 하고 마는 것이다. 후욱 하고 숨을 내쉰 진현은 천천히 입술을 달싹거렸다.

"네, 네가……."

"내가 어떻게 여기에 있는 거냐고 묻고 싶은 거냐?"

진현은 고개를 끄덕일 힘도 남아 있지 않았다. 이대로 쓰러져 버려 그냥 기절해 버렸으면 하는 생각이 간절했다. 그렇게 해서라도 도망가고 싶었다. 그리고 진현의 몸은 주인의 그런 생각을 충실하게 받드는 착한 몸이었다. 검을 쥐었던 손을 놓은 채로 무릎이 꺾이며 그대로 앞으로 허물어져 내려갔다. 차가운 눈길로 진현을 보고 있던 사내는 한마디 말도 없이 재빨리 손을 뻗어 진현의 허리를 낚아챘다. 그렇게 진현의 허리를 안아 자신의 품으로 끌어당긴 그는 창백한 안색으로 기절한 진현의 얼굴을 보며 속삭이듯 중얼거렸다.
"…네가 이 모양이니까 걱정이 되어서 온 거다, 멍청아."

대현자의 시 2

　여기는 어디일까. 몸에는 감각이 없었다. 손끝을 움직이려 생각해 보았지만 과연 움직였는지 아닌지는 확인할 겨를도 없이 진현은 살며시 눈을 떴다. 차갑게 자신의 뺨 위로 떨어지는 물방울들이 기분 좋게 느껴졌다. 지금 자신의 몸은 너무나도 뜨거워서 그대로 타버릴 것 같았기에 시원한 물방울들이 마치 구원처럼 생각되었다. 짧게 한숨을 내뱉은 그의 귓가로 단호한 목소리가 들려왔다.
　"어서 일어나지 못해!"
　촤악!
　그리고 그대로 물벼락이 얼굴에 떨어졌다. 이게 무슨 일인가. 황급히 몸을 일으켰다. 그리고 헉헉거리는 숨을 몰아쉬며 주위를 둘러보니 처음 보는 장소였다. 전혀 낯선 장소. 차가운 물이 갑자기 얼굴에 쏟아지자 진현은 심장이 빠르게 뛰는 것을 느끼며 턱 선을 따라 떨어져 내리는 물을 손등으로 훔쳤다. 무슨 돌로 지어진 곳이었다. 커다란 암석들을 작게 잘라서 쌓아놓은 것처럼 일률적이지 못하고 제멋대로 쌓아놓기는 했지만 상당히 견고해 보였다. 조금 떨어진 곳에 나무로 만들어진 작은 창문이 보였다. 여기가 과연 어디일까?

그리고 그때 물이 끼얹어지기 전에 들렸던 목소리가 다시 들려왔다.

"멍청한, 멍청해도 이 정도일 줄은 새삼 몰랐어."

멍한 눈으로 고개를 돌려 자신의 옆에 서 있는 한 사람을 보았다. 손에는 곰방대가 들려져 있었다. 상당히 장식이 고급스러워 보이는, 정교하게 용이 새겨져 있는 곰방대를 손가락 사이에 끼운 채로 무심한 표정으로 서 있는 사람.

"…주월?"

주월이라 불린 사내는 짧게 우습다는 식으로 웃었다. 그러나 진현은 지금의 상황이 이해되지 않았다. 주월은 분명 원래의 세계에서, 그것도 그 자신의 고향인 중국에서 약재상을 하고 있을 터인데. 그런데 이곳은 그 세계의 미래. 정확히는 한 세계의 길게 이어진 단편이지만 어쨌거나 다른 곳이다. 그렇다면 꿈인가? 하지만 어느 쪽이 꿈이란 말인가?

진현은 그답지 않게 어리둥절한 표정을 지었다. 그 얼굴은 어려운 문제를 앞에 놓고 안절부절거리는 학생과도 같았다. 주월은 그의 그런 얼굴을 보며 미간을 찌푸렸다. 너무 충격이 컸던 모양이군 하며 작은 목소리로 중얼거린 그는 들고 있던 곰방대를 자신의 옆에 있는 작은 탁자 위에 올려두었다. 물이 뚝뚝 떨어지는 금빛의 머리카락을 쓸어 올리며 멍한 얼굴을 지어 보이는 진현의 침대 곁에 조심스럽게 앉았다. 하지만 진현은 움찔하며 조금 주춤거렸다.

붉은색의 중국 옷을 입고 팔을 소매까지 걷어 올린 주월은 잠시 동안 진현의 얼굴을 쳐다보았다. 그러나 진현은 눈가를 꿈틀거리더니 고개를 돌렸다. 충격으로 인한 일시적 퇴행 현상일까라고 나름대로의 결론을 내려본 주월은 살며시 손을 뻗었다. 그러나 진현은 화들짝 놀라며 물에 젖어 축축한 침대보를 끌어 올리고는 무릎을 모아 세웠다.
　이런 당황스러운 일이 다 있나. 지금까지 진현을 보아온 지 7년이 넘는 세월 동안 이런 모습은 단 한 번을 제외하고는 본 적이 없었다. 그렇기에 주월은 겉으로는 내색을 하진 않았지만 속으로는 짐짓 당황하고 있었다. 언제나 당당하고 강하고 자신감이 넘쳐흘렀으며 기품마저 있었던 김진현이라는 인물이었다. 그런데 지금의 이 모습은 과연 무엇인가.
　자신도 모르게 한숨을 내뱉고 만 주월은 조금 진현 쪽으로 몸을 기울이며 조심스럽게 말했다.
　"김진현."
　"오지 마."
　"진현……."
　"오지 말란 말야!"
　이번에는 주월이 놀라 잠시 어깨를 움찔거리자 진현은 부들거리는 손으로 자신의 눈가를 가렸다. 축 처진 머리카락에서는 물기가 묻어났고 하얀 얼굴에서도 물줄기가 흘러져 내렸다. 그런데, 그것은 정말로 그냥 물일까? 어깨를 흠칫거리는 진현은 정말로 보고 싶지 않았다. 비록 아무리 강한 껍질 속에 싸여 있어도 진현이 인간이라는 사실에는 변함이 없지만 그래도 주월이 아는 김진현은 언제나 당당하고 아름다웠다.

조금 안타까운 마음도 들기 시작했다. 아니, 처음부터 그런 마음은 가지고 있었다. 어쩌면 평범한 남자라고 할 수 있는 진현의 어깨 위에 올려진 짐들이 너무 무거운 것은 아닐까. 주월은 천천히 손을 뻗어 진현의 머리카락을 쓸어 내려주었다. 항상 현홍에게는 강한 사람처럼 보이려 애쓰는 그 모습을 보아왔기에, 다른 사람들 앞에서는 절대로 힘든 척을 하지 않았기에 어쩌면 사람들은 진현이 다른 사람들과는 다른 그런 인간으로 알고 있을 수도 있었다. 하지만 주월이 보기에 진현은 보통 사람들과 같은… 어쩌면 더욱더 약한 사람일지도 모른다고 생각했다.

사락거리는 머리카락 스치는 느낌이 기분이 좋았다. 하지만 진현은 고개를 숙인 채 무어라고 중얼거리고 있었다. 주월이 고개를 숙여 자신에게로 가까이 오자 조금 몸을 피하기는 했지만 소리를 지르거나 하지는 않았다. 새파랗게 질린 입술을 살짝 짓누른 진현이 조용히 말했다.

"나, 나… 많이 이상해 보이지?"

주월은 아무런 대답도 하지 않았다. 다만 살짝 고개를 저어 보이는 것으로 대답을 대신했다. 잠시 입을 가리고 눈을 감았던 진현은 다시 그 손을 들어 올려 이마를 짚으며 마치 혼잣말하듯이 말을 이어 나갔다.

"아니, 많이… 많이 이상해 보일 거야. 나도, 나도 적응이 되지 않으니까. 웃기지도 않지, 정말로. 겨우 옛 기억 따위에 휘둘려서 이따위 모습을 보이면 나중에 더 힘든 일들이 있을 때는 어떻게 되려고. 그러면서 다른 사람들 앞에서는 무조건 강한 척, 아프지 않은 척……. 이기주의, 독선! 빌어먹고 또 빌어먹을! 겨우 이 정도밖에 안 되는 인간이면서

서! 그러면서 강한 척이란 강한 척은 혼자서 다 하고 앉아 있지! 재수 없어, 정말로 재수없고 역겨워! 구역질나게!"

"그만, 진현아."

"크흑……. 결국에는 이렇게 모래성처럼 무너져 버릴 거면서, 겨우 이 정도로!"

피맺힌 울음. 진현은 결국 고개를 숙인 채 눈물을 흘렸다. 이 녀석의 눈물을 본 게 언제였더라 하고 속으로 중얼거린 주월은 천천히 진현의 어깨를 끌어당겼다. 이미 물기가 젖어 있어서 진현의 눈에서 떨어져 내린 물방울이 무엇인지 알 수는 없었다. 그러나 그의 고운 얼굴 선을 타고 흐르는 눈물을 주월은 똑똑히 볼 수가 있었다. 침대의 시트를 찢어버릴 듯이 움켜쥔 진현의 손은 가느다랗게 떨리고 있었고 주월은 조용히 고개를 내저으며 다시 한 번 강하게 진현을 자신 쪽으로 끌어당겼다.

그리고 진현은 결국 작게 흐느끼는 소리를 내며 주월의 어깨에 얼굴을 묻었다. 자신의 품에 안겨서 작게 울음소리를 내뱉는 진현의 등을 살며시 쓸어 내려주었다. 조심스럽게, 그리고 부드럽게. 언제나 앙숙이라는 소리를 듣지만, 사실 그 두 사람은 서로에 대해 너무나도 잘 알고 본인보다 더 잘 알고 있었기에 무심한 척을 했던 것이다. 보통의 사람들이 세월을 살아가면서 겪는 그 모든 것들을 두 사람은 태어날 때부터 알고 있었다. 주월 역시 전생의 기억을 가지고 태어난 자였기에.

진현의 이 아픔을 주월 자신도 뼈저리게 알았다. 그는 고운 미간을 살짝 찌푸리며 진현의 어깨를 토닥여 주었다. 그리고 평소의 음성이라고는 생각되지 않게 다정한 음색으로 말했다.

"진현, 누구도 너의 이런 모습을 보고 뭐라고 하지 않을 거다. 아니,

누군가가 뭐라고 한다면… 너의 이 모습을 욕하고 손가락질한다면 내가 가만두지 않겠어. 맹세했잖아, 기억 안 나?"

진현은 천천히 고개를 들었다. 눈물이 고인 눈가를 살며시 손가락으로 닦아내 주었다. 오른쪽의 회색 빛 눈동자를 보았을 때는 그도 모르게 살짝 이를 사려 물어야 했지만 주월은 애써 진정하며 조용히 진현의 얼굴을 바라보면서 나직한 목소리를 내며 입을 열었다.

"넌 내가 지켜준다고… 목숨을 걸고. 내 영혼을 걸고 맹세를 했었잖아. 다시 만나게 된다면 그렇게 해서 지켜준다고 분명 맹세했었다. 너무 얽혀서 풀기 힘든 매듭도 끝을 찾아 조용히 풀어 나간다면 언젠가는 모두 다 풀어지게 되어 있어. 그러니 너무 조급해하지 말아."

멍한 표정으로 자신을 보는 진현을 향해 주월은 싱긋 웃었다. 가늘고 긴 손가락에 얽혀드는 금색의 실들을 내려다보며 주월은 진현을 자신의 가슴에 안고 등을 쓸어 내렸다. 흐느끼는 소리는 점차 줄어들었지만 아직은 가느다랗게 떨고 있는 몸 때문에 놓아줄 수가 없었다. 어찌 이리도 나약한 모습을 보이는 것일까. 하지만 주월은 그것이 자신에게만 보이는 모습이라는 것을 알고 있었다. 이렇게 울고 떨면서도 다른 사람들 앞에서는 당당한 모습으로 돌아가는, 어떤 것이 진정으로 진현인지는 알 수 없었고 알려고 하지도 않았다.

다만 그 두 가지 모습이 모두 진현을 지탱하는 것이라는 것은 주월 역시도 짐작 정도는 할 수 있었기에 주월은 지금 이 모습도 사랑했다. 빛 아래서 당당하게 그 자태를 뽐내는 모습도 어둠 아래서 그 몸을 누이고 흐느끼는 이리도 약한 모습도.

"고고하고 당당한 네 모습도 보기가 좋지만 이상하게 나는 너의 이런 모습이 더 보기가 좋구나. 내가 해줄 수 있는 유일한 일이 바로 너를 안아주는 것이니까, 진현."

하지만 진현은 그 말을 들을 수는 없었다. 울다 지쳐서 잠이 드는 것은 이 녀석도 어쩔 수 없는 거야 하고 작게 중얼거린 주월은 자신의 품에 안겨 잠이 든 진현을 내려다보며 한동안 말없이 쓰게 웃었다. 천천히 잠이 든 진현을 베개에 뉘었다. 젖어버린 이불은 걷어버리고 대신 새로운 것을 가져다가 진현 위에 덮어준 후 하얗게 질린 뺨을 만져 주며 주월은 다시 조용히 말했다.

"또다시 잠에서 깨면 내가 없을 테지만 이 일이 다시 원래의 궤도로 돌아가게 된다면… 만날 수 있을 거다. 좋은 꿈 꾸렴. 내가 곁에 있을 테니."

"우습군, 저 사람에게 그런 면도 있었다니."

방 안의 구석진 곳에서부터 작은 목소리가 들려왔다. 그 목소리는 분명 작고 낮았지만 확고한 뜻과 의지, 그리고 당당함을 품고 있었다. 주월은 살며시 진현의 뺨을 어루만져 주던 손길을 멈추고 고개를 돌렸다. 돌로만 쌓아져 만들어진 방에 또 다른 인물이 걸어나왔다. 구석진 곳의 어둠, 그림자로부터 천천히 발길을 움직여 다가오는 그를 보며 주월은 미간을 찌푸려야만 했다. 검은 그림자에 몸을 묻고 있던 그 존재는 천천히 발걸음을 옮겨 탁자 옆에 있는 의자에 앉았다.

주월의 검은 머리카락과는 확연히 대비가 되는 은빛의, 아니, 그것보다는 새하얗게 새어버렸다고 할 수 있는 백발의 머리카락을 가진 그는 조용히 웃었다. 붉은 입술이 아름답게 호곡선을 그렸다. 흰색의 장갑을 낀 손을 놀려 탁자 위에 있는 와인잔을 잡은 그는 조용히 잔에 담긴 붉은 와인을 마셨다. 온통 흰색이라고 할 수 있었다. 하얀 셔츠와 길게 발목까지 내려오는 흰 코트, 그리고 흰색의 벨벳 장갑까지. 하얀 피부는 말할 것도 없었고 마치 새하얀 눈으로 조각된 사람 같았다. 그러나 분명 색을 가지고 있는 것도 있었다.

피처럼 붉은 입술과 자수정을 박아놓은 것과 같은 눈동자, 붉은 알이 박힌 귀걸이와 벌어진 흰색의 셔츠 사이로 조금 모습을 드러내는 목걸이지만. 그 외에는 온통 흰색. 그는 조용히 손을 모아 깍지를 낀 후 다시 입을 열었다.

"그토록 강하고 고고하던 자가 이리도 약한 모습을 보이다니… 우습군, 우스워."

"어차피 인간일 뿐이니까."

"그러게 말야. 하필이면 다시 태어난 것이 인간처럼 나약하기 그지없는 종족으로 태어나다니. 어리석고 욕망은 심연보다 깊으며 더럽기 짝이 없는."

그의 말에는 짙은 조소와 낮은 분노도 함께 스며져 나왔다. 그러나 지금 현재 그런 인간인 주월은 아무런 대꾸도 하지 않았다. 진실이니까. 인간이 그런 종족이라는 것은 어쩔 수 없는 진실이니까 반론을 할 말도 없었다. 그는 자신의 말에 주월이 별다른 반응을 보이지 않자 흐응 하는 콧소리를 내며 어깨를 으쓱거렸다.

주월은 진현의 얼굴을 내려다보며 낮은 목소리로 말했다.

"내버려 둬. 더 이상 방해하면 용서 안 해."

싸늘한 어투였지만 남자는 달리 무서워한다거나 발끈하는 짓은 하지 않았다. 다만 그저 제비꽃과 같은 보라색 눈동자를 살며시 흐리게 만들 뿐이었다.

"방해하지는 않아. 베르에게 내린 명령은 내가 아니라 마신의 직속 명령이야. 난 이 일에 개입하지 못하도록 이미 명령을 받은 상태이고.

나 역시 이렇게 복잡한 문제에는 개입하고 싶은 마음 추호도 없어. 다만……."

 깍지를 꼈던 손을 푼 그는 곁눈질로 침대에 누워 있는 진현을 보았다. 그리고 잠시 이를 사려 문 후 낮게 말을 내뱉었다.

 "저 사람과는 청산할 일이 있어서 말이야."

 "…언제까지고 그렇게 진현의 등만 보고 달려갈 작정이냐?"

 쾅!

 주월의 말에 가장 먼저 반응을 한 것은 그의 손이었다. 부들거리는 손을 들어 그대로 탁자를 내려친 것이다. 그리 넓지는 않지만 좁은 것도 아닌 방 안을 가득 메운 소음에 진현이 깰까 봐 약간 움찔했지만 그의 기세에 눌린 것은 절대로 아니었다. 누구도 아닌 저자에게 자신이 질 일은 없다는 것을 잘 알고 있었으니까. 그리고 그 역시 그렇지 않아도 하얀 얼굴을 더욱 새하얗게 만들며 주월을 노려볼 뿐 덤비지는 않았다.

 주월은 조심스럽게 몸을 일으켜 그에게로 다가갔다. 탁자 위에 올려져 있던 와인잔이 넘어져 있었고 흘러나온 붉은 와인은 벨벳 장갑을 물들여 가고 있었다. 어느 정도의 거리를 두고 그를 내려다보며 주월은 짐짓 중압감 넘치는 어투로 말했다.

 "어찌 되었든… 저 녀석은 네 형이다."

 그러나 그 말을 꺼냄과 동시에 주월은 아차 싶었다. 인간에게 있어서는 중요할지도 모른다. 동생이나 형이라는 존재가. 피가 이어지고 혈육이라는 것에 얽매여 있다고는 하나, 분명히 늙어서 가장 도움이 되는 것이 형제고 자매라 했다. 하지만 지금 자신의 눈앞에 있는 형제는 자신이 보아온 사람들 중 가장 기구하고 억울한 운명 속에서 서로에 대한 애증만 키워온 그런 사람들이었던 것이다. 그리고 예상처럼 그는 차가운 표정으로 자신을 노려보고 있었다.

이대로 손이 올라와 목줄기를 잡아뜯는다고 해도 이상할 것 없이 차갑고 분노 어린 표정이었기에 주월은 스스로에게 멍청하다는 말을 한마디 해줄 수밖에 없었다. 동생이나 형이라는 것, 이 두 사람에게는 어쩌면 두 사람의 사이를 더 더욱 멀어지게 만드는 것인지도 모른다. 왜 이리도 바보같이 서로에 대해 증오만을 키워왔는지… 주월은 잘 알고 있었다. 사내는 너무 꽉 깨물어서 새파랗게 질려 버린 입술을 간신히 움직였다.

"…그 얘기 다시는 꺼내지 말라고 경고했다."

"너는 아직 어려."

"입 닥쳐! 친구라는 녀석이 그 따위……!"

"친구니까 네게 이런 말을 하는 거다!"

단호하게 외치는 주월을 보며 사내는 욱하는 작은 신음 소리를 내뱉은 후에 한 발자국 뒤로 물러났다. 그러나 그 사나운 눈길은 멈추지 않았고 오히려 더 그 기세를 높여 침대 쪽으로 고개를 돌렸다. 이를 부득부득 갈아대며 말하는 그의 외침은 흡사 울분을 토해놓는 그것과 비슷했다. 억울하고 분해서, 그렇게 목놓아 울부짖는다.

"형? 형이라고?! 웃기지 마! 그저 아버지의 피만 이어진 것이니까 그 따위 반쪽짜리 형은 필요없어! 그래, 형이라고 치지! 우습게도 진심으로 형이라고 생각했었다, 그 예전에는. 어렸을 적 하나밖에 없는 저 녀석을 형이라고 믿고 따랐었다! 그런데 그 결과를 봐! 이 꼴을 보라고! 그저 정실 부인의 아들이라는 이유 하나만으로 아버지에게도 인정받지 못하는 황태자가 되어 자리만 차지하고 있다. 그리고 그 아버지는 형이 돌아와 주길 바라며 나라는 존재는 있으나 마나 한 아무 짝에도 필요없는 인형 취급 하고 있어! 허수아비도 이렇게 명목 좋은 허수아비는 없겠지. 정실의 아들. 겨우 그것 가지고 나는 이 자리에 있었지만 아버지는 항상 형만을 바랬어! 형의 그 아름다움과 그 강하고 고결한 모습도! 모두, 모두 자신과 같았으니까 사랑스러웠겠지! 측실이었지만 사랑했던 여자에게서 낳은 자식이니까 더 더욱 그랬겠지! 그래서 일부러 손을 써서 모든 기억을 가지고 다시 태어나게 만들었다. 하지만 정말로 기구하게도 형은 마족이 아닌 신족으로 태어났지. 아이러니 Irony, 그 자체라고 생각하지 않아?"

마황자魔皇子, 백색의 황자 카리안 드 라헬 헬레스폰트. 그것이 지금 그를 칭하는 말. 우습게도 정실 부인의 아들이었지만 아버지에게는 인정받지 못하는 기구한 운명을 가지고 태어난 그가 지금 그렇게 외치고 있었다. 자신의 운명이 왜 이 따위냐고 주월의 귀에는 그렇게 들렸다.

아무것도 아닌 그저 측실의 아들인 진현이 더 사랑받았고 지금도 사랑받는다는 사실을 마계나 신계에서 모르는 이들은 아무도 없었다. 그저 쉬쉬하는 소문일 뿐이라고 단정짓기에는 많은 무리가 있었다. 마신이 일부러 신계 쪽에서 환생한 자신의 아들을 빼오기 위하여 무슨 일을 벌였는지, 그리고 그것 때문에 얼마나 많은 이들이 피를 흘렸는지⋯ 처음부터 지금까지 봐왔던 주월은 모두 다 알고 있었다.

진현은 죽임을 당했다, 아버지의 손으로. 사랑스러운 아들을 자신의 곁으로 데리고 오기 위하여 일부러 전쟁의 불씨를 튀긴 그는 그 자신의 손으로 진현을 죽였고 다시 환생하기를 기다렸다. 그렇지 않고서야 신족, 그것도 최상급의 천사로 태어난 그가 다시 죽기만을 기다린다는 것은 너무나도 오랜 시간이 걸리는 일이었다. 그래서 마신은 신족과의 약간의 전쟁—소규모 국지전이었으므로—을 벌였고 그 전쟁의 틈 속에서 아들을 죽였다. 자신의 곁에 두기 위해서라고는 하나 그렇게까지 해야 했을까 하는 마신의 행동, 또 진현이 자신의 아버지를 어떻게 생각했을 는지 알 수가 없었다.

 그렇게나 곁에 두고 싶고 그렇게나 자신의 뒤를 잇게 하고 싶었던 것일까. 진현은 진현 그 나름대로 상처를 받았고 또 정실의 아들이자 당연하다면 당연하게 황태자가 되었어야 했던 카리안 역시 상처를 받아야만 했다. 특히 진현은 그 전쟁 속에서 가장 소중히 여겼고 사랑했던 이를 자신의 눈앞에서 자신의 손으로 죽여야 했다. 일족이 달랐고 적이었기에. 하지만 결국 그에 대한 벌을 받았던 것인지 마신은 자신의 아들을 마족으로 태어나게 하지 못했다. 또다시 진현은 인간으로 태어났으며 현재에 이르렀다.

 수많은 기억을 가지고 있는 진현은 그렇게 해서 빛과 어둠의 힘을 동시에 얻게 된 것이다. 그리고 아픔까지도 함께. 얽히고설킨 운명의 실타래가 왜 이리도 어렵게 굴러만 가는가. 주월은 짧은 한숨을 내뱉은 후에 고개를 돌렸다. 조용히 눈을 감고 잠을 자고 있는 진현을 살짝 돌아본 그는 거친 숨을 고르는 카리안을 향해 낮은 목소리로 말했다.

 "그 얘기는 그만 하자. 어찌 되었든 간에 네가 날 찾아온 목적은 따로 있으니. 여기서는 곤란해. 나가서 이야기하는 것이 좋겠다."

 카리안은 아무런 말 없이 등을 돌려 먼저 방을 빠져나갔다. 삐걱거리는 나무 흔들리는 소리가 귀를 거슬리는 가운데 주월은 말없이 진현을 보았다. 이상하도록 서글픈 미소가 잠시 그의 입가에 걸렸다. 그러나 그는 더 이상의 행동은 하지 않은 채 카리안을 따라 방을 나섰다.

조용히 방문이 닫히고 나서야 진현은 눈을 뜰 수가 있었다. 카리안, 저 녀석을 여기서 볼 줄은 몰랐는걸 하고 짧게 중얼거린 진현은 휘둘리는 듯한 머리를 애써 진정시키며 몸을 일으켰다. 주월에게는 항상 감사하고 있다. 언제나 자신의 약한 모습을 모두 받아주는 그에게는……. 그리고 자신의 동생이지만 반대로 자신을 죽이고 싶도록 증오하는 카리안에게는 미안한 마음이 조금은 남아 있었다. 아주 조금이었지만, 그것은 그의 어머니를 죽인 사람으로서의 약간의 죄책감, 그 이상도 그 이하도 아니었다.

차분히 아미를 짚으며 일어난 진현은 작은 창문 밖으로 펼쳐진 붉은 노을을 바라보았다. 아직까지는 아무것도 해서는 안 된다. 아직까지는, 자신이 할 수 있는 일을 해서는 안 된다. 그것은 아주 나중의 일…….

"형을 어쩌자고 여기에 데리고 온 거야? 어서 돌려보내."

"네 부하 때문에 어쩔 수가 없었다. 그것은 그렇고 대체 마신은 무엇을 바라는 거냐? 그런 말을… 진현이 들으면 이 모양이 될 거라는 것을 알고도 그렇게 말하도록 시키다니… 속을 알 수가 없군."

주월은 그렇게 말하며 혀를 찼고 카리안 역시 대답을 하지는 않았지만 고개를 끄덕이며 긍정의 뜻을 표했다. 천천히 손을 뻗어 자신의 앞에 놓인 찻잔을 입가에 가져다 댄 카리안이 조용한 목소리로 말했다.

"그분의 뜻을 알고 있는 녀석은 아무도 없다. 아무에게도 마음을 열지 않는 것이 그분이니까. 아니, 유일한 사람이 있다고 한다면 그건 형이겠지."

카리안을 그렇게 말하며 하얀 자기 찻잔에 담긴 홍차를 한 모금 삼켰다. 그런 그를 보며 주월은 실소를 머금을 수밖에 없었다. 그렇게 죽이고 싶다고 말해도 아무리 자신의 어머니를 죽인 자라고 해도 꼬박꼬박 형이라는 호칭은 결코 잊지 않았다. 오랜만에 그를 보아서일까? 어쨌거나 그는 진현의 배다른 동생이었고 한때는 너무나도 사이가 좋은 형제였다. 어쩌면 그들의 아버지만 아니었어도 그들은 지금도 사이가 좋았을지도 모른다.

이미 지나간 일을 후회해 봤자 소용이 없는 것. 주월은 한 팔을 탁자 위에 걸친 채 턱을 괴었고 잠시 생각하는 표정이 되었다. 열어놓은 창문을 통해 차가운 바람이 흘러 들어왔다. 주월은 문득 생각난 것이 있다는 어투로 흘러가듯이 입을 열었다.

"한 가지 궁금한 것이 있는데, 너는 왜 늘 하얀 옷만 입는 거냐?"

카리안은 고개를 살짝 들고 눈을 가늘게 떴다. 왜 그런 것을 물어보냐는 눈빛이었지만 주월은 어깨를 으쓱일 뿐이었다. 짧게 한숨을 내쉰 카리안은 찻잔을 접시 위에 내려놓으며 퉁명스러운 목소리로 답했다.

"별 이유는 없다. 그냥 흰색이 좋아서일 뿐이야."

어둠에 몸을 묻고 그것을 사랑해야 하는 자가 흰색이 좋다고? 거짓말을 해도 너무 티가 나게 한다 싶은 그의 말에 주월은 고개를 끄덕였다. 그것이 아닐 것이다. 흰색은 진현이 즐겨 입었던 옷이었으니까. 마족이었을 그때에 진현은 늘 흰색을 입고 다녔다. 그리고 그 다음 생인 신족으로 있을 때에는 반대로 검은색 옷만을 입고 다녔었지. 그래서 그는 항상 그 무리 속에서 유별나게 튀었었다.

카리안을 형을 사랑하고 있다. 형을 형으로서 인정하고 그 아름다움과 강함을 한 남자로서 존경하는 사람이었다. 하지만 왜인지 진현은 카리안의 어머니를 자신의 손으로 죽였고 마족을 버리고 마계의 배반자가 되었다. 그 이유는 아직까지 아는 사람이 없었다. 주월 그 자신도 아직은 그 확실한 이유를 알지 못했다. 다만 그것이 진정으로 어쩔 수 없었던 일이었다는 것 말고는. 그렇게 해서 카리안은 어머니를 잃었고 동시에 형까지 잃는 결과를 낳게 되었다.

사랑하는 사람을 사랑하는 사람에게 잃어야만 했던 것이다. 주월이 그런 생각을 하는 동안 카리안이 다시금 입을 열었다. 새하얀 머리카락이 바람에 흔들렸고 불빛을 받은 그것은 마치 은실처럼 반짝였다.

"데저티드Deserted 드래곤들의 동향을 살펴보았다. 이 일에 개입을 해서는 안 되지만 알아본다고 해서 누가 될 것은 없겠지. 어쨌거나 지금 그들은 신족과 마족, 그리고 드래곤 족과도 전면전을 행할 모양이야."

"미친 짓이로군."

"그래, 그렇지만 그들은 믿는 구석이 있는 것 같아."

"무엇을?"

진지한 얼굴로 되묻는 주월을 보며 카리안은 목소리를 낮추고 대답했다.

"테펜 페 에-디브 비 세크."

어깨를 흠칫 떤 주월은 당황한 얼굴로 카리안을 보았다. '테펜 체 에-디브 비 세트'라니. 그것이 아직도 존재하고 있었나. 그 예전 마신이 단독적으로 일으켰던 전쟁으로 소실되었다고 들었는데. 무엇이든 알고 무엇이든 볼 수 있는 주월로서는 도무지 이해할 수가 없었다. 약간의 당황스러운 얼굴을 하고 있는 주월을 향해 카리안은 한숨을 내쉬었다.

"그 예전 대현자 예레미야가 남겼던 고대의 예언서이지. 그가 예언했던 것은 모두 들어맞을 정도라고 했어. 물론 지금은 그것이 소실되었지만 어찌 된 일인지 사본이 남아 있다고 한다. 그리고 정말로 우연스럽게도 그 사본이 데저티드 드래곤 족에게 들어갔다는 정보다."

"…귀찮아지겠군."

주월은 한 손을 들어 골치가 아파오는 이마를 짚었다. 그것은 차라리 없으니만 못한 예언서였다. 그 예언서는 예레미야라는 현자가 자신의 목숨을 바쳐서 미래를 보고 그것을 적어놓았다고 하는 책. 그 책을 읽은 사람은 말할 것도 없이 미래를 알게 되는 셈이었다. 다행히도 그 예언이라는 것이 시처럼 추상적인 단편들이라는 것과 그것을 해석해서 풀이할 수 있는 자 역시 드물다는 것. 그것만은 다행이라고 생각해도 되는 문제였지만 책 자체가 데저티드 드래곤들에게 넘어간 것은 크나큰 문제가 아닐 수 없었다.

그들은 다른 드래곤들에게 버림받은 존재들. 영원히 인정받지 못하고 그 강대한 힘과 더불어 어둠에 묻혀 살아야 하는 존재들이었다. 그들은 수가 많은 것은 아니지만 다 드래곤보다 강대한 힘을 가지고 있었고 무엇보다 현재 증오의 힘에 의해 움직이고 있었다. 드래곤들에 대한 증오와 마찬가지로 그들을 도와 자신들을 몰아세웠던 신족과 마족에게도 적대심이 가득한 종족이었다. 만약 그들이 예언서의 내용을 풀고 해석을 했다면 그것을 이용하여 세계를 어찌할 수도 있었다. 일어날 일을 일어나지 않게 만드는 일도 가능한 것. 미래는… 바꿀 수가 있다.

카리안은 별다른 표정의 변화 없이 차분하게 찻잔에 남아 있는 홍차를 모두 털어 마신 후에 입을 열었다.

"잘은 모르겠지만 이번 일에 네 도움이 필요하다, 삼계三界를 통틀어 가장 훌륭한 솜씨를 가지고 있는 연금술사鍊金術師인 네 힘이."

"마계에서는 빼앗기로 결정이 난 모양이로군."

"다른 종족들 모두가 그렇게 합의를 본 것으로 알고 있어. 얼마 전 소집 회의가 있었다. 드래곤 족들과 신족 모두가 그 사본을 빼앗아 소멸시키는 쪽으로 결정을 보았어."

주월은 깍지를 낀 손에 자신의 턱을 올리고 생각을 정리해 보았다. 확실히 그것은 옳은 결정이다. 미래가 정해진 책이라는 것, 적혀진 미래대로 운명이 굴러 나간다는 것… 사실 이것은 굉장히 우스운 일이었다. 정해진 대로 미래가 흘러 나간다… 정말로 우습지 않은가. 그렇게 가만히 생각을 할 즈음 카리안이 다시 말했다.

"나도 하나의 시는 알고 있다."

"응?"

주월은 고개를 들고 카리안을 뚫어져라 응시했다. 카리안은 아까 와인에 젖어버린 흰색의 벨벳 장갑을 벗어서 대충 놓아두었다.

"아주 예전에 내가 어렸을 적에 어머니께 들었던 시이지. 그분께서는 어떻게 알았는지는 모르겠지만 하여간에 들은 것이 있다. 이 시는… 너에게도 굉장히 흥미로울 수도 있겠어."

"무슨 시인데?"

"『잃어버린 세계』."

당황하지 않을 수가 없었다. 그 말이 무엇을 지칭하는지 주월은 잘 알고 있었으니까. 그는 눈을 동그랗게 뜨며 카리안을 보았다. 그리고 카리안은 기다렸다는 듯이 단조로운 음색으로 말을 해 나갔다.

「선택되어진 자들이여…
그대들의 앞에는 알 수 없는 미로가 실타래처럼 얽혀져 있지만…

그것도 그대들의 운명인 것을…….
얽혀져 있는 것을 손끝으로 풀려 하지 마라.
풀리지 않음 역시 운명이니.

얼음 같은 마음속에 갇혀진 것은 불꽃과도 같은 강인함.
미소를 머금은 바람은 모든 것을 감싸는 자의 숨결.
쓰라린 미소 속에 감추어진 욕망은 칼날 같은 침착함.
어디에도 구속되지 않는 물결은 파란 거울이 되리라.

어둠이 도래해 세상을 뒤덮을 때
그것을 막을 수 있는 열 개의 구슬.
구슬들은 모여서 하나의 나무가 되어
세계를 떠받칠 것이다.

하나는 2개가 되고 2개는 다시 하나가 되리라.
찢겨진 길을 하나로 만들어
그대들이 원하는 것을 손에 넣으라.
지혜가 있는 곳에 힘이 있으리라.
바라지 않는 소망을 바라지 말라.
이루어질 소망을 이루지 말라.
두 손에 쥐어진 것은 검이 아닌 바람.

잊지 말지어다, 선택되어진 자들이여.
그대들과 같은 운명의 길을 걸어야 할 자들의 손을 잡으라.

핏줄로… 그리고 별의 운명으로써 같은 운명에 맺어진
이들을 찾으라.

그리하여 구슬들이 모두 모였을 때
바람이 인도하는 곳으로 가서…
그대들이 구하는 것을 얻으라.
자신의 믿음과 소망과 바램… 그것들을 위하여 싸운다면
그대들이 구하는 것은 얻어지리라.」

그리고 카리안은 입을 다물었다. 멍하니 자신을 쳐다보는 주월을 향해 카리안을 어깨를 으쓱거리며 퉁명스럽게 말했다.
"뜻은 나도 몰라."
하지만 주월은 이미 카리안의 말을 듣고 있지 않았다. 그는 방금 들었던 시를 입으로 중얼거려 가며 퍼즐을 끼워 맞추듯이 생각을 짜내고 있었다. 선택되어진 자들? 그것은 이번에 『잃어버린 세계』에서 각각의 종족에 의하여 선택되어진 이들을 말하는 것이다. 알 수 없는 미로는 운명. 그 다음 네 개의 문장. 이것은 무엇일까?
"…네 개의 속성을 가진 이들. 말 그대로 선택되어진 자들을 지칭하는 말일 거다."
"……!"
갑자기 들려온 목소리에 화들짝 놀란 카리안이 자리에서 일어났다. 그리고 그의 표정이 새파랗게 지리는 것은 순간의 일이었다. 목소리의 주인공은 지금껏 잠을 자고 있는 줄 알았던 진현이었다. 그는 힘없는 미소를 지으며 거대한 나무문에 기대어 그렇게 서 있었다. 너무 대화에 집중했던 탓일까. 두 사람은 진현이 그렇게 있었다는 사실조차도 모르고 있었던 것이다. 검은 셔츠 자락을 편하게 늘어뜨리고 있던 진현은 팔짱을 낀 팔을 천천히 풀며 머리카락을 쓸어 넘겼다. 다시 원래의 그로 돌아와 있었다.

뭐가 「원래」인지는 아무도 모른다. 다만 그는 지금 평상시 그가 다른 사람들 앞에서 보였던 모습으로 돌아와 있었다는 말이다. 어쨌거나 진현은 얼마 전까지만 해도 눈물을 흘렸던 사람이라고는 믿어지지 않는 얼굴을 하고 있었다. 눈이 충혈되거나 붓거나 하지도 않았고 그 입술에는 약간은 오만해 보이는 미소마저 보였다. 카리안은 당황한 얼굴로 그를 보았고 너무 긴장한 나머지 한 발자국 뒤로 물러서야만 했다. 하지만 진현은 그에게 신경을 쓰지 않았다.

주월은 약간은 씁쓸한 얼굴로 진현에게 물었다.

"어디서부터?"

"카리안이 말했던 '그분'에서부터일까."

"처음부터 다 듣고 있었군."

"자의가 아니었어."

"…계획적이었군."

"부정하지는 않겠어."

그렇게 말하며 싱긋 웃은 진현은 천천히 걸어와 주월의 옆 의자를 끌어다 앉았다. 하지만 카리안은 아직까지 질린 얼굴은 한 채로 진현를 쳐다보고 있었다. 주월이 마시다 남긴 찻잔의 홍차를 홀짝 하고 마신 진현이 곁눈질로 카리안을 보았다. 사실 평상시의 그라면 카리안을 보자마자 냉대했거나 무시했을 것이다. 그러나 지금 진현은 마음이 조금 늘어진 상태—느긋하다고도 할 수 있고 여유로운—였기 때문에 별달리 싸우고픈 마음은 없었다.

그리고 어찌 되었거나 수백 년 만에 만난 동생이었다.

"언제까지 그렇게 서 있을 거지?"

순간 그 말이 자신에게 한 말인지도 모를 정도로 긴장한 카리안이 되물을 새도 없이 진현은 의자 등받이에 몸을 기대며 카리안을 응시했다. 그리고 그때 카리안은 숨이 멎을 뻔했다고 생각했다. 변한 것은 아무것도 없었다. 그 오만해 보이기까지 하는 기품과 아름다움, 그 강함까지도 그때의 그와 똑같았다. 변한 것이 있다면 현재 지금 그가 가지고 있는 몸뚱이는 인간의 것이라는 것과 머리카락 색 정도.

예전에 검은 머리카락과는 반대로 환한 빛처럼 밝은 금발을 보며 카리안을 숨을 삼켰다. 그리고 천천히 자신을 다잡으며 자리에 앉았다. 뻣뻣하기 그지없는 동작이었지만.

"여기서는 싸움을 금지하겠어. 너희 두 녀석이 싸우면 남아나는 것이 없거든."

"…저번 생에 네가 만들었던 키메라Chimaira를 실수로 죽였던 것을 아직까지 마음에 남겨두고 있는 것은 아니겠지?"

카리안은 그런 일이 있었던가 하는 표정이 되었지만 주월은 다시금 옛 생각이 난다는 식으로 주먹을 불끈 쥐었다. 그 기세가 어찌나 흉흉했던지 카리안은 순간 움찔했고 진현은 내 저럴 줄 알았다는 표정으로 주월을 쳐다보았다. 하여간에 속은 좁아가지고 그런 것을 아직까지 기억하고 있다니 하는 생각을 속으로 할 때 주월이 중얼거리는 음성으로 말했다.

"그것을 만든다고 내가 얼마나 고생을 했는데… 싸우려면 지들끼리 나가서 싸울 것이지… 남의 성까지 찾아와서는 대판 헤집어놓고 그렇게 사라졌지. 그 당시에 키메라 말고도 성의 3분의 1은 완전히 대파되는 바람에 그것 고친다고 돈이 얼마나 들었는 줄 아냐? 그 키메라는 두 번 다시 못 만들 걸작품이었다고!"

"내가 보기에는 별것 아니던데. 외관상으로도 별로였어. 사자의 상반신에 말의 하반신, 거기다가 박쥐 날개에 뱀 꼬리. 머리는 사자와 유니콘Unicorn이더구만. 미적 감각이 떨어져, 넌. 생각해 보니 그 다음에는 네가 내 별궁까지 찾아와서 난리를 벌이고 갔잖아. 폭발물 실험은 너희 성에서나 하지 남의 집까지 가지고 와서는 그 많은 골동품에다가 유물들을 모두 다 날려먹고. 그거야말로 세기에 남을 만한 보물들이었단 말이다!"

···전생을 기억하고 있으면 이런 것이 좋지 않은 모양이다. 예전에 쌓아두었던 원한까지 다 끄집어내서 따지고 드니. 중간에 낀 카리안은 조용히 한숨을 쉰 후에 찻잔을 들고 헛기침을 내뱉었다.

"지금 문제는 그것이 아니잖아."

"나중에 두고 보자."

"나야말로. 쳇."

"……."

다시 원래의 요점으로 돌아오는 데에는 그로부터 조금의 시간이 더 지난 후였다. 카리안은 두 손을 깍지 끼며 몸을 앞으로 숙였다. 탁자에 팔을 걸친 그는 다시 진지한 분위기로 돌아가기 위해 노력하는 느낌이 물씬 풍겨 나오는 목소리로 말했다.

"얼음 같은 마음속에 불꽃과도 같은 강인함은··· 형을 말하는 건가 보군."

"정말로 예레미야는 대현자였나 봐."

대현자의 시 277

"무슨 뜻이냐, 주월?"

자신을 노려보며 말하는 진현을 향해 주월은 어깨를 으쓱거려 주었다. 확실히 얼음 같은 마음속에 불꽃 같은 다혈질 정신이 깃들어 있기는 하지. 진현이 들었다면 지금 이 순간에 주먹 내지는 발길질이 날아올 생각을 한 주월이 입을 열었다.

"그렇다면 그 다음 문장, 미소를 머금은 바람은 모든 것을 감싸는 자의 숨결이라는 것은 현홍인가?"

"아마도… 아니, 확실히. 그리고 쓰라린 미소 속에 감추어진 욕망은 칼날 같은 침착함은 우혁을 말하는 거야."

카리안이 진현을 보며 물었다. 확실히 공과 사는 구별할 줄 알아야 할 문제이다. 그는 진현에 대한 감정을 완전히 배제한 채―증오나 복수심과 같은―정말로 자신의 형에게 하는 말과 같은 어투였다. 아마도 그것은 그가 바랬던 것이리라.

"그는 드래곤 족이 선택한 자이지?"

진현은 살풋 웃으며 고개를 끄덕였다. 정말로 이렇게 있으면 아무런 문제가 없는 형제 같아 보였다. 하지만 두 사람은 알고 있을 것이다. 지금 이 순간, 이 의논이 끝남과 동시에 원래대로 돌아갈 것이라는 것을. 그리고 그들은 차라리 그게 더 편했다. 진현이 조금이라도 더 카리안에게 냉정하고 차가워지려는 것은 차라리 자신을 미워하라는 마음의 표시였다. 카리안 역시 그 마음을 아는지는 모르겠으나 자신의 마음에 충실한 자였다.

"네 번째의 문장은 정령족에게 선택된 아영을 지칭하는 것이겠군. …그런데 정령왕도 참 운도 지지로도 없는 녀석이지. 요즘 능력 되는 자가 그리도 없었나?"

"말 그대로 예레미야가 예언한 그대로 돌아간다는 증거 아니겠어? 어떻게 몇만 년 전에 이것들을 다 맞힐 수 있었는지 정말로 궁금해."

"그러니까 대현자이겠지. 하지만 난 목숨과 바꿔서까지 미래를 알고 싶은 생각은 없어."

"뭐, 문제는 여기서부터야."

카리안은 탁자 위에 놓인 종이 더미 중 하나에 천천히 자신이 말했던 예레미야의 시 구절을 적어 내려갔다.

"방금 말한 부분까지는 사람을 지칭하는 구절이었으니까 알아맞추기가 쉬웠지. 하지만 그 다음이 문제야. 어둠이 도래해 세상을 뒤덮을 때 그것을 막을 수 있는 열 개의 구슬. 구슬들은 모여서 하나의 나무가 되어 세계를 떠받칠 것이다……. 뭔지 알겠어?"

주월은 곰곰이 고민하는 표정으로 턱을 괴었고 진현은 팔짱을 끼며 고개를 숙였다. 깊이 생각에 잠긴 주월은 조용히 입으로 중얼거렸다.

"어둠이 도래해… 이것은 위험이나 종말의 계시이겠지. 그것을 막을 수 있는 열 개의 구슬. 구슬? 보물일까. 구슬들은 모여서 하나의 나무가 되어… 나무? 나무가 되어서라고?"

"세피로트."

"뭐?"

"세피로트의 나무."

주월은 멍한 눈으로 말을 꺼낸 진현을 보았다. 그러나 진현의 얼굴에는 별다른 감정이 실려 있지 않았다. 그저 입속에 들어 있던 말을 꺼내놓은 사람처럼 보였다. 카리안은 그가 말한 세피로드와 시 구절을 접목시켜 보다가 알았다는 식으로 탄성을 내질렀다.

"맞아! 세피로트를 구성하는 것은 10개의 세피라Sefira야. 그리고 그것은 세피로트의 나무를 상징하는 도안으로 보면 확실히 구슬이지! 그렇다면 이것이 뜻하는 바는?"

"열 개의 구슬을 모아야 한다는 말이지. 그것이 정말로 구슬인지, 아니면 살아 있는 생명체인지는 알 수가 없지만."

"내 생각에는 사람일 것 같아."

주월은 뭔가 불확실하지만 나름대로 생각을 가지고 말을 해 나갔다.

"음, 세피로트의 나무가 상징하는 바를 보자고. 인간은 세피로트의 제일 아래의 상징인 말쿠트에 존재하고 있지. 그리고 22개의 길을 따라 구슬들을 하나씩 얻어가면서 정신적 수양을 거듭해 나가야 해. 여기서 구슬은 분명 뭔가가 뜻하는 바를 가지고 있어. 예를 들어 말쿠트는 왕국을 의미하고 제일 상천위인 케테르는 왕관을 의미하지. 그러니까 그런 의미를 가진 사람을 찾으라는 말이 아닐까?"

"그럴듯해."

진현을 진심으로 그렇게 생각했다. 확실히 그럴듯한 생각이었다. 여기서 구슬이라는 것은 10개의 세피라가 가진 의미를 지니고 있는 사람은 은유적으로 표현한 것일 수도 있다. 하여간에 예언자라는 사람들은 말을 빙빙 돌리면서 하는 취미가 있다니까라고 생각한 진현은 한 손으로 어깨를 주무르면 피곤한 듯이 고개를 좌우로 까닥거렸다.

"세계를 떠받친다는 것은 위험에서 세계를 구한다는 의미가 되겠지. 그런데 이 예언이 그대로 된다면 이것, 멸망하지 않는 것 아냐?"

"응?"

"맞잖아. 하나의 나무가 되어 세계를 「떠받칠 것이다」라고 단정 지어 말했어. 세계를 떠받칠 수 있을 것이다라고 하는 것이 아니라 확정형으로 말했다 이거야. 그것은 그자가 미래를 보니까 열 개의 구슬이라는 그 사람들이 모여 세계를 구하는 것을 본 것 아냐."

"어, 생각해 보니 정말이로군."

진현과 주월의 대화를 들으며 카리안을 고개를 저었다. 의아한 눈으로 자신을 보는 두 사람에게 카리안은 불안한 어투로 조용히 말했다.

"그렇다면 정말로 큰일이야."

주월은 그를 빤히 쳐다보다가 곧 손바닥을 탁 하고 마주쳤다. 그의 표정에도 역시 불안감이 떠오르기 시작했다. 진현은 잠시 동안 생각을 하더니 고개를 푹 숙이고 이마를 손으로 짚었다. 그렇다, 그 사본이 지금 누구에게 들어가 있는가. 마족도 아니고 신족도 아니고 지금 현재 이 세계 자체를 미워하는 종족인 데저티드 드래곤 족의 손에 들어가 있는 것이었다. 미치겠군 하고 짧게 중얼거린 진현은 슬슬 지끈거리는 한쪽 이마를 검지손가락으로 꾹꾹 눌러댔다.

데저티드 드래곤들이 이 사실을 알았다면 분명 그 열 개의 구슬을 상징하는 사람들을 찾을 것이다. 그들이 없다면 세계는 정말로 『잃이 버린 세계』가 되어버릴 테니까. 그리고 다시 새로운 생명이 태어나고 뿌리를 피울 때까지는 오랜 시간이 걸릴 것이다. 데저티드 드래곤들은 그 사람들을 찾아서 아마도 없애겠지. 확실한 방법을 좋아하는 것은 누구나 마찬가지일 테니까.

하지만 그 세계는 분명 멸망을 한다. 그게 언제가 되느냐에 따른 시기적인 문제일 뿐이다. 한데 데저티드 드래곤들은 무엇을 바라는 것일까. 세계의 멸망을 바란다고는 생각할 수 있다. 그들을 몰아낸 것은 여러 종족이며 그들은 세계를 이루는 구성원, 즉 세계 그 자체라고 볼 수 있다. 하지만 그것 가지고는 뭔가 설득력이 부족하다. 멸망하는 것은 인간뿐이다. 이곳에 살고 있지 않는 신족이나 마족에게는 별다른 타격이 가지 않는다… 가 아니군.

마족은 인간들을 유혹하며 살아간다. 신족 역시 마찬가지이다. 자신들을 믿어주지 않는 인간들이 없다면 그들의 주축이 흔들리는 것. 데저티드 드래곤들은 그것을 바라는 것일까? 확실한 것은 아무것도 알수가 없었다. 그저 막연한 추리이며 생각일 뿐. 카리안은 슬쩍 진현을 보며 퉁명스럽게 말했다.

"형도 그들의 목표가 되겠군. 안됐어."

진현은 잠시 눈을 깜박거리더니 피식 하고 웃어버렸다.

"너는 내가 그들에게 질 것이라고 생각하는 거냐? 오랜만에 날 봐서 판단이 흐려진 것 같군."

"…전생의 기억이 있다고는 해도 어차피 지금은 인간이야. 데저티드 드래곤들과 싸워본 적 있어?"

뚱한 표정의 카리안에게 진현은 고개를 저어 보였다. 그러나 카리안은 시니컬한 미소를 입가에 올리더니 찻잔을 들었다.

"그럴 줄 알았어. 데저티드 드래곤을 우습게 보지 마. 그들은 조금 머리가 나쁜 편이라고 할 수 있지만 그것은 어렸을 적의 습득 능력을 말하는 거야. 다 큰 데저티드 드래곤은 레드 드래곤Red Dragon과 능력이 비슷해. 아니, 그 이상이라고 할 수 있지. 덩치도 조금 더 크고, 그렇게 강한 능력을 가지고 있어서 그들은 추방당했어. 성격도 잔인하고 난폭하거든."

"그래서?"

"뭐, 조심하지 않으면 당할 수도 있어."

주월은 무심한 표정이었지만 두 사람의 대화는 주의 깊게 잘 듣고 있었다. 진현은 어깨를 으쓱거렸다. 차가워진 바람 때문에 싸늘함을 느낀 진현이 고개를 돌려보았다. 붉은 석양은 어느새 검게 물들어갔다. 이른 감이 있는 어둠이 대지 위에 깔렸고 별들은 하나둘씩 고개를 내밀었다. 대현자 예레미야의 시는 단단히 기억해 둘 필요가 있겠어 하고 생각한 진현은 포트의 홍차를 잔에 따랐다. 약간 식어 있었지만 그럭저럭 마실 만했다.

후룩 하고 작은 소리를 내며 홍차를 한 모금 삼킨 진현은 차분히 숨을 골랐다. 어차피 멸망이 예언된 세계에 대한 구원이라? 하지만 그것은 분명했다. 자신의 눈으로 자신이 살던 세계가 멸망하는 꼴을 보지 못할 것 같다는 것. 아영이 말했던 대로 최소한 자신이 살아갈 때는 멸망하는 것을 보고 싶지 않다. 이기적이라고 해도 좋다. 그것은 분명한 사실이니까.

외전外傳
아주 오래전의 기억

아주 오래전의 기억

"보좌관께서는 어디로 가셨는가?"
천계의 상층부. 일반석인 천사로서도 감히 우러러보지 못하는 신이 계신 곳에 가장 가깝게 닿아 있는 곳. 빛과 아름다움만이 존재하고 영원이라는 단어가 가장 잘 어울리는 곳이기도 하다. 차가움과 어둠은 존재하지 않으며 신이 존재한 이래로 이곳은 언제나 안온함만이 가득했다. 그리고 앞으로도 그럴 것이다. 끝이 보이지 않을 정도로 넓은 공간에 펼쳐진 것은 평원이었다. 어느 곳에서도 볼 수 없는 아름다움과 자연의 편안함이 지금 이곳에 있었다.
초원에는 종류를 알 수조차 없는 수만 가지 꽃들과 나무들이 어우러져 있었고 바람은 그들의 곁을 스쳐 지나가며 하늘로 솟구쳤다. 하늘에는 태양이 없었다. 그러나 빛 그 자체인 이 공간은 태양이 없어도 어디선가 빛이 내리비쳤고 그것은 온 대지를 밝혔다. 코끝을 간지럽게 하는 냄새는 꽃 향기와 식물들, 자연의 향기였다. 귓가에 들리는 소리는 자연 그 자체가 연주하는 악기 없는 연주곡. 그리고 종종 들려오는 천사들의 아름다운 음악 소리도. 대지 위를 걷고 자연의 계절을 느끼며 짧은 일생을 살아가는 생명체들은 수만 번의 죽음을 겪어도 모를 그런 장소.

그러나 이상하게도 이곳을 표현하는 글과 그림들은 많았다. 상상이라는 이름의 선물을 인간들은 너무나도 잘 이해했고, 그리고 표현했기 때문이다. 상상과 꿈. 이것은 어쩌면 인간이라는 생명체에게만 주어진 신의 가장 큰 선물이 아니었을까 한다. 초록의 대지 위로 단 하나의 건물이 존재했다. 그것은 신을 받드는 천사들의 거주지. 제1천의 유일한 건물.

그것의 높이는 고개를 꺾어서 볼 범주를 넘어섰다. 아마도 모른다. 땅 위에 누워서 본다면 조금이나마 볼 수 있을지, 그것의 끝을. 마치 그 옛날, 조금이라도 신과 가깝고 신과 비슷하게 되려고 했던 인간들이 쌓았던 바벨탑이라는 것의 위용이 이것과 비슷할 것 같았다. 하지만 그것이 결과적으로 불렀던 참극과는 달리 이 건물은 그저 거주를 위한 것일 뿐 그 이상도 그 이하도 아니었다. 그들은 잘 알고 있었다. 아무리 높게 지어도 그 어떤 것도 신과 닿을 수 없다는 것을. 신을 만나볼 수 있는 것은 오로지 소망素望, 아무것도 바라지 않은 하얀 마음으로 신을 바라는 그것뿐.

넓게 펼쳐지는 대지를 내려다보며 한 존재가 서 있었다. 붉게 아래로 이어지는 머리카락, 그리고 새하얀 옷자락이 스치는 소리가 마치 하나의 음악과도 같이 들렸다. 그를 이루는 것은 불꽃. 그 이름과도 같이 붉게 타오르는 아름다운 꽃과도 같은 모습이었다. 어찌 이를 표현할 수 있을까. 등 뒤로 보이는 4장의 날개는 불꽃의 빛 때문에 마치 붉게 젖어 있는 모습처럼 보였다. 그것이 저 무표정한 얼굴과 잘 어울리는지 아는 자는 알고 있었다. 그는 전사들 중에서 피와 가장 밀접하게 관계가 있는 자였으니까.

이마의 붉은 인印은 그를 뜻하는 것. 머리 위로 보이는 선명한 붉은색의 기하학적인 도형은 오레올Aureole이라고 하는 최상급의 천사들에게만 주어지는 일종의 계급의 표시였다. 이 문양은 모든 천사들이 다르며 그것은 천사 그 자체를 상징했다.

금실이 화려하게 수놓아진 천을 팔에 걸치고 있는 그에게 또 다른 존재가 고개를 숙여 보였다. 이곳은 비록 계급에 따른 상하 관계는 없지만 천사마다 주어진 임무에 의해 중요도가 달라지기 때문에 예를 갖추는 것은 당연했다.

"보좌관께서는 현재 최하층 도서관에 계신 것으로 알고 있습니다. 하요트님께서 오시었다고 연락을 드릴까요?"

금색의 머리카락이 아름다웠지만 그는 분명 그리 높은 계급의 천사가 아니었다. 물론 다른 층의 천사들에 비하면 한없이 높은 자이기는 했지만. 공손히 말하는 그를 보며 하요트는 살며시 한 손을 올렸다.

"됐네. 내가 가도록 하지."

그는 아래로 보이는 풍경에 식상했다. 존재하면서 지금까지 단 한 번도 변한 적이 없는 풍경이었으니까. 물론 하요트, 그가 다른 천사들에 비해 조금은 다른 생각을 가진 이라는 것이 문제였기는 하지만 말이다. 천천히 발을 움직여 아래로 내려갔다.

온갖 보옥으로 꾸며져 있지는 않았다. 그것은 물욕의 세계에서나 아름답다고 통용되는 것들. 이곳은 그저 하얗고 고고해 보이는 대리석으로 이루어진 건물일 뿐이었다. 종종 보여지는 아름다운 조각과 장식품들이 눈길을 끌었다. 천사들은 인간들에 비하여 확실히 뛰어난 솜씨를 가지고 있었다.

옷자락이 스치면서 떨어지는 불꽃의 파편들이 그가 지나온 길을 환하게 밝히다가 불씨처럼 사그라졌다. 하요트는 문득 걸음을 멈추고 계단 아래쪽의 풍경에 고개를 돌렸다. 아직 최하층으로 가려면 멀고 멀었지만 시간이라는 것에 재촉을 받지 않는 천사인 그는 여유롭기까지 했다. 계단에서 이어진 곳, 넓은 테라스에는 젊은 천사들이 모여서 이런저런 얘기를 나누고 있었다. 젊다기보다는 어리다고 할 수 있는 나이일까. 빛에서 태어나는 천사들은 나이를 먹는 것도 아주 느렸다.

죽지 않는 천사들이니 인구의 비례가 제대로 될 리가 없었다. 그렇기에 시간은 천천히 그들을 성숙하게 만들었고 새로운 천사들이 태어나는 것도 아주 드물었다. 저들은 수백 년 전에 태어난 아직은 어린 천사들, 그리고 아직은 좋은 때라고 생각했다. 그리고 하요트는 스스로 그런 생각을 하는 자신에게 살짝 비웃음을 띠어주었다. 자신이 인간같이 느껴졌기에. 요즘 너무 피로하게 지냈는가 하고 중얼거린 그는 계속 아래로 걸어갔다. 그리고 테라스를 스쳐 지나갈 때에는 그곳에 있는 모든 천사들이 하나같이 일어나 그에게 작게 목례를 취했다.

완벽하게 예를 취하는 법을 배우지 못해서 조금은 어색한 태도로 인사하는 그들을 보며 하요트는 조금 손을 들어 올리는 것으로 인사를 대신했다. 그들은 하요트를 알고 있었다. 성스러운 천상의 짐승이라 불리며 그가 행해온 일들을 모를 리가 없었기 때문이다. 그렇기에 아직 어린 천사인 그들은 하요트가 내려간 계단을 슬쩍 보면서 자리에 앉지 못했다. 탕탕거리는 울림이 계단 저편으로 사라질 때까지 하요트의 불꽃의 빛은 줄어들지 않았다.

"으아, 하요트님이시다!"

"나, 난 말씀은 많이 들었지만 처음 보는걸."

"소문대로 굉장하다! 저 불꽃 좀 봐. 가까이 가면 타버릴까?"

하요트는 그 명성만큼 어린 천사들에게는 조금은 두려운 대상이었다. 그것은 무뚝뚝하고 잘 웃지 않으며 항상 무표정한 자세로 일관하는 그의 평상시의 생활과도 조금은 관련이 있었다. 그들이 어찌 생각하든 간에 하요트는 어느새 최하층에 도달할 수 있었다. 최하층은 천사들의 지식의 보고라고 할 수 있는 도서관이 있는 곳이었고 그 도서관에는 지상에 있는 모든 지식들이 수록되어 있는 책들이 있었다. 어린 천사나 보통의 천사는 이곳에 접근조차 허용되지 않았다.

최하층이고 대지의 밑으로 조금 더 들어오는 지하라고 할 수 있지만 여전히 밝기의 비율은 지상과 비슷했다. 아니, 완벽할 정도로 같은 밝기라고 해도 과언이 아니었다. 인간들의 도서관이라면 조금은 칙칙하고 낡은 느낌이 나는 곳이지만 이곳은 전혀 달랐다. 수십 미터에 이르는 도서관의 장대한 문에 하요트마저도 약간은 질리는 느낌을 받았다. 이렇게 무식할 정도로 커서 뭐에 쓴단 말인가. 거대한 문에는 엄청난 규모의 조각들이 장식되어 있었다. 신과 천사, 그리고 나락으로 떨어지는 타락 천사들. 나팔을 불고 북을 치며 노래하는 천사들을 보며 하요트는 픽 하고 작게 쓴웃음을 지었다.

뭐가 저리도 장대한가. 저 싸움에서 죽어 나간 천사들의 이름이나 적어놓으면 좋을 것이다. 전쟁이라는 것은 어차피 서로에게 막대한 피해가 오는 것이다. 아무리 좋은 장식으로 치장해 놓아도 거기가 거기인 것. 악마와 천사의 싸움도 인간과 별반 다를 바가 없었다. 오히려 더 더욱 치열했고 피로 물들어 더러워진 대지는 아직까지 복구가 되지 않는다. 수만 년, 수억 년이 지났는데도.

그 문에 조금 더 다가가자 나무로 된 작은 책상이 있었다. 작다고 말할 수는 없는 크기이지만 이렇게 거대한 문 바로 옆에 있으니 마치 장난감처럼 여겨졌다. 엄청난 양의 책들이 어지럽게 쌓여져 있었고 바닥에도 널려져 있었다. 이곳에서 이렇게 정리 정돈 안 하는 존재는 단 한 명뿐이다. 그런데 지금은 자리에 없었다.

"이런, 이런… 하요트님이시군요. 잠시만 기다려, 기다려 주십시오."

당황한 목소리가 들려 하요트는 고개를 돌렸다. 하지만 곧 미간을 살짝 찌푸릴 수밖에 없었다. 정말 천사 맞나라는 질문이 머리에 잠시 머물다가 사라졌다. 자신도 종종 천사와 인간의 차이점을 고심해 볼 때가 있었다. 어쨌거나 지금 그의 시선이 머문 그곳에는 거의 책으로 쌓여서 천천히—정확히 말하자면 비틀거리면서—걸어오고 있는 사람이 보였다. 그는 한 팔 가득 책을 들고 있었고 그 양은 엄청나서 얼굴을 보기가 힘들 정도였다. 너무 아슬아슬하게 쌓아 올려서 보는 이로 하여금 아찔하게 만들었다. 그의 등 뒤로 보이는 흰색의 투명한 네 장의 날개가 파르르 떨리는 것으로 보아 상당히 힘들어하는 듯했다.

그러나 하요트는 도와줄 생각을 하지 않았다. 왜냐하면 도와달라는 말을 하지 않았기 때문이다. 그를 지금까지 키워냈다고 할 수 있는 사람의 인격을 확실하게 알 수 있는 사상이었다. 누군가가 도와달라고 말하기 이전에는 도와주는 골치 아픈 행동을 하지 말자고 했던가. 어린 천사들을 가르치는 교육 계열의 천사가 들었으면 아마도 난리가 나지 않을까 싶다.

　가만히 팔짱을 끼고 비틀거리는 그 사람을 보고 있던 하요트는 뭔가 생각났다는 표정으로 그 특유의 높낮이가 없는 목소리로 물었다.

　"자네, 내가 보이는가?"

　"아, 아니오오……."

　하요트의 질문에 답을 한다고 잠시 크게 비틀거린 그는 다시금 자세를 잡고 책상 쪽으로 걸어갔다. 어떻게 저 방향으로 걸어가는지 신기할 정도였다. 하요트는 팔짱을 풀고는 한 손으로 턱을 괴며 다시금 물었다.

　"그렇다면 어떻게 난 줄 알았는가?"

　"에, 그것은……!"

　쿠당탕! 콰당!

　하요트는 눈을 살짝 감았다. 질질 끌리는 옷자락이 조금 위험해 보이기는 했다. 어설프게도 책을 껴안고 걸어가던 그는 결국 자신의 옷자락을 밟고 앞으로 코를 박고 넘어졌다. 어쩔 수 없이 작게 한숨을 내뱉은 하요트는 손을 내밀어 그의 몸 위로 쌓여진 책들을 치우기 시작했다. 흰 날개의 깃털이 사방에 날렸다. 손으로 대충 눈앞에 보이는 깃털들을 날린 하요트는 조심스럽게 넘어진 자의 손을 잡아 일으켰다. 모든 천사들이 그렇듯 남자도 아니고 여자도 아닌 어설픈 무성無性의 모습. 백금발의 머리카락이 인상 깊었다. 그리고 앞 머리카락에 가려져 자세히 신경을 써야 볼 수 있는 아이스 블루의 눈동자도.

　그는 한 손으로 이마를 짚은 후 비틀거리며 자리에서 일어섰다. 그는 사방에 널린 책들을 보며 골치가 아픈 듯 투덜거렸다.

　"이것 다 언제 치운담. 아, 이런 꼴 보여서 죄송합니다."

어투가 상당히 솔직하고 담백했다. 연한 아이보리 색 셔츠에 묻은 먼지들을 대충 털어낸 그는 생긋 웃으며 하요트를 반겼다. 별로 계급이 높아 보이지는 않았지만 이곳에 있다는 것 자체가 어느 정도 이상의 계급을 가진 자라는 증거였다. 그는 발꿈치까지 닿을 정도의 긴 백금발을 가지고 있었다. 그리고 어깨 넘어부터는 대충 땋아서 늘어뜨려 놓아 행동하기에 장애가 없어 보였다. 약간은 어눌해 보이는 미소와 소박한 모습에 하요트는 조금 거리낌을 느낄 수밖에 없었다. 그의 뒤에 테를 보아 확실히 계급은 높아 보였으나 알 수가 없었다.
이 느낌은 처음 느껴보는 것이었기에 하요트는 조금 거리감을 두면서 다시 조용히 질문을 던졌다.
"책에 가려 내 모습이 보이지 않았을 텐데… 날 어떻게 알았지?"
손을 탁탁 털고 있던 그는 하요트를 뚫어지게 쳐다보았다. 하요트는 조금 욱하는 기분이 되었으나 아무 말 없이 그의 대답을 기다렸다. 그러자 그는 배를 잡고 깔깔 웃기 시작했다. 엄청나게 넓은 공간이었기에 메아리는 없었지만 그의 웃음은 마치 이곳 건물이 웃고 있다고 느낄 만큼 커다랗게 들렸다. 하요트의 불꽃이 잠시 커다랗고 짙어졌다는 것을 그가 눈치 채지 못할 리가 없다. 하지만 그는 잠시 동안 더 큰 목소리로 웃었으며 하요트의 얼굴에는 그림자가 드리워졌다.
자신의 앞에서 이리도 경거망동한 행동을 하는 이는 없었다. 아니, 단 한 명만 빼고. 어찌 되었든 간에 하요트는 조금 기분이 이상해졌다. 묘한 느낌이 들었기 때문이다. 이자는 대체 누구길래 자신의 앞에서 예를 갖추지도 않고, 보지도 않았는데 자신의 정체를 알아맞춘 것일까. 조금의 시간이 지난 후 간신히 웃음을 멈춘 그는 눈가에 고인 눈물을 슥 하고 닦아냈다. 그러자 그의 눈물은 빛으로 화해졌다. 그는 짓궂어 보이는 미소를 지으며 하요트에게 말했다.

"왜 못 알아보겠습니까? 누구든지 당신을 처음 만나면 다 알 수 있는 것인데."

"뭐… 가?"

"당신의 아름다운 불꽃. 그런 불꽃을 가진 이가 이 천계에 또 있을 것이라 생각하나요? 그리고 당신이 가지고 있는 위압감이나 존재감 역시 그러합니다. 다른 이로서는 흉내 내지 못하지요. 어쨌거나 신계의 외곽을 수호하시고 수많은 악마족들이 두려워하시는 분이시니."

그런가 하는 표정의 하요트를 보며 그는 자신의 백금발 머리카락을 쓸어 넘겼다. 환한 표정이 기분 좋아 보이기는 했지만 보통의 천사가 가지고 있는 고아함과는 조금 거리가 있는 그런 느낌. 그것이 자신과는 별로 상관이 없다고 여긴 그는 쓸데없는 곳에서 시간을 보냈다고 생각했다. 목적을 이루는 것 외에 다른 곳에 눈을 돌리는 일이 아주 드문 그로서는 조금 특이한 일이었지만 하요트는 소용히 도서관의 문 쪽으로 발걸음을 옮겼다.

그러자 바닥에 떨어져 있는 책을 주우려던 그 천사는 고개를 들고는 잠시 하요트의 등을 바라보았다.

"보좌관을 만나뵈러 오셨나 보군요."

하요트는 뒤를 돌아보지 않은 채로 살짝 고개를 끄덕였다. 그는 조금 평상심을 잃은 것을 깨닫고는 혀를 찼다. 아직 많이 부족하다고 느끼며.

그그극.

웅장하다고 할 수 있을 법한 소리를 내며 문이 천천히 벌려졌다. 흘깃 뒤로 시선을 주니 한 손에 책을 든 사내가 다른 손을 살짝 허공에 휘젓는 것이 보였다. 이곳의 문지기 정도가 되는 것일까? 하지만 긴 생각을 하지 않은 채 하요트는 도서관의 안쪽으로 발길을 돌렸다. 문은 아주 조금 열렸다. 하지만 날개가 부딪치지 않은 상태로 들어가기에는 충분할 정도였다. 그리고 열렸을 때와 마찬가지로 문은 조용히 닫히기 시작했다.

문의 바로 안쪽은 말 그대로 거대한 도서관이었다. 이곳에 없는 책은 세상에 없을 것이다라고 말해도 좋을 정도로 엄청나게 많은 양의 책을 보며 하요트는 고개를 저었다. 인간이라면 평생을 걸려도 이곳에 있는 책의 만 분의 일도 못 읽을 것이다. 방이라고 부르기에도 엄청나게 거대한, 마치 광장 내지는 강당 몇 개를 붙여서 만든 것과 같은 이곳은 지옥의 만마전의 도서관과 더불어 가장 웅대하고도 거대한 도서관이었다. 전등 같은 것은 존재하지 않았다. 하지만 도서관 안은 대낮과도 같이 훤했다. 하나의 기둥과도 같은 책장들의 그림자만 아니라면 빛만이 존재할 것 같았다.

한 명이 간신히 올라갈 수 있을 법한 넓이의 계단이 곳곳에 있어서 위층으로 올라갈 수 있게 해놓았고 그 위로 또 계단이 존재했다. 종종 사다리 계단도 눈에 띄었다. 어딜 둘러보아도 책뿐이었다. 한 뼘보다 더 두꺼운 두께의 책부터 한 손에 잡고 읽을 수 있는 책까지 종류별로 여러 가지였다. 이곳에서 길을 잃지 않기 위해서는 어떻게 해야 할까. 책장은 손으로 일일이 새겼을 것 같은 섬세한 무늬가 아로새겨져 있었다. 어디에서 찾아야 하나 하고 막연히 생각하던 그는 천천히 앞으로 걸어갔다. 어딘가 구석에 앉아서 책이나 읽고 계시겠지.

중간중간 세워진 엄청난 두께의 기둥들에는 작은 글씨로 뭐라고 적혀져 있었다. 그것을 본 하요트는 고개를 끄덕였다. 나름대로 길을 잃지 않아도 될 듯했다. 이곳에 있는 책들은 모두 종류별로 책장에 꽂혀 있었다. 사학이라면 사학, 자연 계열의 책이나 철학 같은 책들도 모두 종류별이었다. 유심히 기둥의 글씨를 읽어본 하요트는 어느 한 방향으로 발걸음을 옮겼다.

그가 움직여 가고 있는 방향은 모든 천사들이 봐서는 안 되는 종류의 책이 있지만 모든 천사들이 아는 지식을 써놓은 책이 있는 곳이었다. 그것은 타락 천사와 마족에 대해 저술해 놓은 책이었기에 하요트는 미간을 찌푸리며 한숨을 내쉬었다. 그래도 가장 확률이 높으니까 하고 중얼거린 그가 도착한 곳은 도서관의 구석진 곳이었다. 조금은 덜 밝을 정도였다. 거대한 책장들 속에 쌓여 미로와도 같은 이곳의 마지막 지점.

그곳에 그가 있었다. 사다리 의자 위에 다리를 꼬고 앉은 채로 책을 읽는 그의 모습은 아주 독특했다. 그의 위로 비치고 있는 빛은 마치 은은한 달빛처럼 보였다. 순수하게 존재하는 빛도 그의 몸에서 뿜어 나오는 빛에 힘을 잃는 듯했다. 등 뒤로 보이는 여섯 장의 날개가 조금씩 꿈틀거릴 때마다 빛의 입자가 바닥으로 떨어져 내렸다. 그의 오레올은 세 겹으로 되어 있었다. 일반적으로는 볼 수 없는 문양. 금색과 은색이 뒤섞여 아름다운 빛을 발했다.

모든 것이 다 아름다웠다. 천사들이라면 입지 않을 만한 검은 복식의 차림도 그의 밤하늘과 같은 칠흑의 머리카락도 모두. 보는 이로 하여금 사랑스럽다는 말이 당연하게 나올 정도였다. 검은 옷에 수놓아진 붉은 문양을 보며 하요트는 자신도 모르게 한숨을 내쉴 수밖에 없을 정도였다. 검은 머리카락과 반대로 새하얀 얼굴은 눈과도 같았고 붉은 입술은 장미를 연상시켰다.

길다란 손톱으로 책장을 넘기는 그 모습은 요염함을 넘어서 죄악처럼 느껴졌다. 아름다움은 죄악이리니, 그것은 곧 유혹이다. 예전에 보았던 신학책의 한 구절이 떠올랐다. 그런 그의 어깨가 잠시 꿈틀거렸다. 그리고 고개를 든 그는 하요트 쪽으로 시선을 돌렸다. 붉은 입술이 아름답게 곡선을 그렸다.

"하요트, 용케도 여길 찾았군."

하요트는 조심스럽게 고개를 숙여 예를 표했다. 그는 조심스럽게 책을 덮었다. 짧고 경쾌한 소리를 내며 책을 덮은 그는 살며시 아래로 뛰었다. 하지만 소리는 들리지 않았다. 사락거리는 천 소리가 전부였으며 그가 땅에 발을 디딜 때에도 아무런 소리조차 나지 않아서 마치 실체가 없는 것이 아닌가 하는 느낌마저 주게 만들었다. 세 쌍의 날개가 조용히 펄럭거렸다. 한 손에 든 책을 잠시 내려다본 그는 손가락으로 책장의 한 부분을 가리켰고 책은 깃털이나 된 것처럼 그곳으로 가 꽂혔다.

장시간 책을 읽은 것일까. 잠시 기지개를 켠 그는 어깨를 한 손으로 토닥거리며 하요트에게로 다가왔다.

"오늘은 무슨 일로?"

"저번 회의에 대해 여쭈어볼 것이 있어서입니다. 한데 몇 시간을 계신 것입니까?"

하요트의 물음에 그는 눈을 몇 번 깜빡이더니 손가락을 하나씩 꼽기 시작했다. 그러더니 곧 한 손을 쫙 펴 보이며 생긋 웃었다. 다섯 시간 동안 아마도 계속해서 저 상태로 앉아 있었겠지 하고 들리지 않을 정도로 작게 중얼거리는 하요트를 보며 그가 바짝 다가왔다.

"으음, 어쨌거나 조금 졸리운걸."

하요트는 어이없다는 표정을 지어야 했다. 수면이 거의 필요없는 천사인 그가 졸리다니. 하긴, 그의 천사 같지 않은 성격 때문인지도 모르겠다. 사실 그의 검은 머리카락도 천사로서는 아주 드문—사실은 거의 없었다고 할 수 있는—것이었다. 타락 천사의 선두에 서 그 진영을 지휘했던 사탄을 제외하고서는 그가 검은 머리카락으로 태어난 두 번째의 천사였다. 그리고… 성별이 있는 두 번째의 천사였다. 그는 강하고 아름다우며 고귀했지만 그런 이유로 하여 많은 천사들에게 따돌림을 받았다. 하지만 그들은 그를 따돌리면서 또한 흠모할 수밖에 없었다. 자신과 다른 모습을 한 것에게 사랑을 보내듯, 특별한 것에게 애정과 질투를 동시에 보내듯 말이다.

검은 옷자락이 하얀 날개가 발하는 빛을 받으며 요사스러운 느낌을 주었다. 하요트는 다시금 깊은 한숨을 내쉬는 바람에 그에게서 이상한 눈초리를 받은 후 헛기침을 몇 번 하고는 입을 열었다.

"음, 한 가지 궁금한 것이 있습니다만."

"뭔데?"

"도서관의 문지기로 보이는 그자는 대체 누굽니까?"

그리고 들리는 것은 웃음소리. 배를 잡고 뒹굴 것처럼 허리를 숙여 웃는 그를 보며 하요트는 당황한 표정을 지었다. 신의 왼편에 서서 그의 권능을 나타낸다고 불리는 보좌관의 웃음소리라고 하기에는 분명 경박스러운 데가 있었다. 킥킥거리며 웃는 그의 모습은 분명 고아함과는 거리가 있었지만 그 모습조차도 아름답게 보이는 것은 무엇 때문일까. 흑단과도 같은 머리카락이 허공에 흩날렸다.

그는 신의 보좌관이었다. 신이 아끼고 총애하는, 신의 권능을 이어 받은 두 명의 천사 중에 한 명. 왼편에 서서 '힘'이라는 부분을 맡고 있는 그는 현재 게이트 키퍼Gate Keeper-셰이드Shade라고 불린다. 그의 이름이 어째서 그렇게 불리는지 그의 진짜 이름이 무엇인지 아는 사람은 아무도 없었다. 신조차도 그것에 대해서는 함구했으며 그래서 모든 천사들은 그러려니 할 수밖에 없었다.

겨우 진정하는 기색으로 생긋 웃어 보인 그는 하요트의 어깨를 팡팡 소리나게 두드리고는 말했다.

"자네, 처음 본 사이인가 보군. 아, 하긴… 그는 원체 회의상에서도 모습을 잘 드러내지 않는 자니까. 후훗, 그는 케루빔Cherubim들의 수장인 케루브라네."

"예?!"

뭔가 머리를 치고 지나간 느낌에 하요트는 잠시 할 말을 잃고 말았다. 대체 이 무슨 이야기인가? 그토록 평범하고 소탈한 듯한 모습에 약간은 경박스러운 느낌까지 주는 그자가 케루빔들의 수장이라니. 머리가 멍한 듯한 충격에 하요트의 얼굴색은 약간 파리하게 질리기 시작했다. 그는 방금 전 당연하게도 그자가 자신보다 덜 중요한 임무를 맡은 천사라고 짐작하고는 예도 갖추지 않았거늘. 그런 하요트를 보며 여전히 빙글거리는 미소를 짓고 있는 셰이드가 팔을 들어 자신의 머리를 받치며 나직이 말했다.

"뭐, 그는 언제나 이곳 도서관이 아니면 최상층에서 신과 노닥거리기를 좋아하니까. 그리고 자네는 연중에 대부분은 변방에서 보내니 마주칠 리가 없지. 수천 년이 되었다고 해도 오늘 처음 만난 것도 전혀 이상할 것 없으니……."

그렇게 말한 그는 천천히 걷기 시작했다. 하요트는 휘둘리는 머리를 애써 진정시키며 셰이드의 옆을 따라 걸어갔다.

"하, 하지만 너무 소탈해 보이기에 짐작을 하지 못했습니다. 그리고 무엇보다 그의 기 자체가……."

"맞아. 그는 자신의 기를 모두 내보이지 않고 있지. 그게 자네와 케루브의 차이점이라고 할까? 자네는 항상 자신의 모든 것을 보여주는 이라고 한다면 케루브는 필요한 양의 기만 적절하게 내보이는 자이지. 만나본 느낌이 어땠나?"

하요트는 고개를 저으면서 조용히 답했다.

"글쎄요, 잘은 모르겠습니다. 조금… 독특한 분이라는 생각이 드는군요."

"하하, 맞아. 독특한 자이지. 그와 얘기를 나누는 것은 지적으로 상당히 재미있다네. 자네도 나중에 시간이 된다면 그와 한담을 나누어도 좋을 듯하군."

하요트는 조금 고개를 끄덕였다. 정말로 아직은 멀었다라고 생각을 히면서. 겉모습만을 가지고 하나의 존재를 판단하거니, 아직 수련이 부족하다고 생각하는 그를 보며 셰이드는 미소를 머금었다. 그는 살며시 손을 내려 자신의 검은 머리카락을 쓸어 넘겼다. 수천 년……. 언제까지 이러고 있을 셈인가. 스스로에게 그런 물음을 던진 그는 곁눈질로 하요트를 바라보았다.

저 녀석에게도 죄를 짓는 것이다. 그는 잠시 이를 사려 물고는 고개를 들었다. 더 이상의 시간은 아마도 자신에게 주어지지 않으리라.

이 머리카락과 성별이 있는 몸으로 더 이상은 이곳에 있기가 힘들었다. 아니, 있고 싶다고 해도 무리가 있을 테지. 힘든 결정을 내려야 할 순간이 다가오는 것인가. 짧은 한숨을 내쉬는 그에게 하요트가 고개를 갸웃거리면서 물어왔다.

"어디 편찮으신 곳이라도?"
"음? 아니, 아무것도."
어쩔 수 없는 일. 그것은 운명이라는 이름의 잔혹한 저울대로 정해 놓은 눈금이었기에.

"셰이드님!"
입가에서 흐르는 씁쓸한 액체를 손등으로 훔쳐 낸 하요트가 외쳤다. 그러나 그의 몸은 움직이지 않았다. 정확히 말하자면 그의 몸을 내리누르는 거대한 힘에 의해서 움직이지 못하고 있는 것이었다. 천상의 성스러운 짐승이라 불리는 그가 이토록 허무하게 무너진 적이 과연 몇 번이었나. 하요트는 부들거리는 손을 억지스레 올리며 자신의 눈앞으로 펼쳐지는 광경을 보았고, 그리고 눈을 질끈 감았다. 그의 날개를 잡아 누르고 있던 존재가 천천히 입을 열었다. 그러나 그의 목소리에서는 그 어떤 감정도 느껴지지 않았다. 다만 서글픔과 씁쓸함 정도일까.
"움직이시면 위험합니다. 저도 더 이상은 무리입니다."
"크윽, 베르!"
"…명령입니다. 어쩔 수가 없습니다."
그렇게 말한 베르는 고개를 돌려 버렸다. 그 역시 하요트와의 격전으로 온통 상처를 입고 있었지만 그의 옆에 있는 또 다른 존재 덕분에 간신히 쓰러지지 않고 있었다. 하요트는 땅에 쓰러진 채 그렇게 고개를 들었다. 너무 입술을 사려 문 것인지 그의 붉은 입술에서는 어느덧 한 줄기 피가 흘러져 나왔다. 자유로운 부분은 두 손뿐이었다. 날개를 짓누르는 느낌에 눈을 치켜뜨니 그의 눈에는 또 다른 자의 모습이 어렴풋이 비쳤다.

　하얀 가운에 감정을 읽기 힘든 묘한 분위기의 사내는 그의 시선과 눈을 마주친 후 쓴 미소를 지으며 고개를 저었다. 어쩔 수가 없는 일이야 하는 얼굴로. 그러나 하요트는 수긍하기가 힘들었다. 아니, 아무리 옳은 말을 해주어도 지금의 자신으로서는 절대로 이해하지 못할 것만 같았다. 주위에는 온통 피와 그 피로 얼룩진 천사들의 시체 더미가 있었다. 황폐한 대지 위에는 더 이상 그 어떤 생명도 살아가기 힘들어 보였다. 어째서, 어째서 이런 일이 벌어지는 것인가!

　피에 젖은 깃털들이 사방에 날렸고 그런 동족들의 모습을 보는 하요트는 분함에 절로 이를 악물 수밖에 없었다. 그것은 아마도 자신의 몸을 누르고 있는 두 명의 악마들도 마찬가지의 기분일 것이라 하요트는 생각했다. 대지 위에 있는 것은 천사들만의 시신이 아니었다. 모습을 알아보기 힘든 하급 악마들의 시체 역시 헤아리기 힘들 정도였다. 하요트, 그가 살아오면서 이 정도의 대규모 전투를 겪어본 것은 아주 드물었다. 그는 눈을 돌려 다시 정면을 보았다. 붉은 머리카락이 피에 엉켜 있는 그의 모습은 참혹했지만 그것보다 그의 마음은 더 더욱 찢어졌다. 천사에게 슬픔의 감정은 오히려 방해가 된다고 누가 그랬던가.

　손을 뻗어보았다. 잡힐 것만 같은데… 이대로 달려나가면 막을 수 있을 것 같은데 그럴 수가 없었다.

　"울지 않아……."

　그의 목소리가 들렸다. 하요트는 고개를 번쩍 들어 그를 보았다. 세이드, 게이트 키퍼라 불리며 신의 보좌관으로서 신의 총애를 받던 그의 목소리가 들려왔다. 조금 멀리 떨어진 곳에 두 명의 그림자가 비쳤다.

외전外傳 303

그러나 하나의 그림자는 약간 이상한 모습을 하고 있었다. 셰이드와 또 다른 두 명. 셰이드는 자신의 무릎에 머리를 기대고 누워 있는 사람을 내려다보고 있었다. 그리고 그의 앞으로 다른 한 사람이 검은색의 검을 들고 서 있었다. 그는 셰이드를 보았다. 셰이드의 얼굴에는 별다른 표정이 떠올라 있지 않았다. 무표정한 얼굴, 하지만 그의 두 눈에서는 눈물이 떨어져 내렸다. 투명한 물방울들이 그의 얼굴과 턱을 타고 흘러내려 땅을 적셨다.

"…그래, 울지 마."

가녀리고도 힘없는 목소리에 셰이드는 눈을 감아버렸다. 그의 검은 머리카락과 같은 빛의, 아니, 그것보다는 조금 더 밝은 느낌의 머리카락을 가진 이는 조용히 웃고 있었다. 차가워진 손을 들어 올려 자신의 뺨에 가져갔다. 이제 서서히 죽어가고 있는 것이다. 너무 아파서 소리 내어 울 수조차 없었다. 폐부를 찢어 발기는 아픔에 목소리조차 형체가 되어 튀어나오지 않았다.

따스한 온기로 뺨을 쓰다듬어 주던 손은 어느새 차디차게 식어가고 언제나 평온한 어둠처럼 그렇게 감싸 안아줄 것만 같던 양팔은 힘없이 차가운 땅으로 떨구어졌다. 아무리 강대한 힘이 있으면 무엇 해. 소중한 사람 한 명 지켜주지 못하는 것을. 이따위 것이라면 아무 필요 없는 것인데! 셰이드는 그런 생각에 이를 악물었다. 그의 검은 옷에는 붉은 피가 튀어 굳어가고 있었다.

그는 여전히 웃고 있었다. 창백하도록 하얗게 질려 버린 얼굴에 묻은 핏자국을 손가락으로 조심스럽게 닦아준 셰이드는 고개를 떨구고 조용히 울부짖었다.

"왜… 왜 이래야만 하는데? 왜 가만두지 않는 거야. 난 그저 너만 있으면 되는데… 그냥 아무것도 필요없이 너만… 너만 있으면 되는데!"
 나직한 목소리였지만 그의 그런 말을 못 들은 사람은 이곳에 없었다. 하요트는 눈을 크게 뜨고 방금 전 자신의 귀에 들린 말을 의심해야 했다. 저분이… 지금 무슨 소리를 하는 것인지 모르겠다. 아무리 생각해도……. 방금 셰이드가 입에 올렸던 그 말은 그 자신의 직위나 신분 자체를 거부하는 말도 된다. 그가 안고 있는 사람은 악마였다. 악마족 중에서 그런대로 신분이 괜찮은 그냥 그런 악마, 마족! 그런데 지금 셰이드의 말은 대체……?
 하얀 가운을 입고 있던 사내는 자신의 바지 주머니에 꽂고 있던 손을 빼며 고개를 돌렸다. 그리고 한 손으로 눈가를 가렸다.
 "젠장, 사타나키아 녀석에게 어떻게 말하냔 말야."
 셰이드의 앞에 서 있던 자는 천천히 자신의 검을 들어 올렸다. 무슨 짓을 하려는 것인지 누구든지 알 수 있었을 것이다. 그의 검은 붉게 타오르기는 했지만 검 자체가 검은 심신을 가지고 있었나. 붉은 눈동자는 그것을 제대로 쳐다보지도 못하게 할 정도로 차갑고 위엄이 있었으며 현재 그가 있는 공간 자체가 어그러진 느낌을 받게 했다. 그의 주위는 온통 어둠뿐이었다. 그의 몸에서 흘러나오는 강대한 어둠에 하요트는 심장이 멎어버릴 것 같았다. 차갑고 공허한 붉은 눈동자, 허벅지까지 길게 내려오는 검붉은 머리카락, 그리고 입고 있는 옷 자체도 온통 검은색이었다.
 단단한 육체에서 흘러나오는 힘의 크기는 몸을 부들거리며 떨게 하기에 충분했다. 한순간 바람이 불어와 그의 검은 머리카락을 사방으로 흩날리게 했다. 그의 표정에는 아무런 감정이 없었다. 하요트는 문득 그의 그런 표정이 셰이드와 닮아 있다는 것을 알 수 있었다. 그런데 왜? 전혀 상관이 없는 신의 보좌관인 천사와 마신魔神인 그가 닮을 리가 없다. 하요트는 자신이 잘못 본 것이라 생각했다.

"울지 않는다고 했잖아……. 괜찮아, 이걸로 끝이 아니니까. 언젠가는… 언젠가는 반드시 또 만날 수…… 있을 거야. 부, 분명히. 그럴… 그러니까 …줘. 나……."

"제… 발. 제발……!"

"…해. 나……."

마치 붉은 장미 꽃잎마냥 그의 손은 그렇게 향기로운 죽음의 향기를 피워내며 셰이드의 옷자락을 물들였다. 그리고 죽음의 푸른 화환에서 마지막까지 벗어나 보고자 이를 악물며 셰이드에게 기대었던 그 사람은 천천히 마지막 숨을 몰아쉬었다. 실낱같이 가늘어지던 숨은 마침내 그를 편안한 안식의 호수로 받아들여 주었다.

그렇게 그는 가버렸다. 덜덜 떨리는 손으로 눈가를 가렸다. 하지만 볼을 타고 흘러내린 눈물은 계속하여 떨어져 내렸다.

「마지막 인사는 끝났나?」

웅장한 목소리. 어쩌면 이렇게 존재감을 알릴 수 있는 목소리가 있을까. 하요트는 정신이 번쩍 들 정도였다. 신의 목소리처럼 가슴과 머리에 울리는 목소리였다. 그리고 그런 정도의 위압감과 존재감을 가진 이는 또 다른 한 명뿐. 셰이드는 천천히 손을 내리고 고개를 들었다. 그의 회색 눈동자에 비친 사내의 얼굴은 여전히 무표정했다. 멍한 얼굴로 자신을 올려다보는 셰이드의 목에 자신의 검을 가져간 마신은 입을 벌리지도 않은 상태에서 말했다. 마치 복화술을 하는 인형과도 같았다.

「오래 기다렸다. 이 순간을.」

"…왜? 왜 이런……."

셰이드의 울음 섞인 물음에 마신은 고개를 내저었다. 그런 그를 보며 셰이드는 천천히 몸을 일으켰다. 몸에 힘이 들어가지 않아서 비틀거리던 그는 크게 한번 휘청거렸다. 조금이라도 잡아주지 않는다면 당장 땅으로 곤두박질칠 것 같아 보였기에 보는 이로 하여금 안타까움을 절로 일으키게 했다. 하요트는 지금 당장 달려가고 싶었다. 자신을 키워주고 가르쳐 준 자신의 아버지나 형과도 같은 존재인 셰이드가 지금 저런 꼴을 당하고 있다는 사실이 그에게는 믿어지지 않는 불행이었다. 그리고 천사의 후원 부대는 아직 도착하지 않았다는 것이 그에게는 또 다른 절망이었다.

자신의 무릎에 누워 있던 사람을 바닥에 고이 누인 셰이드는 다시 이를 악물었다. 파리하게 질린 입술이 지금 그의 상태를 알려주었다. 그는 더 이상 버틸 힘이 없었다. 천천히 자리에서 일어난 셰이드에게 남겨진 생기는 존재하지 않았다. 시간은 그를 재촉했다. 희미하게 뜨여진 시야에 들어오는 것은 불타는 검을 들고 있는 마신. 피식 하고 입가에 웃음을 띤 그는 힘겨운 걸음을 옮겨 마신에게로 다가갔다. 하요트는 입이 떨어지지 않았다. 당장 도망치지 않고 무엇을 하는 것인가. 아무리 신의 힘에 필적하는 보좌관이라고 해도 어차피 천사일 뿐. 신과 동급의 힘을 가진 마신과 상대가 될 리가 없었다.

그러나 셰이드는 마신과 싸우기 위해서 그에게로 다가간 것이 아니었다. 상당히 큰 키였지만 마신은 그것이 어색해 보이지 않았다. 만약 인간이라면 저리도 큰 몸집을 가지고 있는 것이 이상하게 느껴질 텐데 마신은 그 키와 단단한 몸 자체가 그의 바탕인 어둠 그 자체로 느껴지게 만들었다. 지끈거리는 머리와 빠르게 뛰는 심장은 마지막을 향해

가는 초시계처럼 느껴졌다. 이제는 정말로 남은 시간이 얼마 없었다.

마신에게로 가깝게 다가간 그는 비틀거리는 몸을 조용히 마신 쪽으로 기대었다. 물론 하요트는 자신의 눈을 믿지 못했다. 하지만 마신은 살며시 한 손을 들어 셰이드의 어깨를 붙잡았다. 천천히 감기는 두 눈을 가늘게 뜨고 셰이드는 입을 열었다.

"…당신은 나를 위해 이런 일을 하지만, 난… 나는 이런 것을 바라는 것이 아니었습니다."

천천히 그의 머리카락을 쓸어 내리며 마신은 조용히 눈을 감았다.

「이제는 돌아와라. 지금까지 수천 년을 기다렸다.」

셰이드는 더 이상 아무 말도 하지 않았다. 그리고 천천히 힘이 빠지는 자신의 손을 들어 마신의 한 팔을 붙잡으며 고개를 들었다. 마신의 피처럼 붉은 눈동자가 자신을 내려다보고 있음을 느껴서일 것이다. 이제는 서 있을 힘도 남아 있지가 않은 건가 하고 씁쓸한 생각을 한 셰이드는 천천히 아래로 미끄러지기 시작했다. 하지만 마신의 단단한 팔이 자신을 붙잡고 있었기에 땅에 쓰러지거나 하지는 않았다. 작은 숨을 내쉰 셰이드는 나직한 목소리로 말했다.

"내게서… 당신이 사랑했던 어머니의 모습을 찾으려 하는 것은 당연한 일. 하지만… 진정으로 어머니도 그것을 바랄지……."

마신은 대답도 하지 않았고 더 이상의 말도 하지 않았다. 그런 그의 얼굴을 보며 셰이드는 희미하게 웃었다. 천천히 그의 손이 닿은 곳은 마신이 들고 있던 불꽃의 검이었다. 그러나 마신은 아무런 제지도 하지 않고 입을 굳게 다문 채로 셰이드를 볼 뿐이었다. 붉게 이어져 땅으로 떨어지는 자신의 핏방울을 보며 셰이드는 눈을 감았다. 그리고 단호한 태도로 불꽃의 검을 들어 자신의 목을 꿰뚫었다.

"셰이드님!"

길게 이어지는 하요트의 비명 소리도 이제는 제대로 들리지 않는 듯했다. 차갑게 식어오는 몸과 목에서 흘러내리는 검붉은 피가 이제 그에게 남겨진 전부였다. 뜨뜻한 피의 감각이 온몸을 전율케 했다. 아프다. 하지만 그는 더 아팠을 것이다. 셰이드는 마지막까지 희미한 미소를 지었다.

마신은 그를 내려다보았다. 그리고 천천히 그의 축 늘어진 몸을 안아 들었다. 셰이드의 눈은 더 이상 뜨여지지 않았고 차갑게 떨구어진 팔 역시 움직일 줄 몰랐다. 그의 영혼은 이제 이곳에 남아 있지 않았다.

마신은 눈을 한 번 감았다 뜬 후에 자신의 검과 셰이드의 몸을 든 채로 몸을 돌렸다. 하요트는 손끝에서 느껴지는 아픔에 눈을 감았다. 부드러우면서도 피를 머금어 알싸한 느낌이 드는 흙 냄새가 코끝을 자극했다. 그 가운데 귓가에 소리가 들렸다. 수를 셀 수 없는 날갯짓 소리가. 그리고 그와 동시에 자신을 누르고 있던 힘도 마신도 아무것도 남아 있지 않음을 하요트는 느꼈다. 남은 것은 오로지 수없이 펼쳐진 황폐한 대지와 셀 수 없을 정도의 많은 시체들.

그리고 하요트는 눈을 감았다. 그의 눈가에서 흘러내리는 것이 무엇인지는 그 자신만이 아는 진실.

"하요트님, 이번 회의는… 하요트님?"

턱을 괴고 있던 하요트는 눈을 번쩍 뜨며 고개를 들었다. 그의 곁으로 한 젊은 천사가 서 있었다. 그는 네이비 블루의 눈동자를 몇 번 깜빡이더니 자신의 손에 들린 차트를 하요트 앞 테이블에 놓아주었다.

약간은 걱정스러운 표정을 지어 보이던 그는 조용히 말했다.
"어디 편찮으신 것 아니신가요? 음, 식은땀을 흘리시는데."
"아아……."
이마를 짚은 채로 숨을 내쉰 하요트는 고개를 저으며 한 손을 살짝 들어 보였다. 괜찮다는 표현이었다. 그리고 그는 이마에 맺힌 식은땀을 닦았다. 투명한 날개를 살짝 퍼덕인 젊은 천사는 하요트의 얼굴을 빤히 바라보고 있었다. 앙다문 입술이 귀여워 보이는 인상이었다. 차분히 숨을 고른 하요트는 고개를 들어 하늘을 보았다. 하늘은 여전히 밝았고 맑은 느낌을 주었다. 아름다운 풍경이었지만 예전에 누군가 말했었다. 변화가 없어서 지루하다… 라고.
살짝 찌푸린 얼굴을 보았을까. 젊은 천사는 눈을 동그랗게 뜨며 다시 하요트에게 물어왔다.
"하요트님? 정말 이상해요. 무슨 안 좋은 꿈이라도 꾸셨나요?"
꿈.
하요트는 살짝 고개를 끄덕였다. 그렇다, 꿈이었다. 정말로 지독하게도 아픈 기억을 끄집어내고 파헤쳐 버리는 악몽을 꾸었다. 하요트는 그렇게 생각하며 자신을 바라보고 있는 천사를 향해 조금 부드러워 보이는 인상을 지으며 말했다.
"이번 회의의 주제가 뭐라고?"
"아, 그것은……."
살풋 웃으며 차트의 종이를 넘기는 그를 보며 하요트는 다시 생각에 잠기었다. 아주 오래전의 기억이 떠올라 자신도 모르게 꿈을 꾸었다. 수면을 취하지 않는 천사로서 정말로 이상도 한 일이지라고 생각한 그는 고개를 들어 하늘을 보았다. 새파란 하늘에 뭉게구름이 흘러갔다.

'이것에도 조금의 변화는 있습니다. 셰이드님·······.'

하요트는 그의 입가에 작은 미소를 걸치며 눈을 감았다. 뺨을 스치고 하늘로 달아나는 바람이 기분 좋게 느껴졌다.

 용어 해설

대거Dagger 일반적으로 단검으로 해석되는 것을 말한다. 양쪽에 날이 있으며 크기는 각양 각색이지만 일반적으로 나이프보다는 크고 쇼트 소드보다는 작은 크기를 가진 것을 대거라 부른다. 발목의 안쪽에 소지가 용이하다는 점에서 암살자나 그 외에 일반 사람들과는 다른 직업을 가진, 밤에 돌아다니는 이들이 즐겨 가지고 다니는 무기이다. 가볍고 짧고 다루기가 쉽다는 점에서 일반인들도 하나나 둘씩은 가지고 다닐 수 있는 무기이며 여러 가지 용도로도 사용할 수 있다. 보통은 보조 무기로 구별이 되지만 빠른 몸놀림을 가진 사람이라면 이것 하나만으로 충분히 적의 목을 벨 수 있다.

드래곤Dragon 인간이 상상하지 못할 정도의 힘과 거대한 몸집을 가진 생물. 드래곤(Dragon)이란 말은 '도마뱀, 뱀'을 뜻하는 라틴어 'draco'에서 유래했다고 한다. 초기 신화에서 드래곤은 대개 단순한 도마뱀의 모양을 하고 있었고 신적 존재나 인간을 초월한 존재로 여겨졌다. 그 개체의 수에 대해서는 정확히 알려진 바 없으며 크게 인간들이 사는 곳에서 사는 드래곤들과 그들만의 세계에서 살아가는 드래곤들로 나뉜다. 크기는 해츨링에서부터 몸 길이 100m가 넘는 에인션트 드래곤까지 다양하다. 보통은 나이에 따라 크기가 다르며 종류에 따라서도 크기는 달라진다. 드래곤의 무기 중 가장 보편적인 것이 브레스이다. 화이트 드래곤의 냉기 브레스, 블루 드래곤의 전격 브레스, 블랙 드래곤의 산성 브레스, 그린 드래곤의 포이즌 브레스, 레드 드래곤의 파이어 브레스 등이 대표적이다. 그리고 골드 드래곤과 실버 드래곤처럼 금속형 드래곤은 두 가지의 브레스를 쓸 수 있는 경우도 있다.

　　라이트 가이드Light Guide　적은 손실로 빛을 운반하는 유리 섬유를 일컫는다. 이 소설상에서 라이트 가이드는 빛의 광원이 들어 있는 줄로 도시의 건물들을 잇는 것을 말한다.

　　라이트 서클Light Circle　광구光球. 마나의 힘을 응축하여 만들어진 빛이 흘러나오는 공을 말한다. 어둠을 감지하면 스스로 빛이 난다. 마법사가 없애기 이전에는 영원히 사라지지 않는다.

　　롱 소드Long Sword　길이는 대략 90cm 내외이며 검날의 폭은 2cm 정도이다. 무게는 2kg을 넘지 않는다. 가볍고 단단하며 많은 이들이 애용하는 무기이지만 현대의 나약한 팔을 가진 사람들이 이용한다는 것은 말도 안 될 만큼 배우는 데 노력을 해야 하는 무기이다. 여기서 가볍다는 것이 지칭하는 것은 그나마 일반적인 무기들보다 가볍다는 말일 뿐이다. 중세 유럽 시대에서 처음 등장을 하였고 수많은 기사들의 무기로 애용이 되었다. 기동성이 뛰어나고 노력을 하면 잘 다룰 수 있는 무기이기에 많은 여행자들에게도 잘 사용이 되는 긴 역사를 가진 무기들 중에 하나이다. 판타지 영화에서 일반적으로 영주 밑에서 일하는 기사들과 병사들이 가지고 있는 검이 이것이다.

　　레드 드래곤Red Dragon　전체적인 몸 색깔은 불길과도 같은 붉은색이며 사악하고 난폭한 성격을 가지고 있다. 그러나 확실히 그에 걸맞는 강한 힘을 가지고 있기도 하다. 다른 드래곤들보다 조금 지성이 떨어진다고 되어 있으나 이것을 인간에 비교하면 안 된다. 탐욕적인 성격이기 때문에 보물을 모으는 것을 일생일대의 목표로 삼기도 하고 자신의 보물을 동전 한 닢까지 모두 기억하고 있다. 불에 대한 면역성을 가지고 있어서 용암 속에서도 멀쩡하다고 한다.

류트Lute 16세기를 중심으로 유럽에서 유행했던 발현악기를 말한다. 류트란 원래 아라비아의 알우드(Al'ud)에서 나온 것으로 초기의 것은 플랫이 없었다. 같은 종류의 악기가 페르시아를 통해서 중국으로 건너가 비파(琵琶)가 되었다는 설도 있다.

릴리스Lilith 아담의 첫 번째 아내이다. 그녀는 아담과의 동등한 권리를 주장했다. 아담은 그녀의 위에서 사랑하기를 바랬지만 그녀는 아담에게 당신과 나는 똑같은 존재이다라고 화를 낸 후에 하느님의 이름을 발설하고 낙원을 떠났다. 그런 후 그녀는 여자 악마들의 여왕이 되었다.

마탁馬鐸 마구 중에 하나로 장식용 말방울을 말한다. 보통 퍼레이드를 할 때 말에 달며 평상시에 다는 경우는 거의 없다고 볼 수 있다. 가슴걸이에 걸며 장식용의 이미지가 강하다. 크기는 정해져 있지 않다.

바스타드 소드Bastard Sword 돌연변이라는 뜻을 가지고 있는 바스타드는 일반적으로 한 손으로도 쓸 수 있으며 양손으로 쓸 수 있는 검이다. 길이는 보통 115~140cm, 무게는 2~3kg 정도로 롱 소드보다 더 큰 크기와 무게를 자랑한다. 하지만 일정한 룰이 정해져 있는 것은 아니다. 일격 필살의 기술을 사용할 때 좋을 것이다. 하지만 그렇게 크고 무거운 만큼 밸런스를 잡는 것은 상당한 연습이 필요하다.

상단商團　말 그대로 사업을 목적으로 이곳저곳 떠돌아다니는 상인들의 무리를 일컫는다. 보통 여러 상인들이 모여서 무리를 이루는 경우도 있으나 하나의 커다란 조직을 가지고 있는 상인이 개인적으로 운영하는 경우도 있다. 한 나라에는 그 나라를 대표하는 상단이 몇 개씩 있는데 그들 사이에서는 나름대로 분배하는 방식을 채택하기도 한다. 하나의 도시에서 물건 등을 정해서―모 상단이 옷을 판다고 하면 다른 상단은 신발을 판다던가 하는 방식으로―독점적으로 파는 것도 있으며 한 상단에 상인들이 들어가기 위해서는 적당한 수준의 이익에 따른 이자를 줘야 한다. 길드Guild와도 의미가 상통한다.

　　살라만더Salamander　불의 정령. 커다란 도마뱀의 모습을 하고 있으며 다혈질에 보통은 인간을 싫어한다. 불을 다스릴 수 있기 때문에 불을 일으킬 수도 있으며 불을 끌 수도 있다.

　　샌드맨Sandman　독일어로 잔트만이라 불리며 보통 커다란 모래주머니를 들고 있는 인자한 얼굴의 노인 모습을 하고 있다. 잔트만이 눈 속에 모래를 뿌리면 사람은 잠을 잘 수밖에 없게 된다.

　　셜로브Shelob　거미 형태의 마족이다. 크기는 대략 중형 버스에 필적할 정도로 거대하지만 그 엄청난 빠르기는 상상을 불허할 정도이다. 그래서 아주 강한 마족은 아니지만 퇴치하는 데 어려움을 겪을 수 있다. 인간을 먹지 않지만 적대심을 가지고 있어서 보는 족족 죽인다. 생태는 거미와 거의 똑같을 정도. 빛을 갉아먹고 산다. 마법검 정도가 아니면 끊어지지 않는 실을 무기로 삼는다.

　　실프Sylph　바람의 정령이다. 보통 인간들의 눈에는 보이지 않지만 언뜻 보면 아름다운 여성의 모습을 하고 있다. 장난기가 많고 쉽게 화를 내지만 가장 친근한 정령이기도 하다.

어쌔신 길드Assassin Gild 카르틴 제국에 있는 비밀 결사. 금전적이나 정치적인 동기로 인하여 누군가를 암살하거나 물건을 훔치는 등의 임무를 맡는 집단이다. 정확한 본거지가 어디인지는 알려진 바 없으며 카르틴 제국과 무관하다고는 할 수 없는 집단이지만 아주 관련 깊다고도 할 수 없다. 그들은 그저 자신들에게 맡겨진 임무를 행하기 위하여 목숨까지 바치며 임무를 이행하기 전에는 본거지로 돌아가지 않는다고 한다. 어렸을 적부터의 교육에 의하여 완벽히 기계적으로 임무를 완수한다. 카르틴 제국은 그들에게 일정량의 자금을 주면서 그들에게 임무를 맡기는 경우도 있다.

언딘Undine 물의 정령이며 아름다운 여성의 모습을 하고 있다. 물의 정령은 인간에게 다정하게 대해주지만 화가 나면 인간을 물에 빠뜨려 혼을 내기도 한다. 죽이는 경우는 거의 없다고 한다.

엔트Ent 그는 나무와 숲의 수호자이자 아버지이다. 그들은 가만히 있으면 보통의 나무들과 다를 것이 없지만 나무들을 자라게 해주고 그들을 돌보면서 생활을 한다. 커다란 원시림의 어딘가에서는 이런 엔트가 있을지도 모른다. 나무들을 해치는 자들을 용서하지는 않지만 인간들을 해치는 것은 드물다. 그냥 위협을 하여 쫓아내는 정도이다. 부드럽고 예의 바르게 숲의 정보를 얻는다면 자상하게 가르쳐 줄 것이다. 나무들은 원래 수명이 긴데 엔트는 그 이상으로 보통 가장 젊은 엔트조차도 수천 살이라고 한다. 드워프들과는 사이가 나쁜 편이며 엘프들을 존중한다.

엘프Elf 북구 신화에 기원을 둔 종족이다. 이미르의 썩은 살에서 태어난 난쟁이라고 한다. 하지만 J.R.R.톨킨에 의해 변화한 그들은 인간으로서는 상상할 수 없는 용모를 가지고 있다. 자연을 사랑하며 고상하고도 품위가 있고 아름다운 존재로 그려진다. 몸놀림이 빠르고 손재주도 좋으며 마법의 재능도 높다. 불사신이거나 인간과는 비교하지 못하는 긴 수명을 가지고 있으며 자연과의 조화를 중요시한다. 동물이나 새들의 말을 이해하며 드워프와는 사이가 좋지 않은 편이다.

오거Ogre 일반적으로 동화상에 나오는 사람을 잡아먹는 식인 몬스터로 등장한다. 몸집은 보통 인간의 3~4배 이상 되고 물리적인 힘 역시 세기 때문에 일반 사람들은 대적할 수가 없었다. 성격은 사납지만 지성은 매우 빈약한 편이다.

웅골리언트Ungoliant 셀로브의 어미니이다. 먼 옛날 태고의 어둠에서 태어난 그녀는 어둠 속에서 살며 빛을 갉아먹는다. 빛을 향한 열망과 공허함을 채우기 위해 그녀는 끓임없이 먹는다고 전해진다. 셀로브와 마찬가지로 거미 형태의 마족이며 그 크기는 셀로브의 두 배에 달할 정도로 크다. 힘은 상급의 마족으로서 발록과 대치를 할 정도라고 한다.

유니콘Unicorn 유니콘을 모르는 사람은 아마도 거의 없으리라 본다. 신성한 동물로서의 유니콘은 하얀 백마에 길고 뾰족한 뿔이 앞머리에 달려 있다. 이 뿔에는 어떤 질병도 고칠 수 있는 신비한 힘이 있기 때문에 수많은 사람들이 유니콘을 잡으려고 한다. 하지만 유니콘은 경계심이 강하며 그 어떤 네 발 달린 짐승보다 빠른 속력을 가지고 있어서 그것을 잡기라는 것은 정말로 하늘의 별 따기보다 더 어려운 일이다. 어디에 어떻게 살고 있는지조차 명확하게 알려진 바가 없다. 유니콘을 잡는 방법은 오로지 순결한 소녀를 이용하는 방법뿐이다.

위저드Wizard 마법을 다룬다는 사람들이 가장 받고 싶어하는 칭호이다. 하지만 지금까지 받은 이는 세트레세인의 대마법사 다카 다이너스티 외에는 없다고 한다. 메이지Mage―매직션Magician―위저드Wizard 순으로 서열이 구별되나 보통의 마법사들은 대부분 메이지라고 자신을 일컫는다.

임페리얼 나이트Imperial Knight 카르틴 제국의 황제 직속의 기사단. 대륙의 기사단 중 유일하게 여성을 받아들이는 기사단이며 그 여성들의 직위는 아주 높다고 한다. 대륙 최고의 기사단이라 불리며 단 한 번도 패한 적이 없는 기사단이기에 그들의 권위와 용맹은 대단하다. 그러므로 웬만한 능력의 사람들은 견습으로도 받아들이지 않는다.

키메라Chimaira 그리스 신화에 나오는 삼신일체의 이상한 동물을 말한다. 피렌체 고고미술관에 키메라의 청동상이 있는데 모습을 보자면 몸과 머리가 사자이고 뱀의 꼬리를 가지고 있으며 더불어 염소의 머리가 하나 더 있다. 말 그대로 미적인 모습으로는 전혀 상상해서는 안 되는 기괴한 모습이다.

타임 키퍼Time Kipper―카오스 스톤Chaos Stone 생명의 나무 세피로트와 동급 존재로 일컬어지는 만물의 아버지. 시간을 지키는 자라는 별칭이 붙어져 있다. 세피로트가 세계를 떠받치는 나무라고 하면 카오스 스톤은 세계를 굽어보는 존재. 영원히 흘러넘치는 시간의 샘물을 관리한다. 종종 세피로트와

의견의 차이를 보기도 한다. 세피로트는 질서와 균형을 맡아 보며 카오스 스톤은 혼돈과 변칙을 상징한다.

페노바르비탈Phenobarbital 백색의 분말로 냄새가 없으며 중추신경억제제나 수면제, 진정제 등의 원료로 쓰인다. 숙면제로 가장 널리 알려져 있으며 지속 시간은 6시간 이상이다.

프로카인Procaine 마취제의 한 성분이며 코카인과 그 작용이 비슷하여 프로카인이라는 이름이 붙었다. 하지만 독성은 코카인보다 훨씬 적은 편이고 백색의 결정성 분말로 물에 잘 녹는다.

흉갑胸鉀 가슴만을 가리는 갑옷을 말한다. 하프 플레이트Half Plate라고도 하며 전체의 갑옷 중에서 가슴 부분과 어깨 부분 정도만 떼어서 장착하는 것이다.

힐링Healing 리커버리와 유사한 계통의 치료 마법이다. 리커버리가 자신에게 유용한 치료 마법이라고 한다면 힐링은 다른 일행들에게도 쓸 수 있는 마법이다. 대지의 힘을 빌어서 쓰는 마법이므로 치료를 요구하는 대상자가 땅에 붙어 있어야 한다는 단점이 있다.

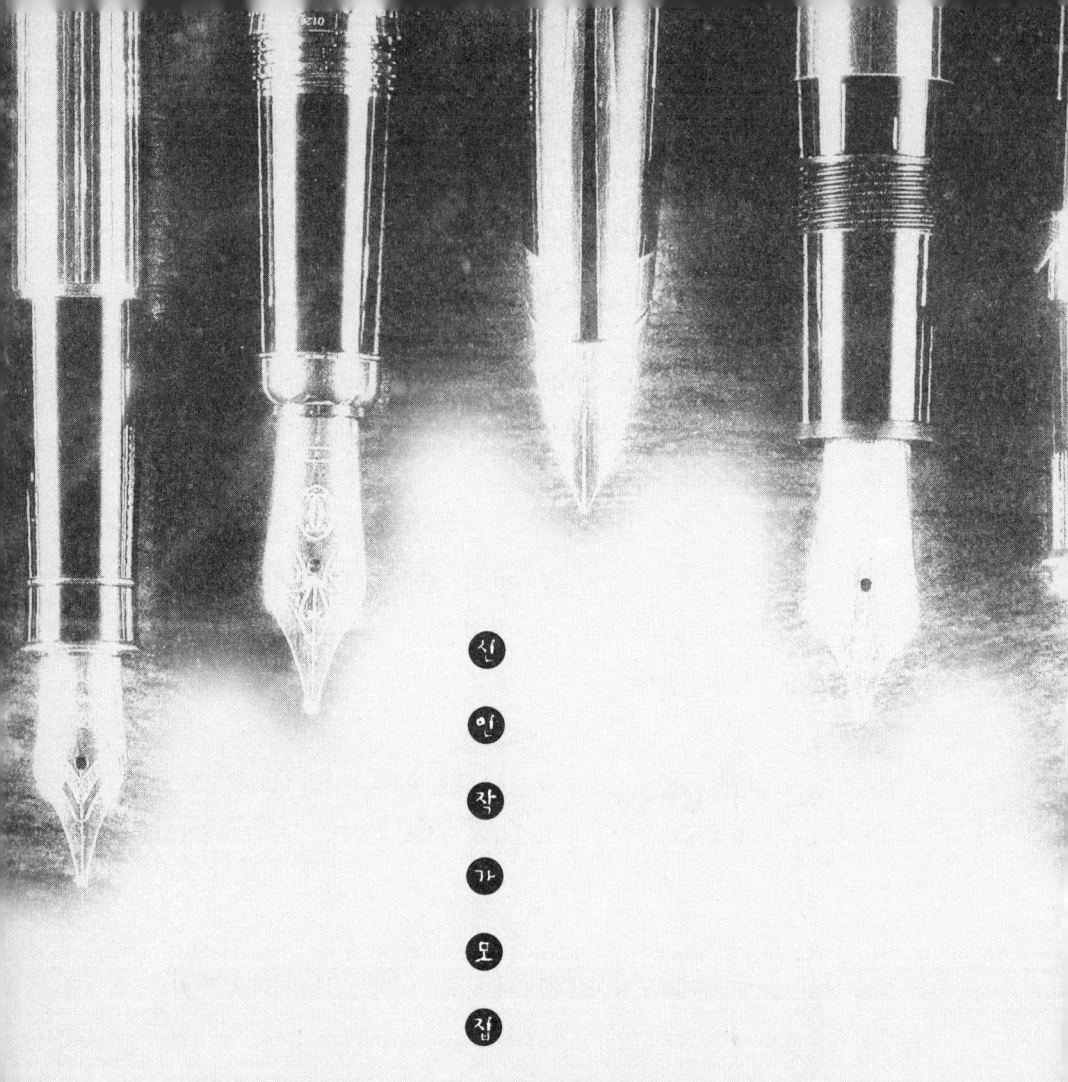